Du monde entier

ZERUYA SHALEV

VIE AMOUREUSE

roman

Traduit de l'hébreu
par Sylvie Cohen

nrf

GALLIMARD

Titre original :
HAÏÉ AHAVA

À Marva

CHAPITRE 1

Il n'est ni mon père ni ma mère, alors pourquoi m'ouvre-t-il la porte de leur appartement ? Sa silhouette s'encadre dans l'embrasure et sa main étreint la poignée de la porte, je m'apprête à battre en retraite, j'ai dû me tromper d'étage, mais la plaque ornementée me prouve le contraire, ils habitaient bien là, en tout cas. Je demande d'une voix sourde, qu'est-il arrivé à mes parents ? Absolument rien, Ya'ara, me répond-il de sa large bouche grise où mon nom se convulse comme un poisson dans un filet, je me précipite à l'intérieur, effleurant au passage son bras froid et lisse, traverse en trombe le salon désert et ouvre à la volée la porte de leur chambre.

Ils relèvent vivement la tête, comme pris en faute, et je note qu'elle est couchée sur le lit, la tête enveloppée d'un torchon fleuri, soutenant son front de la main comme pour l'empêcher de s'affaisser ; assis à son chevet, mon père tient à la main un verre d'eau qui tangue en cadence comme en témoigne la petite flaque qui s'étale nerveusement à ses pieds. Ça ne va pas ? Je ne me sens pas bien, elle se portait à merveille il y a à peine deux minutes, dit papa, elle ronchonne, tu vois, il ne veut jamais me croire. Qu'en pense le docteur ? Un docteur ? s'étonne papa, elle est forte comme un bœuf, j'aimerais être aussi costaud qu'elle. Mais je m'obstine, vous n'avez pas appelé un médecin ? Qui m'a ouvert alors ?

Papa s'esclaffe, de quel médecin parles-tu ? C'est un de mes amis, Arieh Even, tu ne te souviens pas de lui ? Comment le pourrait-elle, dit maman, elle n'était pas née quand il est parti. Papa se lève, je vais lui tenir compagnie, ce n'est pas gentil de le laisser seul. Il a l'air de se débrouiller très bien, dis-je, il fait comme chez lui. Les yeux larmoyants, maman se met à tousser, et il lui tend impatiemment le verre à moitié vide, reste avec moi, Shlomo, je ne me sens vraiment pas bien. Il marche dans la flaque transparente, Ya'ara est là, les enfants, il faut bien que ça serve à quelque chose.

Elle vide rageusement son verre et arrache le torchon humide qu'elle porte sur la tête, découvrant ses pauvres mèches pareilles à des piquants de hérisson qu'elle tente vainement d'aplatir sur son crâne, je ne peux m'empêcher de penser à la magnifique natte qui, vive comme un chaton, l'accompagnait partout jadis. Pourquoi l'as-tu coupée, maman, c'est comme si tu t'étais amputée d'une jambe, parce que tu crois qu'on s'ampute d'une jambe de gaieté de cœur ? elle ne m'allait plus, et puis rien n'est plus pareil. Elle se dresse sur son séant et consulte fébrilement sa montre, jusqu'à quand va-t-il s'incruster ici, celui-là, je commence à en avoir assez de rester au lit au beau milieu de la journée.

Alors tu n'es pas malade ! Elle ricane, bien sûr que non,

c'est juste que je ne supporte pas ce type, moi non plus, j'opine spontanément — le contact de sa peau sur la mienne m'a fait l'effet d'une morsure d'insecte et j'examine mon bras — pour voir s'il n'est pas boursouflé ou sanguinolent — avant de lui demander une explication.

C'est trop long à te raconter, ton père l'estime beaucoup, ils ont fait leurs études ensemble il y a trente ans, c'était son meilleur ami, mais j'ai toujours pensé qu'Arieh se moquait de lui, l'exploitait même, pour moi, ce type est incapable de sentiment. On n'entend plus parler de lui pendant des années et voilà qu'il reparaît soudain parce qu'il a besoin de ton père, à propos de sa femme ou je ne sais quoi.

Mais tu as dit qu'il ne vit plus ici — pourquoi prenais-je sa défense ? —, oui, reprit-elle, acide, ils habitent en France, ils viennent de débarquer, mais quand on veut, on peut toujours garder le contact, non ? Ses traits se contractèrent comme si, sous l'insulte, ils se concentraient en un triangle couvert de rides et de taches de vieillesse qui avait gardé quelque chose d'enfantin, les yeux étrécis, méfiants, poussiéreux comme des carreaux qui n'auraient pas été nettoyés depuis des années, dominant le beau nez droit, dont j'ai hérité, sous lequel s'étirait le pli amer des lèvres pâles qui se vidaient progressivement, comme aspirées de l'intérieur.

Qu'est-ce qu'il fabriquait en France ? La seule chose qu'il a jamais été capable de faire, c'est-à-dire rien. Ton père est persuadé qu'il effectuait là-bas une mission top secret liée à la Sûreté, mais moi, je pense qu'il se contentait de vivre aux crochets de sa femme, qui est très riche, un pauvre type qui a fait un beau mariage et qui est revenu frimer avec le vernis qu'il a acquis en Europe, je notai qu'elle fixait le miroir accroché au mur en vis-à-vis pour voir les mots sales et venimeux s'échapper de sa bouche, en m'interrogeant une fois de plus sur ce qu'elle pouvait bien débiter derrière mon dos, j'avais l'impression d'étouffer, je dois partir, pas encore, protesta-t-elle pour me retenir comme elle l'avait fait avec papa, attends qu'il s'en aille, mais pourquoi ? Elle haussa les épaules, je ne sais pas.

Une forte odeur de tabac français flottait dans le salon et mon père, qui interdisait qu'on fume en sa présence, se recroquevillait sur le canapé sous un épais nuage de fumée tandis que son hôte, béatement étalé dans le meilleur fauteuil, me regardait entrer dans la pièce. Tu te souviens de Ya'ara ? insinua papa comme s'il plaidait sa cause, oui, très bien, quand elle était bébé, mais je ne l'aurais jamais reconnue, l'invité se leva avec une surprenante agilité pour me tendre sa belle main effilée aux longs doigts sombres, est-ce votre habitude d'envisager le pire ? demanda-t-il avec un sourire ironique. Quand je lui ai ouvert, elle m'a regardé comme si je vous avais assassiné tous les deux et qu'elle allait subir le même sort, expliqua-t-il à papa, j'approuvai, c'est vrai, et laissai lourdement retomber ma main, hébétée comme si je venais de m'évanouir car il avait retiré la sienne sans crier gare avant de se rasseoir. Assise en face de lui, je tentai de me soustraire à son regard gris scrutateur en me dissimulant derrière l'écran de mes cheveux, je dois y aller, dis-je à papa, Yonni m'attend à la maison. Le visiteur a une voix grave et provocante, et comment va votre mère ? Pas très bien, dis-je, avec un sourire contraint involontaire, comme chaque fois que je mens. Tu sais que nous avons fait nos études ensemble, déclare papa, les yeux brillants, nous étions très jeunes, encore plus jeunes que toi, et nous avons même partagé quelque temps un appartement ; le regard éteint, l'invité ne semble pas aussi enthousiaste. Papa qui ne désarme pas, attends, je vais te montrer une photo, il saute sur ses pieds — l'évocation du passé le plonge toujours dans une euphorie presque blessante.

Les bruits divers qui nous parviennent de la pièce voisine — des tiroirs qu'on ouvre, des livres qui tombent à terre — meublent le silence pesant, pénible, qui s'est installé entre nous. Le visiteur allume une nouvelle cigarette sans se donner la peine d'engager la conversation, il se contente de me fixer de son regard arrogant, provocant et indifférent à la fois, sa présence emplit la pièce, j'essaie de lui rendre son regard mais mes yeux obstinément baissés, incapables de s'aventurer plus haut que les boutons ouverts de son polo dévoilant une poitrine brune et lisse, s'attardent sur ses pieds, ses chaussures rutilantes à bout pointu, à la limite du ridicule, enserrant un grand sac noir où se déploient en lettres dorées « Prêt-à-porter, Paris, rive gauche », je me retiens de ricaner, confondue par tant de pédantisme, lequel contraste affreusement avec ses traits grossiers et déterminés, je m'étrangle de rire et toussote de confusion, cherchant quelque chose à dire avant de déclarer : il ne la retrouvera sûrement pas, il ne trouve jamais rien.

Il ne risque pas parce que c'est moi qui l'ai, cette photo, murmure l'invité, au même moment, on entend un bruit sourd, suivi d'un juron, et papa entre en clopinant avec le tiroir qui lui est tombé sur le pied, où peut-elle bien être, cette sacrée photo, laisse, Shlomo, dit notre hôte non sans ironie, ça n'a pas d'importance, je vois rouge, pourquoi ne lui révèle-t-il pas que c'est lui qui l'a, et pourquoi est-ce que je ne dis rien non plus, et comment a-t-il deviné que je me tairais, nous le regardons fourrager fébrilement dans le tiroir jusqu'à ce que, à bout, je me lève en répétant que Yonni m'attend à la maison, comme une incantation salvatrice. Dommage, j'aurais voulu te montrer de quoi nous avions l'air, pour quoi faire ? lâche le visiteur, je renchéris, c'est vrai, j'aurais pourtant aimé voir à quoi ressemblait le sombre visage acéré à l'époque, papa me raccompagne à la porte en claudiquant, elle n'est pas vraiment malade, hein ? Et moi de lui répondre : bien sûr que si, tu devrais appeler un docteur.

L'escalier de l'entrée était jonché de feuilles glissantes qui commençaient à pourrir et j'avançai précautionneusement sur leur putréfaction silencieuse en m'agrippant à la rampe froide qui, la veille encore, me brûlait les doigts, mais à la canicule s'était substitué ce jour-là un timide crachin d'automne, je remontai le boulevard au moment où les voitures allumaient leurs veilleuses, elles finissaient par se ressembler, de même que les passants parmi lesquels je me fondais, le soir nous noircissait tous autant que nous étions, ma mère, prisonnière dans sa chambre, mon père, enfumé par son ami de jeunesse, Yonni, qui m'attendait à la maison, épuisé devant l'écran de son ordinateur, Shira, qui habitait non loin de là, et si je faisais un crochet pour lui parler ? J'ai l'impression d'avoir des tas de choses à lui dire alors que nous nous sommes vues à midi, aujourd'hui même, à la fac, je sonne à la porte mais personne ne répond, j'insiste, peut-être est-elle aux toilettes ou sous la douche, je cogne même aux volets clos dans l'arrière-cour d'où me parvient un miaulement, Tulya, le chat de Shira, saute par la fenêtre de la cuisine, la solitude lui pèse apparemment, il se met à ronronner sous mes caresses et redresse sa queue grise, je me sens plus calme, lui aussi d'ailleurs, il se roule en boule à mes pieds, peut-être s'est-il endormi, mais non, il redresse la queue alors que je quitte la cour et m'engage dans la ruelle où l'unique lampadaire clignote avant de rendre l'âme.

Va-t'en, Tulya, Shira ne va pas tarder à rentrer, mais il s'entête à m'escorter, tel un hôte par trop attentionné, il me rappelle papa raccompagnant son visiteur auquel il s'accroche comme à un souvenir heureux, je crois voir mon père traverser la rue d'en face à petites foulées pressées, ses membres délicats engloutis dans l'obscurité, à côté de son ami, avec sa démarche hardie, son visage de bronze, résolu et énergique, sa chevelure argentée étincelant dans la nuit comme un réflecteur, et je me précipite dans leur direction, talonnée par le chat miauleur auquel je donne un coup de pied imaginaire en lui criant de filer à la maison avant de traverser à mon tour, et j'entends un crissement de freins, un léger choc, une portière claquer et quelqu'un crier : à qui est ce chat ? C'est trop tard, répond une autre voix.

Je m'enfuis en courant sans oser regarder derrière moi, les deux hommes marchent devant moi, enlacés, la tête de papa reposant sur la large épaule de son ami, mais quand je les dépasse, toujours courant, je m'aperçois que je me suis trompée, c'est un couple, un homme et une femme d'âge mûr filant visiblement le parfait amour, je dévale la rue bruyante qui mène à notre immeuble, la sueur me dégoulinant dans le dos en un flot tumultueux, pareil au sang du chat qui, je le sais, ne s'arrêtera de couler que devant notre porte.

Qu'est-ce qui t'arrive, ma taupinette ? demande-t-il avec son visage amical et son petit bedon comprimé dans un tablier, je note que la table est mise pour le dîner, le couteau et la fourchette attendent sagement sur la nappe rouge, ne m'appelle pas comme ça, je suis furieuse quand j'aurais dû être contente, combien de fois faut-il te dire que j'en ai assez de ces sobriquets imbéciles, il proteste, les yeux élargis d'humiliation, mais c'est toi qui as commencé, peut-être mais j'ai arrêté et pas toi, hier, tu m'as encore appelée comme ça devant tout le monde, on a dû nous prendre pour des débiles. Je me fiche pas mal de l'opinion des autres, marmonne-t-il, c'est ce que nous pensons nous qui compte, quand t'enfonceras-tu dans la tête qu'il n'y a pas de nous ? Il y a toi et il y a moi, et chacun a le droit d'avoir son point de vue, il s'acharne, mais tu aimais bien que je t'appelle comme ça, avant, et alors, j'ai changé, je lui jette sans ménagement, tu n'as qu'à changer, toi aussi, je le ferai si je veux, tu n'as pas à me dicter ma conduite, et il repousse violemment son assiette avant de se réfugier devant la télévision, je remarquai que la table avait subitement changé d'aspect et s'était transformée en table pour un, je songeai à Shira, comme c'est triste de vivre seul, comment le supportait-elle, et je repensai à Tulya, son chat chéri, une petite boule de fourrure douce comme un coussin, je n'ai pas faim, dis-je en me dirigeant vers la chambre à coucher, allongée sur le lit, je me demandai comment nous allions vivre désormais sans nos tendres petits noms, il ne m'appellerait plus sa taupinette et je ne l'appellerais plus mon raton, comment ferions-nous pour nous parler ?

J'entendis la sonnerie du téléphone et sa voix douce amadouer le combiné. C'est Shira, annonça-t-il en entrant dans la chambre, dis-lui que je dors, il me tendit le récepteur éploré mais elle a besoin de toi. Elle pleurnicha à l'autre bout du fil, Tulya a disparu et les voisins m'ont dit qu'un chat s'est fait écraser tout à l'heure, j'ai peur que ce soit lui, calme-toi, murmurai-je, c'est probablement un autre, ton chat ne s'éloigne jamais de la maison, j'ai un mauvais pressentiment, gémit-elle, il m'attend toujours le soir. Mais Tulya ne s'aventure pratiquement jamais dehors. Ce matin, j'ai laissé la fenêtre de la cuisine ouverte à cause de la chaleur, il ne m'est pas venu à l'idée qu'il pouvait sortir, il n'avait aucune raison de le faire.

Il doit se cacher quelque part, sous le lit ou ailleurs, elles vont et viennent comme ça leur chante, ces bestioles, tu sais, va te coucher et demain matin, il viendra certainement te réveiller, je l'espère, murmura-t-elle en sanglotant de plus belle, c'est mon bébé, je suis perdue sans lui, il faut que tu m'aides à le chercher, mais Shira, je viens de rentrer et je n'ai pas le courage de repartir, attends encore un jour, non, je veux le retrouver aujourd'hui, insista-t-elle avec tant de véhémence que je finis par céder.

Et le dîner, alors ? demanda-t-il la bouche pleine d'un air dépité au moment où je gagnais la porte. Un bout de tomate s'échappa de sa bouche et vacilla sur son menton, Shira m'a demandé de l'aider à récupérer son chat. Tu n'arrêtes pas de te plaindre que je ne fais jamais la cuisine et quand ça m'arrive, tu t'en vas, rechigna-t-il. C'est ta faute, tu n'avais qu'à lui dire que je dormais, je n'aurais pas besoin de ressortir maintenant, je préférerais rester à la maison, tu sais, il continuait à mastiquer comme s'il ruminait mes paroles, les tournant et les retournant dans sa bouche, les yeux rivés sur la télévision, je lui lançai un dernier regard et m'en fus, persuadée de ne plus jamais le revoir comme toujours lorsque je le quittais et, à chaque fois que mes craintes se révélaient infondées, loin de s'atténuer, ma hantise grandissait au contraire.

Shira était assise dans la cuisine, la tête posée sur la table au milieu des reliefs. J'ai tellement redouté cette éventualité et maintenant qu'elle arrive, c'est pire que ce que j'imaginais, c'est trop tôt pour se lamenter, lui dis-je, et je me mis à crapahuter un peu partout, furetant sous les lits, dans les armoires, m'égosillant bêtement, « Tulya ! Tulya ! » comme si mes efforts avaient le pouvoir de m'absoudre, j'aurais dû le ramener à la maison ou le mettre à l'abri au moins, à force de ramper par terre, j'étais couverte de poussière, un vrai mouton, quelle mauvaise idée j'avais eue alors de m'arrêter au lieu de rentrer directement, qu'avais-je donc de si urgent à lui dire, finalement, les genoux en compote, je proposai d'aller voir dehors.

Elle colla contre moi son corps menu, raide comme un bout de bois, merci de m'accompagner, je ne sais pas ce que j'aurais fait sans toi, souffla-t-elle, remuant le couteau dans la plaie, nous avions ratissé les petites rues adjacentes en appelant, « Tulya ! Tulya ! » et, chaque fois qu'un chat surgissait d'une poubelle, elle m'agrippait anxieusement la main avant de la relâcher, déçue, et puis nous avions fini par nous rapprocher du boulevard, nous n'avions guère le choix, vas-y toi, moi, je ne peux pas, alors je me mis à chercher au milieu des phares rapides et glacés, multitudes de paires d'yeux malfaisants, en pure perte, on avait vite fait d'enlever le grand corps choyé et confiant dont les longues moustaches dissimulaient un sourire imaginaire, quasi palpable.

Je suis vraiment toute seule maintenant — nous étions assises sur un banc en bas de son immeuble —, tu as de la chance de vivre avec quelqu'un. J'étais mal à l'aise, comme chaque fois qu'on mettait la question sur le tapis : elle connaissait Yonni depuis plus longtemps que moi et j'étais persuadée qu'elle en était amoureuse, et dire que je lui avais pris l'un et l'autre, Yonni et le chat. Je ne pouvais même plus lui lancer : « Prends Yonni et donne-moi ton chat », la plaisanterie que je lui resservais quand Tulya se lovait contre moi, il me rappelait tous les chats que j'avais aimés dans ma vie, j'ai toujours eu plus de succès avec les animaux qu'avec les hommes, mais Yonni refusait d'en avoir un à la maison, prétextant que ça finirait mal, et il avait raison, la preuve, y a-t-il quelque chose qui finisse bien ? Je me sentais terriblement oppressée quand la voisine du dessus descendit avec sa poubelle, Shira lui demanda si elle avait aperçu son chat, je crois bien l'avoir vu, il y a une heure ou deux, il suivait une grande fille aux longs cheveux bouclés comme ça, répondit la voisine en joignant le geste à la parole, juste sous mon nez, je me dis, atterrée, espèce d'idiote, tu aurais pu te changer et relever tes cheveux, Shira et la voisine me regardaient fixement, non, ce n'est pas moi, je ne suis pas venue aujourd'hui, j'étais chez mes parents, je vous assure, j'y suis restée plus longtemps que prévu parce qu'il y avait quelqu'un qui me faisait peur, en tout cas, une jeune femme qui vous ressemblait est venue ici, et le chat l'a suivie jusqu'au boulevard, affirma la voisine. J'ai appris qu'une voiture avait écrasé un chat tout à l'heure, balbutia Shira, je ne suis pas au courant, conclut la voisine en tournant les talons, nous laissant seules, voyons, Shira, je te jure que je te l'aurais dit..., elle me coupa froidement : ce qui s'est passé ne m'intéresse pas, je veux mon chat, un point c'est tout. Il va revenir, il rentrera demain matin, tu verras, Ya'ara, dit-elle, je suis fatiguée, je vais me coucher, sa voix se brisa, comment vais-je faire sans lui, il dort toujours dans mon lit, ça me rassure de l'entendre ronronner, bon, je peux rester avec toi cette nuit, je ronronnerai comme un chat. Arrête, tu dois rentrer, Yonni t'attend, elle ne manquait jamais de penser à lui, de révéler indirectement son amour, Yonni survivra, non, non, se défendit-elle, je décelai la méfiance dans sa voix, un doute profond, écrasant, je dois m'en sortir seule, il peut encore revenir, risquai-je timidement, tu sais très bien que non.

Je nierai en bloc, décidai-je sur le chemin du retour, je suis la seule à savoir et, si je m'acharne à démentir, la vérité reculera devant le mensonge et je finirai par oublier ce qui s'est réellement passé, je songeai à la panique qui m'avait saisie sur les marches glissantes, telle une prémonition, qu'avait-il de si effrayant au fond, impossible de me rappeler son visage, je n'avais que le souvenir de ma peur et, comme d'habitude en pareilles circonstances, je me consolai en pensant à mon tendre Yonni chéri, nous allions enfin pouvoir commencer la soirée, repartir de zéro, je mangerais ce qu'il avait préparé, je finirais consciencieusement mon assiette, mais je remarquai que les lumières de l'appartement étaient éteintes, y compris la télévision, le seul signe de vie étant la sonnerie insistante du téléphone, je décrochai, pourvu que ce ne soit pas encore Shira, pensai-je, terrorisée, mais c'était ma mère.

Elle chuchota, excédée, il est toujours là, je suis sûre que ton père le fait exprès, il veut voir qui va craquer d'abord, je meurs de faim et je suis coincée ici à cause de lui, je ne vois pas ce qui t'empêche d'aller à la cuisine, maman, je ne veux pas le voir, ferme les yeux alors, comme ça, tu ne le verras pas, elle s'emporta, mais il me verra, lui, tu ne comprends rien ou quoi ? Je ne veux pas qu'il me voie, ne t'inquiète pas, maman, il finira bien par s'en aller, et je pénétrai dans la chambre obscure. Yonni dormait, les yeux clos, la respiration égale, bonne nuit, mon raton, murmurai-je en posant une main sur son front.

CHAPITRE 2

Où avais-je déjà vu ces lettres carrées, enluminées comme celles d'un vieux rouleau de la Torah, avec tous ces ornements et ces fioritures, or sur noir, qui attirent mon regard tandis que je passe devant la vitrine ? Le bus stoppe à l'arrêt suivant, la gueule béante, et je fixe l'immense enseigne inquiétante dont les lettres se brouillent, RIVE GAUCHE, PARIS, hurlent-elles, PRÊT-À-PORTER, je me lève en vitesse et tente de gagner la sortie comme s'il me fallait récupérer sans délai un objet précieux que j'aurais oublié là-bas.

L'enseigne est si large et si haute qu'on peut difficilement la déchiffrer de près, seules brillent les dorures comme autant de douces promesses, un soleil hivernal dont la lumière me réchauffe à mesure que je me rapproche de l'imposante vitrine flambant neuve, il y a à peine un mois, on vendait ici des matériaux de construction, et voilà que ces vêtements — ils m'avaient lancé des regards aguicheurs et mystérieux du fond du sac posé entre ses souliers pointus — s'exhibent aujourd'hui ostensiblement. Surtout cette robe bordeaux, courte et moulante avec des manches longues, elle est réellement magnifique sur le mannequin dont elle souligne les seins, les mamelons en érection et le galbe parfait des jambes, je me campe devant elle en inventoriant tristement nos différences quand, entre ses jambes largement écartées, j'aperçois les fesses étroites de cet homme, sanglées dans le pantalon en velours noir qu'il essaie en avançant et en reculant devant la glace, et, quoique ne distinguant pas son visage masqué derrière le dos délicat du mannequin, j'en devine l'expression béatement satisfaite. Il passe sa vie ici ou quoi, j'étais sidérée, pour qui se prend-il celui-là à lécher le miroir comme un vieux beau décati, puis l'entrejambe du mannequin resta béant, vous pouvez essayer, nous l'avons dans plusieurs coloris, annonça une femme, debout sur le seuil de la boutique, c'est cette couleur que je veux, balbutiai-je, on ne va pas l'enlever de la vitrine pour rien, entrez voir si elle vous va d'abord, rétorqua la vendeuse, maussade, non, je veux essayer celle-là, m'obstinai-je — je voulais rabattre le caquet au mannequin — avant de me décider à la suivre à l'intérieur.

Il ressort de la cabine d'essayage, avec, cette fois, un pantalon marron, et se dirige d'un pas farouche vers le miroir latéral, cependant que, cherchant machinalement un abri, comme s'il s'était mis à pleuvoir des cordes à l'intérieur du magasin, je me glisse dans la cabine qu'il vient de quitter et où flotte encore une odeur âcre, piétinant le pantalon noir qu'il vient d'ôter, reniflant le sien, suspendu à la patère, fouillant les poches, qu'a-t-il besoin de toutes ces clés, où est la jeune fille qui voulait la robe de la vitrine, s'enquit la vendeuse, ici, dis-je d'une voix rauque en tendant la main. Elle y fourre la robe et je me hâte de me déshabiller, mêlant mes vêtements aux siens, mais au lieu de l'essayer, je passe le pantalon qu'il a quitté et dont je ressens le contact frais et excitant, comme si sa peau lisse y adhérait, j'entends des pas, c'est occupé, déclare la vendeuse, mais c'est ma cabine, objecte son timbre grave. Désolée, attendez une minute, je l'entends expliquer quelque chose en français et, par l'interstice des battants, je l'entrevois dans son pantalon marron aux côtés d'une jeune femme très chic qui brandit une chemise marron en lui parlant dans un français suave, il commence à se déshabiller devant la glace, toutes les cabines sont apparemment occupées, exhibant une poitrine ferme et jeune, presque de la couleur de la chemise, on dirait un paon qui fait la roue dans ses habits neufs, il allume une cigarette pour lui-même et pour sa compagne qui use d'un fume-cigarette assorti à sa coiffure, une coupe au carré parfaite, et à sa veste cintrée. Dans un hébreu hésitant, elle questionne la vendeuse au sujet de la robe de la vitrine, quelqu'un est en train de l'essayer, répond la vendeuse, mais elle existe en d'autres coloris. J'entends la femme insister, c'est la bordeaux qu'elle veut, bon, dépêchez-vous, crie la vendeuse à la cantonade devant les portes closes, d'autres clients attendent pour la cabine et pour la robe aussi, je la prends, dis-je immédiatement, savourant l'exclamation de dépit de la femme au fume-cigarette, j'ôte rapidement le pantalon et me rhabille mais je n'ai pas le temps de remonter la fermeture Éclair que je perçois sa voix coléreuse, alors, c'est bientôt fini, oui, puis les portes s'ouvrent violemment, me plaquant contre le mur.

La fille de Korman, dit-il.

Tenant la robe d'une main, je m'évertuai à refermer mon pantalon de l'autre, accrochant quelques poils pubiens au passage, foulant son pantalon de mes pieds nus, je le regardai défaire les boutons les uns après les autres et ôter sa chemise, ses aisselles glabres exhalaient un puissant parfum résineux, humectant sans relâche ses lèvres charnues de sa large langue sombre en me fixant de ses yeux, noirs comme de la cendre, il ouvrit sa braguette et fit glisser son pantalon le long de ses longues jambes d'adolescent, découvrant un slip noir moulant avec une bosse au milieu, je fis mine de détourner les yeux, comme lorsque je surprenais par inadvertance mon père en caleçon, mais il ne l'entendait pas de cette oreille, il m'obligea à baisser la tête, exactement comme s'il manipulait le mannequin de la vitrine, puis il me prit la main et la posa sur la tiède protubérance vivante, telle une trompe d'éléphant enroulée sur elle-même, prête à se détendre et à barrir, je l'enserrai d'une main, lâchant la robe pour y adjoindre l'autre, il ne me toucha pas mais ses yeux, aussi lourds que des mains — j'en avais des frissons —, me forcèrent à m'agenouiller sur le pantalon jeté par terre et à poser ma joue contre la lutte ardente qui s'engageait silencieusement entre la peau et le tissu. Il posa un doigt sur sa bouche quand la femme au fume-cigarette s'écria, alors, Ari, et il m'attira vers lui, pressant brutalement mes doigts sur son slip, puis il enfila son pantalon qu'il boutonna promptement — c'est à peine si j'avais eu le temps d'ôter mes mains —, il passa sa chemise sur sa poitrine glabre et se sauva en emportant une pile de vêtements, je me rhabillai à la hâte, cherchai vainement la robe qu'il devait avoir emportée par mégarde et me ruai dehors sans prendre le temps de lacer mes chaussures.

Ils étaient déjà à la caisse, lui, avec sa haute taille, lissant ses cheveux gris, elle, séduisante et élégante dans son short et sa veste à la mode, pas vraiment belle mais sophistiquée jusqu'au bout des ongles, elle lui chuchote quelque chose à l'oreille et fouille dans le tas de vêtements d'où elle extrait ma robe, je me précipite en trébuchant sur mes lacets défaits, il y a tellement de miroirs que je me cogne contre l'un d'eux, je sens son corps plein de vie palpiter encore entre mes doigts. Excusez-moi, mais c'est ma robe ! dis-je, essoufflée, la caissière me lance un regard méfiant, j'appelle à la rescousse la vendeuse qui, heureusement, assure que je l'ai essayée la première, il daigne enfin lever les yeux de son portefeuille, Ya'ara, s'écrie-t-il, stupéfait, que faites-vous ici ? *C'est la fille de mon ami,* explique-t-il en français à sa compagne sans prendre la peine de me la présenter, comment se porte votre mère ? poursuit-il aimablement tout en rédigeant son chèque, elle va mieux, j'espère. Je réponds que oui en remarquant l'ironie moqueuse qui s'est substituée à sa mine concentrée. Il tend son chèque à la caissière, j'ai un avoir chez vous, je vous ramène des articles que j'ai achetés la semaine dernière, elle vérifie les reçus et réclame ses numéros de carte d'identité et de téléphone qu'il lui dicte lentement, à voix haute, en répétant le numéro de téléphone que je mémorise silencieusement. Ils s'en vont avec un immense sac noir, plus vaste encore que le précédent, mes amitiés à vos parents, il esquisse un geste amical de la main, et dites à votre père que j'attends sa réponse, ajoute-t-il comme s'il venait de se rappeler un détail, j'acquiesce en les regardant partir, il la guide fermement par le bras, leurs postérieurs se mouvant au même rythme, de plus en plus loin de moi, la caissière m'annonce le prix de la robe mais je ne l'entends pas, les chiffres se bousculent dans ma tête, elle insiste, mais c'est trop cher, j'en bégaie presque, je ne me doutais pas qu'elle était si chère, je pose la robe sur le comptoir et recule comme si elle allait m'exploser au visage, la vendeuse s'avance, menaçante, qu'est-ce que ça veut dire, crache-t-elle sans aménité, nous venons de rater une vente à cause de vous, vous ne pouvez pas faire ça. Je bredouille que je n'ai pas remarqué le prix, que je dois en parler à mon mari dont je mentionne l'existence pour me rassurer, me raccrocher à sa solide présence, pour qu'elles sachent que je ne suis pas seule, que je ne suis pas aussi perdue que j'en ai l'air, la fille s'empare rageusement de la robe, pensez à regarder le prix la prochaine fois, vous avez raison, je suis confuse, dis-je en voyant la belle robe de velours, que je n'ai même pas essayée, réintégrer le mannequin qui n'attendait que ça et, plantée devant la vitrine exactement comme une demi-heure plus tôt, je contemple la parfaite adéquation existant entre l'une et l'autre, la victoire totale de ma rivale, il ne s'est rien passé, je vais faire comme si je n'étais jamais entrée dans cette boutique, les choses sont comme avant, il ne s'est absolument rien passé, mais j'ai des fourmis dans les doigts comme si l'on en avait changé la disposition par une douloureuse opération.

Je m'éloigne honteusement, la robe flotte, tel un drapeau rouge provocant et inquiétant, je marche à reculons, j'ai peur de tourner le dos et de m'exposer aux flèches vengeresses des deux filles. Il me semble que le mannequin esquisse un geste d'adieu dans ma direction, je lui adresse un clin d'œil contrit et me heurte à une foule compacte qu'il m'est impossible de traverser, on dirait un mur, je n'ai d'autre ressource que de me laisser entraîner par le courant jusqu'à ce que je découvre une brèche. Insensiblement, cette communion devient presque agréable. Je m'aperçois qu'ils portent tous des vêtements marron où pendent de grandes feuilles aux couleurs de l'automne qui se balancent à chaque pas, ils s'arrêtent brusquement au beau milieu du centre commercial, l'air ahuri, et lèvent les bras au ciel, pareils à des arbres, que faites-vous, ne puis-je m'empêcher de demander à ma voisine la plus proche, nous célébrons l'automne, ils marmonnent des bénédictions au son de tambourins, puis le silence retombe, et, subitement, ils se dépouillent de leurs feuilles qu'ils se mettent à piétiner sauvagement, j'en demande la raison à la femme, nous nous débarrassons de nos parasites pour nous purifier, comme les arbres dont ne subsistent que le tronc et les branches. Son visage rayonnant m'hypnotise, ses traits sont encore jeunes, enthousiastes malgré ses cheveux blancs, elle se met à fredonner avec les autres un air aigre-doux, je tente de sortir du cercle pour me mêler aux gens normaux, fichez le camp, espèces de dingues, on devrait vous enfermer, ricanent certains tandis que d'autres les considèrent avec angoisse, comme s'ils contemplaient la pure spiritualité, je n'en reviens pas, moi qui pensais que les arbres regrettaient de se séparer de leurs feuilles, comme les parents de leurs enfants, les maris de leur épouse, et, si la séparation était une délivrance, une purification, la perte de la matérialité, le monde est moins triste que je ne le croyais, finalement. Je me remets à marcher, réconfortée par cette bonne nouvelle, mais je me suis réjouie trop vite, cela ne signifie pas que le monde est moins triste, non, seules les circonstances changent, ces gens-là croient que les séparations sont joyeuses et les retrouvailles tristes, telle la bonne vieille devinette des côtes et des pentes qui laisse toujours un peu perplexe, j'aimerais les retrouver pour leur demander ce qu'ils font au printemps, s'ils pleurent le renouveau de la nature, mais je n'ai plus une minute à perdre car je dois assurer une permanence à la fac et je déteste me faire attendre, mais, en consultant ma montre, je m'aperçois que j'ai déjà un quart d'heure de retard.

Affolée, j'entrai dans un café, au coin de la rue, pour téléphoner au bureau des assistants, Netta me répondit de sa voix nasillarde que je n'aurais jamais cru être si heureuse d'entendre un jour, peux-tu me rendre un service, Netta, remplace-moi aujourd'hui et je permuterai avec toi la prochaine fois, d'accord ? C'est exactement ce que je suis en train de faire, figure-toi, répliqua-t-elle. Y a-t-il beaucoup d'étudiants ? J'en ai déjà vu deux et il y en a encore quelques-uns qui patientent dans le couloir, ils ont des problèmes avec le cours d'initiation, où es-tu, en ville, je me suis arrêtée en chemin pour essayer une robe et je n'ai pas fait attention à l'heure. Elle prit un ton narquois, elle te va bien, j'espère, je ne l'ai pas achetée, finalement, elle était trop chère, dis-je, un peu gênée — Netta éclata de rire, je l'imaginais secouant ses épaisses boucles brunes, pareilles à des mille-pattes —, et la remerciai de me rendre ce service, je ne peux pas ne pas remarquer son accent triomphal, révélateur de la rivalité acharnée qui nous opposait depuis deux ans pour l'obtention du poste dans le département, elle marquait des points à chacune de mes négligences, même si nous étions seules à le savoir.

N'ayant plus rien à faire, je m'installai à une table en terrasse — la drôle de procession avait disparu en laissant derrière elle un sentiment d'étrangeté — et observai les arbres décolorés, entourés de hautes clôtures, à croire qu'ils manigançaient leur évasion, et les vieux immeubles dont seuls les étages supérieurs avaient été rénovés, mais, personne ne prenant la peine de lever la tête, on ne voyait que des boutiques vétustes de surplus militaire proposant toutes sortes d'accessoires, insignes, uniformes, drapeaux, etc., les passants, qui arpentaient les dalles rayées, bougeaient bras et jambes de concert, sur un rythme que l'on aurait dit convenu d'avance, et parmi eux un enfant au teint basané se démenait pour vendre des plumes de paon dont les immenses ocelles chatoyants tanguaient au-dessus des minces pennes et dont personne ne voulait. Je me demandai si ces gens-là avaient éprouvé la même chose que moi, quelques minutes auparavant, c'était comme avaler du feu, j'ai toujours voulu savoir à quoi pouvait ressembler ce genre d'expérience, ce que l'on ressent au moment d'enfoncer la torche enflammée dans sa bouche puis lorsqu'elle est à l'intérieur et menace de détruire les fragiles tissus, à présent, je le sais, mais que faire de cette science toute neuve, où l'emporter ? Je songeai ensuite à son membre lové dans son slip et à la fille impeccablement coiffée, qui était-elle, j'espérais sans trop y croire que c'était sa fille, elle était trop jeune pour être sa femme, où allaient-ils avec ce sac bourré et leurs sous-vêtements pleins à craquer, pourquoi ne m'avaient-ils pas emmenée avec eux, j'avais perdu quelque chose dans la cabine exiguë, un trésor dont j'ignorais même l'existence, l'inexpérience de la sensation que l'on éprouve en avalant du feu, tout paraît insipide, médiocre, après coup, il n'y a plus rien d'exaltant.

Une soudaine faiblesse me saisit, comme si mes membres s'affaissaient brusquement, je posai la tête sur la petite table ronde, tiédie par le soleil automnal, tel un fidèle oreiller, et tentai de me remémorer mes projets futurs, la thèse que je devais soutenir en fin d'année, le bébé que nous ferions après la thèse, l'appartement que nous achèterions après le bébé, et, d'ici-là, les dîners que nous préparerions à tour de rôle, les rendez-vous avec mon directeur de recherche qui m'apprécie et me prédit une brillante carrière, les robes que j'essaierais dans d'étroits habitacles, avec ou sans miroir, l'horizon avait l'air poussiéreux, à croire que le vent venu du désert avait recouvert le monde d'une fine couche de sable gris. Je me souvins d'avoir déjà eu cette impression de chute, quoique de manière moins intense, une sorte d'allusion, d'avertissement plutôt, à l'époque où, il y a quelques années, peu après la fin de mon service militaire, j'étais tombée amoureuse d'un homme qui habitait à côté d'une boulangerie, le lit sentait le pain frais au cours de la seule nuit que j'avais passée en sa compagnie, et quand j'eus cessé de le voir, on aurait dit que ma vie avait perdu sa fraîcheur, laquelle était demeurée entre ses draps qui fleuraient bon le pain. J'avais eu du mal à m'en remettre, mais, grâce à Yonni que j'avais rencontré peu après, je m'étais efforcée de l'oublier, seule l'odeur du pain frais réveillait de temps à autre mes souvenirs, aujourd'hui, l'odeur du pain se mêle au goût du feu qui brûle dans ma tête, les yeux de braise d'Arieh Even me mitraillent de toutes parts, je suis terrorisée, il a la démarche d'un chasseur, le regard d'un chasseur, je l'aperçois qui remonte la rue et le voilà qui me jette sur son épaule avec une désarmante facilité, corps, chair et fourrure. J'étouffe un cri, je me lève et détale, tel un lièvre qui entend un coup de feu dans la forêt, et je ne me calme qu'en atteignant le boulevard, au milieu de la circulation, l'appartement de mes parents est tout proche maintenant, les feuilles putrescentes crissent sous mes pas quand je monte l'escalier, dire que, il y a à peine une semaine, il m'ouvrait la porte comme s'il était chez lui, mais c'est ma mère qui se tient devant moi aujourd'hui.

J'aurais voulu lui dire de s'en aller, qu'elle n'était plus à sa place, qu'elle usurpait la sienne à lui, elle s'étonna, tu n'es pas à l'université, j'y vais, mais j'ai oublié mon manteau et j'ai un peu froid, elle courut me chercher une vieille veste à carreaux dans la penderie en jetant un coup d'œil perplexe par la fenêtre — il faisait un temps radieux —, tu es sûre que tu n'auras pas trop chaud avec ça ? Mais non, il fait frisquet, elle hausse les épaules et me propose du café, nous nous installons dans la cuisine et je lui annonce incidemment que j'ai rencontré leur ami Arieh Even et sa fille, l'ami de ton père, s'empresse-t-elle de corriger en précisant qu'il n'a pas de fille et pas d'enfant du tout d'ailleurs. Dépitée, je renchéris : alors ce doit être sa femme, de quoi a-t-elle l'air ? Une vieille coquette de Française, exulte maman, il y a des années que je ne l'ai pas vue mais ces choses-là sont inévitables. Elle ne cherche pas à déguiser sa satisfaction à l'idée qu'elle-même, qui a toujours ostensiblement négligé son apparence, et ces enfants gâtées de Françaises se retrouvent un jour au même point.

Pourquoi n'ont-ils pas d'enfants ? Je sentais encore son indéniable virilité se raidir entre mes doigts, ils ont eu des problèmes, répond laconiquement ma mère, ça t'intéresse vraiment ?

Qui a eu des problèmes, lui ou elle ? C'est lui, puisque tu tiens à le savoir. Le café, ce sera pour une autre fois, lançai-je pour me venger, je vais être en retard à la fac, je pris la veste et m'en fus dans la matinée ensoleillée, écarlate à l'idée que, n'étant évidemment ni sa femme ni sa fille, elle était probablement sa maîtresse, il y avait entre eux une trop grande intimité, en rentrant à la maison je notai, au passage, la vétusté des immeubles grisâtres, de jeunes mères remorquant une poussette d'une main et un gamin en larmes de l'autre, je songeais à sa stérilité avec une telle concentration qu'elle devenait une entité distincte, creuse, concave et protubérante comme la lune, plus il s'étoffait et plus elle se creusait, se gaussant de lui, le taquinant, à quoi bon pavoiser dans son slip noir s'il était incapable de remplir l'office auquel il était destiné, je me mis directement au lit, comme si j'étais malade, mais je ne parvins pas à me calmer, la morne sensation d'avoir perdu quelque chose qui obscurcissait les fenêtres étroites comme un rideau que je contemplais en écoutant la petite bête affamée qui me rongeait les entrailles, attends, attends un peu, mais attendre quoi, ma prochaine permanence ? Que sèche la lessive étendue dans la matinée ? La baisse de la température ? Le jour le plus court de l'année ? Le plus long ? Incapable de me contenir davantage, je pris le téléphone et composai les chiffres qui tournoyaient dans ma tête.

Il finit par répondre à la dixième sonnerie, au moment où je me rallongeai sur mon lit, prête à renoncer, un allô bizarre, affecté, avec un fort accent parisien, d'une voix morne et pesante, je vous réveille ? Non, dit-il, en respirant lourdement, je l'avais dérangé pendant qu'il faisait autre chose, je me mordis la langue, c'est Ya'ara, je sais. Je voulais simplement vous informer que j'ai transmis votre message à mon père, bredouillai-je, très bien, merci, dit-il laconiquement, je ne savais qu'ajouter, ce qui était sûr c'est que je ne voulais pas qu'il raccroche, ne raccrochez pas, suppliai-je sans ambages, pourquoi ? Je ne sais pas. Que voulez-vous alors ? Vous voir. Mais pourquoi, insista-t-il, je ne sais pas, répétai-je, il y a apparemment beaucoup de choses que vous ne savez pas, il s'esclaffa, je fis chorus, soulagée, je ne peux pas pour le moment, coupa-t-il non sans affectation, quand serez-vous libre alors, il fit une pause comme pour se donner le temps de la réflexion, disons dans une demi-heure, il me communiqua brièvement son adresse comme s'il commandait un taxi.

Je regrettai de ne pas avoir acheté la fameuse robe bordeaux car je ne trouvai rien dans mon armoire capable de rivaliser avec le short jaune et la veste couleur de miel de la fille au fume-cigarette, finalement, j'optai pour un pantalon moulant et un corsage à maille noir, nouai un ruban doré dans mes cheveux et rehaussai le bleu de mes yeux au crayon noir, j'étais assez satisfaite du résultat, le chauffeur du taxi devait l'être aussi car j'étais à peine montée qu'il voulut savoir si j'étais mariée. Naturellement, il soupira à fendre l'âme, depuis longtemps, demanda-t-il en se ressaisissant, oui, bientôt cinq ans. Vous avez besoin d'un changement, alors, certainement pas, j'aime mon mari, aveu qui fut accueilli avec indulgence, je me sentais plutôt ridicule de faire cette déclaration en pareilles circonstances mais j'avais besoin d'entendre ces mots-là, on peut aimer deux personnes à la fois, murmura-t-il — il avait mauvaise haleine — en désignant son cœur soi-disant brisé, nous avons un grand cœur, vous savez. Le mien est tout petit, c'est ce que vous croyez, fit-il, hilare, vous serez étonnée de voir à quel point il peut grossir, il n'y a pas que la quéquette, vous savez. Écœurée, je regardai par la fenêtre, notant que les rues s'élargissaient, il s'arrêta devant un petit immeuble coquet, à l'angle d'une avenue, et posa la main sur sa poitrine en guise d'adieu.

Une plante grimpante masquait la façade de l'immeuble, on aurait dit de la fourrure, en m'approchant, j'aperçus des dizaines d'abeilles qui butinaient joyeusement au milieu de l'épais feuillage. C'est un signe, songeai-je, tu ferais mieux de déguerpir, j'avais depuis toujours la phobie de mourir d'une piqûre d'abeille, c'est imprévisible mais, quand ça arrive, il est déjà trop tard, je tournai les talons mais la vision du monde sans cet immeuble avec ses lumineux appartements aux pièces qu'on salit et nettoie tour à tour, entourés de jardinets gaspillant beaucoup trop d'eau et plantés d'arbres dont je ne me rappelle jamais les noms, avec ses boîtes aux lettres qui se remplissent et se vident alternativement, cette gigantesque entreprise que nulle piqûre d'insecte n'arrêtera jamais me parut si morne, si désespérée, impossible d'imaginer l'existence sans cet immeuble pimpant, croûlant sous la verdure et envahi par les abeilles, aussi, me ravisant, j'en franchis résolument le seuil.

Il prit tout son temps et ne vint m'ouvrir qu'à la deuxième sonnerie, il me guida silencieusement vers un vaste salon élégant, aux murs tapissés de tableaux et au sol jonché de tapis, on aurait dit un miroir reflétant les murs, ou l'inverse. Il portait son pantalon et sa chemise neufs qui, curieusement, soulignaient son âge, il avait vraiment l'air vieux, plus vieux que mon père, avec ses joues et son front creusés de profonds sillons, pareils à des cicatrices, ses cheveux blancs clairsemés, ses yeux cernés de sombres nuages. C'est drôle comme les gens paraissent ce qu'ils sont chez eux et rayonnent au-dehors, pensai-je, assise sur le canapé pastel, brusquement réconfortée de voir la vieillesse en action, toutes griffes dehors, souhaitant qu'il succombe à une attaque d'un instant à l'autre et me délivre de sa présence. Pleine d'espoir, je fixais effrontément la poche de poitrine gauche qui dissimulait son vieux cœur à bout de forces. Tapie derrière elle, se pressait devant moi une foule d'organes internes dans les tons bleu-rouge qui me rappelaient les organes sexuels, répugnants et fascinants à la fois, que je voyais autrefois chez les bouchers à l'ancienne où me traînait ma mère. On s'en va, maman, suppliais-je en la tirant par la manche, partagée entre la nausée et un désir lancinant, trouble et douloureux, à la vue des planches à découper où s'entassaient de minuscules vestiges vivants et concrets.

Subjuguée par cette poche qui s'élevait et s'abaissait en cadence, j'essayai de calquer le rythme de ma respiration sur le sien, de juger de la gravité de son état, voire de recueillir son dernier soupir, comme une vague, mais la poche se redressa, il se pencha vers moi, voulez-vous boire quelque chose, Ya'ara, je n'ai pas soif, répondis-je fièrement, toute à la joie de ma liberté retrouvée, je n'ai ni faim ni soif, je n'ai pas besoin de lui et peu m'importe de savoir qui est la fille au fume-cigarette ni ce qu'ils ont fait après avoir quitté la boutique, je n'ai rien à voir avec lui, je dois rentrer chez moi, retrouver Yonni et ma thèse que je suis censée soutenir à la fin de l'année.

Excusez-moi, fis-je d'une voix égale, jubilatoire, mais je n'aurais pas dû venir, je ne sais pas ce qui m'a pris, vous avez votre vie et moi la mienne, elles n'ont rien en commun, absolument rien.

Il tressaillit, me regarda d'un air contrarié, détaché, et me raccompagna sans mot dire à la porte, c'est curieux, dit-il comme s'il se parlait à lui-même juste avant de l'ouvrir, je croyais que vous étiez du genre à obtenir immédiatement ce que vous désirez, il paraissait plus mécontent de son erreur d'appréciation que de mon départ précipité. Ah, et qu'est-ce que je désire, d'après vous ? rétorquai-je aussitôt, gobant l'hameçon.

Il me prit la main, comme dans la cabine d'essayage, et la posa avec beaucoup de naturel et une certaine lassitude sur sa braguette, vous êtes venue pour ça, il me serra violemment les doigts, vous pouvez partir maintenant ou un peu plus tard, comme vous voulez, je consultai ma montre comme si c'était une question de temps mais j'étais si tendue que les chiffres se brouillaient, qu'en pensez-vous, balbutiai-je, la gorge sèche et nouée, c'est à vous de décider, dit-il, j'insistai, mais vous, que voulez-vous, ça m'est complètement égal, c'est vous qui êtes venue, pas l'inverse, dit-il tout en dégrafant lentement sa ceinture marron. J'avais les jambes en coton, j'étais incapable de faire un pas en arrière ou en avant, c'était de toute façon inutile car il me fit pivoter, le dos vers lui, le visage tourné vers la porte, les mains en l'air, agrippées aux patères fixées sur le montant de la porte, telle une captive, mon pantalon m'entravant les genoux, son membre dur me clouant contre le battant sans qu'il me touche ne fût-ce que du petit doigt tandis qu'il questionnait, affirmait, proclamait plutôt, c'est bon, c'est bon, d'une voix froide, moqueuse et vulgaire qui résonnait dans la pièce comme pour consigner ces mots dans un protocole secret, c'est bon, c'est bon, c'est bon.

Gluante et transparente comme la bave d'un escargot, ma salive se répandit sur la porte dont les rainures imprimaient sur mes joues leurs premières rides. L'orgueilleuse verge se retira dans mon dos, réintégrant promptement sa cachette, et j'entendis la boucle de la ceinture se refermer. Je me retournai péniblement, la nuque raide, déconcertée par cette prétendue intimité s'instaurant entre deux parfaits inconnus mais le contraste ne dura guère, quand son sperme stérile se mit à dégouliner entre mes jambes, me plongeant dans la confusion comme une gamine qui s'oublie devant tout le monde — il ne m'offrit même pas un kleenex et je n'osai lui demander où se trouvaient les toilettes pour ne pas avoir à m'y rendre avec mon pantalon baissé, je me contentai donc de le relever, ma culotte absorbant le liquide, j'ai soif, murmurai-je en me raclant la gorge.

Que veux-tu boire, il avait le visage fermé, froidement aimable, on aurait dit qu'il m'en voulait, du café, répondis-je, ma femme ne va pas tarder, remarqua-t-il avec une politesse glacée, il vaudrait mieux quelque chose de plus rapide, là-dessus, il revint avec un verre de jus de pamplemousse que je bus lentement pour gagner du temps, avalant rageusement le liquide aigrelet, le sexe aurait dû nous rapprocher mais il semblait encore plus distant, Yonni me serrait toujours contre lui après l'amour, ici, il n'y avait pas une once de tendresse. Tel un commerçant désireux de fermer boutique, il attend impatiemment que je termine et se précipite à la cuisine avec le verre vide, ma femme ne va pas tarder, répète-t-il, et j'acquiesce dans un murmure, oui, je m'en vais, en essayant de me ressaisir, d'allumer une étincelle dans ses yeux gris, complètement atones, alors, incapable de me retenir, je lui demande qui est la fille au fume-cigarette, la nièce de ma femme, elle habite à Paris, pourquoi, répond-il très vite, comme s'il n'avait rien à cacher, pour rien, ah, conclut-il en manière d'adieu en ouvrant la porte qui n'était même pas verrouillée, mes amitiés chez toi, lance-t-il cordialement, j'eus à peine le temps de le remercier qu'il s'empressait de la refermer, à clé, cette fois.

Avec une extrême lenteur, je descendis l'étroit escalier en chancelant, comme un enfant qui fait ses premiers pas, les cris de triomphe en moins, brusquement j'eus comme un éblouissement, je ne distinguais plus rien en dépit de la lumière intense de l'après-midi, terrifiée, indifférente aux abeilles, je m'assis sur une marche, la tête sur les genoux, les yeux clos, j'avais l'impression de sombrer, qu'as-tu fait, que fais-tu, que vas-tu faire, on aurait dit que je récitais mes conjugaisons pendant un cours de grammaire, j'entendis une voiture s'arrêter et klaxonner à côté de moi, sans doute sa femme qui lui demandait de descendre pour l'aider à porter ses paquets, je devais filer, je me relevai à grand-peine, quelqu'un s'approcha de moi pour m'aider et je reconnus confusément le chauffeur du taxi de tout à l'heure, je passais dans le coin et je suis venu vérifier si vous aviez besoin que je vous ramène chez vous, j'étais aussi contente de le voir que s'il m'avait sauvé la vie. Il m'ouvrit la portière, me fit asseoir avec de grandes précautions et me demanda ce qui se passait, je ne me sens pas bien, mais vous étiez en pleine forme, il y a une demi-heure à peine, s'étonna-t-il avec un claquement de langue, une fille comme vous ne devrait pas vadrouiller comme ça, sa place est à la maison, si quelqu'un a envie de vous voir, il n'a qu'à se déplacer lui-même, j'éclatai en sanglots et, mortifiée, je me balançai d'avant en arrière, comme en prière, ça va aller, ne vous inquiétez pas, fit-il sans cesser ses claquements de langue, peut-être bien qu'il est trop petit finalement, votre cœur, un vrai cœur de bébé, épilogua-t-il comme s'il se parlait à lui-même en posant une main sur mon genou, ne vous en faites pas, il a encore le temps de grandir, il avait au poignet un gros bracelet en or, très féminin, si brillant qu'il m'aveugla, je fermai mes yeux blessés, ce qui ne m'empêcha pas de voir son cœur se dilater sous sa chemise, on aurait dit un sein tiède gonflé de lait et rempli de bonne volonté.

Ce n'est que dans la pénombre de ma chambre que ma cécité commença à se dissiper mais j'étais encore toute chavirée, pour me calmer, j'essayai de me retourner dans le lit sans parvenir à atteindre le côté de Yonni, comme si un mur avait brusquement surgi entre nous, le mur de l'adultère. Il y avait toujours eu quelque chose entre mon côté et le sien, un abîme, des tensions, des vexations, jamais d'adultère, j'avais l'impression que le lit était coupé en deux, je tendis la main vers lui et me heurtai au mur, je me remis à pleurer, qu'as-tu fait, qu'as-tu fait, même lorsqu'il me portait sur les nerfs et que je ne supportais plus notre vie commune, je n'avais jamais envisagé de le tromper, plus que de l'amour, il y avait entre nous une communauté de destin, si bien que le tromper serait revenu à tromper le destin. Il m'arrivait parfois de rêver d'une autre vie, un peu comme lorsque l'on rêve d'un miracle, quelque chose de surnaturel, d'inaccessible et d'irréalisable, et voilà que mon monde basculait sans que je sache comment l'amadouer, j'employai le même procédé que pour le chat, je nierais en bloc, si bien que la vérité finirait par se rétracter devant le mensonge, mais, cette fois, ça ne marchait pas, si le chat de Shira était mort, Arieh Even était bien vivant, lui, et tant qu'il vivrait, ma faute vivrait aussi, comme mon humiliation et l'amour que je sentais monter en moi, pareil à de la bile amère et verdâtre, oui, c'était exactement ça, pourquoi le nier ?

CHAPITRE 3

Encore une fois, je le jure, la dernière qui annulerait définitivement la précédente et transcenderait l'humiliation, je me revoyais écartelée sur la porte, les mains agrippées au portemanteau métallique glacé, ce souvenir m'était insupportable, de toute façon, un nouvel adultère ne ferait guère de différence, il suffirait de mettre les deux dans le même sac et, tant que j'y étais, je préférais rester sur une bonne impression plutôt que sur cet arrière-goût amer et oppressant, ressassais-je, dans les affres de l'indécision, devant les copies de mes étudiants, à la bibliothèque, face au visage rond de Yonni, ou à son dos douillet, la nuit.

Mieux vaut en rester là, déclara-t-il quand je finis par lui téléphoner, tremblante d'excitation. Ça veut dire quoi, là ? Là, en l'état, exposa-t-il, mais il faut que je te voie, nous ferions mieux d'en rester là, Ya'ara, crois-moi.

Cela signifiait que j'allais continuer à déambuler toute la journée, obsédée par cette idée fixe qui me consumait, me terrassait, m'entortillait tour à tour avant de s'éclipser brièvement, j'avais à peine le temps de reprendre ma respiration qu'elle fondait sur moi en coup de vent, un blizzard qui se levait impétueusement, humide et vorace, ouvrant les fenêtres à la volée, me soufflant malicieusement dans la nuque, mais tu aimais l'hiver, avant, plaida Yonni, maintenant je déteste ça, et alors, ripostai-je, on n'a pas le droit de changer d'avis ou quoi, je dois rester la même toute ma vie, mais tu m'aimais avant, tu m'aimais, tu m'aimais, me criaient ses yeux.

Comment provoquer une nouvelle rencontre ? Persuadée qu'il me suffirait de le revoir pour en être délivrée, je hantais les lieux où j'aurais pu tomber sur lui fortuitement, je passais à la boutique de prêt-à-porter — le mannequin portait à présent un gros manteau de laine —, montais sans relâche l'escalier de mes parents, me ruant le cœur battant dans le salon obscur, avec quelle aisance s'était-il installé dans le grand fauteuil dont il avait expulsé mon père, timide et réservé, en noyant la pièce de fumée, comme c'était simple de le croiser par hasard, sans effort, sans préméditation, et, aujourd'hui, cela me paraissait complètement irréel, désespéré, il ne gravirait plus jamais les marches humides ni ne se pavanerait devant le miroir brillant en contemplant son reflet d'un air avantageux.

Une nuit, je crus avoir trouvé la solution, j'étais presque heureuse. J'avais compris que mon père détenait les clés du problème, il ne s'agissait pas de longs efforts acharnés mais d'un acte unique, brutal : il devait mettre fin à sa vie, bref, mourir. Arieh assisterait évidemment aux obsèques, ce qui me donnerait l'occasion de pleurer sur son épaule, de m'accrocher à lui comme s'il était mon nouveau père, il ne pourrait pas refuser. La question était de savoir comment mon père allait réagir, mon avenir était entre ses mains à présent. Demain matin, je me planterais devant lui : papa, lui dirais-je, l'instant de vérité est venu, qu'es-tu capable de faire pour le bonheur de ta fille ? À moins que je ne tourne les choses autrement : papa, dans les circonstances actuelles, je crois que si tu mourais, tu me rendrais un plus grand service qu'en continuant à vivre, dis-toi bien qu'il y a pire, si ça peut te consoler, j'ai des amies pour qui même la mort de leurs parents ne changerait rien, tu te rends compte ? Il approchait la soixantaine, mon père, et, s'il tenait à la vie ou pas, je n'en avais pas la moindre idée. Il parlait beaucoup du passé, il en parlait même sans arrêt, mais l'avenir ne semblait guère l'intéresser. À ma connaissance, il n'avait pas de projets particuliers et, quand bien même en aurait-il, les projets sont faits pour être modifiés.

Ce qui est logique la nuit paraît absurde au matin, quoique le contraire soit peut-être également vrai. En sa présence, devant ce visage délicat et inquiet, j'étais disposée à consentir à un compromis, une maladie incurable, imaginaire naturellement, qui contraindrait ses amis, très inquiets, à de fréquentes visites. Et moi, dans le rôle attendrissant de la fille dévouée qui porte toute la famille sur ses épaules, je lui dirais que mon père avait souvent demandé à le voir, et il serait atterré par le temps perdu. J'arrive trop tard, demanderait-il, paniqué, non, non, pas encore, le rassurerais-je.

Comment va ton ami, Arieh Even ? Très bien, je lui ai parlé hier. Pourquoi ne l'inviterais-tu pas à dîner un soir ? Il ne manquerait plus que ça, hurla ma mère de la cuisine, cette espèce d'enflure !

Je ne te permets pas de parler comme ça de mon meilleur ami, rugit mon père.

Tu peux me dire où il était, ton soi-disant meilleur ami, pendant toutes ces années ? Pourquoi ne s'est-il jamais donné la peine de nous donner de ses nouvelles ? Elle jaillit de la cuisine et se planta devant lui, la mine revêche.

Toi et tes calculs mesquins, je ne compte pas avec mes amis, moi.

Parce que tu es naïf, pour ne pas dire idiot.

Ils étaient si absorbés dans leur vieux rite malsain qu'ils ne remarquèrent même pas mon départ, je me mis en route, gravant chaque détail du trajet dans ma mémoire, le nombre de pas qui me séparaient de lui, de feux tricolores, d'épiceries, de marchands de fruits et légumes, de pharmacies, de passages piétons, dressant mentalement la carte de la distance, de la réalité citadine au quotidien, un autre monde, entièrement nouveau. Je n'avais jamais vu les épiceries sous cet angle, lourdes de sens, puissantes, mystérieuses, passionnées, les passages piétons avec leurs bandes fluorescentes, les feux de signalisation crachant des flammes, et mes pas, je n'avais jamais compris ce que signifiait marcher quand les pieds se poursuivent, tels des oiseaux de proie, c'était vraiment prodigieux, un vrai miracle, comme une statue qui se mettrait à bouger.

Je m'arrêtai devant chez lui, en face de la plaque rectangulaire de couleur claire, fixée sur la porte, à peu près là où j'avais posé mon front, je croyais encore sentir la pointe des vis de l'autre côté et je songeai que le bois épais avait si bien absorbé mes soupirs qu'ils devaient en faire partie intégrante, à présent, si sa femme les entendait elle aussi, peut-être avait-elle des bourdonnements dans l'oreille, j'étais partagée entre la jalousie et la pitié. Il la trompait si facilement, en revanche, elle pouvait le voir quand et où elle le voulait, elle n'avait pas besoin de poireauter honteusement devant la porte ni d'inventer des prétextes.

Mais je n'eus pas besoin de prétexte car il avait l'air aimable, presque ravi de ma visite, je te dois un café, non ? J'acquiesçai avec autant d'enthousiasme que s'il m'avait proposé de l'ambroisie. Je n'aime pas avoir des dettes, ajouta-t-il en se dirigeant vers la cuisine où je le suivis, la pièce était somptueuse, éblouissante, on se demandait comment elle pouvait être si lumineuse dans cette pâle clarté hivernale, ses gestes enjoués me surprirent, s'il était vraiment si content de me voir, pourquoi avait-il tenté de me repousser, pourquoi m'avoir dit, « restons-en là », voulait-il tester ma ténacité, ma force de caractère, et, maintenant que j'avais réussi l'épreuve, il était satisfait, presque fier, comme un professeur d'un excellent élève. Il m'offrit un café dans une tasse bleue également baignée de lumière et étouffa un bâillement, je suis vanné, je suis rentré de voyage très tôt ce matin. Vraiment ? m'exclamai-je, surprise, où étais-tu ? En France principalement. En vacances ? Quelles vacances ? il s'esclaffa, pour le boulot, oui, je me souvins d'avoir entendu ma mère dire qu'il était une sorte d'agent secret dans la Défense nationale, quel genre de boulot ? Manuel, dit-il en éclatant de rire, et intellectuel aussi, en partie, il désigna sa grande tête à la chevelure grise et humide — il devait sortir de la douche — avant de se remettre à bâiller. Son comportement avait quelque chose de forcé, d'ostentatoire, comme s'il avait tout inventé parce qu'il était gêné de s'être laissé surprendre à faire la grasse matinée, il me revint alors que papa avait affirmé lui avoir parlé la veille, as-tu des nouvelles de mon père, demandai-je malgré moi, en fait non, je voulais l'appeler aujourd'hui pour voir s'il a une réponse pour moi, curieux, l'un des deux ment, me dis-je en essayant de deviner lequel avait les meilleurs motifs, Arieh voulait prouver qu'il était à l'étranger et mon père voulait embêter ma mère en lui faisant avaler qu'ils étaient dans les meilleurs termes, qui croire, comme pour renforcer ses dires, il sortit du placard une boîte de chocolats encore emballée, achetée visiblement en duty-free, qu'il s'employa activement à défaire. Comment était-ce, dur, dit-il d'un air important, pourquoi semblait-il moins séduisant chez lui que dans mes fantasmes, assis en face de moi, tel un tigre apprivoisé, il sirote son café en souriant aimablement, ah, que c'est bon, il soupire avec un contentement qu'il n'avait guère manifesté quand nous avions fait l'amour, puis il allume une cigarette dont la fumée se met à danser autour de nous tandis que ma tension commence à fondre devant une telle gentillesse. Je lèche le chocolat amer en le dévisageant avec circonspection, il n'y a pas de familiarité entre nous, nulle intimité, son corps m'est totalement étranger, mystérieux, il a beau être amical, il n'y a aucune intimité entre nous, comme s'il ne s'était rien passé, rien du tout, et je crois qu'il ne se passera rien, jamais, je ne le sentirai jamais me pénétrer avec cette puissance déchaînée et désagréable, pourquoi m'en défendre, cela avait été tout sauf agréable.

Alors, que me racontes-tu de beau, rien, vraiment, répondis-je, embarrassée, qu'ai-je en commun avec cet homme, que puis-je confier à un parfait étranger, par quoi commencer, comment se sont passées ces dernières semaines, poursuivit-il tandis que je repensais aux interminables journées torturantes, angoissantes que je venais de vivre, tiraillée entre l'humiliation, le remords et le désir, comme à un long cauchemar vide de sens, une maladie inavouable même après la guérison, dur, dis-je, en singeant la manière dont il avait décrit son voyage et son air suffisant. Ah, et pourquoi donc, s'enquit-il ingénument, je sentais que ses questions n'étaient pas innocentes, pas plus que la satisfaction avec laquelle il m'avait accueillie, tu sais très bien pourquoi, je n'en ai pas la moindre idée, parce que j'avais envie de toi. De moi ? s'écria-t-il avec un étonnement feint, vraiment ? Je répétai, oui, vraiment, et c'était dur, j'étais incapable de trouver un autre terme que celui-ci qui paraissait totalement déplacé dans cette cuisine rutilante, mais pourquoi, parce que je t'aime, répondis-je, confuse de proférer de telles banalités, et il sourit à nouveau comme un maître qui serait enfin parvenu à obtenir la bonne réponse d'une élève, mais pourquoi ? Qu'est-ce que tu me trouves ? J'avais la pénible impression que c'était le sujet autour duquel tournait toute la conversation.

Qu'est-ce que j'aime en lui ? Comment puis-je aimer un homme que je ne connais pas ? Ne pouvant revenir sur ce que j'avais dit, je tardais à répondre, la situation devenait embarrassante, je notai qu'il guettait mes paroles avec une certaine inquiétude, je ne sais pas, bredouillai-je enfin, ce n'est pas très clair mais je suis sûre que je t'aime.

Ça ne veut rien dire, alors, ce sont des mots vides de sens, il avait l'air déçu, presque agressif.

Absolument pas, je sentais que je m'enferrais, on ne se connaît pas assez, c'est tout, mais l'amour peut parfois brûler les étapes, c'est une question d'intuition, j'avais la pénible impression de débiter des platitudes, ce n'était pas de l'amour, non, je dois partir, annonça-t-il brutalement comme pour me punir de mes vagues explications, ne t'en va pas, j'étais au bord de l'hystérie, comme si le monde allait s'écrouler à nouveau s'il me quittait maintenant, écoute, Ya'ara, déclara-t-il en se redressant non sans affectation, fais attention, tu as tendance à parler et à agir sans réfléchir et tu n'as pas le cran d'assumer tes actes. La vraie vie exige de faire des choix difficiles que tu es incapable d'affronter, tu ferais mieux de te contenter de ce que tu as en attendant. Tu ne devrais pas quitter le droit chemin au moindre obstacle, crois-moi, mais comment différencier les obstacles du droit chemin, demandai-je, brûlant de lui prouver ma force de caractère et ma détermination. Je pense qu'on le sait, qu'on sait d'avance qu'on va se tromper mais qu'on ne peut pas s'en empêcher. La surprise résulte plus de l'ampleur de l'erreur que de sa réalisation.

Ce discours sensé ne l'empêcha pas de poser sur mon genou sa main brune aux doigts effilés que je caressai l'un après l'autre, n'osant les saisir tous ensemble, avant de les guider sous ma jupe où ils s'attardèrent tout près de là où je les espérais, si près que je croyais réellement les sentir et que, tremblante d'excitation, je ne pus finir mon café, obnubilée par ces longs doigts tergiversant à l'orée de mon corps.

Il retira brusquement sa main comme s'il venait de se brûler et consulta ostensiblement sa montre qui était énorme, noire, sans chiffres et munie d'aiguilles translucides, j'étais incapable de lire l'heure mais ça n'augurait rien de bon, il bondit sur ses pieds, il faut que j'y aille, je suis en retard, mais je ne désarmais pas, je devais l'empêcher de partir, j'ai besoin d'aller aux toilettes, dis-je finalement et il m'indiqua impatiemment où elles se trouvaient, je m'assis sur la lunette en réfléchissant au moyen de le retenir, de l'embobiner et, en me lavant les mains au lavabo, en face du miroir, j'aperçus un cheveu roux, fin et raide que l'eau entraînait et que je réussis à repêcher de justesse, je l'examinai attentivement — je ne doutais pas de quel crâne il provenait. L'impeccable coupe au carré surgit devant mes yeux aussi nettement que si elle se reflétait dans la glace, je regardai anxieusement autour de moi comme si la mystérieuse nièce allait me sauter dessus, jaillissant de la baignoire sur le rebord de laquelle j'en découvris un autre, bouclé cette fois, un poil pubien plus foncé, bizarre, vivrait-elle ici ? Avec lui et sa femme ? Cette idée me tranquillisa un peu, elle devait probablement être de la famille, mais il y avait quand même du louche là-dessous, pour marquer le coup, j'arrachai un de mes cheveux que je déposai près du sien dans le lavabo, et pour ne pas laisser le poil bouclé tout seul, je plaçai un des miens, étrangement identique, à proximité.

Il avait l'air rasséréné quand je sortis, on m'a appelé pour repousser mon rendez-vous, j'ai encore quelques minutes, je regrettai amèrement d'avoir gaspillé ce temps précieux aux cabinets, mais c'était curieux que je n'aie pas entendu la sonnerie du téléphone, je me rassis devant la tasse bleue, le café était froid, son visage sévère me glaçait, que va-t-il se passer maintenant, pensai-je, bon, qu'est-ce que tu veux exactement ? demanda-t-il. Et toi, tu le sais ? lui renvoyai-je du tac au tac. Moi, oui, mais nous ne sommes pas sur la même longueur d'onde, tu es insatiable, toi, moi pas. Pour le contredire, je reposai aussitôt le chocolat entamé tout en sachant qu'il avait raison, je sentais la faim me tenailler, le mot était juste, la faim, pas le désir, effectivement plus raffiné, on peut manger n'importe quoi quand on a faim, il examina ses mains aux ongles manucurés, et je fis de même, perplexe quant à la façon de les ramener à moi, je ne coucherai pas avec toi aujourd'hui, Ya'ara, affirma-t-il froidement, pourquoi, j'étais ahurie, parce que j'ai déjà fait l'amour avec une autre femme, expliqua-t-il le plus sérieusement du monde comme s'il m'annonçait qu'il venait de manger de la viande rouge et que le médecin lui défendait d'en manger deux fois dans la même journée. Et alors ? J'ai pour principe de ne jamais coucher avec deux femmes le même jour, reprit-il, j'espérais qu'il plaisantait, qu'il allait se mettre à rire, un rire gai et naturel, mais non, finalement, c'est moi qui éclatai d'un rire convulsif, ni gai ni naturel, qu'y a-t-il de si drôle ? Rien, dis-je en essayant de me calmer, il n'y avait absolument rien de drôle, au contraire. Bon, j'aurais dû venir plus tôt ce matin, l'avenir appartient à ceux qui se lèvent tôt, c'est bien connu, j'aurais peut-être dû prendre un rendez-vous ? Il ne parut pas goûter la plaisanterie, n'en parlons plus, dit-il froidement, je voulais te ménager, c'est tout, je n'avais apparemment pas envie d'être ménagée car je me mis en tête de le faire changer d'avis, on peut toujours manquer à ses principes, dis-je, il me considéra d'un œil morne, il paraît, je tentai de l'imaginer les joues en feu en train de faire l'amour avec la fille au fume-cigarette — qui pouvait être à la fois la nièce de sa femme et sa maîtresse, ce n'était pas incompatible — à moins qu'il ne la traite avec la même réserve que moi, je suis libre demain matin, annonça-t-il avec désinvolture en décrochant du portemanteau un manteau noir dont il s'enveloppa soigneusement comme s'il empaquetait un objet précieux. Je mordis à l'hameçon et m'informai de l'heure, vers neuf heures, répondit-il, il ouvrit la porte et me fit signe de le suivre, je me demandais ce que j'allais faire jusque-là mais le temps passa très vite, Shira n'était pas libre, du moins c'est ce qu'elle avait prétexté — depuis la disparition de son chat, elle se montrait très distante envers moi —, je fis le ménage, je mis de la musique et dansai avec le balai dont j'enlaçai le manche, le cœur en fête, j'avais enfin de l'espoir mais je tremblais à l'idée de ce qui m'attendait par la suite, disons le lendemain à midi, ou à cette heure-ci, pour ne plus y penser, je me concentrai sur ma tâche, à son retour, Yonni n'en croyait pas ses yeux, et quelles ne furent pas ma joie et ma fierté en constatant à quel point il était content de voir que j'étais redevenue moi-même.

On dirait que tu relèves de maladie, oui, c'est exactement ça, il me prit dans ses bras, j'étais si malheureux, ma taupinette, que t'est-il arrivé, je n'ai rien compris, il eut un mouvement de recul, craignant que je ne me mette en colère mais je me blottis contre lui, je me sens beaucoup mieux, mon raton, pardonne-moi de t'avoir fait de la peine, je n'ai rien à te pardonner, tu t'es fait du mal à toi-même. Tu as raison, je songeai à mes efforts désespérés pour l'aimer, au début, il me hantait comme s'il était mort et que j'avais pris le deuil, ne m'autorisant aucune pensée souriante, et voilà que mon amour pour lui se ranimait, tel un chat qui, réintégrant son domicile après avoir disparu, l'odeur impressionnante du vaste monde lui collant à la peau, ignore s'il sera le bienvenu et reçoit le meilleur accueil, le chauffeur de taxi avait raison, on peut aimer deux hommes à la fois, c'est même plus facile parce que cela rétablit l'équilibre de l'âme, les deux amours se complètent, et c'est moins effrayant, curieux que je n'y aie pas pensé plus tôt, je suis si émue à l'idée de ce qui m'attend demain qu'il me semble que Yonni me trouble aussi, je m'installe sur ses genoux et l'embrasse sur la nuque, et si on sortait, je lui souffle à l'oreille, j'en ai assez d'être enfermée. C'est dommage de sortir quand la maison est propre comme un sou neuf, il rit, je le tire par la main, ne t'inquiète pas, elle ne va pas se salir en notre absence, nous remontons l'avenue, un nouveau café a ouvert au carrefour, et si nous invitions Shira à nous accompagner, dis-je lorsque nous parvenons près de la rue où elle habite, là où j'avais entendu ce choc poignant, il n'a pas l'air emballé mais il ne s'y oppose pas, elle nous ouvre d'un air morose, non, elle n'a aucune envie de sortir, il fait trop froid et elle est enrhumée, à propos, je croyais que tu étais malade, j'ai rencontré Netta à la cafétéria aujourd'hui et elle m'a dit que tu avais encore une fois manqué ta permanence, quelle tête de linotte, j'avais oublié qu'on était mercredi, que m'arrivait-il, je ne vivais plus que pour cet homme, j'allais rater le coche, il n'y avait pas de poste vacant dans le département tous les jours et c'est Netta qui le décrocherait, pas moi. J'ai l'impression que Shira prend un malin plaisir à ma détresse, c'est sa façon à elle de se venger, elle me bat froid depuis ce fameux soir, Tulya est rentré ? ne puis-je m'empêcher de lui demander. Pas encore, il doit être en rut, dit Yonni, conciliant, les chats fuguent quand ils sont en rut, il va probablement revenir, mais ce n'est pas la saison, proteste Shira, mais si justement, j'ai vu un tas de chats très excités dans le coin, on le sent dans l'air, je ne sens rien du tout, moi, me rétorque-t-elle en haussant flegmatiquement les épaules, adossée à la porte ouverte, il fait froid, vous entrez ou pas, décidez-vous, tu ne veux vraiment pas venir, propose Yonni, quelle girouette, celui-là alors, il m'agace, d'abord il ne voulait pas qu'elle vienne et le voilà qui change d'avis, non, vraiment, une autre fois, Shira a de la suite dans les idées, elle.

J'ai l'impression d'étouffer en regagnant le boulevard, impossible de retrouver l'euphorie de tout à l'heure, plénitude serait plus exact, une plénitude rare résultant de la contradiction de ma vie, le conflit entre mon amour pour Yonni et mon attirance pour ce vieil homme ténébreux, mais je ne me sentais pas pour autant tiraillée entre ces sentiments discordants, le regard grave de Shira m'avait pourtant ébranlée, sans parler de ma permanence qui m'était totalement sortie de l'esprit, Yonni, ayant apparemment senti que l'état de grâce a disparu, pianote nerveusement de ses gros doigts sur la table ronde du café en balançant ses jambes en cadence. Nous avions commandé une soupe à l'oignon, j'essayais de me détendre, de recouvrer l'intégrité perdue, ce qui était impossible car elle était en miettes, minée par une contradiction interne, je décidai que le lendemain serait le dernier et que je commencerais ma thèse ensuite, et pour la énième fois, je demandai à Yonni ce qui s'était passé entre Shira et lui, mais rien, alors pourquoi te lance-t-elle sans arrêt ces regards enflammés ? Je ne sais pas, il ne s'est absolument rien passé entre nous, je t'assure, nous étions amis, un peu comme frère et sœur, c'est tout. Je sentis une douloureuse crampe d'estomac parce qu'il me semblait que c'était ce que nous étions devenus nous aussi, frère et sœur, situation très difficile à inverser sinon ponctuellement, ce sombre vieillard m'avait mise dans un tel état d'excitation que je saisis sa main et la posai sur mes genoux, à l'endroit précis où la main brune et douce s'était aventurée un peu plus tôt, je tentai de la pousser sous ma jupe où il continua à pianoter impatiemment, ma jupe se soulevait et s'abaissait en mesure comme si une armée de grillons y avait élu domicile, ce n'est qu'à l'arrivée de notre commande qu'il s'arrêta, il retira sa main, s'empara de la cuillère avec soulagement et se mit à manger avec voracité.

On s'entendait à peine tant la musique était forte, nous avions donc mangé sans mot dire en trempant du pain dans la soupe épicée, nous connaissions un tel bonheur au début de notre rencontre, c'était un beau cadeau, pensai-je, mais l'atmosphère était vite devenue étouffante parce que le cadeau ne me plaisait pas, seulement, le temps que je m'en aperçoive, il était trop tard pour en changer et je savais que je n'en recevrais pas d'autre, jamais. Je lui demandai comment ça allait au bureau, il m'expliqua qu'ils mettaient au point un nouveau programme qui semblait bien marcher, ils avaient de bonnes chances de le commercialiser — il travaillait dans la société d'informatique de son père —, il pria le serveur de baisser la musique, on s'entendait à peine, d'accord, pas de problème, dit l'autre, mais il ne baissa pas le volume, au contraire, Yonni réitéra sa demande, bien sûr, fit le serveur comme si c'était la première fois qu'on le lui demandait mais il n'en fit rien. Yonni soupira, résigné, il s'ingéniait toujours à éviter la confrontation, à souffrir en silence autant qu'il était possible, on s'en va, dis-je, mais la manœuvre échoua puisque deux jeunes gens, surgis de nulle part, occupèrent immédiatement nos chaises, nous rentrâmes à la maison main dans la main, le ciel couvert nous chatouillait le crâne tel un dais nuptial brandi par quatre gringalets harassés.

Cette nuit-là où je souffris d'insomnie, je me rappelai mon père, ce petit homme las qui, d'après mes souvenirs, avait été grand jadis avant de rapetisser comme s'il s'était scindé en deux, nous laissant une moitié tandis qu'il se réservait l'autre, j'essayai de l'imaginer avec, en arrière-plan, les petites collines du quartier où nous habitions avant, des collines trop basses, dénuées d'ambition, qui le faisaient paraître plus grand qu'en réalité, c'était cela la vraie raison et non le fait que j'étais enfant alors et adulte à présent, je n'ai jamais cloisonné ma vie entre l'enfance et l'âge adulte — je ne suis pas moins enfant aujourd'hui qu'autrefois — mais entre une première et une seconde vies totalement étanches où je suis enfant et adulte à la fois. Et s'il s'était départagé en trois ou en quatre, peut-être faut-il se démultiplier pour réussir sa vie, à force de penser à mon père, je fus incapable de trouver le sommeil, cette nuit-là, j'étais envahie par une compassion immémoriale et inexplicable, et il me revint en mémoire un fait divers que j'avais lu un jour dans le journal : il était question d'une étudiante qui travaillait comme call-girl dans un hôtel où elle avait eu son propre père pour client, qui était le plus malheureux, m'interrogeai-je de nouveau, lui ou elle, les deux, avait tranché Yonni, mais je n'étais pas satisfaite, il fallait que je sache qui était le plus à plaindre, et l'article ayant précisé qu'elle était étudiante, je m'étais mise à soupçonner toutes mes condisciples, y compris Netta, jusqu'à ce que j'apprenne qu'elle n'avait pas de père. J'essayai une fois encore de me figurer les temps bénis d'avant ma naissance — seul le passé comptait aux yeux de mon père — les paysages, ses amis d'enfance, ses études, les premiers studios, impossible de rivaliser avec cette prétentieuse époque où je n'avais pas ma place, n'appartenant malheureusement qu'à un présent gris et frustrant, et si demain, à neuf heures ou neuf heures cinq, je priais Arieh Even de me parler du passé hautain et ardent de mon petit papa fatigué, mais l'occasion ne se présenta pas car le lendemain, étendue sur la serviette étroite et rêche qu'il avait pris soin de placer sous mes fesses, entravant ma liberté de mouvement sur l'élégant canapé du salon, j'oubliai complètement de lui en parler pour ne m'en souvenir que quelques semaines plus tard, pendant que nous roulions en direction de Jaffa.

CHAPITRE 4

Chez lui, je me trouvais plutôt pâle, presque anémique, dans le miroir de la salle de bains, au-dessus du lavabo où j'avais délibérément abandonné deux longs cheveux épais, mais ici, au milieu des rayons de la boutique, j'exulte, j'ai les joues en feu et les yeux brillants d'excitation et de rancune, car c'est ma façon de me venger de lui, de ses gestes détachés, de ses rares paroles glaciales, en fait de paroles, il me toussait dans la gorge avec ses quintes rauques de fumeur, machinales, désespérées.

Heureusement, c'est une jeune fille plutôt incompétente qui remplace la vendeuse de l'autre jour, je fouille parmi les robes en me disant que, si elle est encore là, c'est un signe, et elle est effectivement là, ma robe lie-de-vin si convoitée et dont personne ne veut plus aujourd'hui, je l'emporte dans l'étroite cabine d'essayage, débordante de l'enthousiasme que la réserve d'Arieh avait douché ce matin-là et qui s'était réfugié dans sa tanière comme un animal chassé à coups de pied, et maintenant qu'il est rassuré de se retrouver seul avec moi, le voilà qui montre le bout de son nez.

Son parfum résineux, qui me colle encore à la peau

quand je me déshabille, son coûteux after-shave, l'odeur étrange, repoussante de son sperme stérile, sont masqués par la superbe robe de velours dont je devine la magnificence en l'absence de miroir dans la minuscule cabine où nous nous pressions l'un contre l'autre un jour, lui et moi. Je repense avec nostalgie à son regard intense, douloureux, très différent de l'expression froide, formelle qu'il affichait en m'ouvrant la porte ce matin, qu'est-ce qui l'avait attristé ici, serait-ce la présence de la fille aux cheveux roux avec laquelle je suis en si parfaite correspondance ? J'enfile mon pull bleu et mon jean ample qui dissimulent complètement la robe et émerge de la cabine, le cœur serré d'une voluptueuse appréhension mais, au lieu de m'éclipser en vitesse, je traîne dans la boutique pour faire durer le plaisir, furetant dans les rayons, exactement comme avant, dans ma première vie, après la mort du bébé, quand nous déambulions dans les rues déprimantes de notre petite ville, maman et moi. Que puis-je faire pour te consoler, maman ? elle me fixait avec des yeux fous de chagrin sans répondre, et, un jour, nous étions passées devant une vitrine où était exposée une robe brodée, très féminine, style qu'elle affectionnait, peut-être que cette robe pourrait te remonter le moral, avais-je dit avant d'entrer dans le magasin, elle s'était assise sur un banc pour m'attendre, j'avais passé la robe sous mes vêtements, comme maintenant, j'avais environ dix ans mais j'étais déjà très grande, et je m'étais attardée exprès dans la boutique pour faire monter la tension, en sortant, je lui avais donné la main et nous nous étions mises à courir en riant comme des folles, les manches de la robe dépassaient de mon manteau, tu te sens mieux, maman, lui avais-je demandé, elle n'avait répondu ni oui ni non mais, le soir, elle l'avait mise pour me faire plaisir et nous nous étions promenées dans le quartier bras dessus bras dessous. Depuis, j'avais pris l'habitude de lui faire une surprise quand je voyais qu'elle était triste, je rentrais surexcitée à la maison et vidais mon cartable sur mon lit pour la dérider et goûter un peu au sel de la vie, j'essaie de me rappeler quand j'ai arrêté de le faire, peut-être lorsque je me suis aperçue que ça ne la déridait plus, les bijoux, les vêtements, les livres s'entassaient dans ma chambre, elle avait terriblement grossi, elle était très mal fagotée et elle s'était débarrassée de ses bijoux, il faut dire que ça ne m'amusait plus, c'était devenu trop facile, mais aujourd'hui, après toutes ces années, je retrouve l'excitation d'autrefois, et je souris à la jeune vendeuse au moment de quitter la boutique, c'est l'instant critique, bien fait pour lui, bien fait pour lui, à la frustration succède un sentiment de triomphe, une petite victoire personnelle et secrète qui en symbolise une autre, à venir, son amour futur, la robe volée m'entoure avec une tendresse maternelle, telle une armure protectrice dans mon nouveau combat.

Et quand un beau matin, quelques semaines plus tard, il me téléphona pour m'inviter à l'accompagner à Jaffa, je commençai à crier victoire. En fait, il ne m'avait pas vraiment invitée mais il s'était contenté de signaler comme pour lui-même, je vais à Jaffa, seul. J'étais si surprise de l'entendre, je ne me doutais pas qu'il avait mon numéro, et si contente aussi que, par provocation, je lui demandai pourquoi il n'y allait pas avec le fume-cigarette. C'était le surnom que je donnais à ses petites amies en bloc, même si je n'étais pas tout à fait certaine de leur existence, il ne m'en parlait jamais, se bornant à annoncer de temps à autre, je suis occupé, ou j'étais occupé, ou, encore, je serai occupé, sur un ton vaguement agressif, comme si un troupeau de femmes paissait à sa porte.

Les fume-cigarette ne sont pas libres aujourd'hui, tu es la dernière de la liste.

Je ne suis peut-être pas libre non plus, il persifla, peut-être.

C'était vrai. J'avais un cours le matin, puis un rendez-vous avec mon directeur de recherche au sujet de ma thèse. Ce vieillard sénile s'obstinait à croire en moi, à me pousser, il trouvait toujours le temps d'écouter mes projets fumeux, Shira affirmait qu'il était amoureux de moi, ce que je niais tout en sachant qu'il éprouvait à mon égard un sentiment particulier qui, comme le reste, ne durerait pas, et que j'avais intérêt à ne pas trop tirer sur la corde. Néanmoins, j'appelai le secrétariat pour avertir que j'étais malade et laissai un mot plutôt confus à Yonni en espérant être de retour avant lui, à moins que je ne rentre pas du tout mais m'installe à Jaffa où je deviendrai sa maîtresse, nous contemplerions la mer et ferions l'amour à longueur de journée, puis nous irions dîner le soir de poisson arrosé de vin blanc, je lançai un regard d'adieu au petit appartement que nous avions malencontreusement peint en jaune, en guise de consolation, on nous avait affirmé que la teinte s'atténuerait avec le temps mais c'était le contraire qui se produisait. Je ne m'y étais curieusement jamais attachée, j'avais beau y habiter depuis des années, je ne le considérais pas comme mon foyer, je n'en avais eu qu'un, dans ma première vie, et à présent je n'aurais plus qu'un seul homme dont je n'exigerais qu'une chose. En enfilant ma robe bordeaux couleur d'automne, malgré le froid, avec des collants brillants et des bottes, je songeai anxieusement à ce que nous allions bien pouvoir nous dire, je n'avais jamais été en sa compagnie plus d'une heure ou deux au maximum, généralement à la mi-journée, avec un œil fixé sur la tache sombre de sa montre, et voilà que j'avais un jour entier devant moi, un peu comme un gâteau à la crème non encore entamé, c'était à la fois tentateur et dangereux. Je pourrais toujours me contenter de l'écouter, sa volubilité prétentieuse n'exigeant guère d'efforts, mais que faire s'il se taisait, que lui dire sinon que je l'aimais, sans pouvoir m'en expliquer la raison d'ailleurs.

Puis je songeai que c'était l'occasion rêvée de parler de mon père, du jeune homme que je n'avais pas connu, et je me sentis brusquement très proche d'Arieh, au fond, nous n'étions pas vraiment des étrangers, nous avions un ami commun que nous avions tous deux très bien connu, quoique à des époques différentes, ce qui ajoutait du piment à la chose et pouvait toujours nous sauver la mise.

Parle-moi de mon père, dis-je en montant dans la voiture avant même d'attacher ma ceinture, tant je craignais que le silence ne s'intalle entre nous et qu'il ne regrette de m'avoir invitée à partager quelques heures de sa vie. Toujours cette rivalité oppressante et secrète, si secrète que j'ignorais avec qui je me mesurais, avec sa femme ? Le fume-cigarette ? C'était un sentiment angoissant et diffus, comme si j'avais entrepris de lutter contre toutes les femmes.

Ton père ? Stupéfait, il planta une cigarette dans sa bouche bistre et charnue, tu le connais mieux que moi, non ?

En apparence, oui, dis-je presque sur un ton d'excuse, mais personne ne connaît vraiment ses parents, ce ne sont que des faux-semblants, toi, par exemple, oserais-tu montrer ton vrai visage à ton fils ?

Je me mordis les lèvres en me rappelant qu'il n'avait pas d'enfant et me tassai sur mon siège au moment où nous dépassions le bureau de Yonni en faisant mine de fouiller dans mon sac, tout en m'efforçant de trouver un autre sujet de conversation vu que le premier avait été si vite épuisé.

C'était un garçon brillant, dit-il comme s'il se parlait à lui-même, il semblait voué à un brillant avenir avant sa maladie.

Je me redressai juste à temps pour apercevoir la cime pourpre d'un arbre, au beau milieu de l'hiver et en plein centre-ville, tel un mystérieux brasier, une maladie ? Je crus avoir mal entendu. Quelle maladie ?

Tu n'étais pas au courant ? il semblait légèrement décontenancé, sa cigarette engloutie dans sa bouche dont les lèvres grises se confondaient avec la fumée. Au courant de quoi ? Je suis désolé, murmura-t-il, j'ai probablement gaffé.

Alors, tu me racontes oui ou non ! je hurlais presque, puisque tu as commencé, continue, de quelle maladie souffrait-il, physique ou mentale ?

Mais il avait allumé l'autoradio et cherchait une station, la mine renfrognée, tout en amorçant aisément la descente à la sortie de la ville.

J'insistai, tu pourrais au moins me dire si c'est héréditaire, laisse tomber, dit-il, je plaisantais.

Je collai mon front contre la vitre froide, les yeux fixés sur le long serpent jaune de l'accotement qui nous poursuivait inlassablement. Qu'est-ce que cela pouvait bien être, les docteurs n'avaient jamais mis les pieds à la maison, sauf une fois de temps à autre, rien que de très banal, papa n'avait jamais été opéré ni hospitalisé, il n'avait jamais eu que des rhumes ou des angines, comme tout le monde, et il n'y avait presque pas de médicaments à la maison, alors qu'est-ce que cela pouvait bien être ?

Je me souvins alors du jour, juste au milieu de ma première vie, où un chien fêlé avait dévoré le chaton que notre chatte venait de mettre bas, j'avais alors pensé que quelque chose ne tournait pas rond chez papa. Ce chien raffolait des chats dont il laissait toujours quelque chose, sans doute pour qu'on sache qu'ils avaient existé un jour, il ne se contentait pas de les supprimer purement et simplement, papa était devenu cramoisi en découvrant le cadavre du chaton sur les marches de l'entrée, je ne l'avais jamais vu comme ça, il avait saisi la pauvre bête par l'oreille, il devait lui en rester une, et, se précipitant chez nos voisins, les propriétaires du chien, il avait lancé l'animal sur la table — ils étaient en train de déjeuner et une odeur alléchante montait de la cuisine —, je crois même qu'il l'avait jeté dans l'assiette du voisin, au milieu du *shnitzel* et des petits pois, avant de fondre en larmes.

Héberluée, j'avais suivi les traces de sang et les sanglots, c'était pourtant un homme tranquille et pondéré, très soucieux du qu'en-dira-t-on, il calmait toujours maman qui était plutôt du genre expansif, et voilà qu'à présent il semblait se moquer éperdument de l'opinion des autres. Il n'aimait pas particulièrement les chats, il ne les caressait jamais et nous houspillait à longueur de temps pour que nous nous lavions les mains, alors pourquoi se mettait-il dans tous ses états à cause d'un chaton qui ne lui était rien ?

Je l'avais épié en me dissimulant soigneusement derrière des buissons de peur que, en me voyant, il ne passe sa colère sur moi, puis je l'avais vu ressortir, enveloppé d'odorants effluves, se pencher près de l'acacia et vomir, sans cesser de pleurer.

J'évitais encore de me montrer. J'éprouvais une étrange satisfaction à le voir souffrir. J'avais depuis toujours senti chez lui une peine intériorisée, contenue et inarticulée, si intériorisée qu'il était impossible, elle, de l'appréhender et, lui, de l'aider, et voilà qu'elle se manifestait au grand jour, comme un manteau passé à l'envers laissant apparaître la doublure et les coutures, subitement, tout se révélait à la lumière glauque hivernale, et je me dis qu'à présent qu'il s'extériorisait, mon père allait changer, j'allais avoir un papa heureux, libéré de ses chagrins refoulés que la terre absorbait. J'attendis qu'il ait fini et rentre en titubant à la maison, rouge et nauséabond. Je le surveillai toute la journée pour ne pas manquer la métamorphose mais il s'enferma dans sa chambre et refusa même de dîner. Je passai une nuit blanche car il ne cessa de pleurnicher et de gémir, comme si c'était lui qui avait avalé le chaton, lequel geignait dans son ventre. Au petit matin, la question de savoir où se trouvaient les lambeaux du petit animal me taraudait. Les avait-il laissés dans l'assiette du voisin, avec le *shnitzel* et les petits pois, ou les avait-il réellement engloutis dans un accès de folie aussi furieuse que celle du chien, avant de vomir au pied de l'arbre ? De déception, je faillis fondre en larmes, le chaton nouveau-né était à moi et j'avais fini par croire que c'était pour moi que mon père s'était battu, mais je venais de comprendre qu'il s'agissait d'un autre combat, privé et secret celui-là, que je ne pourrais jamais pénétrer.

Le matin venu, je me rendis sur les lieux et crapahutai au pied de l'arbre, entre les cailloux et la boue, dans l'espoir de retrouver les restes du chaton régurgités par papa. Le sol était meuble — il avait plu durant la nuit — et j'eus du mal à repérer l'endroit, jonché de feuilles tendres et humides, pareilles à des queues de chat que j'alignais pour les trier au moment où une averse me contraignit à rentrer en courant, et quand je voulus ressortir, maman me tâta le front, elle décréta que j'avais la fièvre, ajoutant qu'elle se doutait depuis le matin que j'étais patraque, et me mit au lit où je vomis tout ce que je savais, persuadée que je n'aurais jamais un nouveau père et que les choses ne pourraient qu'empirer.

A-t-elle quelque chose à voir avec les chats, sa maladie ? je trouvai la question stupide, Arieh aussi probablement, car il empoigna le volant avec la même brusquerie désagréable dont il avait fait preuve envers moi, de quelle maladie parles-tu ? je compris que je ne tirerais plus rien de lui.

De quoi allions-nous donc parler ? J'étais censée être charmante, drôle et séduisante alors que j'avais une irrésistible envie de dormir, dommage que je ne sois pas une simple auto-stoppeuse, la situation serait beaucoup plus simple et naturelle entre nous. Et si on faisait comme si j'étais une auto-stoppeuse, suggérai-je timidement, ma proposition l'enthousiasma, il tint même à ce que je descende de voiture et remonte ensuite, pour faire plus vrai. Il faut jouer le jeu, dit-il en amorçant une rapide marche arrière jusqu'à une station d'essence toute proche. Et s'il ne s'arrêtait pas ? Je n'avais pas la moindre confiance en lui. J'allais peut-être faire du stop pour de bon... mais avec quelqu'un d'autre.

Je fus passablement surprise de le voir s'arrêter à ma hauteur avec un large sourire, visible à travers la vitre immaculée. Je vais à Jaffa, annonça-t-il tandis que j'ouvrais la portière, et vous ?

Moi aussi, je pénétrai dans l'habitacle qui embaumait la résine, avec un regard inquisiteur à l'adresse du conducteur, consciente que ce pouvait bien être mon dernier voyage, vous n'avez rien à craindre, je ne suis pas un violeur, déclara-t-il comme s'il avait lu dans mes pensées.

Vous êtes quoi au juste ? Me direz-vous la vérité ? Voyageur de commerce, répondit-il en riant, voilà ce que je suis. Je fixai son profil sombre, on aurait dit un Indien, avec sa peau mate, ses cheveux argent et ses hautes pommettes, un vieil Indien sagace que j'imaginais un turban enroulé sur la tête, j'éclatai de rire, qu'avais-je à voir avec lui. Et vous ? demanda-t-il, légèrement troublé.

Moi, je m'appelle Avishag, et j'habite dans un kibboutz, au sud du pays. À l'armée, j'avais une camarade de chambre qui s'appelait effectivement Avishag, elle s'endormait toujours avec une déconcertante facilité tandis que je me débattais jusqu'à l'aube avec mes maudites insomnies, je l'enviais avec une sorte de lassitude désespérée, j'aurais tout donné pour être à sa place.

Avishag, répéta-t-il gaiement, préférant visiblement ma nouvelle identité, qu'y a-t-il sous vos collants, Avishag ?

Une culotte, évidemment, cette question !

C'est bien ce que je pensais, dit-il, dépité, vous savez, Avishag, j'ai longtemps vécu à Paris et vous ne devinerez jamais ce que j'ai découvert là-bas.

Je n'en ai pas la moindre idée, confirmai-je froidement, bien à l'abri derrière mon nom d'emprunt.

Eh bien, figurez-vous que les Parisiennes ne portent pas de culotte sous leurs collants et que ça en vaut sacrément la peine. Otez la vôtre, Avishag, vous verrez que vous n'en avez pas besoin.

Et que ça en vaudra sacrément la peine, n'est-ce pas, raillai-je, ne le faites pas pour moi, reprit-il avec sa morgue habituelle, faites-le pour vous, vous vous sentirez beaucoup mieux dans votre peau, croyez-moi.

Je ne tenais pas particulièrement à me sentir mieux dans ma peau mais à l'avoir lui dans la mienne avec ses doigts effilés, sa peau lisse et foncée, ses lèvres bien dessinées, et ses yeux brillants qui fixaient alternativement la route et mes jambes en dissimulant mal leur impatience — ce n'était pas vraiment physique, c'était quelque chose de plus intérieur que je qualifierais pourtant de physique à défaut de meilleure définition, malheureusement.

Je me déshabillai donc dans la voiture, je commençai par me déchausser puis par ôter mes collants en me tortillant pour ne pas les filer, telle une énorme araignée aux longues pattes enchevêtrées, je me débarrassai de l'accessoire superflu, me rhabillai et l'agitai devant son nez, il eut un sourire satisfait et fourra ma culotte comme si c'était un vulgaire mouchoir dans la poche de son pantalon d'où elle dépassait encore quand nous nous étions mis à marcher après être descendus de voiture. J'omis délibérément de lui demander où nous allions — autant vivre dangereusement jusqu'au bout —, certaine qu'il me l'aurait reproché si je l'avais fait car il s'attendait de ma part à une obéissance aveugle, bon, aujourd'hui, c'est le jour où l'on s'exerce à la confiance et à vivre sans slip, me dis-je, à croire que cette dernière activité était une noble aspiration, un grand progrès vers la féminité, le concubinage, devrais-je dire. À ceux qui voudraient savoir ce que je faisais, j'imaginais déjà la réponse : concubine, dirais-je avec un aplomb qui leur clouerait le bec.

Au lieu de visiter des galeries de peinture ou d'aller voir la mer, comme je le croyais, il s'engouffra précipitamment dans une ruelle, gravit quelques marches usées, ma culotte dépassant toujours de sa poche, et frappa à une porte qu'ouvrit quelques instants plus tard un homme ensommeillé, rayonnant de joie.

Arieh, s'écria-t-il d'une voix aiguë, ça par exemple, je n'y croyais plus, puis il me regarda d'un air emprunté mais ravi, je te présente Avishag, une kibboutznikite que j'ai prise en stop.

Douillettement installée dans mon identité usurpée, je me demandais comment la véritable Avishag aurait réagi à ma place, elle ne se serait sûrement pas fourvoyée là, une fille qui dort du sommeil du juste comme elle ne se serait jamais aventurée dans un trou pareil. Ce n'était pas vraiment un trou ni un appartement conventionnel non plus. C'était une vaste pièce unique meublée en tout et pour tout d'un grand lit, dans un coin, d'une table en cuivre ronde et d'un petit réfrigérateur, on aurait dit une piaule d'étudiant dont le propriétaire ressemblerait davantage à un retraité. C'est le lieu de débauche de Saül, dit Arieh, qui avait sans doute constaté ma surprise, en lorgnant le lit, me sembla-t-il, mais non, voyons, se défendit Saül avec un petit rire gêné, telle une vierge effarouchée, c'est ici que je viens me reposer, me ressourcer disons entre deux procès, c'était louche, qu'avait-il fait pour passer sa vie en procès, puis je songeai qu'il était peut-être avocat, ou juge, ce qui me paraissait improbable car il n'avait rien de solennel, mais je me sentis un peu rassurée par sa timidité, sa réserve. Curieux qu'on puisse les qualifier tous deux d'hommes, méditai-je, on ne dirait pas qu'ils appartiennent au même sexe, c'est quand même bizarre que l'humanité n'ait qu'une alternative, hommes ou femmes, comme thé ou café, alors que la réalité est tellement plus complexe, enfin, heureusement qu'il ne ressemble pas à Arieh, me dis-je en lui adressant un sourire de gratitude. Il nous offrit à boire et, tandis que j'hésitais entre du thé et du café, il nous énuméra différentes marques de bières, de whiskies et de cognacs dont il nous recommanda celui qu'il avait rapporté de Hongrie la semaine précédente, ainsi qu'un merveilleux saucisson et quelques excellents fromages ramenés de son dernier passage à Paris, dans sa bouche, l'Europe avait l'air d'un gigantesque supermarché où l'on se promenait avec un caddie débordant de victuailles, peu après, les trésors de l'Europe et l'excellente bouteille de cognac se retrouvèrent sur la table basse orientale, pas très propre, où nous prîmes place comme autour d'un feu de camp, Arieh me versa un cognac avant de se servir lui-même et coupa ensuite une tranche de saucisson qu'il me fourra dans la bouche, l'âpreté de l'alcool, mêlée à celle du saucisson, me donna l'impression de vivre intensément quelque chose d'authentique. Ils se mirent à parler de Paris, j'écoutais d'une oreille, captant au passage des noms de restaurants, de vins, de femmes et de rues, n'ayant passé que trois jours dans cette ville, je n'avais pas grand-chose à en dire sinon que j'avais eu une affreuse migraine qui m'avait clouée au lit dans une chambre d'hôtel dont je me rappelais encore le papier peint fleuri et le dessus de lit rose, je pris un certain plaisir à écouter leur conversation, c'étaient visiblement de vieux amis, je me sentais bien avec eux, j'appréciais surtout la présence réconfortante de Saül, comme si elle avait le pouvoir de me protéger d'Arieh qui paraissait me considérer d'un autre œil, par les yeux de son ami, en quelque sorte.

De temps à autre, Arieh m'allumait une cigarette, déposait une nouvelle tranche de saucisson dans ma bouche ou remplissait mon verre, je buvais et mangeais machinalement, comme un bébé obéissant. J'étais agréablement groggy en me levant pour aller aux W.-C., je m'assis sur la lunette en fermant les yeux et, quand je les rouvris, je découvris une pièce incroyablement vaste, on aurait dit des toilettes pour handicapés. Ça va, Avishag ? demanda Saül quand je ressortis, nous nous faisions du souci pour vous. Il existe vraiment des solutions toutes simples pour les problèmes les plus complexes, pensai-je, il suffit de s'inventer un nouveau nom pour devenir quelqu'un d'autre. Arieh me caressa la jambe sous ma robe quand je passai près de lui, et il s'aventura un peu plus haut pour vérifier que ma culotte ne s'était pas échappée de sa poche pour reprendre sa place habituelle, viens là, je m'installai sur ses genoux et il poursuivit ses caresses d'une main tandis qu'il me fourrait l'autre dans la bouche pour me donner à manger, de sorte que je me mis à mastiquer ses doigts que je ne distinguai plus du saucisson dont ils avaient adopté le goût puissant et salé, au fond, j'aimais mieux ça parce que j'étais gavée et que je ne pouvais plus rien avaler, saisissant sa main comme un sandwich, je me mis à la mâchonner dans tous les sens sans qu'il n'interrompe sa conversation avec Saül qui, les yeux fixés sur moi et sur ma bouche, semblait de moins en moins concentré, il finit par se lever pour se planter à côté de nous — je l'entendais respirer —, il me toucha le visage, le nez et les yeux puis enfonça à son tour ses doitgs dans ma bouche tandis qu'Arieh retirait les siens pour lui laisser la place et en profitait pour allumer une nouvelle cigarette, Saül me palpait la bouche à la manière d'un dentiste d'une main si douce qu'on aurait dit qu'elle allait fondre sous mon palais, j'étais un peu écœurée, il dut le sentir car il retourna s'asseoir, apparemment vexé, ça va, ça va, dit Arieh en riant sans que je sache à qui il s'adressait en particulier.

Ma bouche se retrouvant subitement vide, j'éprouvais le besoin d'en faire quelque chose et posai la tête sur l'épaule d'Arieh dont je couvris de petits baisers le cou, l'oreille et la joue, là où l'odeur d'after-shave était la plus entêtante, et, pour la première fois, je me mis à examiner son oreille qui, bien que très ordinaire, me parut merveilleuse, assez petite proportionnellement à son visage, de teinte plus claire aussi, presque rosée, l'idée qu'elle contenait peut-être un minuscule appareil acoustique, rose et rond comme une cerise, me traversa l'esprit et je tentai vainement de l'atteindre du doigt pendant qu'Arieh ne cessait de parler de sa voix rauque sans montrer la moindre émotion sauf une certaine tension physique, auparavant absente.

Alors voilà comment tu es, pensai-je, j'aurais tant voulu le voir s'enflammer mais il me manifestait toujours une si grande froideur, une telle indifférence, un vrai robot, même si on aurait dit qu'il s'animait un peu à présent, ses mains semblaient s'activer avec moins de nonchalance, davantage de fermeté et de souplesse. Il se mit brusquement à pleuvoir, un vrai déluge accompagné de coups de tonnerre et d'éclairs, et la petite chambre prit des allures d'arche de Noé, obscure et délabrée, les deux autres se turent devant les éléments déchaînés, Saül me lança un regard interrogateur, peut-être se demandait-il ce qu'une fille comme moi fabriquait dans l'oreille de ce pathétique vieillard ou quelque chose d'approchant, je commençais à mon tour à avoir des doutes dont Arieh dut prendre conscience car il s'appliqua à me retirer mes collants, puis il se redressa et me releva avec mes collants tire-bouchonnés aux genoux, viens au lit, tu seras mieux, et Saül ? Ça ne le gênera pas, n'est-ce pas, Saül ? rétorqua Arieh en martelant ses mots comme une institutrice, bien sûr que non, je jouerai les spectateurs, gazouilla Saül de sa voix de crécelle comme s'il nous rendait un grand service, Arieh s'avança vers le lit en baissant son pantalon, nous ressemblions à deux bambins se ruant aux cabinets avec le derrière à l'air et la culotte roulée autour des chevilles, il s'allongea et attendit que je me débarrasse de mes bottes et de mon collant pour l'enfourcher, c'était manifestement ce qu'il voulait, je m'efforçai donc de me mouvoir avec grâce, le dos bien droit, telle une actrice, à cause du regard de Saül que je sentais fixé sur moi, c'était la première fois que j'avais un public et je savais que je ne pouvais pas me défiler.

Soucieuse d'épater la galerie, je cambrai les reins jusqu'au bord du lit mais au lieu des applaudissements escomptés, je perçus des halètements et des froissements d'étoffe et constatai que la silhouette sombre sur le fauteuil pâlissait au fur et à mesure que Saül se déshabillait, sa peau claire devenant presque phosphorescente, brusquement, je ne distinguai plus rien car Arieh avait changé de position et me masquait le paysage, c'était lui à présent qui cherchait à en mettre plein la vue, ses hanches bougeaient à un rythme effréné, je me mis à gémir, pas tant de plaisir — j'avais mal et je commençais à en avoir assez — mais parce que je me sentais obligée de réaliser la bande-son pour ne pas faire du cinéma muet, ce qui parut l'exciter davantage, tu aimes ça, hein, tu aimes ça, répéta-t-il, tel un mantra, j'avais envie de dire non, histoire de tout gâcher. Le lit s'affaissa légèrement comme sous le poids d'un objet pesant et Arieh se retira précipitamment, je sentais les mains douces de Saül me caresser tandis que je cherchais désespérément à me raccrocher à Arieh, pas question de rester seule avec Saül, je voulais bien de lui à condition de le considérer comme une sorte d'appendice d'Arieh, lequel appendice était en train de se frotter contre moi pendant que son pénis mou et blanc progressait à tâtons comme la canne d'un aveugle et qu'Arieh me maintenait solidement comme s'il avait peur que je m'enfuie, c'est bon, hein, tu aimes ça, affirma-t-il avec tant de conviction que je finis par faire chorus, comme tu es belle, s'écria Saül — j'étais bien contente qu'Arieh l'entende aussi — qui s'acharnait vainement à me pénétrer, à croire que l'insolente virilité de son ami l'inhibait, quel soulagement quand il capitula, je le laissais me caresser et me lécher partout du moment qu'Arieh ne me lâchait pas. Puis, ils allèrent chercher la bouteille et nous bûmes au goulot à tour de rôle comme dans un jeu à gages, j'éprouvais la même sensation douce et intense que la vie valait la peine d'être vécue, et quand Arieh me pénétra à nouveau, je m'appuyai contre Saül et nous nous mîmes à tanguer à l'unisson au rythme des violents assauts d'Arieh, ils déchargèrent pratiquement en même temps, le couple parfait, et je sentis le sperme de Saül dans mon dos et celui d'Arieh par-devant, comme un os juteux rongé jusqu'à la moelle par des chiens ou des chats, je me souvins alors du chien qui avait dépecé le chaton, de la mystérieuse maladie de mon père, de mon rendez-vous avec mon directeur de thèse et de Yonni, et je me mis à pleurer tandis que le vieil adage « ce qui est fait est fait » me tourbillonnait dans la tête.

Ils ne s'en aperçurent pas, ils dormaient, Arieh du sommeil vif et tendu qui m'était familier, quant à Saül, il était plongé dans cette sorte de léthargie propre aux personnes d'un certain âge en mauvaise santé, toujours en larmes, j'allai uriner aux toilettes puis je me relevai pour me regarder dans la glace, à part mes yeux rougis, j'avais l'air exactement comme d'habitude, ce qui me tranquillisa un peu, c'était la preuve qu'il ne s'était rien passé, je me lavai sous une douche vétuste à l'eau presque froide en ruminant, « c'est bon, c'est bon ».

Arieh, qui s'était rhabillé pendant que j'étais à la salle de bains, affichait la mine guindée, grave et lointaine d'un dignitaire indien qui lui était habituelle, c'était rassurant car, avec un tel air d'autorité, on devait savoir ce qu'on faisait, je sentis mes craintes s'évanouir, il alluma une nouvelle cigarette et prépara du café et, quand Saül s'éveilla à son tour, nous nous réinstallâmes autour de la table, nus à l'exception d'Arieh, tu n'as pas froid, Ya'ara, non, Ya'ara, mais je croyais qu'elle s'appelait Avishag, s'étonna Saül, Arieh rétorqua avec un petit rire que c'était bien mon nom, c'est joli, remarqua Saül, la fille de Korman s'appelle aussi comme ça, je crois, c'est effectivement la fille de Korman, je ne me rappelais plus que tu le connaissais, et comment que je le connais, s'écria Saül, as-tu oublié qu'on a fait nos études ensemble tous les trois, c'est vrai, admit Arieh, ma nudité me remplit brusquement de confusion et je me mis à la recherche de mes vêtements éparpillés sur le sol, mais n'osant me baisser et leur montrer mes fesses, je tentai gauchement de m'accroupir et me retrouvai par terre.

Je les entendais évoquer le bon vieux temps, ils parlaient de mon père sur qui ils copiaient sans vergogne, qui argumentait avec les professeurs, très impressionnés, quand eux-mêmes avaient rendez-vous avec des filles, et puis qui avait tout laissé tomber à cause de sa maladie, là-dessus, ils se turent subitement. Nauséeuse, je m'étendis sur le lit avec un lancinant mal de tête. Tu en veux encore, plaisanta Arieh. Je ne répondis pas, d'autant que Saül avait pris les devants, laisse-la tranquille, elle a besoin de se reposer, je notai que son regard reflétait toujours la même interrogation, peut-être un peu plus profonde, et un certain malaise d'avoir presque baisé la fille de Korman, ou d'avoir joué les voyeurs, je craignais qu'il n'aille tout raconter à mon père, qu'il lui envoie une lettre anonyme pour lui apprendre que sa fille s'envoyait en l'air avec des vieillards au lieu de préparer son doctorat, et c'est en essayant de me concentrer sur une liste de sujets de thèse parmi lesquels je parviendrais enfin à trouver le bon que je perdis soudain connaissance.

Je les vis penchés sur moi, tels des parents inquiets, Arieh, papa, Saül et maman, m'humectant le visage et le cou à l'aide d'une serviette humide. J'avais l'impression de sortir d'un long et délicieux sommeil, le plus délicieux que j'aie jamais connu, j'avais encore légèrement mal à la tête, un peu comme les séquelles d'une grande souffrance après une guérison prompte et définitive, un bouleversement total. Ils se détendirent quand je leur souris, ne t'en fais pas, tu as eu un léger malaise, déclara Arieh avant d'aller me chercher un verre d'eau, et Saül nous confia que la même chose lui était arrivée un jour en plein procès, il est vraiment juge, j'ai failli coucher avec un juge, je n'en reviens pas, ça ne doit pas être si grave alors puisqu'il était d'accord, il faut y aller, Ya'ara, annonça Arieh en consultant le cadran nu de sa montre, Saül m'embrassa affectueusement sur la joue en me priant de transmettre ses amitiés à mon père, puis Arieh me prit par le coude pour me guider jusqu'à la voiture — nous n'avions même pas vu la mer —, j'étais à peine montée que je lui demandai de me rendre ma culotte, il plongea la main dans sa poche et l'en retira bredouille, j'ai dû la laisser là-bas, mais c'était ma préférée, ma plus belle, écoute, on ne va pas faire demi-tour juste pour une culotte, la prochaine fois, mais je savais qu'il n'y aurait pas de prochaine fois, je me sentais dépossédée, comme si j'étais partie intacte et revenue abîmée, tout ce périple me parut être une machination diabolique ourdie pour me dépouiller de ma plus jolie culotte.

Je regardai par la fenêtre en silence, déterminée à le laisser faire les frais de la conversation, ce coup-ci mais il n'avait pas l'intention de se fatiguer, sa personne, le volant et la radio semblaient lui suffire amplement, ce n'est qu'une demi-heure plus tard que, se rappelant mon existence, il me demanda si c'était la première fois, oui, et toi ?

Il émit son rire prétentieux, moi, tu plaisantes, j'ai vécu des années torrides à Paris, j'ai tout essayé, tout, c'est pourquoi c'est si assommant pour moi aujourd'hui.

Assommant ? répétai-je, surprise.

Oui, je m'ennuie. Ne crois pas que c'est dirigé contre toi. C'est une sorte de dégoût général. J'ai besoin de stimulants, de plus en plus, mais même ça, ça ne marche plus. Pour moi, tu vois, le sexe entre un homme et une femme, in out, c'est aussi bandant qu'une séance de gymnastique devant la télévision.

Techniquement parlant peut-être, mais tu sembles oublier les sentiments ? C'est ce qui devrait faire la différence, si une femme t'intéresse, tu as envie d'elle, non ? C'est comme pour une conversation, tu ne crois pas ?

Qui te dit que j'ai envie de discuter ? maugréa-t-il, ce que je t'ai dit à propos du sexe s'applique également à la conversation, il me faut des excitants, de plus en plus, sans arrêt. Les sentiments ? Je ne sais pas ce que c'est. Plus le temps passe plus l'homme devient sauvage, à moins qu'il ne retombe en enfance, et il ne pense plus qu'à satisfaire ses besoins.

J'éprouvai un brusque désespoir, un désespoir total, absolu, comme si, ayant absorbé du poison, je me savais perdue en regrettant profondément mon geste, sachant que rien ne pouvait plus me sauver. J'étais en train de gâcher ma vie alors que l'ennui gâchait la sienne, il posa alors sa belle main sur ma jambe pour me réconforter, tu sais, fit-il, quand je t'ai vue comme ça avec Saül, c'est comme si je te voyais pour la première fois, on aurait dit que son admiration pour toi déteignait sur moi.

J'étais anéantie, que va-t-il se passer ? Rien du tout, pourquoi veux-tu qu'il se passe quelque chose. Mais je t'aime.

Pourquoi, qu'est-ce que tu aimes en moi ?

Mal à l'aise, je cherchais le moyen d'éluder la question, écœurée par ce besoin qu'il avait de m'entendre dire qu'il était merveilleux, ce qui d'ailleurs était loin d'être le cas, c'était un égoïste, un mufle immature, orgueilleux et insensible, mais c'étaient des vérités à ne pas dire. Alors, qu'est-ce que tu aimes en moi, ça m'intéresse.

Enfin quelque chose qui t'intéresse, j'étais hors de moi, j'aime la couleur de ta peau, ta voix, ta démarche, la façon dont tu allumes ta cigarette, je savais que ce triste inventaire ne le satisferait pas, si des choses aussi insignifiantes suffisent pour t'inspirer un si grand amour, qu'est-ce que ce sera quand tu rencontreras un homme vraiment extraordinaire ? Il eut un sourire méprisant. Si tu crois que la force de l'amour est directement proportionnelle à la valeur de celui qu'on aime, tu te trompes, ça ne marche pas comme ça, dis-je en songeant à Yonni et à ses exceptionnelles qualités, Arieh avait l'air songeur, il n'avait pas obtenu gain de cause, si mon amour pour lui ne dépendait pas de lui, ce n'était pas flatteur ni valorisant et il ne renonçait pas aisément au droit d'être aimé pour de bonnes raisons, je crois que tu ne me comprends pas, tu es tellement obnubilée par ce que tu peux ou ne peux pas obtenir de moi que tu ne me vois pas tel que je suis, indépendamment de toi, je l'approuvai, c'est vrai.

Je considérais les nuages noirs, bas et lourds qui venaient à notre rencontre, telle une autoroute céleste au-dessus de nos têtes, on aurait dit que les frontières allaient se brouiller, soit nous nous hisserions vers eux soit c'étaient eux qui nous percuteraient et, bien qu'il fût encore tôt, la lumière avait considérablement décru et la pluie s'était remise à tomber à verse, secouant la voiture. Appuyée contre la portière, je contemplais le paysage en songeant que c'était ce que je devais faire, ouvrir la portière et sauter comme j'étais, sans manteau ni culotte, pour en finir, parce que c'était le seul moyen. Je me cachai les yeux derrière l'écran de mes mains et l'observai à travers les interstices de mes doigts, comme une scène de cinéma particulièrement horrible que l'on ne veut pas totalement manquer, il ressemblait à une énorme chenille grise avec ses yeux globuleux, ses lèvres épaisses, ses oreilles roses et sa peau mate qui avait l'air trop cuite, soudain, il eut un sourire machinal, pourquoi souris-tu, c'est plutôt incongru, me dis-je, et, ravie de ma rime, j'inventais une mélodie que je me mis à fredonner intérieurement et me sentis un peu rassérénée. C'est facile de mourir mais, vivre, c'est une autre paire de manches, alors ça vaut le coup d'essayer. Il s'est montré au grand jour, pensai-je, tu as bien fait de l'accompagner, ça t'a permis d'y voir plus clair, il est aussi avide de compliments et d'encouragements que toi d'amour, c'est la vie, que veux-tu, quand on a soif, on reste sur sa soif, on ne peut compter sur personne. Laisse tomber, il n'a qu'à aller se morfondre avec une autre fille, tu as des choses plus passionnantes à faire, toi, le hic était que je ne voyais pas vraiment quoi en repensant à ma bouche pleine de saucisson hongrois bien gras et de vingt doigts.

Je l'observais toujours à travers mon écran improvisé, j'en avais une vision très nette, un peu comme le détail d'un tableau, et je dominais parfaitement la situation, O.K., me dis-je, supposons que tu l'aimes, si tu supprimes le complément d'objet, il restera le verbe aimer, l'amour est une excellente chose, non ? N'importe quel gamin le sait, il ne te reste plus qu'à proposer ton amour à quelqu'un d'autre. Supposons que tu aies confectionné un gâteau pour quelqu'un et que cette personne n'en veuille pas, que faire ? Tu peux toujours le donner à un autre, bon, alors, s'il te plaît, prends ton amour et offre-le à qui tu sais, à celui qui vit sous le même toit et possède le même numéro de téléphone, je m'efforçais de penser à Yonni en me concentrant sur chaque détail — les détails, c'était son point fort —, ses yeux marron frangés de longs cils, ses lèvres vermeilles, quasi féminines, ses boucles que j'aimais ébouriffer, avant, son profil de camée, c'est alors que je le vis osciller en cadence, comme les essuie-glaces de la voiture qui s'activaient à toute vitesse, sur le moment, je n'en saisis pas la raison puis réprimai un hurlement en comprenant qu'il s'était pendu, en rentrant, j'étais sûr de le retrouver au bout d'une corde dans la salle de bains, ses cils voilant ses joues blêmes — il venait de repousser la chaise sur laquelle il était monté. Il avait découvert le pot-aux-roses concernant ma liaison avec Arieh et il ne pouvait plus continuer à vivre dans le mensonge ni se résoudre à me quitter, tout comme j'étais incapable de rompre avec Arieh. À moins qu'il n'en soit très capable, au contraire, il était peut-être en train de faire sa valise, ou de m'écrire un mot, « tu as trahi la confiance que j'avais en toi, tu as sali notre amour. Je ne t'ai jamais tenue en bride et je ne t'ai jamais harcelée de questions non plus, tu avais les coudées franches car j'espérais que tu saurais faire bon usage de ta liberté, en retour, je n'exigeais qu'une chose, que tu me dises que tu ne voulais plus de moi si ça arrivait un jour. Sache que, pour moi, tu es une personne indépendante, que je n'ai aucun droit sur ton corps ou ton esprit et que je n'ai jamais souhaité que tu restes avec moi sous la contrainte. Je voulais que tu choisisses librement de vivre avec moi et que, si tu décidais d'aller avec un autre homme, tu aies l'honnêteté de me l'avouer ».

Ce n'est pas si simple, j'avais une réponse toute prête, tu crois que ça fonctionne comme ça, oui ou non, blanc ou noir ? Et si c'est quelqu'un qui ne veut pas de moi ?

Dans ce cas-là aussi je suis hors jeu, le résultat ne compte pas du moment que tu en as désiré un autre, même une seule minute, mais je m'obstinais, et si je n'étais pas sûre, ou si je changeais d'avis, je t'ai dit que le résultat ne comptait pas, répéta-t-il avec son esprit clair et précis qui ne supportait pas la contradiction.

Je l'ai perdu, d'une manière ou d'une autre, je l'ai perdu, à cause de toi, j'aurais voulu déchiqueter le visage réjoui d'Arieh, jeter le volant par la fenêtre, sous la pluie battante, mais il s'y agrippait fermement comme pour dire : ne te fatigue pas, chérie, c'est moi qui commande ici, tu peux être sûr que je serai encore là demain, après-demain, dans deux semaines, deux mois, deux ans. Je vais essayer de sauver quelque chose de ma vie, si c'est encore possible, Yonni, attends, ne retire pas la chaise, ni la tienne ni la mienne, donne-moi encore une chance, la pluie redouble, Arieh peste dans sa barbe, j'ai peur, et si on n'y arrive jamais, si nous avons un accident, s'il a une attaque, ce sera un désastre irréparable, et je me jure alors, si je m'en sors, si nous arrivons sans encombre et que Yonni reste avec moi, de ne plus jamais revoir Arieh, de faire un enfant avec Yonni et de leur consacrer ma vie jusqu'à la fin de mes jours.

Nous empruntions le même trajet qu'au matin en sens inverse, tu cherches quelque chose ? Oui, j'aimerais revoir l'arbre rouge que j'ai aperçu tout à l'heure, pourquoi, si je le retrouve, ce sera un signe et si je ne le retrouve pas, ce sera un signe aussi, alors ça ne change rien, commenta-t-il en précisant que la seule chose de rouge qu'il avait remarquée était un toit de tuiles. Je baissai une nouvelle fois la tête en passant à côté de la société de services informatiques de Yonni, espérant qu'il s'y trouvait toujours, occupé à apprivoiser ses machines. C'est un peu plus loin, protestai-je quand Arieh stoppa au début de ma rue, je sais, c'est ce que j'appelle la distance de sécurité, je ne tiens pas à te créer des problèmes, dit-il le plus sérieusement du monde, on aurait dit qu'il instruisait des espions chevronnés, bon, c'est le moment de garder ton sang-froid en vraie professionnelle, pensai-je en m'efforçant d'entrer dans son jeu tandis que, persuadée que c'était la dernière fois que je le voyais, je tentai de graver ses traits dans ma mémoire dans l'espoir de les déchiffrer un jour, comme une énigme. Il s'accrochait toujours au volant et je me dis que s'il le lâchait pour me toucher, ce serait un signe, dans le cas contraire aussi, et il le lâcha effectivement pour se gratter le nez avant d'allumer une cigarette, ayant pratiquement terminé mon examen, je lui dis froidement au revoir et descendis, la voiture était presque hors de vue quand je me demandai si j'aurais dû lui dire merci et que je me rendis compte que j'avais négligé les sourcils, étaient-ils encore noirs ou gris comme ses cheveux, j'allais passer le reste de ma vie à me poser la question.

J'avais le cœur serré d'angoisse en approchant de la maison, du calme, du calme, personne ne se doute de ce que tu as fait, il s'imaginera que tu es partie faire des courses, il ne voudra jamais croire que tu es allée à Jaffa pour te faire baiser presque deux fois, même si tu le lui avoues, l'avantage de la vérité c'est qu'elle est invraisemblable. Sois gentil, Yonni, priai-je sur le seuil de la porte, ne sois pas là, je te le demande pour ton bien, tu n'as rien à y gagner, et il n'était effectivement pas là.

L'appartement était sombre, il y faisait bien chaud — on avait apparemment mis le chauffage central en marche plus tôt, en raison du temps exécrable —, je caressai les radiateurs brûlants comme si c'étaient de fidèles animaux. Seule la chaleur m'avait précédée et, comme elle était de mon côté, elle tiendrait sa langue. L'évier débordait, mais c'était déjà le cas ce matin et je ne remarquai pas de nouvelle assiette qui n'aurait rien présagé de bon, rassurée, je me déshabillai, fourrai mes vêtements dans la penderie et pris une douche rapide en insistant sur les points névralgiques, puis j'enfilai mon pyjama et me couchai. Mieux valait faire semblant de dormir pour gagner du temps et sonder l'atmosphère à son retour, je restai donc étendue dans le noir, je l'avais échappé belle, mais au soulagement succéda insensiblement l'inquiétude, il devait être six ou sept heures et Yonni n'était toujours pas rentré et il n'avait pas téléphoné non plus, personne ne s'était manifesté d'ailleurs, je commençai à craindre d'avoir raté aujourd'hui une occasion unique, un train qui ne passait qu'une fois dans la vie et où tout le monde, sauf moi, était monté.

Je les imaginais en train de s'amuser quelque part, Yonni, mes parents, mon directeur de thèse, les étudiants qui étaient venus me voir aujourd'hui, sans oublier Shira et son timide amour, et si je lui téléphonais, elle savait toujours tout ce qui se passait, même quand il ne se passait rien, je composai son numéro dans l'obscurité et elle me répondit aimablement, je lui demandai si elle savait où était Yonni parce que je n'avais pu le contacter de la journée, 578 65 43, énonça-t-elle froidement — c'était le numéro de son bureau —, tu m'excuseras, Ya'ara, mais j'ai du monde, j'étais certaine que tous les êtres que j'aimais se trouvaient réunis chez elle pour faire la fête et concevoir des projets d'avenir dont j'étais exclue.

Je testai ma mémoire en essayant de me rappeler les traits d'Arieh, toujours environnés de fumée qui en brouillait les contours même lorsqu'il ne fumait pas, me semblait-il, les détails n'ont pas d'importance, croyais-je l'entendre dire, et à travers la fumée, son visage stylisé, amalgame d'autorité et de débauche, comme s'il était au-dessus du bien et du mal, du moral et de l'immoral, du bienséant et de l'inconvenant, qui l'a mis sur un piédestal, lui, pensai-je, furieuse, c'est toi, c'est-à-dire moi.

Je songeai à d'autres expériences, histoire de me calmer et de passer le temps, la reconstitution de ma première maison, par exemple, j'essayais de me souvenir si les murs étaient crépis ou non, je décidai qu'ils ne l'étaient pas au début mais que par la suite oui, cette demeure était vraiment le stéréotype de la maison modèle, jusqu'à la caricature. Elle avait même un toit de tuiles, si je ne me trompe. Mais comment le pourrais-je, j'y ai habité pendant près de vingt ans, je devrais la connaître de fond en comble, les choses les plus familières sont les plus méconnues, comme si, par la force de l'habitude, on finissait par négliger les détails. Prenez l'histoire de ma tante Tirtsa que ma mère adorait me raconter : le jour de son divorce, après trente ans de mariage, ayant préparé du café et demandé affablement à son mari combien de sucres il prenait, elle s'entendit répondre qu'il le sucrait à la saccharine depuis trente ans.

Elle soupirait, ce n'est pas un âge pour divorcer, cinquante ans, on ne se marie pas à vingt non plus, mais c'était apparemment la loi des séries, elle me lançait alors un regard menaçant qui signifiait que c'était le sort qui m'attendait si je ne prenais garde. Elle n'appréciait pas son mari à sa juste valeur, il était trop gentil avec elle, et elle devait être un peu masochiste car elle avait voulu finir sa vie dans la souffrance, et elle avait eu sa part, et au centuple même.

C'était une grande femme délicate, ma tante Tirtsa, jolie et distante, je ne croyais pas qu'elle eût jamais réellement souffert, vu la mélancolie et le détachement qu'elle affectait, à croire que même la souffrance l'ennuyait à mourir, quant à son mari, l'oncle Alex, on aurait dit un scarabée à côté d'elle, petit, noiraud et travailleur, je comprenais pourquoi il lui tapait sur les nerfs, mais il s'était vite trouvé une jeune femme qui le trouvait merveilleux, ce qu'il devint réellement par la suite. Il venait de temps en temps l'exhiber chez nous, le samedi, la métamorphose était proprement stupéfiante, c'était un autre homme, sûr de lui et drôle, tante Tirtsa n'en revenait pas non plus derrière la porte de la chambre où elle se cachait. Maman la prévenait toujours des visites d'Alex, il avait beau être son frère, elle lui préférait Tirtsa qu'elle invitait à venir jouer les voyeuses, furieux, papa déclarait qu'il était hors de question qu'il participe à la supercherie et que c'était la dernière fois que pareille chose se produisait. Mon rôle était d'apporter en douce à ma tante du café et les restes du déjeuner, et de vider son cendrier, un jour, l'oncle Alex me surprit avec un cendrier débordant, qu'est-ce que ça veut dire, Ya'ari, tu fumes maintenant, me demanda-t-il, méfiant, comme s'il était évident que ça arriverait tôt ou tard et que c'était une simple question de temps, mais non, je fais un peu le ménage, bon, bon, maugréa-t-il non sans inquiétude, plus tard, il avait dit à maman que je devenais de plus en plus jolie mais que ce n'était pas forcément un bien. Pourquoi dis-tu ça, s'indigna maman, dressée sur ses ergots, elle va ressembler à sa tante Tirtsa, c'est une beauté qui ne s'extériorise pas, personne n'en profite, pas même elle. Tante Tirtsa écoutait de toutes ses oreilles en fumant cigarette sur cigarette, et une fois les tourtereaux partis, elle sortait de sa cachette, exténuée, les yeux rouges, empestant le tabac, et se mettait à critiquer l'autre qui s'habillait comme une poule, elle en avait tout l'air d'ailleurs, dire que c'était elle qui la remplaçait, c'était honteux, elle ne le pardonnerait jamais à Alex, tu oublies que c'est toi qui as voulu divorcer, Tirtsa, s'écriait maman, il ne t'aurait jamais quittée autrement, même s'il savait à quoi s'en tenir avec toi, là-dessus, elles se mettaient à chuchoter, le soir venu, Tirtsa se passait un peu d'eau sur le visage, toujours beau et lisse malgré ses cinquante ans, et elle s'en allait en soupirant de soulagement comme si elle sortait d'une séance de sauna où elle aurait sué sang et eau pour la bonne cause.

Tu es sadique, déclarait ensuite papa à maman dans leur chambre qui sentait toujours le tabac, pourquoi la préviens-tu chaque fois, pourquoi l'invites-tu à se torturer ici, tu es jalouse d'elle parce que c'est une brillante avocate et que toi, tu as complètement raté ta vie. Tu la fais souffrir sous prétexte de loyauté, je vois clair dans ton jeu, figure-toi.

Ah bon, j'ai raté ma vie ? éclatait maman, et à cause de qui ? À cause de toi, parce que je t'ai sacrifié ma vie !

Tu m'as sacrifié ta vie ! C'est la meilleure ! La vérité est que tu as gaspillé ton temps à des bêtises !

Des bêtises ! Parce qu'élever tes enfants, c'est des bêtises ? S'occuper de tout le monde, c'est des bêtises ?

Tout le monde, c'est qui tout le monde ? Tu n'as jamais pensé qu'à toi, on a vu ce qui est arrivé quand tu as dû t'occuper d'un bébé qui avait réellement besoin de toi !

Comment oses-tu, hurlait-elle, et toi, tu t'es vu ? Cloîtré à longueur de journée dans ton laboratoire comme un rat ! Si tu n'avais pas abandonné tes études au milieu, tu l'aurais peut-être sauvé, le bébé, on n'aurait pas eu affaire à ces docteurs débiles dans cet hôpital débile ! Elle attrapait alors une couverture et un coussin, claquait la porte de la chambre et allait passer la nuit sur le canapé du salon où elle s'endormait presque instantanément, la conscience apparemment tranquille, et je venais scruter son visage ridé dans l'espoir d'y découvrir la vérité. La vérité ? Non, la vraie question était de savoir qui était le plus à plaindre, perplexe, j'errais d'un lit à l'autre pour les examiner à tour de rôle dans leur sommeil, en portant mon fardeau de pitié sur les épaules, tel un médicament dont je ne posséderais qu'une dose, susceptible de ne sauver qu'une personne, sans que je sache à qui la donner. Il m'arrivait de m'assoupir par terre, à mi-chemin, pour surprendre, au matin, leurs regards lourds des récriminations de toutes les années où ils avaient tenté de me mettre au monde depuis que j'étais en vie, finalement, je les avais déçus, je ne méritais pas leurs efforts, ce n'était pas de moi qu'ils pouvaient espérer le salut, le poids accablant de ma compassion que, ne sachant pour qui l'éprouver, j'avais fini par témoigner à ma propre personne, ils n'étaient pas dupes et, considérant que je leur avais causé un grave préjudice, ils m'accusaient, sans autre forme de procès, d'innombrables peccadilles qui finissaient, la nuit surtout, par constituer une seule et vieille faute cherchant un lit où dormir.

Elle va devenir comme Tirtsa que ça ne m'étonnerait pas, grinçait parfois mon père, ce qui était particulièrement injurieux dans sa bouche, ils s'entendaient pourtant bien et ils semblaient toujours avoir beaucoup de choses à se dire, ce n'était peut-être pas la personne de Tirtsa qu'il haïssait mais une part d'elle-même qui, à ses yeux, représentait le summum de la perfidie féminine, l'orgueil, la cruauté, une sorte de concentré tirtsaïen qui n'avait rien à voir avec la véritable Tirtsa et ne se révélait que lorsqu'on tentait de la définir.

Tu dis des bêtises, disait maman, Ya'ara est affectueuse et Tirtsa est froide comme un glaçon, elle est peut-être affectueuse avec toi mais pas avec moi, objectait papa, mortifié.

Ça te va bien de lui faire des reproches, jetait maman, exaspérée, parce que tu lui en manifestes de l'affection, toi, peut-être ?

La lumière s'alluma dans l'autre pièce sans que j'aie entendu la porte s'ouvrir, je vis Yonni ôter son manteau sous lequel il apparut en tenue de tennis, short et chemisette, j'en eus le cœur serré. Il avait l'air si jeune, surtout dans ses vêtements blancs, jeune, angélique et tendre, je ressentis une immense fierté à l'observer ainsi dans le noir, comme s'il était mon enfant qui avait si vite appris à marcher, à enlever son manteau seul, à allumer la lumière, c'était extraordinaire, il savait déjà tout faire, mon petit garçon si intelligent, absolument tout, il avança silencieusement pour ne pas me réveiller vers la chambre à coucher, et, immobile sur le seuil, il s'efforça de percer l'obscurité. Je le voyais parfaitement et je savais qu'il ne distinguait rien, il n'était même pas certain de ma présence mais il n'osait s'approcher davantage pour s'en assurer, je discernais ses traits réguliers à travers les boucles brunes, aussi étonnée que lors de notre première rencontre de constater que des traits harmonieux ne contribuaient pas forcément à la beauté d'un visage.

Ma taupinette ? chuchota-t-il, je fis mine de m'étirer et de me frotter les yeux, oui, je crois que je me suis endormie, je me faisais du souci, j'ai oublié que tu jouais au tennis aujourd'hui, me hâtai-je de répondre avant qu'il ne me questionne, éperdue de bonheur de constater que je m'en tirais à si bon compte, que sa voix avait son inflexion habituelle, je t'ai appelée à la fac mais on m'a dit qu'on ne t'avait pas vue aujourd'hui, du calme, du calme, m'exhortai-je, oui, je suis restée à la maison, je ne me sentais pas bien, mais je suis passé ici pour me changer et tu n'étais pas là, sa voix douce qui me parut subitement cruelle et effrayante, je fus sur le point de tout lui avouer, de lui raconter en pleurant dans quel trou j'avais échoué, de le supplier de me protéger et de m'empêcher de quitter la maison, du calme, me répétai-je, tu pourras toujours te confesser plus tard, pour l'instant, essaie de te tirer de ce mauvais pas, je devais être à la pharmacie, j'y ai fait un saut pour acheter de l'aspirine. Ça tombe bien, j'ai une de ces migraines, où l'as-tu mis, il alluma la lumière, m'obligeant à cligner des yeux, le tube doit être dans mon sac, tu sais que je déteste fouiller dans tes affaires, dit-il en me l'apportant au lit, on aurait dit qu'il déposait un bébé sur mon sein pour que je l'allaite, tiens, il n'y est pas, je feignis la surprise, je l'ai peut-être laissé dans la cuisine, à moins que je ne l'aie oublié à la pharmacie, j'étais si patraque que ça ne m'étonnerait pas, pourvu qu'il ne me propose pas d'aller le chercher, priai-je intérieurement, par chance, il se remit à pleuvoir, un vrai déluge, viens te coucher, je vais te le faire passer, ton mal de tête.

Il s'assit au bord du lit pour se relever aussitôt comme si quelque chose d'important venait de lui revenir en mémoire, je vais d'abord prendre une douche, je pue la transpiration, moi, je ne sentais rien, curieux, d'habitude c'était moi qui lui rappelais de se laver, et s'il n'était pas allé au tennis mais chez une femme, je songeai immédiatement à Shira et à l'intonation de sa voix quand elle m'avait dit qu'il y avait du monde chez elle. Comment était la partie ? Comme d'habitude, répondit-il en se déshabillant, avec qui as-tu joué, j'ai toujours le même partenaire, tu as oublié ? Oui, qui est-ce ? Arieh, répondit-il avec ce qui me parut être un sourire démoniaque au coin de ses lèvres d'ange, Arieh ? Qui est-ce ? Quel âge a-t-il ? Mon âge, peut-être un peu plus, tu ne te souviens pas ? On l'a rencontré au supermarché il y a deux semaines.

Il me tourna le dos, son dos clair et souple, et se dirigea vers la salle de bains, pas de panique, surtout pas de panique, ne fais pas l'enfant, me dis-je, sans savoir ce qui était le plus effrayant, qu'il soit allé se débarrasser de l'odeur d'une femme ou qu'il veuille prendre ses distances parce qu'il savait que je mentais. C'est quand même fou que ce type s'appelle Arieh, quelle curieuse coïncidence, c'est une invention pour me faire comprendre qu'il est au courant. En l'entendant fredonner sous la douche, je me précipitai au salon et fouillai sa serviette à la recherche de son répertoire téléphonique que je consultai à la lettre A, il n'y avait pas d'Arieh, je parcourus tout l'alphabet et ne le trouvai pas davantage au nom de famille, Ya'ari, cria Yonni, une serviette, je remis le carnet à sa place et entrai dans la salle de bains embuée, une serviette à la main.

J'ai toujours considéré que le symbole le plus significatif de la vie à deux, son avantage le plus précieux, était de pouvoir brailler, « une serviette ! » en sachant que ce hurlement a le pouvoir de forcer quelqu'un à abandonner son lit, sa chaise ou l'examen subreptice de votre carnet téléphonique et à se rendre à l'armoire et de là à la salle de bains, le tout par le miracle d'un seul mot.

Je le regardai sécher son corps élastique comme de la pâte, notant les marques qu'imprimait le linge sur sa peau, et, croyant le voir encore sourire, je retournai me coucher en fredonnant l'air que j'avais inventé dans la voiture. Qui vivra verra, décidai-je, d'ici-là, je me demande s'il va venir se coucher. Si oui, c'est le signe qu'il n'a pas été avec une femme, mais au fait, c'était exactement ce que je venais de faire et j'étais pourtant prête à remettre ça afin de ne pas éveiller ses soupçons, il pouvait donc se livrer au même calcul, je me dis ensuite que ce genre de réflexion ne menait à rien, c'était épuisant et frustrant, mieux valait se résigner à ne pas tout savoir de l'autre, pas même la moitié, puis je songeai que c'était probablement ce qu'il devait se dire vu qu'il en était au même point que moi, et je trouvai tour à tour l'idée drôle et déprimante.

Il vint me demander si j'avais faim, une faim de loup, répondis-je en le regrettant immédiatement, on n'a pas d'appétit quand on est mal fichu, j'avais tout faux, mais il entreprit d'éplucher tranquillement des légumes sans que ses gestes trahissent la moindre inquiétude.

Je le rejoignis dans la cuisine, pris des œufs dans le réfrigérateur et préparai une omelette, pendant qu'elle cuisait, je l'enlaçai et lui déclarai que je l'aimais, je le pensais vraiment, il sourit, je sais, sa suffisance m'exaspéra, comment le sais-tu, et si c'étaient des paroles en l'air, il ne se doutait de rien, c'était clair, mon soulagement fut de courte durée, la méfiance, réciproque surtout, nous mettait sur un pied d'égalité, ce n'était plus le cas à présent, un peu comme une mère et son enfant, je me sentis plus coupable que jamais. J'en avais l'estomac noué, du coup, je n'avais plus faim, je ne me sens vraiment pas bien, je retourne me coucher, annonçai-je en retournant l'omelette à moitié brûlée.

Étendue dans le noir, je l'entendais mastiquer avec énergie et application, se couper une tranche de pain et la tremper dans la sauce de la salade, j'identifiais chaque bruit, quand il s'essuya la bouche avec sa serviette et quand il déposa la vaisselle sale dans l'évier où elle retrouva celle de la veille, tout comme il me retrouva au lit avec un soupir de lassitude.

Il se mit à me caresser, j'ignorais si c'était bon signe et tentai de définir quelle conduite adopter, si je disais que je n'en avais pas envie, ça n'aurait rien d'exceptionnel mais pourrait paraître louche, comme si j'avais eu ma dose de sexe pour la journée, et si, en revanche, je manifestais trop d'enthousiasme, c'est ce qui, pour le coup, serait étrange parce que réellement inhabituel, comme si j'avais quelque chose à cacher, impossible d'en sortir, je décidai donc de coopérer dans une certaine limite et restai passive en me gardant bien de repousser ses mains qui me rappelèrent subitement celles de Saül, et je surpris son regard embarrassé, on aurait dit qu'il ne savait pas quoi faire de mon corps, ou du sien. J'eus pitié de lui, j'étais littéralement submergée de pitié, on aurait dit un torrent impétueux qui me pénétrait jusque dans l'entrecuisse, j'essayai de ressentir la même excitation qu'avec Arieh ou lorsque Saül et lui me regardaient et que je tâchais de me surpasser, je m'efforçai donc de bouger un peu et de le caresser mais il était devenu complètement amorphe, il gisait inerte à mes côtés, les yeux grands ouverts, j'en oubliai ce que j'étais censée faire, le moindre geste aurait eu l'air ridicule, je me contentai donc de lui ébouriffer les cheveux d'une main caressante, je lui embrassai le front et les yeux, je m'étais toujours sentie moins gauche avec son visage qu'avec son corps, ensuite blottis l'un contre l'autre, main dans la main, les doigts entrelacés, nus et chastes comme des enfants élevés ensemble au kibboutz dans l'inconscience de leur nudité, nous écoutâmes la pluie tomber.

Je craignais qu'il ne lui prenne l'envie de parler mais, par chance, il s'endormit, il respirait doucement, il était poli même dans son sommeil, soudain, je n'entendis plus rien, ça y est, j'en étais sûre, la mort subite du nourrisson. Au fond, on n'aurait pu rêver d'une fin plus douce même si elle concernait généralement les bébés de trois mois, j'effleurai ses cheveux, n'osant toucher son visage, toutes sortes de bêtises me traversaient l'esprit, j'avais l'impression que ses boucles étaient de plus en plus froides sous mes doigts et je me voyais déjà embarquée au commissariat où l'on m'inculperait pour homicide parce que j'avais refusé de coucher avec lui, c'est une salope, elle n'a pas voulu bouger son cul, chanterait-on en chœur en me montrant du doigt, ce n'est pas ma faute, hurlerais-je, c'est la mort subite du nourrisson, la mort des anges, la mort subite du nourrisson à trente ans, sans blague ! s'esclafferaient les gens. Tout à coup, apercevant Saül dans sa robe noire de magistrat, je me précipitai vers lui, Saül, c'est moi, Ya'ara, la fille de Korman, vous vous rappellez, vous devez me tirer de là, la fille de Korman ? répéta-t-il, incrédule. Vous mentez, Korman n'a pas de fille, mais vous ne vous souvenez pas ? vous me connaissez plus intimement que mon père qui m'a langée bébé. J'entrepris alors de me déshabiller pour lui raviver la mémoire, même si la tentative me paraissait désespérée, je ne voyais pas bien ce que ma nudité pouvait avoir d'exceptionnel pour le marquer à ce point, et, une fois nue, je tentai de reproduire les positions que j'avais prises sur son lit ce jour-là, dans le genre film X, ah oui, ça me rappelle quelque chose, dit-il en me tripotant à contrecœur du bout de ses doigts pâles, c'est bien vous qui habitez un kibboutz dans le Néguev, n'est-ce pas ? Non, on a inventé ça pour rire, il cligna des yeux, l'air incrédule, écoutez, je voudrais vous aider que je ne le pourrais pas, vous ne savez peut-être pas que je ne me trouve pas ici en qualité de juge mais en tant que prisonnier, il désigna les menottes qui lui entravaient les poignets, et tout le monde de rire et de beugler, quand elle veut, elle le tortille pas si mal, son popotin. Je me rhabillai en vitesse, Arieh était invisible, il aurait pourtant dû être là, même ligoté, le plus dangereux, c'était lui, mais je ne le voyais nulle part, vous perdez votre temps, me dit Saül, il n'aime pas ce genre d'endroit, mais moi non plus, me récriai-je, si vous ne les aimiez pas, vous ne seriez pas là.

CHAPITRE 5

Quand elle me vit, elle se poussa légèrement comme pour me faire de la place à côté d'elle sur le lit, collé à la large baie vitrée perpétuellement close d'où s'offrait une perspective contingente mais excitante du monde radieux et grisant des gens en bonne santé. On apercevait une montagne ocre, pas très haute, plutôt une colline, hérissée de deux ou trois maisons, au pied de laquelle le lit — cette misérable couche étroite avec son contenu, la tante Tirtsa —, qui se pressait contre la fenêtre, avait littéralement l'air de surgir.

Elle m'accueillit avec un sourire contraint, presque courroucé. Elle ne m'avait jamais portée dans son cœur. Que fais-tu là ? ronchonna-t-elle, j'avais pourtant dit à ta mère que je ne voulais voir qu'elle.

Maman est occupée, je mentais effrontément, elle m'a demandé de venir au cas où tu aurais besoin de quelque chose. Elle ne m'avait rien demandé du tout, ma mère, elle s'était contentée de remarquer qu'elle ne pourrait se libérer aujourd'hui et j'étais impulsivement descendue une station avant l'université, irrésistiblement attirée par le cocon douillet des couloirs exigus et des chambres hideuses et surpeuplées, bruissantes de quintes de toux, de soupirs, de souffrances, d'espoirs déçus, un terreau de misère où croissaient de pâles tiges à la majestueuse noblesse.

Bien sûr que j'ai besoin de quelque chose, dit-elle en me singeant, mais je ne pense pas que tu puisses me l'offrir.

Dis toujours, on verra bien.

J'aimerais avoir ton âge, ta jeunesse.

Je n'avais pas l'impression d'être si jeune que ça, moi. Et j'aurais volontiers étranglé les minettes que je croisais dans la rue tant je les enviais, mais là, à côté de cette figure dévastée par la maladie, je me sentais plus jeune et robuste que jamais même si je n'étais pas sûre que c'était un gage de bonheur. Apparemment, tout le monde rêve de tuer quelqu'un par jalousie, c'est une sorte de pyramide où il y a toujours quelqu'un au-dessous de vous qui aimerait bien vous trucider, alors que vous croyez vous situer au plus bas de l'échelle. Même la tante Tirtsa, avec son soutien-gorge vide dans son dur petit lit d'hôpital, pouvait encore exciter la jalousie. Mais cela ne la consolerait pas pour autant.

Tu as l'air en forme.

Ah oui ? Elle exhiba un petit miroir où elle s'examina d'un air sceptique comme si elle doutait de ma bonne foi. Ses grands yeux verts froids et durs mangeaient son visage amaigri aux pommettes hautes, moins lisse que dans mon souvenir. Maintenant encore, je serais ravie si l'on me disait que je te ressemble.

Je ne vois pas comment, surtout que nous n'avons aucun lien de parenté. Tu pourrais ressembler à la rigueur à ton oncle Alex, ce que, entre nous, je ne te souhaite pas. À propos, comment va-t-il, il a beaucoup vieilli ? demanda-t-elle avec une soudaine insistance.

Il n'a pas beaucoup changé, sauf qu'il a les cheveux tout blancs, et il est toujours aussi petit et aussi noiraud.

Un petit moricaud aux cheveux blancs, elle pouffa sans quitter des yeux son miroir au fond duquel on aurait dit que l'oncle Alex la contemplait. J'aimerais bien savoir à quoi il ressemble maintenant qu'il se fait vieux, chuchota-t-elle au miroir, je connaissais son visage par cœur, je me demande si ses yeux et ses lèvres ont changé, a-t-il des rides autour de la bouche ?

Je crois que oui. Je ne me rappelle pas bien. Je n'ai pas fait tellement attention.

Elle tenta de s'étirer, ses mouvements étaient désordonnés. J'ignore pourquoi ça fait encore si mal.

S'étirer ou penser à Alex ?

Les deux, elle grimaça un sourire amer, on nous promet que la douleur va passer mais c'est un mensonge. Tant sur le plan physique que sur les autres plans, d'ailleurs. Il faut y réfléchir à deux fois avant de bouger, si on tombe, c'est fichu. Je n'ai jamais encore vu une blessure guérir.

Sans regret ? demandai-je doucement.

Si, mais ça ne change rien, parce que si j'étais restée avec lui, je m'en serais voulue aussi. Je n'aurais pas supporté qu'il m'apporte mon café au lit, mais je ne supporte pas mieux qu'il l'apporte à une autre. D'une certaine manière, le premier cas aurait été plus facile, je suppose.

Je perçus alors un grognement qui venait du lit mitoyen. Qui était vide, du moins le pensais-je jusqu'à ce que j'entende la plainte émise par un petit bout de femme livide qui émergea des draps passés. On aurait dit qu'elle avait rétréci au lavage, l'utilisateur, négligeant les instructions, avait fait bouillir le linge au lieu de sélectionner le programme « textiles délicats », de sorte que la superbe robe du soir était devenue un chiffon.

Ça va, Joséphine ? interrogea ma tante avec une inquiétude quasi jubilatoire. En voilà une qui, dans la fameuse pyramide, l'aurait volontiers étranglée, ma tante Tirtsa, laquelle, comparée à ce pauvre débris au nom impérial, rayonnait de santé et de beauté.

Oui, ça va, siffla l'épave ratatinée, réponse grotesque vu qu'elle était noyée dans des gémissements de douleur. Elle tenta de rapprocher un énorme fauteuil roulant qui s'acharnait à lui échapper en dépit de ses efforts. Je le poussai vers elle du bout du pied, sans même prendre la peine de me lever. L'aisance de mon geste avait quelque chose d'insultant, en tout cas, Tirtsa devait le penser car elle me lança un regard noir comme pour dire, je ne t'ai jamais aimée et je viens de comprendre pourquoi.

Mais la petite femme me sourit avec reconnaissance et, avec une vivacité proprement stupéfiante, elle sauta dans le siège qui l'escamota aussitôt, comme le lit avant lui. Une minute plus tard, le fauteuil vide disparaissait dans l'étroit couloir.

Elle a l'air bien pressée.

Ça t'étonne ? s'insurgea ma tante, tu crois que les moribonds n'ont plus besoin de se dépêcher ou quoi ? Eh bien, tu te trompes, ils ont encore des tas de choses à faire et le temps leur est compté.

Quoi, par exemple ?

Eh bien, si tu veux le savoir, son espèce de dégénéré de mari vient la voir tous les jours à cette heure-ci, alors elle va vite l'attendre à l'entrée pour ne pas perdre une miette de sa présence. Pas même les deux pas qu'il doit faire jusqu'ici.

Pourquoi dis-tu qu'il est dégénéré ? elle haussa les épaules, est-ce que je sais, je me trompe peut-être. J'ai probablement une dent contre les hommes, surtout quand ils arborent leur virilité comme un étendard.

Sur ces entrefaites, ils entrèrent. Le grincement du fauteuil, le visage torturé de la femme, torturé comme par erreur alors qu'il était destiné à une vie totalement différente, une vie douce et caressante, les belles mains de l'homme posées sur les poignées, chaque doigt dans la rainure idoine, poussant le siège de sa démarche sauvage, réprimée par l'espace infiniment restreint, son grand corps revêtu du pull noir qu'il portait lors de notre équipée à Jaffa, la semaine précédente, ses traits burinés et son regard éteint qui ne manifesta pas la moindre surprise de me voir.

Tiens, Ya'ara, que fais-tu ici ?

Je suis venue voir ma tante, murmurai-je sur un ton d'excuse comme si j'avais empiété sur son territoire.

Sa mère me l'a envoyée, confirma Tante Tirtsa qui nous observait d'un œil amusé.

Ah, soulagé, il nous considéra plus attentivement, c'est vrai qu'il y a entre vous un air de famille.

Tu vois, je te l'avais dit, je souris à Tirtsa qui s'empressa de préciser que nous n'avions aucun lien de parenté.

Autour de nous, le monde vira au rose, le soleil des bien-portants, qui s'était arrêté au milieu de la fenêtre, s'apprêtait à sombrer dans le lit de ma tante, l'expectative se lisait dans le regard rose que la femme assise dans le fauteuil lança à Arieh, je vous présente ma femme, il la désigna, comme s'il pouvait y avoir une infinité de possibilités, d'une voix qui ne tremblait pas, c'est la fille de Korman, il me montra du doigt à mon tour, je me demandais si je devais lui serrer la main ou si un sourire suffisait, enchantée, dis-je en souriant, mais voyant qu'elle ne semblait pas satisfaite, je finis par lui tendre la main, et elle soupira, à croire que je la mettais dans un cruel embarras. Je laissai retomber ma main au moment où elle avançait la sienne, rose et fripée comme celle d'un nouveau-né, je reçus une décharge électrique en la touchant, comme si, par ce contact, elle me communiquait sa maladie.

Je bondis sur mes pieds et demandai les toilettes où je me ruai pour me savonner les mains sous l'eau brûlante, au risque de m'ébouillanter, elle ne peut pas être sa femme, les femmes des amants, on est censé les envier, pas les plaindre, brusquement, ma pitié rejaillit sur lui comme s'il partageait le même sort, dire que c'était tout ce qui restait de sa femme, c'était quand même malheureux de mourir sans enfant et de se retrouver à la fin de ses jours avec des mains de bébé et des yeux de lapin. Je me rappelai les après-midi où il m'avait quasiment jetée dehors parce que sa femme allait rentrer du travail, ou les matinées écourtées sous prétexte qu'ils avaient rendez-vous au café, il se servait d'elle pour préserver son intimité tandis qu'elle agonisait dans un lit d'hôpital. Combien de fois l'avais-je imaginée rentrant dans l'appartement que je venais de quitter, fatiguée mais toujours élégante, avec l'assurance d'une femme qui sait où elle va.

J'entendis la porte s'ouvrir timidement, je ne m'enferme jamais dans les toilettes de peur d'y rester coincée pour le reste de ma vie, et son visage apparut, toujours nimbé d'une lumière rose, suivi de ses épaules puis de son grand corps tout entier, il se hâta de pousser le verrou derrière lui, il se méfiait apparemment moins des serrures que moi, et, le dos à la porte, il jeta un regard morne autour de lui, s'attardant sur la chaise roulante flanquée d'une paire de béquilles et de plusieurs tuyaux tarabiscotés posés par terre, on aurait dit des reins artificiels, j'ai besoin de pisser, annonça-t-il en me regardant avec un sourire confus.

J'apercevais son dos dans le miroir fixé au-dessus du lavabo et j'entendis un bruit liquide, une âcre odeur d'urine emplit la petite pièce, c'était une véritable infection, je me resavonnai les mains en pinçant le nez, il devrait boire davantage, c'était malsain d'uriner comme ça, mais comment le lui dire quand sa femme était à l'agonie, il tira la chasse et se tourna vers moi, le sexe à l'air où s'accrochait encore une grosse goutte d'urine sombre, presque noire, mais pourquoi ne l'essuie-t-il pas ou ne la secoue-t-il pas, songeai-je, incapable de détacher mes yeux de cette goutte qui, au lieu de tomber, semblait au contraire coller à son membre comme une larme de résine solidifiée adhérant à un tronc d'arbre.

J'avais beau avoir les mains à vif comme celles d'une lavandière, je ne pouvais me résoudre à fermer le robinet de peur du silence de mort qui ne manquerait pas de s'installer, aussi rajoutai-je du savon pour désinfecter mes bras où les microbes s'étaient peut-être également aventurés, ensuite je le vis s'approcher lentement dans la glace et, suffoquée, je sentis ses mains relever ma jupe.

Je croyais t'avoir appris quelque chose, s'exclama-t-il, dépité, en découvrant ma culotte, je m'écartai pour laisser sa grande tête emplir le miroir, l'obscurcir de son regard lourd et menaçant, pourquoi ne m'as-tu rien dit ?

Parce que ça ne te regarde pas, il referma le robinet d'un coup sec sans se laver les mains. Elle va se rétablir, ajouta-t-il aussitôt comme s'il avait besoin de réconforter quelqu'un, lui ou moi, je fis volte-face, la goutte sombre avait fini par choir sur le pantalon où elle formait une auréole qui grossissait à vue d'œil, brusquement, il me hissa sur le lavabo, on aurait dit que j'étais un bébé qu'il fallait changer, à travers mes vêtements, j'éprouvais le froid contact de la faïence et de l'eau qui dégouttait du robinet, il se pencha et posa sa tête sur mes genoux, comme si c'était un coussin à lui seul réservé, les yeux clos, et il se mit à ronfler là, tout contre ma fente. Sa tête s'alourdit encore, je contemplais tristement les cheveux gris, la peau qui desquamait et les pellicules qui jonchaient généreusement l'encolure de son pull sombre, je repensai à ses sourcils, enfouis entre mes genoux, en essayant vainement de me rappeler s'ils étaient noirs ou gris.

On frappa à la porte, discrètement mais résolument, Ya'ara, es-tu là ? Ça va ? demanda ma tante. Oui, oui, je sors tout de suite, bredouillai-je en essayant de descendre du lavabo mais sa tête pesait comme du plomb, je me décidai à lui donner une violente bourrade, il sursauta et se redressa en chancelant, je le guidai péniblement vers le fauteuil percé où je l'installai, sa tête bascula sur sa poitrine et il se remit à ronfler sombrement, en cadence.

Je me dis que quelque chose de terrible avait dû se passer pendant que nous étions enfermés dans les toilettes, tels de jeunes mariés s'isolant au beau milieu de la cérémonie, sa femme était sûrement morte et on le cherchait pour l'avertir, il m'incombait de signaler qu'il s'était assoupi sur un fauteuil roulant, le zizi à l'air, je devais le remettre en place, autrement on comprendrait qu'il s'était passé quelque chose si on le surprenait dans cet appareil. Je m'évertuai donc à tirer le slip pour y fourrer son pénis, lequel me glissait entre les doigts comme un poisson, à croire qu'il n'était pas rattaché au reste du corps et bougeait tout le temps, et le petit orifice en haut ressemblait à s'y méprendre au museau rond et obtus d'un poisson, en désespoir de cause, je me décidai à tirer sur le beau pull noir pour dissimuler la chose, et le tour était joué. Je transpirais à grosses gouttes à cause de la chaleur et de l'émotion, et quand la porte ne s'ouvrit pas — je me voyais confinée ici encore un bon bout de temps, j'ai tellement peur des verrous et autres serrures que je n'arrive jamais à les manipuler —, les mains moites de sueur, je m'acharnai tant et si bien sur la clé que je finis par entendre un léger déclic et je détalai comme un boulet de canon en tremblant de tous mes membres.

Heureusement pour moi, il n'y avait personne devant la porte. Je regagnai lentement la chambre où j'aperçus ma tante occupée à lire, étendue sur son lit, en me rapprochant, je constatai qu'il s'agissait de son petit miroir, pas d'un livre, quant à l'autre, elle somnolait dans son fauteuil roulant, la tête affaissée sur la poitrine, exactement comme son époux, et je me dis que, si je pouvais pousser son fauteuil ici, à côté du sien, ils ressembleraient à des jumeaux orphelins et solitaires. Qu'est-ce qui s'est passé, s'exclama Tirtsa en posant le miroir à côté d'elle, je m'inquiétais, et le dégénéré ? ajouta-t-elle sans transition. Je répondis que je croyais l'avoir vu entrer dans les toilettes après moi, vous vous connaissez, elle eut un ricanement amer, oui, et, pour changer de sujet, je lui demandai comment allait sa voisine, c'est la fin, il sera veuf dans un mois, et il le sait ? Certainement, on ne nous cache plus rien, aujourd'hui, alors pourquoi m'avoir dit qu'elle irait mieux, je n'y comprenais goutte.

À son retour, quelques minutes plus tard, je crus voir le diable en personne, c'était une complète métamorphose, plus rien ne subsistait de la démarche pesante et des ronflements sourds. Il avait l'air tout guilleret et souriant, les cheveux bien coiffés en arrière et la braguette soigneusement fermée où l'on devinait une légère trace révélatrice. Il se précipita vers sa femme et posa une main sur son épaule, elle se réveilla en sursaut, releva la tête, lui sourit — un beau sourire plein d'amour et de gratitude — et recouvrit sa main de sa petite patte de lapin.

Mieux vaut mourir jeune avec la certitude d'être aimé que vivre seul jusqu'à cent ans, me chuchota Tirtsa à l'oreille, les yeux brillants d'envie. N'y a-t-il qu'une alternative ? C'est déjà beaucoup, parfois il n'y en a pas du tout, répondit-elle.

Son regard s'abîma dans la vaste fenêtre close, je crois que je vais dormir un peu, Ya'ara, je me levai, j'espère que tu iras mieux, prends soin de toi, soupira-t-elle comme si c'était moi la malade. Je me tournai vers les deux tourtereaux, la femme affichait toujours son sourire aimant qui se muait petit à petit en grimace, je parvins à lui demander discrètement s'il allait partir bientôt parce que je n'étais pas motorisée, attends-moi dehors, répondit-il sur le même ton, j'allai m'asseoir sur une banquette dans le couloir et, pour tuer le temps, je regardai passer les infirmières et les malades dont les incessantes allées et venues me parurent grotesques à la longue. On aurait dit des fourmis sur le point d'être écrasées par un pied de géant et qui, le sachant, n'en continuaient pas moins de courir en tous sens.

Il ne tarda pas à sortir, les yeux fixés sur sa montre comme s'il calculait le temps qu'il venait de perdre et celui qu'il lui restait encore d'ici la fin de la journée, il marchait d'un pas allègre, de plus en plus rapide, de sorte que je dus presque courir pour le suivre dans l'escalier puis dans l'immense parking, on aurait dit qu'il s'évertuait à effacer son moment de faiblesse dans les toilettes, la scène me paraissait d'ailleurs absurde, à croire que je l'avais inventée de toutes pièces, et puis je resongeai à la fameuse tache, la seule preuve tangible que j'avais, mais quand je pris place à côté de lui dans la voiture et examinai son pantalon, je m'aperçus qu'il n'en restait plus trace.

Qu'est-ce que tu fabriquais réellement là-bas ? demanda-t-il un peu plus tard avec un regard amusé, je feignis la désinvolture, je te l'ai dit, je suis venue voir ma tante.

Il n'y a pas très longtemps que ta tante est là et je t'ai pourtant vue traîner dans le coin bien avant, du calme, du calme, j'étais si embarrassée que je devais être rouge comme une tomate, je m'étais toujours doutée qu'il savait à mon sujet des choses que je voulais lui cacher, pourtant, je fus incapable de dissimuler ma surprise.

Comment se fait-il que je ne t'aie jamais vu, moi ? demandai-je pour gagner du temps, parce que j'ai fait ce qu'il fallait pour ça, répondit-il avec sa suffisance habituelle, tu sais que je suis assez doué pour ce genre de choses.

Ce n'est quand même pas un crime de fréquenter les hôpitaux ?

Non, je dirais plutôt que c'est du vice, il eut un rictus sarcastique, une vague de confusion frangée d'une écume de reconnaissance me submergea, j'étais condamnée à tout avouer, ce qui était apparemment mon plus cher désir, je sais que ça va te paraître incroyable mais j'adore visiter les hôpitaux, c'est le seul endroit où je me sente en sécurité. Quand je n'ai pas le moral, je vais faire un tour dans les couloirs, je jette un coup d'œil dans les chambres comme si je cherchais quelqu'un, j'aime cette atmosphère de surveillance permanente, on se croirait dans une oasis. Je sais bien que les malades m'envient parce que je suis en bonne santé mais, moi, j'envie les soins constants qu'on leur prodigue, j'ai parfois l'impression qu'ils ont la belle vie, pas comme moi.

Qu'est-ce qu'elle a de si affreux, ta vie ? sa voix s'était subitement attristée, je ne sais pas exactement, rien de spécial, juste que c'est la mienne et que j'en suis prisonnière, en quelque sorte.

C'est dommage, constata-t-il doucement, puis il se mit à siffloter, ce qui me calma instantanément, je me rappelais les matins où je me réveillais en entendant mon père siffloter, c'était le signe qu'il était de bonne humeur, qu'il n'en voulait à personne, c'est-à-dire à elle ou à moi. À force, c'était devenu un code entre maman et moi, si elle venait me réveiller en disant, bonjour, ton père a siffloté ce matin, la journée s'annonçait sous les meilleurs auspices. Il a siffloté trois fois, m'annonçait-elle fièrement de temps à autre, et j'étais certaine qu'ils avaient fait l'amour cette nuit-là.

Couchée dans mon lit, en quête d'un peu de chaleur, j'essayais quelquefois de percevoir leurs voix par-dessus le sifflement des tourniquets, les hurlements des chats, des chiens et même des chacals. Je me fiche de ce qui se passe derrière leur porte, me disais-je, mais une tare ancienne s'interposait constamment entre eux et moi, mon existence et la leur, une sorte de gauchissement qui demandait la vie sauve.

Peux-tu imaginer qu'il y avait des chacals ? déclarai-je de but en blanc, où ça, questionna-t-il sans cesser de siffloter ni attendre la réponse.

À côté de ma première maison, là où j'habitais quand j'étais petite, je sais qu'il y avait des chacals mais j'ai quand même du mal à y croire. J'ai l'impression que c'est une pure invention, que ma vie d'avant est une pure invention. J'ai beau savoir qu'elle a existé, je n'y crois pas. Je n'arrive pas à imaginer que je voyais mes parents chaque jour, que nous prenions nos repas autour de la grande table, tous les trois, que je devais continuellement leur demander leur autorisation, bref, que nous étions une famille.

Il rit, ah bon, parce que, d'après toi, une famille c'est quand on doit demander la permission ? En gros, oui, confirmai-je, pour moi, c'est exactement le contraire, dit-il, c'est une énorme responsabilité, mes parents étaient des immigrants sans le sou, ils n'avaient pas de travail, pas de langue, pas de dignité, à l'âge de dix ans déjà, j'avais la charge de dix personnes.

Il alluma une cigarette et sourit, très fier de sa biographie héroïque, j'étais ébahie, il avait l'air si accompli, si parfait dans son genre, avec la fumée grise qu'exhalaient ses lèvres grises, ses mains superbes posées sur le volant, ses tenues si bien coordonnées, ses cheveux qui commençaient à onduler sans boucler vraiment, même les marques de vieillesse semblaient contribuer à cette perfection. J'essayai de l'imaginer à dix ans, avec sa peau brune qu'on entrevoyait à travers ses vêtements en loques, ses boucles malpropres, ses yeux de braise affamés. Il était si raffiné.

Comment as-tu fait pour devenir si sophistiqué, j'aurais juré que tu étais né dans un palais, il éclata de rire, on m'a négligé si longtemps que j'ai fini par m'occuper de moi, on a besoin de trouver un équilibre à mon âge.

Et elle, elle s'est occupée de toi ?

Qui ça ? s'enquit-il ingénument, Joséphine, dis-je, ravie du hiatus entre ce superbe nom aux consonances étrangères et la misérable créature qui le portait.

Il se rembrunit. Elle m'a rendu aussi heureux qu'on peut l'être, déclara-t-il pompeusement, comme si nous suivions le convoi funèbre, je me recroquevillai, tel un chien battu, privée du plaisir de dénigrer la femme de mon amant, de la rabaisser, de m'entendre dire à quel point elle était assommante, bornée, qu'elle ne le comprenait pas et était incapable d'assouvir ses appétits sexuels. J'étais tombée, au contraire, sur un homme qui culpabilisait au point de considérer son épouse comme une sainte. J'aurais bien voulu savoir ce que Yonni aurait dit à mon sujet si j'étais à l'article de la mort. Je suis la femme de quelqu'un moi aussi, si étrange que cela puisse paraître. Aurait-il également affirmé que je l'avais rendu aussi heureux qu'on peut l'être ?

Au même moment, la voiture s'engagea dans la rue étroite et encombrée pour s'arrêter devant notre immeuble en négligeant, cette fois, la fameuse distance de sécurité. Je vis que la lumière de la cuisine était allumée et je crus entendre le claquement sec du couteau et ses gestes las, désespérés et pleins de bonne volonté, j'avais mal partout comme si j'étais devenue un légume coincé sur la planche à découper. Arieh, chuchotai-je, je ne peux pas rentrer chez moi, pourquoi ? demanda-t-il d'une voix douce. Parce que je sais exactement ce qui va se passer, ce qu'il va dire, ce que je vais répondre, ce que nous allons avoir au dîner, je devine la manière dont il va me regarder, c'est déprimant de trop savoir, je veux rester avec toi.

Il ne dit rien, et la voiture redémarra dans un grondement de moteur, laissant la lumière blafarde de la cuisine loin derrière elle. Il se remit à siffloter, je posai ma main sur son genou, les yeux clos, songeant à la cuisine sombre dont le vasistas, donnant sur des bosquets, plongeait la maison dans une perpétuelle pénombre, plus épaisse qu'en réalité, au lieu de l'éclairer, puis je m'apitoyai sur la poubelle inutilement remplie d'épluchures et me promis de la nettoyer à mon retour pour lui restituer sa couleur d'origine, que j'avais oubliée tant elle était sale, quand et où me l'étais-je procurée, avais-je été contente de l'acheter, et Yonni, avait-il été content lui aussi, combien de temps ce bonheur avait-il duré, et comment avait-il pris fin ?

Arieh posa brièvement sa main sur la mienne avant de la retirer pour allumer une nouvelle cigarette, pourquoi l'as-tu épousé ? Je me souvins alors que nous l'avions achetée le jour où nous avions décidé de nous marier, dans une boutique qui venait d'ouvrir et avait fait faillite pratiquement le lendemain. Nous étions passés devant en rentrant à la maison, tout avait l'air si neuf, si tentant, y compris les poubelles, nous l'avions choisie blanche, sa couleur préférée. Je voulais un blanc nuptial et elle avait l'air d'un cygne qui, si sale soit l'eau où il évoluait, resterait immaculé.

Parce qu'il m'avait dit qu'il m'aimerait toujours, répondis-je enfin, et que je savais qu'il était du genre à tenir ses promesses.

Il rit, c'est ce qui arrive quand on se laisse dominer par la peur, tu me rappelles beaucoup ta mère, ajouta-t-il en me regardant attentivement. Ma mère ? Pourquoi ? Ça a quelque chose à voir avec ce que j'ai dit ou est-ce parce que je lui ressemble ? Mais il arrêta brusquement la voiture et descendit presque en courant, comme s'il craignait que je continue à le harceler avec mes questions, je le suivis dans le hall de l'immeuble, envahi par les plantes, montai l'escalier et, quand la porte s'ouvrit, j'eus le sentiment d'entrer dans ma vraie maison, j'avais enfin trouvé mon vrai foyer, le seul où j'allais enfin réellement commencer à vivre.

Lentement, je jetai un regard circulaire sur les meubles, les tapis, les tableaux, comme si je les voyais pour la première fois — jusque-là, je n'avais eu d'yeux que pour lui —, en essayant d'évaluer ce que j'aimais ou pas et où j'allais mettre mes affaires, et puis non, je les laisserais à Yonni, ce qui me fit penser à lui téléphoner pour le prévenir de mon retard, mais gênée de lui parler devant Arieh, je décidai d'inventer un quelconque prétexte en rentrant.

L'appartement était si froid qu'on l'aurait cru inhabité, comme figé dans la fleur de l'âge, et d'une propreté scrupuleuse, aseptisée, qui échappait au quotidien. As-tu quelqu'un qui s'occupe du ménage ? Non, répondit-il fièrement, je m'en charge moi-même, je tiens à préserver mon intimité. Je passai un doigt sur le piano à queue, il n'y avait pas un grain de poussière, félicitations, où as-tu appris à astiquer si bien les meubles ? Il se renfrogna, je croyais que tu avais compris que je n'ai pas été gâté par la vie, j'aidais ma mère à faire des ménages pendant que ton père usait ses fonds de culotte sur les bancs de l'école, figure-toi, la note d'amertume que je crus déceler dans sa voix m'incita à le croire même si j'étais encline à penser qu'il en rajoutait.

Sans ôter mon manteau, je ne le quittai pas d'une semelle tandis qu'il déambulait d'une pièce à l'autre, tâchant de me familiariser avec ses gestes, ses habitudes, comme si la manière dont il allumait le chauffage pouvait m'apprendre quelque chose de plus, je le regardai ouvrir et inspecter consciencieusement le frigo qui était complètement vide, puis le congélateur, pratiquement aussi dégarni, d'où il sortit une glace qu'il partagea à l'aide d'un couteau et servit dans deux assiettes. Je fixais ma part sans me résoudre à l'attaquer vu le froid qu'il faisait, elle devait dater de l'été dernier tant le carton d'emballage y adhérait solidement, je voulais lui demander si elle était déjà malade cet été,

Joséphine, mais il avait l'air si absorbé dans son assiette, et puis qu'est-ce que ça changeait, je poussai vers lui le bloc rosâtre, qui n'avait absolument pas l'air de vouloir fondre, sur lequel il se jeta voracement, ensuite, il prit dans le buffet une bouteille de whisky qu'il but au goulot avant d'en remplir deux verres et de vider le sien d'une traite.

J'étais captivée par cet étrange rituel, fière même qu'il s'exhibe ainsi sans se préoccuper de moi le moins du monde. Au troisième verre, il daigna enfin remarquer ma présence et me regarda avec une sorte d'étonnement amer et impénétrable, c'est tout ce qu'il y a, dit-il, faisait-il allusion à la glace, et il alluma une cigarette, je songeai que ce serait bien agréable de vivre avec lui car, sachant qu'il ne m'aimait pas, je n'aurais pas à vivre dans la hantise du jour où il cesserait brusquement de m'aimer, finalement, j'étais très privilégiée par rapport aux autres femmes.

Il commençait à faire un peu plus chaud, il retira son pull sous lequel il avait un maillot de corps de la même nuance marron passé que sa peau, à tel point point qu'on ne voyait pas la différence, j'enlevai mon manteau à mon tour tandis qu'il se versait un autre whisky, continue, pria-t-il, heureusement que, moi, je portais des dessous de dentelle et pas une vieille guenille sous mon pull, et, seulement vêtue de mon body et de mes collants, je m'étirai un peu pour l'aguicher mais il continua à boire et à fumer sans réagir, les traits alourdis et l'élocution de plus en plus difficile, tu sais que je n'ai rien à te donner ? J'acquiesçai avec enthousiasme comme s'il m'apprenait une excellente nouvelle et, me serrant contre lui, je me mis à lui caresser les bras, surtout là où sa peau entrait en contact avec le maillot et à embrasser sa nuque nouée, qui sentait l'antiseptique, sans cesser de penser à la petite femme qui se ratatinait à vue d'œil, je n'arrivais pas à me faire à l'idée qu'elle pouvait être sa femme, on aurait dit un animal domestique plutôt qu'un être humain, de sorte que sa mort imminente ne m'attristait guère, encore moins que celle de Tulya, le chat de Shira, allons dans ta chambre, lui chuchotai-je à l'oreille, je crus qu'il n'avait pas entendu car il ne bougea pas, je pensai même qu'il s'était rendormi, mais il se leva et se dirigea en titubant vers la porte perpétuellement close.

Je compris alors pourquoi il se gardait bien de l'ouvrir. C'était la pièce la plus terrifiante et la moins sexy que j'aie jamais vue, avec pour unique mobilier deux petits lits d'hôpital et un fauteuil roulant, dans un coin, des murs entièrement nus et une forte odeur de médicament, curieusement, j'étais surexcitée car c'était moins contraignant, moins effrayant qu'une chambre romantique, et en l'entraînant vers l'un des lits, je le sentis s'animer, presque à regret, fondre à contrecœur comme la glace qu'il venait d'engouffrer, au fur et à mesure que son sexe enflait, je songeai à sa femme qui rapetissait et allait bientôt purement et simplement disparaître, devenir invisible à l'œil nu.

Je baissai son pantalon avec une audace qui découlait probablement du fait que je m'étais résignée à son indifférence, je m'étais même persuadée que c'était cela, le véritable amour, apprendre à aimer sans contrepartie, j'examinai cette chair lisse et olivâtre, en slip et en maillot, en me disant qu'elle allait être à moi très bientôt, dans une minute, et je le caressai par-dessus ses vêtements, j'ai toujours préféré les caresses par-dessus les vêtements parce que j'ai l'impression que c'est plus sûr, et j'avais entrepris d'embrasser son slip quand il déclara qu'il avait besoin de rester seul.

Si je ne l'avais pas vu à l'hôpital, il m'aurait sûrement dit que sa femme n'allait pas tarder à rentrer, mais, maintenant, il était forcé de me dire la vérité, il n'avait plus le choix, à moins que ce ne soit pas la vérité du tout, il avait peut-être prévu autre chose, il ne me semblait pas en état de sortir mais j'avais déjà assisté à ces soudaines métamorphoses.

Je relevai la tête, je ne me sens pas bien, balbutia-t-il, je ne pourrai pas te raccompagner chez toi, tu vas prendre un taxi, il doit y avoir un billet dans mon pantalon. N'ayant effectivement presque pas d'argent sur moi, je me réjouis de l'occasion de fouiller dans ses poches où je ne trouvai finalement rien d'intéressant, quelques pièces de monnaie, un briquet, des feuilles de maladie et les fameuses clés, à quoi pouvaient-elles bien servir, il y en avait tellement.

Il s'était allongé sur le ventre, exposant ses fesses étroites et musclées, respirant lourdement, je continuai à fureter dans ses poches en me rappelant avoir un jour pensé que voir les fesses nues d'un homme signifiait que c'était dans la poche. Tout était lié, la verge et le cœur, le cœur et les fesses, les fesses et les yeux, les yeux et le vagin. Je n'imaginais pas que chacun pouvait tirer la couverture à soi et qu'il y avait des chances pour que je me retrouve en train de verser toutes les larmes de mon corps face aux fesses d'un homme que je ne souffrirais pas, ou plus précisément qui ne me souffrirait pas. Au moment où je me retrouvai dehors, le visage ruisselant de larmes de crocodile, il se mit à pleuvoir et j'aperçus la fille au fume-cigarette, ou quelqu'un qui lui ressemblait, avec les mêmes cheveux roux coupés au carré, descendre d'une petite voiture noire garée non loin de là, elle entra dans l'immeuble en courant tandis que, bravant la pluie, je m'éloignais pour ne pas voir à quel étage s'arrêtait l'ascenseur ni la porte qui allait s'ouvrir en me répétant qu'il y avait d'autres locataires, d'autres possibilités et qu'il ne fallait pas toujours envisager le pire, mais je me voilais la face. J'errai dans les rues presque désertes, sans argent pour prendre un taxi et sans parapluie, je le voyais se lever, prêt à la recevoir, j'avais même ôté son pantalon pour que mademoiselle n'ait pas à le faire, et j'imaginais son élégante chatte, sans doute épilée ou soigneusement taillée, recueillant ce que je désirais de toutes mes forces, pour la première fois de ma vie, je comprenais peut-être ce que ce mot voulait dire, je faillis y retourner mais la honte me retint et je poursuivis ma course aveugle en songeant à ma future vengeance, à son complexe d'infériorité que je venais de découvrir, à l'odeur de son urine, à la glace périmée qu'il était en train de digérer, la fille sophistiquée à califourchon sur son ventre ne se doutait pas qu'une mince enveloppe de peau bistre l'isolait d'une flaque poisseuse de crème glacée remontant à l'été dernier.

CHAPITRE 6

Au matin, je me demandai ce qui était le plus douloureux de ma tête, de ma gorge ou de la ligne médiane reliant le cœur au vagin qui m'élançait comme des points de suture après une opération. Ma joue empestait l'after-shave, Yonni m'avait apparemment embrassée avant de partir, sans me réveiller, cette manie de s'asperger, c'était exaspérant, on aurait dit un enfant jouant avec la lotion de son père, inconscient des limites, je n'arriverai jamais à me débarrasser de cette odeur, à la réflexion, c'était plutôt attendrissant, il avait pris la peine de s'arrêter et il s'était même penché pour poser ses lèvres orange sur ma joue, que d'efforts, et sans espoir de retour puisque je dormais, autant embrasser un meuble, ou un cadavre, c'était un choix personnel vu qu'il n'y avait aucune réaction à attendre de ma part, nul n'était là pour apprécier l'ampleur de l'effort. Je songeai que c'était une réelle preuve d'amour, peut-être la plus flagrante qu'il m'eût jamais donnée, et, sans sortir du lit, je me pliai en deux pour embrasser le sol et tenter de reproduire son geste et évaluer l'ampleur de son amour, quand mes lèvres touchèrent le carrelage glacé, hivernal, j'aperçus sous le lit un livre couvert d'une épaisse couche de poussière, un vrai camouflage, qui sait depuis combien de temps il était tranquillement caché là, je le ramassai, effarée, en me rappelant la solennité avec laquelle mon directeur de thèse m'avait prêté, quelques mois auparavant, ce volume rare provenant de sa bibliothèque personnelle.

Je le posai sur le lit et entrepris de l'essuyer à l'aide des mouchoirs en papier froissés qui s'étaient amoncelés autour de moi durant la nuit, dire que Yonni croyait que je pleurais à cause de ma pauvre tante Tirtsa dans son lit d'hôpital, une fois propre, je m'y plongeai sans pouvoir m'arrêter, je tenais enfin mon sujet de thèse, les légendes concernant la destruction du Temple, heureusement qu'il n'existait plus, sinon, je me serais sentie coupable à la moindre peccadille, le livre, en effet, en imputait l'anéantissement à des actes si insignifiants, si intimes, tel cet apprenti charpentier qui berna son maître dont il ravit la femme et qu'il poussa ensuite au divorce, allant même jusqu'à lui prêter la somme, stipulée dans le contrat de mariage, que l'époux doit à sa femme en cas de séparation, et, quand il s'avéra que le charpentier ne pouvait s'acquitter de sa dette, il se retrouva domestique chez son ancien aide et son ex-épouse qu'il servait à table sans pouvoir retenir ses larmes, lesquelles dégoulinaient dans leurs verres. J'essayai d'imaginer Arieh et moi mangeant du saucisson et buvant le cognac que nous versait Yonni en pleurant à chaudes larmes, c'était si triste que je me remis à sangloter, je décidai de ne jamais le quitter maintenant que je savais à quel point il m'aimait, comment abandonner un homme qui vous aime à ce point, et ton amour à toi, me dis-je, qu'en fais-tu, je devais ressembler à la femme de la légende dont on ne peut connaître les sentiments qu'à travers ses actes.

J'en étais là de mes réflexions quand je reçus un appel de la secrétaire du département qui m'annonça que le directeur voulait me parler, il y avait de la malveillance dans sa voix, je savais qu'elle ne comprenait pas le favoritisme du directeur à mon égard, à dire vrai, moi non plus et je m'attendais à voir les choses changer du jour au lendemain, il allait découvrir que c'était de la poudre aux yeux, qu'il se faisait des illusions sur ma personne. Ce genre de volte-face arrive couramment, et, d'après la voix de la secrétaire, je me dis que c'était peut-être le cas aujourd'hui, le cœur battant, je saisis l'épais volume dont je me mis nerveusement à corner les pages, je venais de me rendre compte que j'étais en train d'abîmer le précieux ouvrage issu de la bibliothèque de mon professeur quand j'entendis sa voix cérémonieuse au fort accent anglo-saxon, il m'apprit que, lors de la dernière réunion, il y avait eu des plaintes à mon sujet, on me reprochait mon absentéisme et mon retard dans la remise de mon sujet de thèse, si je continuais comme ça, je pouvais dire adieu à ma bourse et à ma nomination. Je ne pourrai pas vous aider, vous êtes la seule à pouvoir le faire. Vous savez combien de gens le convoitent, ce poste ? J'attendis patiemment qu'il finisse avant de lui annoncer sur un ton d'excuse que mon retard était dû à mes recherches mais que je venais enfin de trouver mon sujet ce matin même, l'adversité dans les légendes de la destruction du Temple, nous devons nous voir pour en parler. Il ajouta, j'ai un créneau tout à l'heure, cela vous convient-il ? Parfait, j'arrive, et je me mis à fourrager dans l'armoire en quête de la tenue convenant à une femme ambitieuse, telle était ma nouvelle image, une femme promise à une brillante carrière universitaire et dotée d'un mari aimant qui s'inclinait pour l'embrasser, je songeai sérieusement à adopter le fume-cigarette et à me couper les cheveux, ainsi n'aurais-je plus personne à envier, sauf moi, et, si je le rencontrais dans la rue, je lui sourirais orgueilleusement sans même m'arrêter. Pour qui se prenait-il, celui-là ? Il me pompait mon énergie, mon temps, ma volonté, il dominait ma vie sans rien me donner en échange, hormis le luxe de me retrouver sans énergie, ni temps ni volonté, et même cela il l'accomplissait avec la plus parfaite indifférence, comme s'il me faisait une insigne faveur en me permettant de lui sacrifier ma vie.

J'enfilai un pantalon de cuir noir et un chemisier en velours bleu, assorti à mes yeux, dommage qu'il ne puisse pas me voir, à quoi bon me mettre en frais pour le directeur, songeai-je en me regardant dans la glace tout en me répétant, la destruction du Temple, c'est la seule chose qui compte maintenant, affublé d'un tablier en ruché de soubrette, Yonni n'en finissait pas de nous verser du cognac, c'était si drôle que je pouffai de rire avant de me rappeler que c'était trop triste.

Puisqu'il avait pris la voiture, je dus emprunter l'autobus qui rallongea le trajet en passant devant l'hôpital, j'étais sur les charbons ardents, heureusement qu'il roulait vite, les rues étaient désertes en cette heure avancée de la matinée, je pensai à la maison vide et abandonnée qui m'attendait, dissimulée au cœur du verger, quand j'étais petite. On y accédait par des chemins mordorés, bordés de cyprès dubitatifs et ténébreux — il y en avait toujours un qui était courbé ou brisé — au pied desquels étincelaient gaiement les étoiles multicolores des lantaniers, orange, pourpres, jaunes, rouges et blanches, qui semblaient grossir à mesure que je m'approchais, à la fin, elles avaient presque la taille d'une clémentine bien mûre, et quand la maison surgissait devant moi, malgré sa décrépitude, une vraie ruine, elle était si belle que je la surnommais secrètement le Temple. Elle était à l'abandon et, à part moi, ses seuls visiteurs étaient de pauvres ouvriers affamés qui sentaient fort, je décelais une âcre odeur d'épuisement, de suie, de canettes de bière et de sardines bon marché. Pour se réchauffer, la nuit, ils allumaient de petits feux de camp qui noircissaient le sol et les murs, mais je l'imaginais telle qu'elle aurait dû être, resplendissante, somptueuse et attirante, c'est comme ça que je veux qu'on me voie, que je devrais être, j'y emmenais donc les gens que j'aimais parce qu'il me semblait que le Temple était l'unique endroit où je me montrais à visage découvert. Au début, j'y entraînais mes camarades de classe, mal à l'aise de se retrouver seules dans une maison abandonnée parmi tous ces arbres, puis mon premier petit ami, nous nous asseyions dans la cour dévastée où poussaient discrètement quelques fleurs gigantesques, je faisais comme si c'était notre maison et nous nous embrassions au milieu des goyaviers, je mordais dans les fruits charnus sans les cueillir pour lui prouver qu'ils étaient entièrement rouges, j'avais les lèvres enflées de baisers et je redoutais de rentrer à la maison, qu'allais-je dire à mes parents, que je m'étais fait piquer par une abeille, mais mon ami affirmait que ça n'avait pas l'air gonflé, ce n'était qu'une impression, je lui en voulais parce que c'était sa faute, mais je me gardais bien de le lui montrer de peur qu'il ne se vexe et m'abandonne en tête à tête avec mes parents. Nous montions le large escalier délabré, errions d'une pièce à l'autre en tentant d'en reconstituer la splendeur passée, et puis, par une étroite échelle en colimaçon, nous grimpions sur le toit pour découvrir l'orgueilleuse magnificence des vergers infinis, leur pouvoir absolu, vert sur vert sur vert. Il commençait à faire nuit quand nous rebroussions chemin, le froid me brûlait les lèvres mais mon ami soutenait toujours qu'on ne voyait pas qu'elles étaient enflées, et je me demandais comment quelque chose d'aussi tangible pouvait être invisible, le bout des seins me brûlait et je plaquais mes mains sur ma poitrine naissante sous le mince chemisier, et il cueillait une poignée de fleurs étoilées qu'il répandait sur ma tête, de retour à la maison, c'étaient d'ailleurs elles qui me trahissaient et pas mes lèvres. Où astu été te vautrer pour te mettre de l'herbe plein les cheveux, c'est la dernière fois que tu disparais toute la journée, compris, dit ma mère, pourquoi lui cherches-tu des poux, me semble-t-il entendre papa lui chuchoter cette nuit-là, tu es jalouse parce qu'elle est amoureuse et pas toi. Quelques mois plus tard, je couchai avec lui, avec mon premier petit ami, là-bas, sur le sol noir de suie, au milieu des canettes vides, des morceaux de charbon et des vieux journaux déchirés, c'était la première fois que nous le faisions et je n'y remis plus jamais les pieds, subitement, cette odeur de bois calciné me révulsait, même le plafond audessus de ma tête était noir de fumée, je ne pouvais plus voir la maison telle qu'elle avait été mais telle qu'elle était réellement, une ruine crasseuse, et, peu de temps après, je décidai de rompre avec lui parce qu'il me rappelait le Temple.

Je regardai par la fenêtre, mes mamelons me brûlaient et me picotaient comme alors, et je songeai aux jeunes femmes choyées qui allaient ramasser de l'orge dans le crottin de cheval, avec leurs seins faméliques que leurs bébés tentaient vainement de téter avant de mourir de faim dans leur giron, quelle chance de ne pas être née à cette époque, et, pour plus de sécurité, je plaquai le lourd volume sur ma poitrine, je vis un panache de fumée dans le ciel, incroyable, le Temple fume toujours, me dis-je avant de comprendre qu'il s'agissait de la cheminée de l'hôpital, continue, cette fois, ne descends pas, mais je perçus un signal d'alarme, comme s'il me fallait secourir quelqu'un, on m'appelait à l'aide, impossible de faire la sourde oreille et, au lieu de poursuivre en direction de l'université, je descendis en vitesse au moment où les portières commençaient à se refermer et me retrouvai devant l'entrée de l'hôpital.

Seulement quelques minutes, me jurai-je, le temps de voir ce qui se passe avant de sauter dans le prochain bus, je ne suis pas encore vraiment en retard, je n'entrerai pas dans la chambre, je vais juste jeter un coup d'œil pour m'assurer qu'elle est encore en vie. N'ayant pas l'intention de le revoir, il me fallait bien me renseigner par moi-même, même si je ne voyais pas pourquoi c'était indispensable. L'odeur familière de médicament, de suffocation, de nourriture et de chauffage m'enveloppa, tel un vieux manteau à la fois répugnant et rassurant, soporifique et réconfortant, évocateur de traitements bien intentionnés quoique inefficaces, c'était agréable d'évoluer parmi toutes ces bonnes intentions, bien plus agréable que d'arpenter les couloirs glacés de l'université, je me dis que, si je m'évanouissais de nouveau comme à Jaffa, on s'occuperait immédiatement de moi, on m'attribuerait un lit et un casier et je n'aurais pas besoin de justifier ma présence ici, je songeai même à feindre de m'évanouir pour voir ce qui se passerait mais, me souvenant de mon directeur de thèse qui m'attendait, je me mis à galoper comme une dératée. La dernière fois où j'avais couru de la sorte, c'était en gym, à l'école, quoique avec moins d'enthousiasme, à croire que quelque chose de fantastique m'attendait au terme du parcours, essoufflée, je m'arrêtai sur le seuil de la chambre, notant avec soulagement que le lit de tante Tirtsa était vide, seul le petit miroir brillait sur l'oreiller, tel un couteau, tandis que, les yeux clos, plus pâle que le drap qui la recouvrait, sa femme agonisait dans le lit voisin.

Je m'approchai pour l'examiner attentivement, comme si elle faisait partie de lui, peut-être qu'en découvrant son principe vital à elle, je pénétrerai du même coup le sien à lui. Elle était à la fois tragique et pathétique, aujourd'hui, un peu comme une noble âme prisonnière d'un monstre avec lequel elle engagerait une lutte éternelle où chacun l'emporterait à tour de rôle. Quand elle ouvrit les yeux, il me sembla assister à la victoire de l'âme tant ils étaient d'un bleu lumineux, mais je savais que le combat était perdu quand je les vis s'agrandir d'épouvante et leur éclat se ternir au fur et à mesure qu'elle prenait conscience du lieu où elle se trouvait. La fille de Korman, murmura-t-elle avec un accent français prononcé en me reconnaissant, je hochai la tête en songeant que j'entendais de plus en plus souvent cette définition, j'allais finir par oublier mon propre nom si ça continuait, votre tante est en soins, m'annonça-t-elle d'un ton las, elle ne reviendra pas avant midi, quel genre de soins, demandai-je pour temporiser, mieux vaut ne pas le savoir, elle soupira, mais on emploie le même mot pour les bébés, c'est donc un terme positif, peut-être, mais qui voudrait redevenir bébé au milieu de sa vie, remarqua-t-elle avec le même soupir, moi, faillis-je dire.

Pour gagner quelques minutes de plus, je lui demandai si elle avait besoin de quelque chose, et, entrant volontiers dans mon jeu, elle répondit qu'elle apprécierait une tasse de thé en m'expliquant avec force détails comment mener à bien l'opération, et je partis fièrement accomplir ma mission, manœuvrant hardiment entre toutes sortes de bacs et de robinets, très satisfaite des renseignements récoltés — deux sucres, deux sachets de thé et beaucoup de lait —, je ne comprenais pas bien pourquoi cette demi-portion réclamait tout en double. À mon retour, je la trouvai assise dans son lit, un pull rouge jeté sur les épaules et un sourire exagérément reconnaissant aux lèvres, à croire que je lui avais pour le moins sauvé la vie. J'étais un peu tendue, à cause du directeur qui m'attendait et parce que je redoutais de voir revenir ma tante qui s'irriterait de ma présence, mais je craignais surtout de le voir surgir inopinément pour constater que j'étais devenue la garde-malade de sa femme. Je m'apprêtais à prendre congé mais elle devenait si amicale, voire dépendante, me priant de relever le lit, de glisser un coussin sous ses pieds enflés et demander un analgésique à l'infirmière, je me sentais terriblement efficace, chacun de mes gestes lui procurait un tel soulagement et elle me témoignait une telle gratitude que j'hésitais à partir. Si je n'étais d'aucune utilité pour mon directeur de thèse, ni pour moi non plus d'ailleurs, je pouvais encore faire quelque chose pour cette étrange créature, flétrie et radieuse à la fois.

Ses pieds étaient lourds, énormes, jaunâtres et si gonflés qu'on aurait dit qu'ils allaient exploser, je ne voyais plus qu'eux lorsqu'elle les leva vers moi. Je les calai sur un coussin qui s'affaissa sous le poids et en glissai un autre dans son dos, on aurait cru qu'elle était allongée dans une baignoire parfaitement sèche. Elle me sourit et tira d'un tiroir un bâton de rouge qu'elle appliqua sur ses lèvres avec une dextérité stupéfiante, sans l'aide d'un miroir, véritable exploit dont je serais bien incapable, le pull rouge mettait en valeur sa belle bouche, l'isolant du pauvre visage torturé, et je songeai qu'elle avait dû être élevée dans du coton avant de se retrouver ensevelie dans du fumier, comme Martha, la fille de Boëthos, vous ne me croirez sans doute pas si je vous dis que je me rappelle encore le jour de votre naissance, déclara-t-elle pompeusement, comme pour me récompenser de mes efforts.

Vraiment ? Mon indifférence parut lui déplaire, je ne voyais pas ce que le jour de ma naissance avait de bien passionnant, surtout pour elle, oui, poursuivit-elle, il se trouve que c'est le jour où j'ai rencontré Arieh, je me souviens très bien qu'il m'avait dit qu'une de ses amies venait d'avoir une petite fille après des années de traitement.

Une amie ? Vous êtes sûre qu'il a dit une amie ? Pas la

femme d'un ami ? Je croyais qu'il était lié avec mon père, pas avec ma mère, je me rappelle chacun des mots qu'il a prononcés ce jour-là, dit-elle en secouant opiniâtrement la tête, il a bien précisé une amie, et il était aussi excité que si c'était lui le papa. C'est dans un bar, à Paris, que nous avions sablé le champagne en votre honneur, je m'en souviens.

Saisissant cérémonieusement la tasse de thé que je venais de lui préparer, elle la leva sans doute pour me montrer comment ils avaient bu à ma santé ce soir-là, mais elle se mit à tousser, les yeux rougis de larmes, et le thé se renversa sur le drap, impossible d'évoquer plus éloquemment le gouffre vertigineux entre ce jour lointain et l'instant présent.

Je lui repris la tasse, épongeai le drap et lui apportai un verre d'eau qu'elle but avec précaution, le bleu de ses iris s'était mêlé au rouge, formant des points violets qui rappelaient une carte muette, mon cauchemar en cours de géographie lorsqu'il fallait identifier des points, rigoureusement identiques, symbolisant pays et villes, j'avais toujours lamentablement échoué à ce genre d'exercice, je ne parvins pas à lire grand-chose dans ses yeux non plus quand elle ajouta, comme pour elle-même, je ne savais même pas que j'étais enceinte, on aurait dit qu'elle signalait une bizarrerie, une extravagance censée n'amuser que les intéressés. Incapable de me retenir, j'insistai, enceinte, je croyais que vous n'aviez pas d'enfants.

Non, non, dit-elle impatiemment, je vivais avec quelqu'un d'autre, nous pensions nous marier, mais cette soirée avait tout changé, le soir où vous êtes née. Je ne savais pas que j'étais enceinte, répéta-t-elle, je ne comprenais pas pourquoi votre champagne me faisait vomir.

Et le bébé ? je tressaillis comme s'il était question de moi, il n'y a pas eu de bébé, une semaine plus tard, j'ai fait ma valise et je suis partie vivre chez Arieh. Il ne souhaitait pas une femme enceinte d'un autre homme, alors j'ai avorté.

Vous pensiez avoir des enfants avec lui, risquai-je pour atténuer l'irrévocabilité de sa décision. Non, je savais que nous n'en aurions pas.

Et vous avez pourtant interrompu votre grossesse, dis-je avec une pointe de reproche involontaire dans la voix, oui, affirma-t-elle résolument, comme si elle était prête à recommencer si c'était à refaire.

Et vous ne regrettez rien, je l'implorai presque, m'identifiant complètement au malheureux embryon.

Je regrette davantage de ne pas avoir appris à danser, dit-elle avec la colère déplacée des malades qui se fâchent pour un oui ou pour un non et font une montagne d'une taupinière, vous ne pouvez pas savoir comme j'avais insisté mais mon père disait qu'il n'avait pas d'argent. J'en ai encore rêvé cette nuit. Je fais le même rêve depuis que je suis souffrante : je suis en classe de danse, glissant en tutu blanc avec les autres fillettes. Je suis sûre que je ne serais pas tombée malade si j'avais appris à danser. Je ne pardonnerai jamais à mon père.

Est-il encore en vie ? J'étais sidérée par une telle véhémence, non, dit-elle, et alors ? Moi non plus.

Elle ferma les yeux et je songeai que, ayant prononcé ses dernières paroles, comme au cinéma, c'était le bon moment pour mourir, et c'est lui finalement qui viendrait me supplier à genoux de lui répéter les dernières paroles de sa femme, naturellement je le ferai un peu marcher, je feindrai d'avoir oublié ou, mieux, je déformerai délibérément la vérité, je lui dirai qu'elle regrettait terriblement d'avoir avorté jadis pour qu'il souffre jusqu'à la fin de ses jours, quand elle remua ses pieds boursouflés, je tâchai de les imaginer en chaussons blancs, elle ouvrit alors les yeux et consulta sa montre, peut-être pour évaluer dans combien de temps il allait venir, j'étais atterrée, c'était exactement ce que j'aurais dû faire, pas maintenant mais une demi-heure auparavant, à mon arrivée. Paralysée par la peur, incapable de bouger, je lorgnai sa montre, puis la mienne, pour constater avec stupéfaction qu'elles marquaient la même heure, midi pile, le temps accordé par mon directeur de thèse venait juste de s'écouler.

Maintenant que je n'avais plus rien à perdre, j'étais sous pression et prétextai un cours où j'allais être en retard, elle hocha la tête d'un air compréhensif, et je la priai de ne pas dire à tante Tirtsa que j'étais venue pour qu'elle ne soit pas déçue, tandis qu'elle hochait toujours la tête, je notai que les couleurs de ses iris s'étaient différenciées, le bleu au centre et le rouge autour, j'espère que vous n'êtes pas blessée, lança-t-elle gravement, blessée de quoi, parce que j'ai vomi votre champagne le jour de votre naissance, bien sûr que non, à votre santé, je ne savais si elle plaisantait ou non, je n'aurais pu trouver pire réponse, songeai-je après coup. Pour ne pas débiter d'autres sottises, je m'esquivai abruptement malgré mes bonnes résolutions, et, avant de franchir la porte, je faillis lui redemander si elle était bien sûre que, ce jour-là, il avait parlé d'une amie et non pas d'un ami, mais j'étais incapable de rester dans cette chambre une seconde de plus, le récit de son sacrifice me rendait trop malade, je détalai de nouveau dans les couloirs et ce n'est qu'une fois dehors, dans l'air froid et gris, que je m'arrêtai, j'étais sauvée.

J'eus beau chercher une bonne excuse dans le bus, impossible de me concentrer tant j'étais stupéfaite de son intrusion dans ma vie, furieuse même, de quel droit était-il ému, qui lui avait permis de l'être pendant que j'étais couchée dans ma cage transparente, et pourquoi avait-il été bouleversé à ma naissance et était-il indifférent aujourd'hui, dommage que ce ne soit pas l'inverse, et pourquoi avait-il parlé d'une amie et non d'un ami, il y avait pourtant une telle hostilité entre ma mère et lui, j'étais si absorbée dans mes réflexions que je ne m'aperçus qu'à la dernière minute que je montais l'escalier roulant de l'université tandis que mon directeur de thèse, en grande discussion avec son assistant, le descendait en sens inverse, je ne tentai pas de les rattraper, à quoi bon, j'avais assez couru comme ça pour aujourd'hui, je décidai donc de lui écrire une lettre pour lui présenter mes plus plates excuses et des explications convaincantes.

L'endroit le plus tranquille pour rédiger ma lettre était la bibliothèque. Paniquée par ces champs de têtes inclinées comme des tournesols au crépuscule, je m'installai dans un coin où l'on ne pourrait me voir. Tout le monde travaillait, sauf moi avec mon mot d'excuse idiot, il était urgent de me mettre à ma thèse, je déposerais ma lettre dans son casier plus tard, je déambulai donc entre les rayonnages en quête de documentation sur les légendes concernant la destruction du Temple, sursautant chaque fois que quelqu'un me frôlait, persuadée qu'on allait m'annoncer une mauvaise nouvelle, et je pensai à la femme suspectée d'adultère qui s'en vint au Temple subir l'ordalie : lorsque le Grand Prêtre s'approcha d'elle pour lui faire boire l'eau amère, il reconnut sa propre mère.

C'est là, entre les rayonnages de la bibliothèque, que j'ai vu Yonni pour la première fois, je poussais un chariot de livres qui grinçait quand il passa avec Shira, comme par hasard, elle me fit signe que c'était lui au moment où il avait le soleil en plein visage, et je m'aperçus que, contrairement à l'avis médical, il n'avait pu s'empêcher de percer ses boutons d'acné. Le soleil illuminait chaque lésion de sa peau mais j'éprouvai une sorte de soulagement en voyant ses défauts exposés au grand jour, un garçon qui n'hésitait pas à se montrer avec une peau pareille, sans cagoule ou masque, ne pouvait qu'être sincère et loyal, je levai le pouce pour signifier à Shira que, pour moi, c'était O.K.

Lors de notre deuxième rencontre, j'avais été désappointée de constater que ses pustules étaient moins proéminentes que dans mon souvenir, apparemment, l'angle du soleil entre les rayonnages était mortel ce jour-là. Elles ne ressortaient pas assez pour me couvrir moi aussi mais restaient fidèlement collées à ses joues et à son menton, j'aurais voulu les toucher, gagner leur amitié pour les faire miennes.

Nous étions assis dans un petit café entouré de gazon, posée entre nous, une corbeille de pain frais exhalait de plaintives odeurs, et je me souvins d'être déjà venue ici en compagnie du garçon qui habitait près de la boulangerie, quelques heures avant notre première et unique nuit. Nous avions à discuter, me semble-t-il, d'une fille qu'il fréquentait depuis longtemps, à l'en croire, il avait envie de moi mais il tenait encore à elle, eh bien, on peut toujours décider de passer une seule nuit ensemble, avais-je suggéré, il avait acquiescé avec enthousiasme, nous étions tous deux aussi satisfaits que si nous venions d'imaginer un habile subterfuge, comment avoir le beurre et l'argent du beurre, par exemple, et les heures qui exécutaient une danse pathétique en approchant de notre seule et unique nuit avaient été particulièrement douces, nulle tension ne subsistait entre nous du moment que nous avions déduit la conclusion dès le début, je m'étais levée pour m'étirer, mes membres se détendaient à l'infini, les consommateurs attablés autour de nous avaient vu mes membres se décupler, doubler, tripler de volume, mes mains toucher le plafond, il se leva et m'enlaça, interrompant mon extension tandis que mon corps, frustré, se relâchait sur lui, je me lamentai, pourquoi as-tu brisé mon élan, il éclata de rire, ses yeux avaient la couleur de la pelouse qui nous environnait d'une promesse sphérique. Je croyais alors qu'il serait aisé de tenir parole et quand, le matin venu, nous nous étions héroïquement séparés, plus amoureux que jamais, je contemplai le visage bien-aimé que je ne devais plus jamais revoir, sans me douter que l'odeur du pain frais me le rappellerait constamment, et ce jour-là, assise en face de Yonni, je me dis que notre rendez-vous dans ce café était un signe, le signe que ce qui avait commencé ici allait se perpétuer avec lui, jusqu'à quand traînerais-je derrière moi ces préliminaires avortés, je tentai de retrouver la douceur, l'extension d'autrefois, mais il ne se leva pas pour stopper ma lancée qui s'interrompit d'elle-même, et je savais, en me rasseyant, qu'il me fallait tomber amoureuse de lui, que c'était une chance unique de muer en joie la tristesse. Des yeux de velours brun, presque pourpre, des lèvres orange, telle une pêche trop mûre, étaient répartis au petit bonheur entre ses cicatrices. II manquait quelque chose, et il me fallut un certain temps pour comprendre qu'il s'agissait du nez, certes il en possédait un, minuscule et retroussé comme celui d'un bébé, un nez en bouton, en quelque sorte, parfait pour un bébé mais plutôt incongru chez un adulte, je lui demandai son âge comme si je m'attendais à ce qu'il dise deux ans, ce qui aurait réglé la question, vingt-trois ans, répondit-il, le même âge que moi, il se trouvait que nous étions nés le même mois et le même jour et que nous étions donc jumeaux. Un de plus, impossible de lutter contre deux signes, songeai-je en essayant d'attiser ma flamme. Il me confia que sa mère était décédée à peine quelques semaines auparavant et qu'il était encore en deuil, très bien, remarquai-je comme une idiote, je voyais des signes partout, et si on allait chez toi, on ne mettrait pas le nez dehors pendant une semaine, j'avais toujours regretté de ne pas être convenue avec l'autre d'une semaine au lieu d'une nuit, mais je dois travailler, Yonni eut un gentil sourire, bof, tu peux prendre des vacances, je cherchais à l'exciter, et moi aussi, main dans la main, nous avions marché jusque chez lui, nous nous étions embrassés dans l'ascenseur, je l'avais passionnément aimé durant cette semaine-là, ne pensant qu'à lui, à la chance que j'avais de pouvoir enfin recoller les morceaux de ma vie. En fait, il était d'abord tombé amoureux de mon amour pour lui, j'avais été si persuasive, et de moi seulement après coup, et quand je lui avais demandé à la fin de la semaine s'il promettait de m'aimer toujours et qu'il avait répondu oui, je l'avais cru, et j'avais repensé à ce fameux matin avec l'autre garçon quand, postée à la fenêtre qui donnait sur la boulangerie, je lui avais demandé ce qui allait se passer maintenant, pourquoi tiens-tu à tout prévoir, on ne peut jamais tout prévoir.

C'est un peu plus tard, quand nous nous étions remis à sortir, que j'avais commencé à détester Yonni, comme s'il m'avait fait du tort, plus il m'aimait, plus je le détestais, sans comprendre pourquoi, on aurait dit qu'il m'avait délibérément trompée et, comble de frustration, je ne pouvais même pas le lui avouer tant c'était ridicule. Tantôt c'était lui que je haïssais, tantôt c'était moi et, dans le meilleur des cas, les deux. Il y avait derrière chez nous un grand parc où nous nous rendions souvent l'après-midi pour contempler le soleil, et où je lui posais la question rituelle que j'ai posée à tous les garçons avec lesquels j'ai eu une liaison, m'aimeras-tu toujours ? Dire que cette question me brûlait les lèvres autrefois et qu'elle me paraît si tristement insipide aujourd'hui. Son oui était aussi aisé et décevant qu'un non. Et, tôt ou tard, je me retrouvais assise sur une pierre, ravalant mes larmes. Pauvres jumeaux orphelins, perdus entre les rochers blancs et le ciel pourpre, brebis égarées, je me demandais sans cesse comment j'allais réintégrer la vraie vie, je vais bientôt aller préparer le dîner, annonçais-je à Yonni, comme si c'était la formule qui devait nous délivrer du maléfice, et il se contentait de sourire de son air triste et mélancolique sans un mot. Pourquoi ne dis-tu rien, aurais-je voulu hurler, tape du poing sur la table, sur la roche, force-moi à sortir de là, menace-moi, lance-moi un ultimatum, à la place, je me bornais à remâcher mes larmes entre les pierres qui s'assombrissaient peu à peu.

La nuit de noces, je réussis à le convaincre que baiser était terriblement banal, tout le monde le faisait, et que nous devions faire preuve d'originalité et donner à cette nuit un contenu différent. Je n'avais pas fini de pérorer qu'il dormait déjà, les yeux grands ouverts, je tâchai de me remémorer l'enchaînement des événements, de faire le bilan provisoire de ce que l'on pouvait ironiquement surnommer « ma vie amoureuse », de comprendre pourquoi je n'avais pas rompu plus tôt et pourquoi j'avais si rapidement décidé qu'il était trop tard pour changer d'avis, je songeai qu'il était le seul à avoir promis de m'aimer toujours — ce qui expliquait apparemment pourquoi je ne pouvais plus me passer de lui — et repensai à la nuit où l'odeur du pain m'avait enveloppée comme un drap.

Je perçus alors une légère explosion tandis que je me retrouvais dans le noir, les livres avaient subitement pris l'aspect de boîtes hermétiques, étanches, toutes pareilles. La lumière grise de midi qui pénétrait par les fenêtres closes sans parvenir à éclairer l'immense salle était comme refoulée à l'extérieur, des rangées de têtes stupéfaites se relevèrent en même temps en papillotant des yeux comme des nouveau-nés. Je jubilais en considérant les visages frustrés dont une coupure de courant avait éteint les ordinateurs au beau milieu d'une phrase comme pour les forcer, dans l'éternelle compétition qui nous opposait, à me donner une chance de les rattraper.

Je m'assis devant une fenêtre pour observer le vent grisâtre, c'était l'ombre du Temple que j'étais seule à voir, l'ombre qui se projetait à l'est, jusqu'à Jéricho, et où les femmes se blottissaient l'été en serrant leurs enfants dans leurs bras, je songeais avec nostalgie à mes parents, quand une coupure d'électricité nous contraignait à regret à nous retrouver docilement autour d'une unique chandelle. À la faveur de l'obscurité, je les observais, perplexe, qu'aurais-je pensé d'eux s'ils n'avaient été mes parents. Parfois, en surprenant leurs regards posés sur moi, je me demandais avec effroi s'ils n'étaient pas en train de me jauger également et ce qui se passerait s'ils décidaient que je ne les intéressais plus. Comme si la panne devait éternellement durer, maman posait près de la bougie une pile de livres au sommet de laquelle trônait la vieille Bible usée qui avait toujours l'air humide et s'ouvrait d'elle-même aux récits de David, David et Jonathan, David et Bethsabée, David et Absalom, sa voix caressante édulcorait les versets à mon intention. Je guettais les passages les plus tristes où je pouvais pleurer sans retenue, monter dans le train funèbre qui s'étirait de verset en verset pendant que papa se trémoussait impatiemment sur sa chaise en tambourinant sur la table, vous allez arrêter de pleurer, oui ? Je me disais que nous formions une constante immuable, un présent qui se conjuguait déjà au passé, les versets sinueux et le tambourinement rythmé des doigts de papa, même la flamme de la chandelle s'y soumettait et c'était là que mon avenir se décidait. En entendant parfois les jappements des chacals dans les vergers autour de la maison, ma panique s'intensifiait à la mesure de notre intimité, et lorsque la lumière revenait à l'improviste, réjouissante et attristante, lumineuse et obscure à la fois, et que, avec un soupir de soulagement mêlé de tristesse, nous regardions autour de nous pour contempler les vestiges de la journée, de nos vies, notre fragile unité se brisait alors, nos traits s'aiguisaient, à présent, ce n'était plus les chacals qui m'effrayaient, c'était eux, leur douleur diffuse qui hurlait la nuit au pied de mon lit.

L'irritant bourdonnement de la normalité résonna à nouveau, oppressant avec sa tranquille assurance, et quand les têtes réintégrèrent joyeusement leurs places respectives, j'étais déjà dehors. Je leur demanderais d'allumer une bougie autour de laquelle nous prendrions place, je ne voyais pas pourquoi ils refuseraient, j'avais besoin de ressentir encore une fois cette communion unique, ils ne pourraient pas refuser, pourquoi le feraient-ils ? On dînait bien à la chandelle au restaurant, pourquoi pas à la cuisine alors, et il n'y aurait personne pour nous voir.

Mais quand elle m'ouvrit, agréablement surprise de me voir, la marque du coussin sur lequel elle avait fait la sieste zébrant sa joue maigre, j'oubliai instantanément cette histoire de bougie, qu'y avait-il entre toi et lui, maman ? lâchai-je tout à trac. Elle ne me demanda même pas de qui je voulais parler, à croire qu'elle s'attendait à cette question depuis des années.

Au même moment, il surgit derrière elle comme s'il se tenait caché derrière son dos, les épaules d'abord puis la tête qui jaillit par-dessus celle de maman comme un totem, les oreilles dressées et le regard sévère, Yonni vient de partir, déclara-t-il, je venais effectivement de repérer son after-shave qui espionnait secrètement dans les parages, je frémis, peut-être était-il venu leur annoncer qu'il me quittait, que voulait-il ? demandai-je avec une nonchalance affectée, ils se dressaient devant moi, tel un mât parental, chacun méditant sa question sans me répondre.

Il te le dira lui-même s'il en a envie, il t'attend à la maison, la tête de papa m'examinait comme si j'étais un des rats de son laboratoire, ou comme le Grand Prêtre considérant la femme adultère, je les suivis dans la cuisine en m'efforçant de redresser le dos, je remplis au robinet un verre d'eau que je bus d'un trait comme cette malheureuse, léchant désespérément le bord du verre, c'est fou comme les complots se tramaient vite, contre moi surtout, il allait falloir que je déchiffre sur la figure de papa ce que voulait Yonni, or ayant toujours lamentablement échoué dans cette entreprise, ce n'était pas maintenant que j'allais réussir, la situation me paraissait sans issue, de quels moyens détournés il me fallait user pour parvenir à mes fins, connaître Arieh par l'entremise de sa femme, mon père par l'entremise d'Arieh, Yonni par l'entremise de papa, on aurait dit un carrousel interminable, elle seule restait en retrait, hors champ, dissimulée derrière ses joues fripées qui ne conservaient plus trace de sa beauté passée, à croire qu'elle était née avec, debout devant l'évier, elle faisait placidement la vaisselle, innocente ménagère qui n'avait rien à cacher, subitement, je me rendis compte qu'elle lavait et relavait la même assiette.

Je passai derrière elle pour remplir à nouveau mon verre au robinet, ce n'est pas bon de boire de l'eau chaude, dit-elle, mais elle est froide, tu n'as pas faim ? J'ai soif. Elle s'assura que papa n'était plus là, que m'as-tu demandé tout à l'heure, je n'ai pas entendu, je parlais des coupures de courant, dis-je en remplissant un autre verre, je voulais savoir si tu te rappelais qu'on se réunissait autour d'une petite bougie, mais non voyons, il y avait trois lampes à pétrole, une pour chacun, ça prouve bien qu'il se trame quelque chose, me dis-je, c'est même la preuve la plus indéniable, et je renversai mon verre dans l'évier directement sur ses mains qui n'avaient pas lâché la fameuse assiette, elle sursauta, ça ne va pas, c'est brûlant !

Avisant un agent de police, avec son siffet, en faction sur le boulevard, en bas de chez eux, je songeai aux secrets que je pourrais lui souffler à l'oreille, montez une minute à l'appartement n° 3, dirais-je, vous n'avez pas idée de ce qui s'y passe à l'insu de tout le monde, naturellement, vous avez les moyens de gérer ce genre de situation, vous, moi pas, hélas, autrement, je ne vous aurais pas dérangé. Vous avez des sous-sols sombres où vous cuisinez les gens, des détecteurs de mensonge sophistiqués, des prisons, mais moi ? Je n'ai que mes yeux et mes oreilles, une mémoire courte, des envies humaines, bref, j'ai mes limites, et il y en a qui en profitent, vous n'imaginez pas à quel point. Il était jeune, plus jeune que moi, avec un visage lisse, la peau mate et un sourire sympathique, il siffla et sourit non sans fierté, son regard s'attarda quelques instants sur moi. Il devait avoir un bébé et une jeune femme, trop jeune, sans le bébé, ils ne se seraient probablement pas mariés, mais il était trop tard pour le regretter, surtout qu'elle était gentille, enfin assez. Dans vingt ans, il la quitterait sûrement pour une jeunette, mais pour les vingt ans à venir, il était casé, et elle aussi, elle ignorait ce que je savais, et je me mis soudain à l'envier, la femme du policier, on ne la plaquerait que dans vingt ans, elle, alors que moi, ça me pendait au nez aujourd'hui même.

CHAPITRE 7

Chemin faisant, je songeai à quel point je détestais ce trajet, chaque panneau, chaque feu de signalisation, chaque épicerie étaient les témoins de mon humiliation, de mon stupide acharnement, et, par-dessus tout, je détestais cette maison, mon cœur s'affolait et je devenais écarlate avant même d'arriver devant l'entrée, masquée par la végétation où se nichaient des abeilles, elle cachait bien son jeu, cette maison, elle devrait avoir honte, elle aurait mérité un violent tremblement de terre, tiens, avec sa porte d'entrée massive, ornée d'une plaque bourgeoise gravée au nom d'*Even, Pierre*, comme s'il y avait une carrière à l'intérieur et non des êtres humains, incroyable qu'elle eût habité ici, elle semblait si bien dans son élément à l'hôpital, comme si elle était chez elle, je n'arrivais pas à l'imaginer montant cet escalier et cherchant ses clés d'un geste conquérant. Bien que le sachant absent, je n'avais pu m'empêcher de venir, j'étais déterminée à m'abaisser à faire le pied de grue devant la porte close tandis qu'il poussait dévotement le fauteuil de sa femme le long de l'interminable couloir qui semblait recommencer sans fin, comme si le fait de me planter en face d'elle, de m'asseoir sur les marches glacées, de ne pas rentrer à la maison, déjouerait le lamentable complot qui m'attendait dans la bouche orange et humide de Yonni.

Pour tuer le temps, je m'assis sur une marche de l'escalier, regardant la façade de l'immeuble d'en face s'obscurcir, mais l'ennui se mua bientôt en frayeur à la vue des ombres que projetaient sur les murs les feuilles exécutant une sombre et inquiétante sarabande. Sur l'arbre, ça pouvait encore passer mais, sur le mur, l'effet était proprement terrifiant, et je me rappelai m'être déjà trouvée dans cette situation, assise sur les marches de la maison, au début de l'hiver, en attendant que maman ou papa rentre de l'hôpital pour me préparer à dîner et me raconter ce qu'avaient dit les médecins ce jour-là.

L'un passait la nuit à l'hôpital avec le bébé, mon petit frère, pendant que l'autre rentrait pour rester avec moi, et j'attendais en contemplant, sur les murs de la maison voisine, la danse de plus en plus déchaînée et effrayante du feuillage en essayant de deviner lequel des deux allait venir. Les flammes des bougies se contorsionnaient sur le rebord de la fenêtre des voisins, telles des pieuvres dressant leurs tentacules jaunâtres dans ma direction, c'était le deuxième ou le troisième jour de Hanoukka, quand, terrorisée, je les vis arriver de loin, il y avait un mois qu'ils ne sortaient plus ensemble, depuis que mon petit frère était malade, que se passait-il ? Je jetai un regard suppliant aux feuilles puis examinai à nouveau la route en espérant que c'était une illusion d'optique, que je voyais double à cause des ombres chinoises sur le mur, mais ils commencèrent lentement à se dissocier puis l'écart entre eux se creusa car maman s'était mise à courir alors que papa avançait à pas lents, on aurait dit qu'il marchait à reculons, elle courait avec sauvagerie, sa splendide natte lovée autour de son cou comme un foulard ou une corde, les traits déformés et la bouche béante, comme si elle criait silencieusement, pendant une seconde, je doutai même qu'elle fût ma mère, je ne l'avais jamais vue si déchaînée, elle me prit dans ses bras comme si j'étais un bébé, le bébé, et poursuivit sa course démente dans le verger derrière la maison tout en déboutonnant son chemisier, ses seins, débordants de lait, me fouettant le visage, elle hoqueta, tu veux téter, hein, il faut que tu tètes maintenant, puis, s'écroulant subitement au pied d'un arbre, elle me fourra son mamelon dans la bouche, sa folie devait être communicative, j'ouvris la bouche, j'avais pourtant presque dix ans, et me mis à téter goulûment le liquide aérien et douceâtre qui, de vital, était brutalement devenu superflu. Nous avions observé papa qui se démenait à notre recherche, Rachel, il hurlait en pleurant, où êtes-vous, il avait l'air perdu dans le noir, au milieu des arbres, où êtes-vous, il sanglotait comme un enfant se piquant au jeu au cours d'une partie de cache-cache, maman gardait un silence obstiné, me bâillonnant avec ses seins, j'étais sur le point d'étouffer, je me débattis et finis par la mordre pour me libérer, nous sommes là, papa, balbutiai-je, la bouche pleine de lait. Il nous rejoignit en courant et s'inclina vers nous, se laissa tomber sur nous, plus exactement. Nous étions restés là, immobiles sous l'arbre, dans l'obscurité, pourquoi tu as mouchardé, me reprocha-t-elle en s'adressant à moi comme s'il n'existait pas, on aurait dit une petite fille dont elle avait adopté le langage, pourquoi tu as mouchardé, méchante, il ne nous aurait jamais retrouvées, elle semblait croire sérieusement que nous aurions pu rester éternellement assises là, sous cet arbre tandis qu'il errerait autour de nous en titubant comme un aveugle abandonné par son chien, avec sa canne en morceaux, dans une nuit perpétuelle, et, apparemment, elle avait raison.

S'ils avaient plus ou moins réussi à partager leurs joies, il n'en fut pas de même pour leur peine, chacun rejetant la faute sur l'autre ou gardant tout égoïstement pour soi, sans rien laisser à l'autre, comme si c'était un chagrin personnel, dégoulinante de lait, je tentai de me libérer de son étreinte frénétique, je pensais à mon petit frère sans trop de chagrin, je n'avais pas eu le temps de l'aimer, pas même d'en être jalouse, il était immédiatement tombé malade et on l'avait hospitalisé, et je n'avais pas le droit de lui rendre visite parce qu'on le maintenait dans l'isolement, il était encore en vie que j'avais oublié à quoi il ressemblait, nous n'avions même pas pu le prendre en photo tant son séjour au sein de la famille avait été bref. Je me rappelle mes efforts pour réconforter ma mère, c'est comme s'il n'était pas né, lui disais-je. Tu étais tellement malheureuse avant sa naissance ? Alors pourquoi tu l'es maintenant qu'il est mort ? Comment peut-on regretter quelque chose dont on a l'habitude de se passer ? Elle me fixait d'un air haineux comme si c'était moi qui l'avais tué, sans comprendre que j'essayais de l'aider. En fait, au lieu de me gâter et de vous réjouir de m'avoir encore, vous faites comme si j'étais votre belle-fille et qu'il était votre véritable enfant. Je suis devenue orpheline le jour où vous avez pris le deuil.

Il y eut un bruit de pas et, croyant qu'il arrivait, paniquée, je cherchai où me cacher, comme si ce n'était pas lui que j'attendais, je me plantai en hâte devant la porte en vis-à-vis, tel un animal traqué, et feignis d'attendre qu'elle s'ouvre en songeant à ce que j'étais venue faire ici puisque je n'avais visiblement aucune envie de le voir, je perçus des voix dans mon dos, et une femme se dirigea précisément vers la porte en face de laquelle je me tenais en agitant ses clés, je ne bougeai pas, je faisais mon cinéma devant un public qui n'était pas le bon, un enfant se mit à pleurer avec un acharnement plein d'espoir, je frissonnai, il y avait des années que je n'avais entendu quelqu'un sangloter comme ça, incapable de me contenir davantage, je me retournai pour me retrouver face à une jeune femme avec son bébé dans les bras, tous deux auréolés d'une douce lumière, elle brandissait un gros trousseau de clés comme si elle voulait ouvrir la porte à travers mon dos, prise de court, je désignai la porte opposée, celle où était écrit *Even*, je les attends, bredouillai-je. J'avais délibérément dit *les* pour respecter les convenances, une visite familiale en quelque sorte, avec un sourire de soulagement, elle ouvrit la porte d'où s'échappa une bouffée de chaleur et entra avec le bébé, vous pouvez attendre avec nous, proposa-t-elle, une fraction de seconde avant de refermer la porte, *avec nous,* avait-elle précisé, pas ici, comme si le bébé et elle allaient vraiment attendre avec moi, partager mon fardeau, la tension, la frustration, je sentis qu'elle comprenait à quel point c'était triste, ce n'était pas lui que j'attendais désespérément — il finirait bien par arriver tôt ou tard — mais son amour qui, lui, ne surviendrait jamais.

Je restai près de la porte, gênée de m'immiscer dans leurs vies, entre-temps, elle avait dépouillé l'enfant de sa gangue de vêtements et, quand elle lui ôta son bonnet, dévoilant son visage, je me retrouvais devant la réplique en miniature de Yonni, les mêmes lèvres orange, les tendres yeux marron, les cheveux châtains qui n'avaient pas encore bouclé, une douce figure d'agneau — il bêlait d'ailleurs exactement comme un agneau —, et je me dis qu'au lieu de toutes ces bêtises, je ferais mieux d'avoir un bébé qui ressemblerait à Yonni, puis une pensée terrifiante me traversa l'esprit, comment ce bébé-là pouvait-il être la copie conforme de mon mari, je relevai vivement les yeux vers sa mère pour voir si elle avait l'air d'une brebis elle aussi, mais elle était très différente. Elle avait un visage lisse et mobile, des yeux clairs, des lèvres épaisses et foncées et les cheveux relevés en chignon, comme une danseuse, puis-je vous offrir quelque chose à boire, demanda-t-elle avec un sourire chaleureux, de l'eau, s'il vous plaît, je m'adossai au chambranle de la porte, l'idée qu'il pouvait être le bébé de Yonni me donnait le vertige, peut-être était-ce ce qu'il voulait me confesser aujourd'hui, elle me tendit un verre d'eau avant de disparaître dans le couloir avec le bébé pour revenir seule quelques minutes plus tard. Il dort, m'annonça-t-elle triomphalement, je ne la crus pas, quelques secondes plus tôt, il était bien réveillé, la preuve, j'avais vu le marron de ses iris, elle le cachait exprès, et je ne pouvais plus vérifier si j'avais imaginé la ressemblance ou si elle était réelle. Dites-moi, serait-il par hasard de mon mari, ce bébé, mais n'osant poser la question qui me brûlait les lèvres, je me contentai de bavarder de choses et d'autres, lui posant les questions habituelles, quel âge avait l'enfant, comment s'appelait-il, dont j'oubliai aussitôt les réponses, il ne vous ressemble pas, dis-je avec une spontanéité forcée, elle sourit, oui, il tient plutôt de son père, avez-vous une photo où ils sont ensemble, ne puis-je m'empêcher de demander, non, je n'ai pas encore eu le temps d'en prendre, je sentais qu'il fallait que je revoie le bébé, je crois qu'il s'est remis à pleurer, elle prêta l'oreille, non, mais j'entends des pas dans l'escalier, je me retournai en hâte et collai un œil au judas en priant que ce ne soit pas lui.

Sous cet angle, il paraissait petit et massif, moins attirant, moins redoutable aussi, un peu voûté même parce qu'il était encombré de paquets, on aurait dit une vieille femme revenant du marché, il se retourna en soupirant et me présenta son large postérieur pendant qu'il cherchait la clé dans ses poches, il ne lui manquait plus que le fichu sur la tête. Qu'allait-il faire de toutes ces victuailles, envisageait-il une réception, un repas de fête, mais que pouvait-il bien arroser, je me sentais mortifiée pour elle, pour sa femme, toute ratatinée là-bas pendant qu'il s'en mettait plein la panse, dans l'intervalle, je le vis extirper la clé de sa poche, ouvrir la porte et disparaître avec tous ses cabas, tel un lutin dans une bonbonnière, et je savais qu'il me fallait partir en laissant derrière moi une énigme de plus. Elle m'observait de son regard clair et chaleureux, il est arrivé ? Oui, mais je vais peut-être attendre encore un peu pour lui laisser le temps de faire pipi, que me prenait-il de débiter ce genre d'ineptie, le temps de faire pipi, franchement, mais elle eut un sourire compréhensif, elle trouvait tout normal, cette fille, c'était incroyable, moi, au contraire, je trouvais tout anormal, si un bébé naît le 9 Av et meurt à Hanoukka, on doit allumer les bougies ou pas, à votre avis ? elle ne souriait plus, comment s'appelle votre bébé, demandai-je dans l'espoir que cette question effacerait la première que je regrettais amèrement d'avoir posée, elle semblait méfiante, pourquoi voulez-vous le savoir, parce que je serais contente de le garder si jamais vous avez besoin d'une baby-sitter un jour, j'adore les bébés, ce qui était un mensonge, naturellement, mais il fallait que je le revoie, d'accord, je vous appellerai, mais elle ne me demanda pas mon numéro de téléphone, je sortis et allai sonner à la porte d'en face, un coup bref suivi d'un long, mais la porte ne s'ouvrit pas.

Il n'y avait pas de bruit, de l'autre côté, pas de lumière non plus, et, si je ne l'avais vu entrer, j'aurais cru qu'il n'y avait personne. Je pensai à Joséphine qui ne verrait plus jamais cette porte avec son judas rond, sa plaque gravée *Even* en caractères gras et prétentieux, les fines craquelures du bois, la poignée noire de crasse, le paillasson dont l'orange avait viré au marron, orné de deux chats rieurs, ces détails lui échapperaient à tout jamais, je me dis que j'avais de la chance de les voir, et, en posant la main sur la poignée pour y laisser mes empreintes, je constatai à ma grande surprise qu'elle s'abaissait et que la porte s'ouvrait d'elle-même en couinant faiblement, on aurait dit un ronflement.

Je reculai d'un bond pour bien montrer que je ne l'avais pas fait exprès, me retournant même vers la porte voisine pour vérifier qu'elle n'était pas en train de darder sur moi son tranquille regard laiteux et, telle une armée épuisée en déroute, j'étais prise entre deux feux, pétrifiée, jusqu'à ce que la lumière du palier se rallume et que j'entende une porte claquer à l'étage supérieur et quelqu'un descendre l'escalier, j'étais extrêmement mal à l'aise, consciente de ce que rester plantée devant une porte ouverte pouvait avoir de curieux, et, au lieu de la refermer et de m'esquiver comme je m'apprêtais à le faire, je me retrouvai à l'intérieur.

Il y avait de la lumière à l'extrémité du couloir sombre, et j'entendis le bruit d'un moteur et une sorte de grincement de roues, comme si on faisait de la moto dans l'appartement, je demeurai immobile, les sens en éveil, je finis par comprendre qu'il s'agissait d'un aspirateur évoluant pesamment sur les grands tapis qui m'avaient paru parfaitement propres la veille. Je remarquai les sacs, jetés pêle-mêle près de la porte de la cuisine, il s'en était apparemment débarrassé en toute hâte, une laitue gisait à terre à côté d'une miche de pain, il devait vraiment être très pressé de passer l'aspirateur. En l'honneur de qui se donnait-il le mal d'aspirer les grains de poussière translucides et invisibles dans la gueule avide de la machine, à croire qu'il se préparait à accueillir la nouvelle femme qui allait partager sa vie. Après tout, Joséphine n'en saurait rien puisqu'il continuerait à venir chaque jour, à cinq heures, pousser son fauteuil roulant le long des couloirs de l'hôpital avant de rentrer dans la maison exempte de poussière mais entachée de vices, elle n'en saurait jamais rien. J'entendis le déclic d'un bouton, l'aspirateur rendit l'âme dans un profond soupir puis roula en direction de la porte. Mon cœur battait à se rompre mais j'avais les jambes paralysées, j'étais annihilée, comme le jour lointain où, étendue sur la pelouse, j'observais les oiseaux immobiles dans le ciel, un serpent, rentre vite, avait hurlé papa, mes pieds nus refusant de bouger, il m'avait donné une violente bourrade, me meurtrissant l'épaule, et j'avais aperçu un grand serpent brun qui rampait vers nous, depuis, il exigeait que je mette des chaussettes, des chaussettes en plein été, c'était inédit et excitant, de même que son affolement à mon sujet, bref, je ne sais comment je réussis à sortir et à fermer la porte sans bruit, mais là, ce fut plus fort que moi et je sonnai comme si je venais d'arriver en espérant que la voisine n'avait pas surpris mon étrange manège. Un bruit de roues se fit entendre instantanément, à croire que les locataires de l'appartement ne se déplaçaient pas sur leurs deux jambes, la porte s'ouvrit avec une promptitude, une précipitation stupéfiantes, allô, c'est moi, je souris stupidement, comme si nous étions au téléphone, j'ai vu, il s'écarta un peu, entre, ajouta-t-il, je m'empressai d'obéir, au cas où il se raviserait, et, dans ma hâte, je trébuchai sur le tuyau de l'aspirateur, je n'étais pas censée savoir qu'il se trouvait là, et m'étalai par terre, heurtant ma tête contre l'appareil encore chaud d'avoir tant besogné. Ma première pensée fut que je l'avais cassé et qu'il ne me le pardonnerait jamais, dire que ce serait le seul souvenir qu'il garderait de moi, quelle tristesse, et ce n'est qu'en relevant les yeux que je remarquai des taches de sang sur le sol et compris que je m'étais cassé quelque chose, affolée, je me palpai le visage du bout des doigts avant de m'arrêter au niveau du nez. Ce précieux organe, celui que j'aimais tant contempler dans mon miroir, fin et droit comme celui de ma mère, était à présent tout endolori et pissait le sang. N'osant y toucher ni lever la tête de peur qu'il ne se détache comme une feuille morte, je restai recroquevillée par terre, dissimulant mon appendice meurtri derrière mes mains en pleurant silencieusement.

Absorbée par ma perte cruelle, j'avais complètement oublié sa présence, et c'est en entendant la porte du réfrigérateur s'ouvrir que je me dis que la vie continuait et qu'il s'était finalement décidé à mettre la salade au frigo, puis je sentis quelque chose de froid sur mes mains, froid et dur comme de la glace, c'étaient effectivement trois cubes de glace dans un petit sachet en plastique dont je m'emparai sans un mot de remerciement et posai craintivement sur mon nez pour calmer la douleur. Je distinguai son ombre qui grandissait au-dessus de moi, obscurcissant mes genoux sanguinolents, il s'agenouilla près de moi avec un soupir résigné et s'employa à essuyer avec un chiffon blanc le sang qui maculait le pantalon de cuir que j'avais enfilé le matin avec tant d'enthousiasme. Il savait apparemment s'y prendre avec les blessés et les malades, notai-je, c'était peut-être pour ça que sa femme avait décidé de le devenir, il aimait sans doute être le seul bien-portant à la ronde et se dévouer, dommage que je ne l'aie pas su avant, je ne regrettais pas d'avoir sacrifié mon beau nez pour semblable découverte et, pour l'éprouver, j'appuyai ma tête contre son épaule, aussitôt, tel un réflexe conditionné, il passa son bras autour de mes épaules dans un geste ample et paternel. Il est cassé, murmurai-je tristement comme s'il s'agissait d'un malheur partagé, laisse-moi voir, dit-il sur le même ton en repoussant avec beaucoup de douceur et de gravité mes doigts toujours plaqués sur mon nez, tel un marié relevant le voile de la jeune épousée. Je le regardai avec effroi comme s'il était un miroir qui me révélerait la gravité de la situation, ce n'est pas dramatique, déclara-t-il avec un sourire tranquille. Ça a toujours l'air d'un nez ou ça ressemble à de la bouillie ? Il me regarda très sérieusement, à un nez, trancha-t-il.

Il faut aller aux urgences pour faire une radio, ne t'inquiète pas, Ya'ara, il n'a rien, ton nez, et je m'y connais, fais-moi confiance. Là, j'étais censée lui demander, tout ébaubie, où il avait acquis cette science et m'entendre dire qu'à dix ans, il faisait des ménages avec le nez cassé, mais il y avait une autre question autrement plus importante que je voulais lui poser, une question redoutable qui m'avait retenue de rentrer chez moi aujourd'hui mais que j'étais incapable de formuler, dis-moi, demandai-je finalement, de qui étais-tu l'ami, de ma mère ou de mon père ? Il éclata de rire, sortit ses cigarettes et son briquet de sa poche et alluma une cigarette pour moi et une autre pour lui, c'est comme si on demandait à un enfant s'il préfère son père ou sa mère. Mais tu n'es pas un enfant et ce ne sont pas tes parents non plus. En tout cas, je te ferai la même réponse que l'enfant, les deux, je veux dire que j'étais l'ami des deux. Mais duquel en particulier ? Les choses changent, tu sais, répondit-il. Je croyais qu'elle ne pouvait pas te sentir, dis-je, oui, les choses changent, répéta-t-il. Mais quand ont-elles changé, je ne désarmai pas, quand avez-vous cessé de vous voir, il soupira, je ne sais plus très bien, après ta naissance, je crois, je m'étais établi en France, je ne venais presque plus en Israël, je me suis marié, les liens se sont distendus, c'est comme ça, les choses changent, répéta-t-il comme un leitmotiv. Oui mais pas au point de faire semblant d'être malade pour ne pas te voir ? Elle saute en l'air chaque fois qu'on prononce ton nom.

Je l'ignore, il se tortilla, mal à l'aise, c'est son problème, pas le mien, ni le tien, subitement il se leva et alla chercher un autre chiffon avec lequel il s'activa autour de moi. Je soulevai les jambes, comme lorsque maman lessivait par terre les jours où, malade, je restais à la maison, émerveillée de voir à quoi ressemblait la vie en mon absence, une routine matinale paisible mais chargée de sens, on aurait dit que chacun des gestes de ma mère devait être interprété au deuxième degré, passer la serpillière, préparer le déjeuner avaient une signification qui les dépassaient, et tous ces actes magiques et éloquents se déroulaient quotidiennement à l'heure où l'on m'envoyait à l'école. Il déplaça l'aspirateur, le démantela prestement et en fourra les morceaux dans un placard, puis il me tendit la main pour m'aider à me relever afin de nettoyer également sous mes fesses, il y avait du sang partout, à croire qu'on venait d'égorger quelqu'un sous moi, mais il frotta le tout sans se départir de son calme et, au bout de quelques minutes, il ne restait plus une trace dans l'appartement sauf mon nez, enflé comme un ballon. Il y avait une glace dont je m'approchai avec des ruses de Sioux afin de pouvoir reculer au bon moment, je vis une large, horrible blessure au milieu de ma figure, il surgit subitement à mes côtés en souriant gravement, on aurait dit que nous prenions la pose devant le photographe, j'examinai notre double visage dont je notai avec effarement les discordances, de parfaits étrangers ayant atterri par hasard dans le même cadre, deux personnes de races complètement différentes, lui avec sa peau mate et ses cheveux éclaircis par l'âge, et moi avec mon teint clair et mes cheveux foncés, il était noir comme une ombre de la nuit, et moi pâle comme un fantôme. Le miroir soulignait chez lui un défaut physique, habituellement imperceptible, une déplaisante dissymétrie de son visage qui rejaillissait sur le mien — il n'y avait que nous deux dans le miroir — comme s'il y avait quelque chose de tordu chez moi, j'essayai de remuer les lèvres pour rectifier les choses car, lorsqu'il n'y a que deux personnes dans le champ, on ne peut jamais savoir qui est droit et qui est de travers, subitement, tout se remit d'aplomb car j'étais à nouveau seule devant la glace. Il tourna les talons et alla à la cuisine où il commença à ranger les courses, ne t'inquiète pas, l'os n'est pas cassé, dit-il avec une pointe d'agacement comme s'il se désintéressait entièrement de la question. Toujours plantée devant le miroir dans la contemplation de mon nez, je compris que l'état de grâce était terminé, tu attends du monde ? demandai-je sur un ton accusateur. Comme si c'était un crime de recevoir dans sa situation, oui, répondit-il à ma grande surprise en se donnant même la peine de préciser que la famille de Joséphine débarquait de France dans la soirée, sa sœur, son beau-frère et même sa vieille maman qui avait tenu à faire le voyage, l'avion n'allait pas tarder à atterrir, il devait préparer le dîner avant d'aller les chercher à l'aéroport pour que tout soit prêt à leur arrivée. Il insista tellement sur ce dernier point qu'on aurait cru qu'ils venaient en Israël dans le seul but de dîner chez lui, pourquoi viennent-ils ? demandai-je hypocritement. Je vis dans le miroir qu'il retenait son souffle devant le réfrigérateur ouvert comme si la réponse se trouvait à l'intérieur, pour dire au revoir à Joséphine, dit-il enfin, pour que Joséphine leur dise au revoir, pensai-je, ou parce que Joséphine monte au ciel, légère comme un nuage de plumes. Au lieu d'une fille, elle laisse une mère âgée, et tout ça à cause de lui, je n'avais aucune idée de ce qu'elle trouvait en lui qui fût préférable aux enfants ou à autre chose d'ailleurs, et même maintenant, dans son état, elle ne voulait rien regretter, pourquoi ne pouvait-elle mourir à la place de Joséphine, se lamentait probablement sa vieille mère éplorée dans l'avion. Je tentai de deviner si ma mère me prendrait de vitesse ou si j'allais la battre sur son propre terrain en disparaissant avant elle, ils prendraient alors un double deuil, si pareille chose est possible. La douleur qu'ils éprouveraient à ma mort se confondrait certainement avec celle qu'ils avaient éprouvée pour mon petit frère et deviendrait une douleur globale concernant les enfants en général, quantitativement en tout cas, il n'y aurait guère de différence car le chagrin qu'on ressent à la mort d'un enfant est infini et ne peut être redoublé, par conséquent, un chagrin infini plus un chagrin infini égalent un chagrin infini.

Je serais lésée même après ma mort, j'en avais les larmes aux yeux, ça fait mal, dis-je pour donner le change, je faisais allusion à mon nez, oui, approuva-t-il, croyant que je voulais parler de ses visiteurs, sa mère est très ébranlée, comme s'il était évident que les parents étaient plus aimants qu'un conjoint, en ce qui le concernait, il n'avait pas vraiment l'air ébranlé ni l'intention de le devenir, puis-je t'aider pour le dîner ? D'accord, l'entendis-je répondre à ma grande surprise.

Je me hâtai de le rejoindre avant qu'il ne change d'avis et nous nous retrouvâmes debout côte à côte devant l'évier, comme lors d'une cérémonie de mariage, l'évier figurant le rabbin, lequel évier débordait de vaisselle sale, on peut commencer par ça, suggéra Arieh en me tendant le liquide vaisselle qu'il venait de pêcher dans l'un des sacs, je m'emparai du flacon économique que je tins dans mes mains aussi fermement que la voisine son enfant, penser à elle me mit mal à l'aise, dis-moi, ta voisine d'en face, a-t-elle un mari ? En tout cas, elle a un bébé, je l'entends hurler chaque nuit, son mari semble apparemment plus calme.

Tu es sûr qu'elle en a un ? Tu l'as déjà vu ? De quoi a-t-il l'air ? Je n'en sais rien, je n'ai jamais fait attention. Mais est-ce que tu sais au moins s'il est grand ou petit, gros ou maigre ? Il n'a rien d'extraordinaire, je crois. Pourquoi, ça t'intéresse ? Parce que le bébé ressemble à Yonni, chuchotai-je piteusement.

Qui est-ce ? demanda-t-il d'un air indifférent. Mon mari.

Ah bon ? Il avait l'air amusé, à quoi ressemble-t-il, ton mari ?

À un mouton, répondis-je et, me rappelant que j'avais sa photo dans mon sac, je courus le chercher et me mis à y fourrager d'une main sans lâcher le flacon de l'autre, je finis par la trouver, elle était toute froissée, c'était une photo de mariage où l'on voyait Yonni m'embrasser sur le front, je portais mon voile sur les épaules, tel un foulard, et il donnait l'impression de se hisser sur la pointe des pieds, nous étions à peu près de la même taille, et j'inclinais légèrement la tête pour lui faciliter les choses, tant d'efforts pour un baiser inutile, la pose semblait de guingois par excès de zèle, j'avais honte de la montrer à Arieh mais je devais en avoir le cœur net, je la lui tendis avec une certaine gêne mais il la considéra d'un œil détaché sans mot dire, alors, c'est-lui ? demandai-je, pantelante. Tu veux savoir si c'est ton mari ? Arieh avait apparemment oublié la question. Non, je veux savoir si c'est le mari de la voisine, rectifiai-je avec impatience, tel un professeur cherchant à obtenir la bonne réponse d'un élève particulièrement lent. Il la regarda sereinement, comme si ma vie entière n'était pas suspendue à sa réponse, en pinçant ses lèvres pleines, je ne crois pas, dit-il enfin, en fait, je n'en sais rien, je ne me rappelle pas. Mais pourquoi devrait-il lui ressembler ? Je voyais qu'il ne faisait aucun effort pour comprendre, peut-être n'avais-je pas été assez claire, ma question, en effet, était s'il était le mari de la voisine et non s'il ressemblait au mari de la voisine, au fond, pourquoi fallait-il que mon mari fût également celui de la voisine ? La chose me parut soudain si absurde que je remis la photo dans mon sac avec un soulagement qui n'était pas dû à une information nouvelle mais à la confrontation de ma peur avec la réalité. Je retournai à l'évier, en serrant le flacon de détergent contre mon cœur, bon, tu commences avec ça pendant que je m'occupe du repas, il me prit le flacon des mains et versa un peu de liquide dans une coupelle où il déposa le tampon à récurer bleu qu'il venait d'acheter, puis il attendit que je me mette au travail, tu sais faire la vaisselle, au moins ? demanda-t-il d'un air inquiet.

Je contemplai l'évier sans répondre parce que je venais de me rappeler que, la veille encore, il était totalement vide, excepté le récipient qui avait contenu la glace et un verre, comment pouvait-il déborder à présent d'assiettes, de verres et de bols, à croire qu'il n'avait cessé de manger depuis la nuit dernière jusqu'à maintenant, et apparemment pas seul car les pièces allaient plus ou moins par paires, deux verres de vin, quatre tasses à café, bref, je me représentais un plantureux dîner pour deux entrecoupé de rires, de mots doux et de gestes amoureux, et j'allais nettoyer ça, tel le mari trompé de la légende qui servait le repas en pleurant dans les verres et dont l'affliction avait entraîné la chute du Temple, Arieh était la femme, seul manquait le troisième larron, celui dont je m'étais proposé de laver la vaisselle, celle qui était arrivée après mon départ et avait joui de choses que je pouvais à peine imaginer, je tentai de me rappeler les traits de la fille au fume-cigarette, la mystérieuse nièce qui, à l'en croire, était rentrée en France depuis belle lurette, mais je ne parvins à me rappeler que les vêtements qu'elle portait ce jour-là, le short et la veste qu'elle avait sûrement troqués depuis longtemps contre une tenue plus chaude, autrement dit, je ne savais strictement rien à son sujet.

Je plongeai le tampon dans la coupelle et commençai à laver les grandes assiettes, observant par la fenêtre un citronnier, éclairé par un réverbère, dont les fruits ressemblaient à de petites lunes, qu'est-ce que je fabrique ici à faire la vaisselle d'un vieux cochon et de sa morue plutôt que d'être à la maison en train de faire la mienne et celle de mon mari devant notre fenêtre, masquée par des broussailles, bercée par la voix douce et conciliante de Yonni, à la place de cette toux rauque avec tous les microbes qu'il avait dû ramener de l'hôpital, pensai-je. Il toussait comme un tuberculeux, je continuais à laver consciencieusement la vaisselle comme si de rien n'était mais, du coin de l'œil, je le vis s'approcher en titubant, de l'eau, balbutia-il en me tendant un verre.

Tu devrais arrêter de fumer, dis-je, ignorant le verre et savourant mon pouvoir éphémère. De l'eau, répéta-t-il, je pris le verre et le remplis d'eau tiède légèrement savonneuse avec une lenteur délibérée, il le porta à ses lèvres et but une gorgée qu'une terrible quinte de toux l'empêcha d'avaler et dont il recracha la plus grande partie par terre, les yeux larmoyants. Je m'écartai d'un bond pour ne pas mouiller mon pantalon de cuir tandis qu'il se ruait vers l'évier, tel un cheval vers l'abreuvoir, où il se fourra la tête sous le robinet, son menton torturé reposant lourdement sur les assiettes sales, jusqu'à ce que la crise passe.

Il releva son visage gris et ruisselant — je crus qu'il pleurait mais ses yeux étaient secs — qu'il sécha avec un chiffon posé sur une chaise, je trouvais émouvante la mâle assurance avec laquelle il se touchait, et j'imaginais déjà avec émotion la scène attendrissante dont je serai le témoin l'été prochain quand, étendu sur moi, il épongerait son visage trempé de sueur tiède et salée qui me dégoulinerait sur les joues avec les mêmes gestes qu'aujourd'hui. Il s'assit à la table, la tête basse, je lui jetai un regard inquiet, survivrait-il jusqu'à l'été prochain, m'approchant de lui, je grimpai sur ses genoux et me serrai contre lui, il ne bougea pas mais ne me repoussa pas non plus, mon nez m'élançait mais je n'en avais cure, j'étais si bien sur ses genoux, comme si j'avais trouvé ma vraie place, tu devrais arrêter de fumer, répétai-je en appuyant ma tête contre son épaule, tu m'inquiètes, tu sais. Il me demanda pourquoi, parce que tu appartiens à ma famille, il sourit, pourquoi veux-tu absolument adopter tout le monde ? Tu sais bien que tu en fais déjà partie. Blottie contre lui, j'étudiai son profil gris, son nez légèrement épaté, négroïde, et son menton énergique sous les lèvres pleines, j'avais terriblement envie de lui mais sans forcément coucher avec lui, je voulais me l'approprier, connaître la moindre de ses pensées, faire partie des siennes, je voulais qu'il s'intéresse à ce que je pense, que nos deux esprits se rencontrent. J'aurais aimé le secouer pour que, s'il éprouvait un tant soit peu d'amour pour moi, au bout d'un ongle, disons, il se répande dans tout son corps, mais il esquissa son sourire secret, ce sourire souverain ni lointain ni proche, qui s'évanouit presque aussitôt, il se lamenta sans se lever pour autant, je n'y arriverai jamais, je vais t'aider, tu as encore le temps, plaidai-je pour le consoler, non, je dois partir dans une demi-heure, il consulta la pendule blanche au-dessus de la paillasse, on ira au restaurant, je n'ai plus une minute à perdre, je me sentais affreusement coupable parce que je voyais qu'il ne prenait pas les choses à la légère, au contraire, ce changement de programme était une véritable catastrophe qui risquait d'en provoquer une autre, et tout ça à cause de moi.

Il m'écarta, se leva péniblement et entreprit de remettre

lentement chaque chose au réfrigérateur, comme s'il accompagnait les funérailles de la laitue, du poisson et des champignons, désormais inutiles, qu'il avait cérémonieusement disposés sur le marbre, telle une exposition de bonnes intentions, je pourrai tout préparer à ta place, tu veux bien, ce sera prêt quand tu reviendras, mais il secoua la tête sans même prendre la peine de considérer ma proposition, ne t'en fais pas, je ne serai plus là à ton retour, je m'en voudrais de te gêner, mais il secouait toujours la tête sans s'interrompre, puis il se planta devant l'évier et, avec un profond soupir de résignation, il se mit à faire la vaisselle, mon nez enflé et moi étions devenus encore plus inutiles que la salade qui pourrait encore servir le lendemain, elle, pas moi, l'annulation de ce repas était comme un verdict qui achèverait de briser cette malheureuse famille, laquelle, venue dire un dernier adieu à leur chère enfant en de si tragiques circonstances, n'aurait même pas droit à un repas familial pour atténuer sa douleur.

Laisse-moi au moins terminer la vaisselle, mais il ne réagit pas, se retranchant derrière l'évier, j'aurais pu partir et ne plus jamais revenir mais je refusais de m'en aller de cette façon et, ne sachant comment réchauffer l'atmosphère, je me rassis, les yeux rivés sur son dos et ses mains habiles, comptant les assiettes au fur et à mesure qu'il les lavait pour voir si elles allaient par deux, le silence tendu me rappela les jours qui avaient suivi la mort de mon petit frère, les semaines, devrais-je dire, les mois, pratiquement une année, où ils se parlaient à peine, se lançaient des regards venimeux comme si l'assassin, c'était l'autre. Papa avait bien tenté de calmer le jeu au début mais il s'était vite découragé, comme d'habitude, la mèche était trop courte, les hostilités redoublèrent, elle en était sûrement affectée mais elle ne pouvait plus reculer, la vie continua ainsi, sans un mot, dans un silence hostile, de loin en loin, on remuait des souvenirs oubliés, d'anciennes fautes étaient perfidement susurrées, les siennes surtout, encore et encore, pourquoi avait-il interrompu ses études de médecine pour devenir un obscur laborantin, s'il s'était accroché il aurait pu sauver le bébé, sauver le bébé, nous sauver tous, rabâchait-elle, pour fuir cette rengaine, il claquait la porte et se mettait à courir autour du verger des heures durant. Physiquement aussi ils avaient changé, mon père ne s'alimentait pratiquement plus, il était devenu horriblement maigre, un vrai squelette, ses yeux lui mangeaient le visage, elle, en revanche, engraissait, elle s'empiffrait comme un porc, elle liquidait les provisions qu'elle venait juste d'acheter au supermarché, un jour, je la surpris même en train de se gaver de la viande hachée crue qu'elle préparait pour confectionner des boulettes, mais ce n'est pas cuit, maman, m'étais-je récriée, ça cuira dans mon ventre, touche comme il est chaud. Papa lui lançait à la tête des choses horribles, le plus souvent par mon entremise, elle pense qu'elle doit manger à cause de son lait, disait-il, mais on n'en a plus besoin, de son lait, elle croit qu'à force de grossir et de porter des vêtements amples, elle finira par tomber enceinte, enceinte de lui ? Jamais de la vie, il est pourri, son sperme. Je protestais, et moi alors, je viens d'où ? elle réprimait un sourire amer, monstrueux, et sans mot dire, elle tapotait d'une main huileuse ses cheveux amputés, là où se trouvait sa natte, comme si c'était là sa vengeance, la mutilation de sa beauté.

Je courais dans ma chambre me blottir sous les couvertures avec le seul jouet que j'avais réussi à sauver, on avait rempli le berceau blanc du bébé de ses vêtements et de ses jouets avant de s'en débarrasser, mais j'avais dérobé un petit agneau, une douce peluche laineuse, que j'étreignis pendant des années en secret et changeais sans arrêt de cachette pour que maman ne la jette pas au cas où elle la trouverait, chaque jour, en rentrant de l'école, je me précipitais dans ma chambre pour m'assurer que la peluche était toujours là, refusant les invitations de mes amies de crainte de la laisser seule trop longtemps, et, des années plus tard, je l'avais emportée avec moi à la base où je faisais mes classes, et c'est là qu'elle avait disparu, on avait dû me la voler, je me souviens d'avoir éprouvé moins de chagrin que prévu, peut-être étais-je même ravie.

Es-tu au courant pour le bébé ? demandai-je à Arieh, m'efforçant de mettre en balance mon propre malheur avec le sien, il eut une légère hésitation, bien sûr, j'étais en Israël à cette époque, je tenais à présenter mes condoléances à tes parents mais ils ne voulaient voir personne. J'en avais vraiment l'intention, ajouta-t-il comme si je doutais de sa parole, j'étais si désolé pour eux, après toutes les années où ils avaient essayé d'avoir un deuxième enfant... il ne termina pas sa phrase mais la vaisselle, oui, et contempla l'évier vide avec une évidente satisfaction. Je prends une douche et on s'en va, je te dépose chez toi en passant, annonça-t-il gentiment, comme si notre tragédie compensait celle du dîner raté et qu'il ne m'en voulait plus, je le suivis dans la chambre et l'observai tandis qu'il se déshabillait, ôtant son pull et son pantalon pour ne garder que ses sous-vêtements, un slip rouge et un large maillot de corps lie-de-vin, j'éclatai de rire à ce spectacle, comme s'il venait de me raconter une blague, il portait des sous-vêtements de jeune homme, contrairement au reste de sa tenue toujours bon chic bon genre, il s'exhibait devant moi dans sa quasi-nudité bariolée, un vieillard déguisé en adolescent, un travestissement si réussi qu'il en était méconnaissable, c'était apparemment une seconde nature chez lui, je le suivis à la salle de bains, tel un petit chien, où je le regardai ôter ses sous-vêtements sans lesquels il avait encore l'air déguisé, avec sa peau lisse et mate, puis s'étirer sous la douche et se savonner méticuleusement, rien n'était négligé, pas même la toison pubienne qu'il frottait exactement comme le faisait ma mère, au point que je me demandai si c'était lui qui l'avait instruite ou l'inverse.

Je me rappelai l'avoir observée sous la douche, légèrement dégoûtée par les gestes efficaces et brutaux avec lesquels elle manipulait ce membre mystérieux et délicat dont elle étrillait hâtivement les poils frisottés couverts de mousse, on aurait dit qu'elle confectionnait un vulgaire gâteau. Plus tard, quand elle s'était mise à grossir, elle s'enfermait à clé dans la salle de bains, m'interdisant de voir ce qu'elle y faisait, je n'en eus d'ailleurs plus jamais l'occasion, mais chez lui elle n'avait rien de répugnant, cette mousse blanche où ressortait le membre sombre et bien galbé, au contraire, j'en avais des picotements partout — désir ou nostalgie peut-être ? — que j'avais également éprouvés au cours de ma première vie, je rêvais par exemple de chocolat mais, j'avais beau m'en goinfrer, impossible de m'en rassasier, et, j'en étais convaincue, même si je me jetais sur lui, les picotements du désir seraient toujours aussi impérieux car ce feu-là était inextinguible.

Il ferma le robinet, sortit prudemment de la douche, il se drapa dans une grande serviette et se dirigea vers l'armoire d'où il sortit un caleçon à rayures bigarrées et un maillot de corps mauve par-dessus lesquels il enfila un costume bleu foncé et une chemise grise, comme s'il se rendait à un rendez-vous d'affaires, puis il tira d'un tiroir un petit peigne avec lequel il lissa ses cheveux en arrière — les dents traçaient des sillons blancs sur son crâne bronzé — et qu'il enfonça ensuite dans la poche arrière de son pantalon. De tous ses gestes routiniers que je suivais avec la concentration d'une espionne, celui-ci m'exaspéra tant il me paraissait déplacé qu'un homme, dont la femme était en train d'agoniser, fourre un peigne en plastique bon marché dans sa poche. Ça ne te gêne pas quand tu t'assois ? Il me regarda d'un air surpris, je ne sens rien, dit-il en palpant son postérieur, je m'approchai pour tâter ses fesses à mon tour à travers l'étoffe de son élégant costume et je ne sentis effectivement rien, comme si ce corps mystérieux l'avait englouti, il me fascinait, de même que tout ce qui s'y rapportait, sa femme moribonde, la vieille mère qui venait lui dire adieu, ses sous-vêtements, j'étais sûre que, quelque part dans le monde, il y avait au moins une femme qui ne se pâmerait pas de le voir prendre une douche, se savonner le bas-ventre, s'habiller et partir pour l'aéroport, comment pourrait-elle être impressionnée par ce qui lui paraîtrait tout à fait normal, pareillement, il devait y avoir quelque part dans le monde au moins une femme, peut-être la même, qui s'extasierait devant les moindres gestes de Yonni qu'elle suivrait à la salle de bains pour le voir prendre sa douche et qui s'émerveillerait de ses gestes négligents et de sa peau pâle, il me faudra la surveiller de près, cette femme, qui vit peut-être à l'autre bout du monde ou, tout simplement, de l'autre côté de la cloison, que je me mis à considérer avec appréhension et qui me fit penser à la voisine et à son bébé, tel un cauchemar oublié dont je venais de me souvenir, je devais absolument lui proposer de lui garder son enfant, la chose était urgente, pour pouvoir examiner ce bébé, non seulement son visage d'agneau mais aussi son corps, je le déshabillerais pour examiner la couleur de sa peau, la forme de son pied, son sexe, ses oreilles, c'est la seule façon d'apprendre quelque chose dans la vie, dans la solitude, je n'aurais de toute façon pas pu poser de questions et encore moins obtenir de réponses, de même que je ne saurais jamais qui avait mangé dans les assiettes et bu dans les verres qui encombraient l'évier.

La pièce embaumait l'after-shave, et il se planta en face de moi entre les deux lits étroits, très droit, parfumé et élégant, un peu grotesque, on aurait dit le héros tristement présomptueux d'un sitcom s'acquittant d'une mission tragique, pitoyable dans sa vanité, ses efforts pour paraître en parfaite santé comme si une partie de lui-même n'était pas en train de pourrir, de se ratatiner. On y va, je suis en retard, dit-il en lorgnant mon nez avec un petit rire vite réprimé, il me poussa dans le couloir, l'avion va atterrir d'une minute à l'autre, et je songeai que, lorsque nous vivrions ensemble — cette éventualité me semblait à présent parfaitement plausible et je cessai de me tourmenter à l'idée de ce que Yonni allait m'annoncer tout à l'heure —, il serait si agréable de l'entendre me dire, dépêche-toi, on est en retard, ce « on » me concernerait aussi, je traînerais exprès, j'observerais mon nez pendant des heures dans le miroir juste pour l'entendre me dire, dépêche-toi, on est en retard.

CHAPITRE 8

À quelle heure était-ce arrivé, j'aurais bien voulu le savoir mais ma mère l'ignorait. Elle ne comprenait pas non plus pourquoi j'y attachais tant d'importance. Elle m'avait appris que tante Tirtsa avait téléphoné de l'hôpital pour lui annoncer que la femme d'Arieh était décédée au cours de la nuit. Elles étaient voisines de chambre, tu te rends compte ? Oui, mais à quelle heure, appelle-la pour le lui demander. Pas question que je la dérange pour ce genre de bêtises, ma mère avait l'air déçue. Elle aimait me réveiller le matin avec de mauvaises nouvelles, telle ou telle de ses connaissances était malade ou morte, les malheurs préoccupants ou passionnants de tel ou tel membre de la famille comblaient le désert de son existence, le vide qui avait suivi sa dépression après des années de deuil et de haine. Il y avait sûrement un mélange de jubilation et d'espoir, l'espoir insatiable d'élargir le cercle de ceux qui connaissaient les dures épreuves où elle était entrée à la mort du bébé en refermant vivement la porte derrière elle, pour que papa ne puisse la suivre et la déposséder de son chagrin. Avec autrui, elle était plus généreuse, les victimes du destin étaient invitées à la rejoindre en fonction, bien sûr, de l'ampleur de leur drame, des femmes ayant perdu leur mari ou leurs enfants, des mutilées, de grandes malades en cours de traitement, toutes se pressaient dans sa gorge avant de m'être livrées par le truchement du téléphone. Sais-tu ce qui est arrivé à une telle, commençait-elle, et sans attendre la réponse, elle se hâtait de me mettre au courant. Cette fois, c'était bref. Je ne savais même pas qu'elle était malade, fit-elle d'une voix pleine de ressentiment, comme une petite fille qui n'aurait pas été invitée à une fête, ton père le savait mais il s'est bien gardé de me le dire. Tu te souviens de la visite d'Arieh il y a quelques mois ? Il voulait lui demander conseil au sujet d'un nouveau traitement, mais c'était déjà probablement trop tard. C'est incroyable, tu sais, mais elle a partagé la chambre de Tirtsa pendant une semaine, et dire que j'y allais presque tous les matins et que je ne l'ai pas reconnue, il ne me serait jamais venu à l'esprit que c'était Joséphine, elle avait tellement changé. Elle ressemblait à une poupée de porcelaine quand elle était jeune, il y a des années que je ne l'avais pas revue, mais un tel changement, une poupée de porcelaine délicate mais énergique, poursuivit-elle avec la magnanimité qu'elle réservait aux trépassés. Je me demande ce qu'il va devenir sans elle, ce grand bébé, il se reposait entièrement sur elle, tu sais, il ne peut pas vivre sans femme, celui-là. Tu vas voir que, d'ici une semaine, il va s'en trouver une autre, il n'attendra peut-être même pas la fin de la semaine, d'ailleurs.

Ça t'en boucherait un coin si c'était moi, manquai-je dire, ses confidences m'avaient un peu refroidie. Il avait l'air si fort, si indépendant, et voilà qu'elle en faisait une pauvre créature soumise, infantile, faible. Mais comment pouvait-il se reposer sur elle puisqu'elle était tout le temps malade ? objectai-je.

Tirtsa m'a dit que même mourante, elle s'inquiétait pour lui, elle avait peur qu'il soit trop seul, qu'il déprime, elle voulait qu'il voie des amis. Elle renvoyait ses visiteurs après quelques minutes pour qu'ils passent voir Arieh, comme si c'était lui le vrai malade, pas elle, conclut-elle avec un reniflement de triomphe.

Alors tu ne sais vraiment pas à quelle heure elle est morte ? Mais qu'est-ce qui te prend, Ya'ara, tu devrais me demander plutôt à quelle heure est l'enterrement, non ? Tu viens avec moi, d'accord ?

Je lui servais toujours d'escorte au cimetière. Elle n'aimait pas voir mon père près d'une tombe, elle l'accusait de la bousculer, de l'empêcher de voir, mais elle aimait bien m'emmener avec elle. Je me jurais que c'était la dernière fois et cédais toujours à la dernière minute dans l'espoir insensé que, en partageant la tristesse, je partagerais aussi la consolation.

À condition que tu te renseignes sur l'heure de sa mort, je tenais bon, elle grommela que j'étais complètement tombée sur la tête et qu'elle pouvait parfaitement y aller sans moi, mais elle rappela quelques minutes plus tard. J'ai réveillé Tirtsa à cause de toi, maugréa-t-elle, bon, c'est arrivé à dix heures du soir environ. Tu es contente ?

Non, je ne l'étais pas. J'étais aussi paniquée qu'un hypocondriaque découvrant qu'il est malade, un paranoïaque comprenant qu'il est réellement persécuté, cette-nuit là, en effet, j'avais eu le pressentiment qu'ils ne la reverraient pas, j'espère que tu vas y arriver, lui avais-je même souhaité quand il m'avait déposée devant chez moi, pas de problème, ne t'inquiète pas, avait-il répondu, il voulait parler de l'aéroport, il n'avait pas saisi ce qui n'était même pas clair pour moi, je m'étais imaginée ce groupe étrange, le fiancé parfumé dans son élégant costume d'homme d'affaires, la mère cassée par l'âge, les cheveux blanc bleuté, probablement, s'appuyant sur la sœur et son mari, une fois les bagages dans le coffre, il les conduirait directement dans le restaurant le plus cher de la ville, français ou italien, parce qu'il n'y avait rien à manger chez lui, et c'est en rentrant à la maison, en foulant les tapis impeccables, qu'ils apprendraient la triste nouvelle.

La tête me tournait tant je me sentais triste et coupable, je lui avais mis les bâtons dans les roues avec ma stupide visite, peut-être que s'ils avaient dîné à la maison, comme il l'avait projeté, les choses auraient été différentes, et je savais que ce fiasco en entraînerait un autre, comme aux dominos, car lorsqu'un grain de sable enraye la machine, c'est toujours le présage d'une catastrophe, il saurait que c'était ma faute et il ne me le pardonnerait jamais.

Mais il me sourit chaleureusement, au contraire, pardessus la tombe de sa femme, au centre d'un petit groupe qui ressemblait exactement à ce que j'avais imaginé, on aurait dit une troupe de comédiens ambulants d'un théâtre d'avant-garde, chacun jouant son rôle à la perfection. La mère dans le rôle de la mère, réprimant ses larmes avec une pudeur européenne, sa chevelure bouclée assortie à l'azur des nuages, la sœur la soutenant avec une expression coupable sur son visage éclatant de santé, elle avait toujours été moins jolie, moins brillante, mais c'était elle qui restait, dans le rôle de l'époux dévoué dans l'adversité, son mari lui entourait les épaules, et à ses côtés se tenait Arieh, dans le rôle du veuf éclairé, grand et respectable dans son costume de la veille et personne n'aurait pu soupçonner le drôle de caleçon rayé qu'il portait dessous.

Je me trouvais non loin de lui, maman s'ingéniait toujours à se placer au centre, quitte à jouer des coudes, et en bonne petite fille, j'étais placée entre ma mère et mon père qui, pour une fois, avait insisté pour venir. D'après leurs expressions furieuses, je subodorai que cela n'avait pas été sans accroc, ils s'étaient sûrement jeté à la tête des ripostes qui m'auraient sans doute vivement intéressée, du genre qui avait le droit d'être là, lui ou elle, en d'autres termes, de qui il était le plus proche, de lui ou d'elle, je me sentais modestement fière, je leur avais damé le pion, j'avais honnêtement gagné le droit de faire partie du petit cercle des intimes, honnêtement n'était peut-être pas le terme le plus approprié, mais je me comprenais. J'étais peut-être la dernière de cette assemblée à l'avoir vue vivante, c'était probablement moi qui lui avais préparé son ultime tasse de thé, deux sachets avec deux sucres, elle savait sans doute que c'était la fin et voulais en profiter au maximum. Je scrutai fièrement la foule pour voir si je repérais la fille aux cheveux roux coupés au carré, mais elle n'était pas là, les assistants étaient pour la plupart des personnes âgées, je ne voyais personne de suspect, brusquement, j'aperçus la tante Tirtsa qui zigzaguait lentement entre les pierres et les tranchées, l'endroit ressemblait plus à un chantier qu'à un cimetière, redoutant qu'elle ne mentionne ma visite de la veille, je me précipitai à sa rencontre, soi-disant pour la guider, au grand ébahissement de mes parents, et elle s'appuya lourdement sur moi au point que je me demandai comment elle avait pu se débrouiller seule jusque-là.

Le voilà libre comme l'air, son espèce de frimeur, elle avait un mauvais sourire, le frimeur de qui ? demandai-je, ne sachant si elle avait dit « son » ou « ton ». Elle répéta « son » qui aurait très bien pu être « ton » ou le contraire, ça m'agaçait qu'elle parle de lui avec un tel mépris, pour qui se prenait-elle, elle le connaissait à peine, cette femme aigrie qui haïssait tous les hommes, ça me tracassait pourtant, peut-être en savait-elle plus que moi à son propos, et s'il était vraiment frimeur, qui sait ce que Joséphine avait pu lui confier au cours de ces interminables nuits où la lumière et le bruit jamais ne s'éteignaient, sans parler de la douleur.

Je faillis m'effondrer sous son poids, je marchais pliée en deux, les yeux baissés, perplexe, Joséphine s'était atrophiée des suites de sa maladie, quant à Tirtsa, au contraire, elle s'hypertrophiait, elle était devenue énorme, autoritaire et terrifiante, et chacun regardait notre lente et pénible progression en retenant son souffle, elle fait exprès de m'écraser, me dis-je, en les agonissant intérieurement d'injures, elle et mes secrets qui me couvraient de ridicule, dans le meilleur des cas, et tout ça, parce que j'avais quelque chose à cacher.

Nous avions à peine gagné nos places que la cérémonie commença, à croire qu'on n'attendait plus que nous, tante

Tirtsa se coula auprès de ma mère avec une agilité surprenante, un sourire sardonique aux lèvres, je m'étirai, soulagée, je croyais encore sentir son poids peser sur moi tandis que le corps frêle, flottant dans le drap qui le recouvrait, basculait au fond de la fosse, on aurait dit une fillette de douze ans à peine, glissant sur un toboggan en riant aux éclats mais, au lieu de rires, c'étaient des pleurs qu'on entendait, des sanglots d'abord réprimés puis incoercibles, et Arieh, une large *kippa* noire sur la tête, récita le *quaddich* sans erreur, d'une voix claire et naturelle, à croire qu'il s'était entraîné toute sa vie. Je le regardais, éperdue d'admiration, la *kippa* sombre dissimulait ses mèches grises et donnait l'illusion qu'il avait recouvré ses boucles noires d'antan, l'émotion conférait à ses traits une fraîcheur juvénile, je me pris soudain à espérer que ce serait lui et nul autre qui réciterait le *quaddich* pour moi un jour, je lui en parlerai à l'occasion, à mon avis, ce ne serait pas trop lui demander. Quand il eut terminé, ses traits se décomposèrent et ses épaules furent secouées de tremblements convulsifs à mesure qu'on comblait la tombe, et quelqu'un se précipita à ses côtés pour le serrer dans ses bras, il portait également une large *kippa* noire qui cachait ses cheveux blancs, et, saisie d'horreur, je vis que c'était le juge de Jaffa qui avait l'air beaucoup plus alerte et maître de lui en face de la sépulture toute fraîche qu'au chevet de son grand lit. Arieh lui rendit chaleureusement son étreinte et je ressentis des picotements de honte en resongeant à son corps blanc et flasque, puis je perçus un curieux remue-ménage près de moi, un rire contenu, et je vis mon père quitter la cellule familiale et, au mépris des protestations étouffées, s'approcher des deux autres qui l'accueillirent à bras ouverts, et tous trois, enfin réunis, se mirent à sangloter de concert bras dessus bras dessous. Je n'en revenais pas de voir mon père pleurer, je n'aurais pas cru qu'il la chérissait à ce point, dans mon dos, ma mère avait l'air aussi interloquée que moi et je l'entendis susurrer des propos peu amènes à l'oreille de Tirtsa, laisse-le, si ça lui fait plaisir, répondit ma tante.

À en juger par le volume sonore de ses lamentations, il semblait effectivement ravi, je ne pense pas qu'il ait pleuré mon frère autant que cette femme qu'il connaissait à peine, enlaçant Arieh d'un bras et Saül de l'autre, il lui paraissait aller de soi de se retrouver au centre, comme si le veuf, c'était lui, et ils étaient là, au bord de la tombe, ces trois hommes d'âge mûr, pas beaux ni heureux, versant des larmes pour une femme qu'ils avaient, semblait-il, aimée tous les trois. J'observai mon père, blotti, comme un bébé, dans les bras des deux hommes avec qui j'avais couché, dans la même position que moi, à peine quelques jours auparavant. Son teint clair et sa fine silhouette contrastaient avec la force obscure d'Arieh, et je songeai à ma mère qui ne perdait pas une miette du spectacle, derrière moi, comment avait-elle pu, en les voyant ensemble, à l'époque, ne pas tomber amoureuse de lui, de sa mystérieuse opacité, il paraissait si solide, si rassurant et, en même temps, peu fiable. Maintenant encore il avait l'air insaisissable et équivoque à côté des deux autres, faibles mortels imparfaits. Mon père avec son corps fluet, sa petite taille et sa calvitie naissante, Saül, gros et un peu voûté, et lui, grand et élancé, cachant bien ses défauts, le plus dangereux. Les trois mousquetaires, raillaient ma mère et ma tante à mi-voix en ricanant, plus toqués les uns que les autres, le gros donne l'impression d'être normal, avança Tirtsa, évidemment, cracha maman, il est pédophile, je me retournai, tu ne peux pas te retenir de dire du mal de tout le monde, m'écriai-je, hors de moi, c'est un juge, tu sais, et alors, maman monta immédiatement sur ses ergots, tu le connais ? Qui va juger le juge, se mit-elle à fredonner, on aurait dit le bourdonnement d'un frelon, j'aurais voulu la pousser dans la fosse où, dans les bras de Joséphine, elle aurait débité ses mensonges aux vers de terre, c'est ta faute, tout est ta faute, sifflai-je d'une voix rauque. Qu'est-ce qui est ma faute ? La destruction du Temple, jaunes et brillantes, des flammes s'échappaient de sa bouche amère, je les voyais s'insinuer entre les tombes en laissant une traînée noirâtre et brûlante derrière elles puis gagner le Temple à toute vitesse où elles se démultipliaient en léchant les murs qui s'embrasaient avant de noircir. Je levai les yeux, une main allait bientôt émerger des nuages pour recevoir les clés du sanctuaire que le Grand Prêtre s'apprêtait à lancer très haut dans le ciel, j'étais si concentrée que je perdis de vue son fier visage, noyé dans la foule qui l'entourait, quant à mon père, c'est à regret qu'il quitta l'orgueilleuse fraternité virile pour retrouver l'ignoble venin odieusement familier des femmes. De loin en loin, la *kippa* noire d'Arieh surgissait dans la foule, mais le fier visage aimé, accablé de désespoir, se dérobait toujours et je craignais de ne plus jamais le revoir, comme si c'était lui qu'on venait d'enterrer et pas elle, j'étais submergée de douleur, une douleur cuisante, absolue, assommée, je me laissai porter par la foule qui se dirigeait vers les voitures, coincée entre mes parents, de nouveau ligués contre moi, comme deux bandes rivales provisoirement réconciliées par crainte de la police. Je regardais les tombes claires en songeant à Absalom, mon petit frère, quel nom à rallonge pour un bébé, et à la détresse de mon père, *mon fils Absalom ! mon fils, mon fils Absalom ! que ne suis-je mort à ta place !* avait-il psalmodié, cette antique lamentation justifiant rétrospectivement le nom qu'ils lui avaient donné, j'avais eu si peur que ça n'arrive réellement, je voyais déjà le bébé sortir de terre et papa y entrer à sa place, et, me sentant trahie, je m'étais vengée en l'imaginant recroquevillé dans le minuscule cercueil, le corps endolori par le manque de place.

Dans la voiture, je me retrouvai comprimée à l'arrière à côté de Tirtsa qui prenait ses aises en regardant par la fenêtre d'un œil indifférent. Je suis vraiment désolée de vous l'imposer mais vous allez devoir revenir ici dans un mois ou deux, dit-elle, arrêtez vos simagrées, ajouta-t-elle en coupant court à leurs protestations polies, je souffre du même mal qu'elle, je ne vois donc pas comment ça pourrait évoluer autrement chez moi, je lui posai la question qui me démangeait, comment est-elle morte, a-t-elle dit quelque chose, tu vas trop au cinéma, ma chérie, Tirtsa pouffa, dans la réalité, on est généralement moins bavard, elle n'a strictement rien dit, si tu veux le savoir. Pendant combien de temps ? Je n'en sais rien, répondit Tirtsa en haussant les épaules, elle dormait quand je suis revenue des soins, à midi, et elle ne s'est pas réveillée de tout l'après-midi. Quand Arieh est arrivé, à cinq heures, elle dormait toujours. Il a dit qu'il reviendrait dans la soirée avec sa belle-famille mais, à son retour, c'était trop tard.

Alors elle n'a pas parlé de l'après-midi ? Je te répète qu'elle a dormi continuellement, s'emporta Tirtsa, elle a peut-être dit quelques mots dans son sommeil, je n'ai pas fait attention, mais qu'est-ce que tu as aujourd'hui, hein, remarque, ça ne date pas d'aujourd'hui. Je ne répondis pas, les yeux rivés sur les immeubles hideux qui défilaient par la fenêtre, c'était quand même effarant, incroyable que j'aie été finalement la dernière à lui avoir parlé, à l'avoir vue vivante. J'essayai de me souvenir d'une seule de ses paroles — la raison pour laquelle j'étais descendue de l'autobus en cours de route et avais raté mon rendez-vous me paraissait à présent évidente —, mais impossible de me rappeler quoi que ce soit sauf qu'elle avait vomi le jour de ma naissance, à force de me torturer l'esprit, je sentis venir un début de migraine, le vif soleil hivernal m'aveuglait, je ne voyais presque plus rien, et, comme dans un rêve, j'entendis mon père me demander si j'avais pu parler à Yonni. Non, il dormait quand je suis rentrée hier soir et, ce matin, je ne me suis pas réveillée quand il est parti, Tirtsa ricana, quelle drôle de façon de vivre à deux, j'aurais dû y penser plus tôt, affolée, je demandai, pourquoi, papa ? De quoi dois-je lui parler ? Il garda le silence, et la sourde crainte que Yonni leur avait signifié qu'il me quittait définitivement me submergea comme la veille, je fus prise d'une soudaine nausée, elle avait vomi le jour de ma naissance et j'allais faire de même le jour de son enterrement, au moment précis où la voiture s'arrêta, on est arrivés, annonça papa, curieux que cet homme, ce quasi-inconnu, sache où j'habite, je descendis sans mot dire et vomis au beau milieu de la rue, là où se trouvait la voiture un instant auparavant.

Je me précipitai sous la douche où je m'attardai jusqu'à ce qu'il n'y ait plus d'eau chaude, je me lavai les cheveux et terminai par un après-shampooing, je tentai même de me frictionner en bas comme eux, mais, de près, ça n'avait rien d'extraordinaire, un geste quotidien des plus banals, en sortant de la douche, je me coupai les ongles des mains et des pieds sans cesser de me répéter que tout allait bien, j'étais pure, à présent, heureusement que je n'avais pas à subir l'ordalie et qu'il me suffisait de me couper les ongles pour me purifier, et même si Yonni avait des soupçons, je pouvais toujours nier, comme lui, d'ailleurs, il est si facile de croire ce qu'on veut, oublier les faits, les dernières paroles de Joséphine, par exemple, je décidai de conclure un pacte secret avec lui, je te pardonne d'avoir eu un enfant avec la voisine d'Arieh si tu me pardonnes ce que j'ai fait, il fallait espérer que c'était bien son fils, sinon je n'aurais plus rien à lui pardonner et notre accord tomberait à l'eau, je résolus de ne pas chercher à en avoir le cœur net, ça resterait entre lui et moi, ma conscience et la sienne, tacitement. Je passai une minijupe moulante et un pull rayé, et me coiffai avant de me regarder dans la glace, mon nez congestionné ne se voyait presque plus, même ma mère n'avait rien remarqué, tout irait bien désormais, je me débrouillerais, de temps en temps, l'aiguillon du désir venait me torturer quand je songeais au cher visage qui avait disparu, j'étais désolée d'avoir manqué les expressions qui s'y étaient reflétées aujourd'hui, pour me consoler, je me dis que ce n'était rien par rapport à ce qui m'attendait, ma mère avait probablement raison, la fille à la coupe au carré et au fume-cigarette allait débarquer avant que j'aie le temps de dire ouf, et si je ne veillais pas au grain, il m'aurait oublié avant la fin du mois.

Je me maquillai ensuite avec une secrète exaltation, telle une fillette essayant le rouge à lèvres de la maman chez qui elle fait du baby-sitting. J'avais l'impression de commettre un vol alors que tout m'appartenait, le fard pour foncer le teint et atténuer les rides, l'eye-liner pour souligner le bord des paupières, le mascara pour assombrir et épaissir les cils, l'ombre à paupières bleue pour accentuer la couleur de mes yeux, le blush pour raviver l'éclat des joues et le brillant à lèvres écarlate, je me maquillai presque en cachette, avec une intense satisfaction, il y avait des années que je n'avais atteint une telle perfection, le résultat était somptueux, j'étais une autre femme, c'était risible de se maquiller en rentrant et non pour sortir, c'était vraiment le monde à l'envers. Songeant qu'il était dommage de gaspiller pareille beauté entre mes quatre murs jaunes, je décidai de prendre l'air, j'hésitais à aller trouver Yonni au bureau pour lui demander ce qu'il avait confié hier à mes parents, s'il avait des soupçons, un comportement inhabituel ne pourrait que les conforter, et me mettre sur mon trente et un pour lui rendre visite au bureau était pour le moins inhabituel, je décidais alors d'aller à l'université pour faire pâlir d'envie la secrétaire et lécher les bottes du patron, à la réflexion, c'était idiot, ce serait vraiment dommage de gâter mon maquillage avec des sourires hypocrites, je m'allongeai sur le lit pour réfléchir, je ne trouvais rien d'excitant, et je finis par m'endormir sans avoir décidé s'il était plus stupide de se maquiller avant d'aller au lit, comme moi, ou de descendre au tombeau, comme les anciens Égyptiens.

Un claquement de porte me réveilla en sursaut, le cœur battant à se rompre, ça y était, il me quittait. C'était pareil quand j'étais petite, je me réveillais en sursaut quand papa partait en claquant la porte après l'une de leurs disputes, le cœur battant la chamade tant j'avais peur qu'il ne revienne plus, j'aurais pu au moins lui dire au revoir ou le convaincre de rester, je me ruai hors de la chambre avec ma minijupe et mon maquillage voyant. Je notai les signes de sa présence, l'odeur de son after-shave, son manteau sur une chaise, sa serviette par terre, mais de lui, nulle trace, comment avais-je pu être assez bête pour le laisser partir, qu'allais-je faire en attendant son retour, en admettant qu'il revienne un jour, je courus voir si son nécessaire à raser et sa brosse à dents étaient à leur place et me calmai un peu en constatant que c'était le cas, bien qu'il ne soit pas difficile de les racheter si l'on avait réellement l'intention de donner le change. Je fis un tour d'inspection pour vérifier si rien ne manquait, outre Yonni, et finis par remarquer l'absence de la poubelle dans la cuisine, Yonni et la poubelle ne sont pas là, ça veut dire quoi ? radotais-je bêtement. C'est alors que, telle une allusion particulièrement lourde, ils se matérialisèrent à la porte, Yonni et la poubelle vide, que j'avais complètement oublié de vider ce matin malgré mes bonnes intentions, il était ébahi, où étais-tu ? Au lit, j'ai dormi. Maquillée comme ça ? demanda-t-il, sceptique. Il ne me croit jamais quand je dis la vérité. Je me creusai la cervelle pour inventer un mensonge plausible et, en désespoir de cause, je lui tournai le dos et allai me regarder dans la glace où je constatai, horrifiée, que mon rimmel avait coulé jusqu'aux joues — j'avais deux coquards à la place des yeux — et que si le brillant à lèvres s'était effacé sur une moitié de la bouche, il avait vaillamment résisté sur l'autre moitié, on aurait vraiment dit que je revenais d'une partouze, je me mis à bredouiller pitoyablement, je me suis maquillée pour sortir et puis je me suis endormie, je t'assure, pour aller où ? demanda-t-il d'un air soupçonneux.

J'entrepris de me débarbouiller comme si je cherchais à dissiper sa méfiance à l'eau chaude, c'est incroyable comme la beauté peut se transformer en laideur, en fait, je m'étais faite belle pour lui, pour attendre derrière un joli masque les nouvelles qu'il devait m'annoncer, mais là, il aurait dit que j'avais trop d'imagination. Je me passai un coton humide partout sur le visage qui, à force, finit par ressembler à du papier mâché, et j'eus la vision de ce que j'allais devenir en vieillissant, le tampon s'était teinté de toutes les couleurs dont je m'étais peinturlurée, noir, brun, rouge et azur, Yonni attendait que je finisse en se grattant impatiemment le nez, mais j'avais peur de finir, justement, arrête cette comédie, s'écria-t-il finalement, exaspéré, je fermai le robinet comme s'il n'y avait rien de mieux à faire que de se maquiller et se démaquiller devant la glace, d'accord, et, maintenant, qu'est-ce qu'on fait ? On part en voyage de noces, déclara-t-il.

Nous n'étions effectivement pas partis en voyage de noces, personnellement, ça ne m'avait pas vraiment dérangée, au contraire, puisque cette absence m'avait renforcée dans le sentiment que ce n'était pas un vrai mariage, pas le mien, en tout cas, la preuve, il n'y avait pas eu de lune de miel, je la réservais pour mon vrai mariage, où allons-nous, m'enquis-je avec circonspection, pour voir s'il était sérieux, ou si c'était une curieuse manière de me faire comprendre quelque chose, à Istanbul, demain matin, j'ai tout organisé, tes parents participent financièrement, il ne te reste plus qu'à faire tes valises.

Il parlait avec l'orgueil d'un excellent élève qui, ayant accompli les tâches imposées, attend qu'on le félicite, ce que j'étais toute prête à faire, c'était donc ça leur secret, j'avais tellement redouté autre chose que je sentais le soulagement se répandre par tous les pores, il faudrait toujours se préparer au pire pour être agréablement surpris en fin de compte, je n'arrive pas à le croire, dis-je en l'embrassant, comment as-tu fait, je ne me doutais de rien, je ressentis une bouffée de tendresse pour mon père, et même pour elle, quel beau projet familial, vraiment, ce voyage de noces tardif, cinq ans après notre mariage, je faillis suggérer qu'ils nous accompagnent pour veiller sur nous, brusquement, Istanbul me faisait peur. Je l'imaginais un peu comme un immense bazar bruyant et coloré dont l'issue était introuvable, il devait sûrement grouiller de malheureux couples qui, venus en voyage de noces, étaient incapables d'en ressortir, ils crevaient de faim, tous les délices de l'Orient étaient étalés devant eux mais ils n'avaient plus un sou vaillant après des jours et des semaines d'errance dans cet interminable labyrinthe où personne ne les comprenait, les uns leur indiquaient l'est, d'autres l'ouest, d'autres encore le nord, d'autres enfin le sud, tout était pareil, il n'y avait pas de signalisation, les étals étaient identiques, le ciel était identique, encombré de minarets de mosquées transformées en églises et vice versa, et les jeunes couples, fous d'amour et d'excitation au départ, sanglotaient à présent, effondrés et pleins de rancœur, se rejetant la faute l'un sur l'autre. Si j'avais un mari plus capable, il y a longtemps qu'il m'aurait sortie de là, songeait l'épouse, elle connaît sûrement le chemin mais elle ne veut rien dire pour me mettre à l'épreuve, pensait le mari, leur foyer leur paraissait de plus en plus lointain, mais pourquoi Istanbul ? questionnai-je, atterrée. Pourquoi pas ailleurs ? Je songeai après coup que, de ce point de vue, ce serait aussi terrifiant partout dans le monde et qu'il valait mieux rester chez soi. Et si l'on faisait notre voyage de noces à la maison, proposai-je de ma voix la plus sexy, on s'enfermerait pendant une semaine, comme au début, on se promènerait d'une pièce à l'autre, on ne se quitterait plus, mais pourquoi, je ne vois pas où est le problème, s'écria-t-il avec un rire jaune, parce que j'ai peur qu'on se perde dans le bazar d'Istanbul, fis-je d'une petite voix d'enfant gâtée, il me serra dans ses bras comme si j'étais un peu demeurée, ma terreur lui insufflant du courage, ne t'inquiète pas, je potasse le sujet depuis un mois, dit-il en brandissant le guide aux couleurs vives qu'il venait de tirer de sa serviette. Je n'avais pas l'intention de me rendre si vite, mais comment savoir si l'on peut faire confiance à ce guide ? Et si c'était de l'arnaque ? Connais-tu quelqu'un qui s'en est servi et est revenu sain et sauf ? Les gens vont et viennent où bon leur semble, on ne reste jamais coincé quelque part, commenta Yonni sans cesser d'agiter le livre dans ma direction comme s'il voulait chasser une mouche, persuadé que je le taquinais, comme d'habitude. Je me rassérénai même si, à mon avis, il se contentait de lieux communs, et puis je me dis que, au pire des cas, je trouverais bien le moyen de le convaincre de rester à l'hôtel, je pourrais toujours invoquer une migraine.

Il grimpa dans le cagibi d'où il me lança la valise qu'on nous avait offerte en cadeau de mariage, laquelle atterrit douloureusement sur mes pieds, m'abstenant de protester pour ne pas gâcher l'instant, j'en ôtai la poussière et me mis à fouiller dans l'armoire, il fait froid ou chaud là-bas ? À peu près comme ici, peut-être un peu plus froid. Dénichant dans un tiroir la chemise de nuit affriolante couleur chair que je m'étais achetée un jour, des slips transparents et des porte-jaretelles, une sorte d'uniforme d'un genre particulier abandonné là, je les fourrai dans la grande valise, peut-être les nuits byzantines réveilleraient-elles le désir et briseraient-elles le maléfice qui nous empêchait de grandir, de mûrir ensemble, et, derrière une pile de pulls, je découvris un autre trésor oublié, divers accessoires aguichants que j'avais machinalement entreposés là en attendant le moment propice. Il y avait des sous-vêtements noirs, des collants résille, des bas de soie noire transparents et des soutiens-gorge provocants que j'empilais à leur tour dans la valise, à croire que je partais travailler comme pute de luxe, je jetai un coup d'œil hilare à Yonni, qui rangeait gravement ses chemises de flanelle à carreaux aux couleurs gaies dans un vaste sac en bandoulière, je lui réservai une drôle de surprise à l'hôtel avec tous mes artifices, ce qu'il allait être content, et moi donc, dans une chambre anonyme, parmi des visages inconnus, peut-être oublierait-il complètement le bazar, mon Yonni chéri qui, bien loin de me quitter, m'offrait un voyage de noces. Qu'est-ce qui nous empêchait d'être heureux ? J'avais l'impression de me dédoubler, comme si on nous filmait, un jeune couple à la veille de son voyage de noces faisant ses bagages, quelle scène touchante qui allait faire bien des jaloux, comme notre jeunesse, il avait l'air si jeune comparativement à Arieh, et il n'avait pas un seul cheveu blanc, nous étions encore au matin de notre vie, nous allions progresser ensemble, comme tout le monde, la plupart des gens, en tout cas, nous aurions un premier bébé, puis un second, deux carrières, un double salaire, nous surmonterions les difficultés comme tout le monde, l'essentiel étant de pouvoir toujours compter sur lui, se reposer sur lui sans l'écraser, avoir confiance.

Au comble du bonheur, je me laissai tomber au fond de la valise, pelotonnée contre mes dessous provocants, en m'étirant comme si je venais de me réveiller, viens là, j'ai envie de toi, dis-je, ce n'était pas tout à fait vrai ni entièrement faux non plus, j'avais vraiment envie d'avoir envie, et je me disais que si je parvenais à le convaincre, je réussirais à me convaincre moi aussi, mais voyant qu'il ne réagissait pas, je lui tendis les bras sans bouger de la valise, il se pencha vers moi, légèrement surpris, on dîne d'abord, tu veux bien, je meurs de faim. D'en bas, même vide, son ventre paraissait gros et flasque, un peu écœurée, je décidai quand même de persévérer, je me cachai la face derrière un bas ou une culotte, impossible de préciser, le dîner ne risque pas de se sauver, moi si, fis-je d'une voix charmeuse, il éclata de rire comme si c'était une bonne plaisanterie sans saisir la menace, mais l'épicerie va fermer et il n'y a même plus de pain, argua-t-il, reste où tu es, je reviens tout de suite. Il fila sans me donner le temps de protester, je me relevai sans perdre une minute, pas question de l'attendre dans cette posture, pour qui me prenait-il, pour l'assistante d'un prestidigitateur minable ou quoi, et, dans la foulée, j'étais en train de sortir de la valise ce que j'y avais placé avec un tel enthousiasme, il y avait de quoi désespérer, la chambre était maculée de taches de dentelle noire disséminées au petit bonheur sur nos pauvres meubles d'occasion, quand je le vis rentrer silencieusement, les mains vides, alors, c'était déjà fermé ? Non mais je me suis dit que je t'avais peut-être blessée et j'ai changé d'avis, expliqua-t-il pitoyablement d'une voix sans timbre, sans joie. J'essayai de me rappeler s'il était déjà comme ça avant qu'on ne se connaisse ou si c'était à cause de moi, mais comment pouvais-je le savoir puisque nous ne nous connaissions pas avant de nous rencontrer, à notre premier rendez-vous, par exemple, il avait une voix triste, j'avais cru que c'était à cause de la mort de sa mère, à l'époque il était triste et, maintenant, il était pitoyable, ce qui était pire, que faire à présent, remettre tout dans la valise ? Et nous avec ? Et ne plus jamais en sortir ?

Tant pis, dis-je avec un entrain affecté, on peut manger quelque chose maintenant si tu y tiens, il parut agréablement surpris que je le prenne si bien et repartit joyeusement pour revenir l'air encore plus triste que la première fois, il vient de fermer, à l'instant, je lui aurais volontiers donné une bonne fessée, comme à un vilain petit garçon, mais je décidai de garder ma bonne humeur, ça ne fait rien, il reste du pain dans le congélateur, génial, s'écria-t-il avec un peu trop d'enthousiasme, je vais préparer une *tchouchouka*, entre-temps, je refis ma valise qui béait sombrement tel un sexe offert, je m'empressai de rabattre le couvercle et de remonter la fermeture éclair, qu'avait-on besoin d'un sexe qui s'exhibait à la maison ? Pendant le repas, je me mis à le questionner, pourquoi avait-il choisi Istanbul, depuis quand préparait-il cette surprise, comme une journaliste qui feint de s'intéresser à tout, il me répondit sans se faire prier, la bouche pleine, pour me remonter le moral, je me dis que c'était ma vie et qu'elle aurait pu être pire, mais je sentais que je chavirais, il se lança dans l'exposé de ses hésitations entre Istanbul et Prague, précisant qu'au moment où il avait enfin arrêté sa décision sur Istanbul, il avait su que c'était le bon choix même s'il avait penché pour Prague, mais il avait pensé que les bazars et les vêtements de cuir m'emballeraient, je bouillais intérieurement, je préférais Prague justement, pourquoi ne m'avait-on pas demandé mon avis ? Si j'avais toujours envié les femmes auxquelles leurs maris réservent ce genre de surprises, je me rendais compte à présent à quel point c'était un comportement machiste et méprisant, j'aurais adoré visiter Prague la belle, la sublime, et j'aurais mieux aimé un autre moment que celui où je devais consoler un éploré, sentant la nausée m'envahir, je courus aux toilettes m'asperger d'eau froide devant le petit miroir, combien de fois peut-on recommencer sa vie de zéro, jusqu'à quand peut-on recommencer ?

Il s'inquiéta de me voir revenir le visage humide,

croyant que j'avais pleuré, ai-je dit quelque chose qu'il ne fallait pas ? Je suis désolé, ma taupinette, je fais de mon mieux mais ça ne marche pas, fais-en moins et réfléchis davantage, manquai-je dire, mais je n'étais pas sûre que c'était la bonne solution. Ce n'était probablement pas la bonne solution, il aurait beau réfléchir davantage, ça ne servirait à rien, il fallait qu'il change, et même ça ne serait probablement pas suffisant, c'était moi qui devais changer, mais comment m'y prendre ? Ça marcherait peut-être à Istanbul, si je parvenais à en sortir, le bazar m'aurait sans doute transfigurée, Yonni aussi, et la vie aussi, il n'était plus question d'agrément, ce voyage prenait soudain l'allure d'une mission, d'un processus expiatoire destiné à tremper le caractère, à le purifier, j'étais un peu effrayée et fière à la fois, comme avant le service militaire, et j'entrepris de nettoyer la table la tête haute et l'allure martiale, un deux, un deux. Il me couvait des yeux, l'air tendu, attentif à chacun de mes gestes, et m'annonça sur un ton cérémonieux et significatif, comme si c'était en mon honneur, qu'il allait prendre une douche, tu peux venir si tu veux, et je me souvins que, au temps où nous nous illusionnions encore, je m'asseyais sur le couvercle des W.-C. pendant qu'il se lavait pour discuter de tout et de rien, nous nous aimions alors, et je le regretterais après sa mort, pas lui mais la paisible familiarité qui régnait entre nous dans la salle de bains, je tentai de me rappeler le timbre de sa voix couvrant le bruit de l'eau, était-elle sombre et morne comme aujourd'hui, il me semblait que non, qu'elle était douce, gaie et pleine d'espoir, au contraire, mais jusqu'à quand peut-on espérer ?

La salle de bains embuée sentait bon, je souris en songeant que, dernièrement, je passais mon temps à regarder des hommes se laver, la madone des douches, voilà ce que j'étais devenue, il écarta le rideau et me rendit mon sourire, les cheveux raidis par l'eau, je crois que le téléphone sonne, dit-il, tu veux y aller ? Aucune importance, on n'a qu'à le laisser sonner, mais il insista, c'est sûrement mon père qui appelle pour nous dire au revoir, je traversai les pièces sèches et froides, la sonnerie ne désarmait pas, je n'avais aucune envie de répondre et, quand je m'y résolus, j'entendis la voix rongée par le tabac, cette voix aimée et détestée, éraillée, brûlante et provocatrice, Ya'ara. Je gardai délibérément le silence, je voulais l'entendre répéter mon nom, j'étais même un peu surprise qu'il s'en souvienne, Ya'ara, oui, Arieh, je pensais bien que tu serais là, mon sang se figea de joie et de tristesse, tu es seul, demandai-je malgré le brouhaha de voix qui me parvenait dans le fond, dans un sens, oui, quand vont-ils partir ? Bientôt, veux-tu venir, cette nuit ? ajouta-t-il après une seconde d'hésitation. Tu y tiens vraiment ? articulai-je lentement, les mots m'écorchaient la bouche. Oui. Bon, je vais essayer, et je raccrochai.

Frissonnante, je restai figée près du téléphone, comment osait-il me gâcher mon voyage de noces pour la simple raison qu'il était en deuil, quoique, à la réflexion, ce ne soit pas sa faute, il avait simplement envie de moi, n'était-ce pas ce que j'attendais depuis le premier jour, quand il m'avait ouvert la porte chez mes parents, puis je me rappelai que ma mère — ou était-ce Tirtsa ? — avait dit qu'il n'attendrait pas une semaine pour ramener une fille chez lui, c'était peut-être tombé sur moi par hasard, les autres avaient certainement refusé, que deviendraient Yonni et notre voyage de noces si j'allais le rejoindre cette nuit, et moi, que deviendrais-je si je n'y allais pas ?

Crispée, exténuée, je retournai dans la salle de bains où, profitant de l'épaisse vapeur qui me dissimulait, je m'affalai sur les W.-C., sa voix me parvint de loin, d'un puits profondément creusé dans le sol, comme dans un rêve, qui était-ce ? Rien d'important, je n'avais pas la force d'inventer un mensonge, et je songeai que le Jour du Jugement était venu, le grand, le terrible Jour de Dieu où j'allais devoir me décider. Que se passe-t-il, questionna-t-il d'une voix humide et claire, rien, rien du tout, elle était vraiment moche cette vie, moche n'était pas le mot juste, qui m'offrait deux cadeaux incompatibles. Et si j'avais envie de partager le deuil d'Arieh et de partir à Istanbul en même temps, pourquoi me fallait-il choisir, je n'aurais jamais cru que ça se passerait si vite ni que ça arriverait un jour, je n'étais pas prête, j'étais incapable de décider. Dans ce cas, pourtant, ne pas trancher revenait à prendre parti car, en lui faisant faux bond la première fois où il avait besoin de moi, je risquais de le perdre pour toujours, de ne plus jamais entendre sa voix éraillée murmurer, Ya'ara, viens cette nuit. Je repensais aux journées qui avaient suivi notre première rencontre chez mes parents, je l'avais cherché partout, dans les rues, les boutiques, j'avais tellement envie de lui, tellement envie qu'il ait envie de moi, et voilà que cela se produisait, qu'importaient les circonstances, l'essentiel était qu'il me désirait maintenant, une serviette, lança Yonni, je sortis de la salle de bains pour me retrouver plantée devant l'armoire sans pouvoir me rappeler ce que je cherchais, je passais vainement les étagères en revue, l'une après l'autre, comme pour leur faire mes adieux, nous avions monté l'armoire nous-mêmes, raison pour laquelle elle était de guingois, c'est vraiment ton seul souci en ce moment, persiflais-je quand Yonni me parlait de la démonter et de la remonter, toi aussi, tu aurais besoin qu'on te démonte et qu'on te remonte, répliquait-il, il surgit derrière moi, tout dégoulinant, qu'est-ce qui te prend, et ma serviette alors, il était furieux, excuse-moi, balbutiai-je, je ne la trouve pas, mais elle est juste devant toi, il me poussa sans ménagement et s'empara d'une serviette dont il avait apparemment oublié l'usage car il ne bougeait pas, tout ruisselant, le linge à la main.

Je l'examinai étagère après étagère, tel un placard, membre après membre, en commençant par le bas, ses grands pieds plats surmontés de chevilles incroyablement fines dont, le cœur serré, je venais de remarquer la fragilité, les jambes blêmes, hérissées de poils noirs, qui s'évasaient en remontant, les genoux rugueux et rougeâtres, les cuisses douces, les larges hanches, la toison pubienne, rare et sombre, entre les cuisses, les testicules avachis et le pénis rosâtre, légèrement asymétrique, puis la taille haute avec un petit ventre flasque, la poitrine pâle, les épaules légèrement tombantes prolongées par de larges bras hâlés, on aurait dit de superbes prothèses, plus abouties que les originaux, fixées au corps blanc par un habile collage, que je me plaisais à imaginer tenant notre bébé.

J'en étais parvenue au cou qui se ployait quand il commença à se sécher au ralenti, comme pour me donner le temps de me séparer de sa nudité — je le reverrai peut-être un jour mais pas nu —, puis il sortit de l'armoire un caleçon et un T-shirt blancs qu'il enfila prestement avant de se mettre au lit, me laissant immobile au milieu de la petite flaque qui s'était formée par terre, sans savoir quoi dire, tout volait en éclats et je ne savais comment recoller les morceaux.

Tu ferais mieux de terminer ta valise, dit-il en sortant le réveil du tiroir, on doit être à l'aéroport à sept heures demain matin, je pris distraitement diverses choses dans l'armoire que j'entassai dans la valise, sans oublier mes pots de crème et mon maquillage, le livre posé sur la table de chevet, des chaussures et des sandales, on sera rentré avant l'été, railla-t-il, tu devrais plutôt prendre tes bottes, je les fourrai donc à côté des sandales, que je ne me donnai pas la peine de retirer, au moment où le téléphone sonnait pour la deuxième fois, c'est peut-être Arieh qui a changé d'avis, pensai-je, je souhaitais presque que ce soit lui, mieux valait qu'il se ravise maintenant, quand il était encore temps de sauver la mise, mais c'étaient mes parents, alors, que penses-tu de la surprise ? clama joyeusement ma mère à l'autre bout du fil. Merci beaucoup, maman, mais ce n'est rien en comparaison de celle que je vous réserve, elle s'esclaffa avant de questionner, soupçonneuse, de quoi parles-tu ? Rien, j'espère seulement pouvoir vous le rendre un jour, ne dis pas de bêtises, nous sommes heureux de vous aider, ton père se joint à moi pour vous souhaiter un bon voyage, on vous fait de grosses bises à tous les deux. Je rentrai dans la chambre sur la pointe des pieds en priant pour qu'il soit endormi, mais, couché sur le côté, éclairé par un faible halo de lumière, il lisait son guide, ses boucles humides luisant sur sa tête, je suis désolé si je t'ai blessée, tout à l'heure, il avait des yeux de miel, c'était vraiment idiot de ma part, je le rassurai, ne dis pas de bêtises, Yonni, c'est déjà oublié, et me glissai dans les draps, de l'autre côté du lit. Je sentis ses mains sur mon dos, moitié caresse moitié massage, par mesure de sécurité, c'était exaspérant, c'était mon dos, après tout, pas le sien, alors de quel droit me pelotait-il, c'est mon dos, affirmai-je en prenant une voix de petite fille, il se serra contre moi, qu'est-ce que tu as dit ? Je suis fatiguée, mon raton, eh bien, dors, ma taupinette, demain, tu cingleras de l'autre côté du fleuve.

C'était moi qui avais inventé ces idioties tirées du *Vent dans les saules*, j'avais commencé avec mes copines à l'armée et il s'y était mis à son tour, que va-t-il se passer, mon raton, j'ai peur, tout ira bien, ma taupinette, ne t'inquiète pas, à partir de demain, tout ira bien, il ne cessait de me pétrir le dos, c'était si incongru au milieu de nos enfantillages que l'on aurait dit le son de Pinocchio plaqué sur un film porno, je me fermai comme une huître mais il s'acharnait, posant une main sur mon sein et insinuant l'autre entre mes jambes avec une détermination inhabituelle, intempestive et irritante, il croyait sans doute que mon invite était toujours d'actualité, ce qu'elle n'était plus, mais alors plus du tout. Qu'est-ce que ça peut faire, me dis-je au moment où je m'apprêtais à l'écarter rudement, c'est la dernière fois, je me retournai, ouvris largement les jambes et l'enfonçai en moi, c'était doux et lisse comme du caoutchouc, on aurait dit qu'il portait un préservatif, j'empoignai ses fesses en ressassant, c'est la dernière fois, c'est la dernière fois, c'est bon, tu en veux encore ? Je gardai le silence, réponds-moi, ma taupinette, c'était prodigieusement déplacé alors qu'on était en train de faire l'amour, oui, oui, criai-je, les larmes aux yeux en griffant rageusement son large postérieur, il gémit et déchargea avec un jappement triste de chacal, puis, se serrant tendrement contre moi, éperdu de reconnaissance, il posa sa tête entre mes seins.

Je lui caressai les cheveux en attendant qu'il s'endorme, ce qui était le processus habituel, mais il devait être d'humeur loquace, j'adore te sentir tout près de moi comme ça, chuchota-t-il, moi aussi, que pouvais-je dire d'autre, je suis tellement excité que je peux pas dormir, murmura-t-il, j'ai l'impression que c'est demain que nous allons nous marier pour de vrai. Moi aussi. Depuis qu'on est ensemble, tu as été comme ça avec quelqu'un d'autre ? ajouta-t-il un peu plus tard. Je me sentis submergée d'émotion, c'est l'occasion de tout lui avouer, de repartir de zéro, pourquoi faut-il constamment que je le protège et que je me protège aussi, me dis-je, mais j'en étais incapable, non, pourquoi me poses-tu cette question maintenant, soufflai-je, j'ai l'impression que tu gardes beaucoup de choses pour toi, dit-il en me caressant les cheveux, calme-toi, Ya'ari, je n'ai jamais pensé que tu m'appartenais, ce genre de chose, je voulais juste savoir, c'est tout, il n'y a rien à savoir, bon, on dort maintenant, mon raton, il se retourna pour éteindre la lumière, bonne nuit, ma taupinette.

J'étais certaine de ne plus jamais entendre cette voix prononcer ces mots, étendue dans le noir, je tentai de me détendre, de me persuader qu'il n'était pas trop tard, je pouvais rester douillettement dans mon lit, partir le lendemain matin pour l'aéroport et faire un bébé à la face de mouton, je me perdis dans les calculs, pour ou contre, pertes et profits, jusqu'à ce que je sente ma tête prête à exploser. Si je parvenais à m'endormir, c'était le signe que je devais rester, décidai-je, sinon, c'était le signe que je devais partir, et tandis que je m'évertuais à penser à des choses agréables qui m'aideraient à m'assoupir, je sentis de violentes ruades dans le ventre, on aurait dit qu'un cheval sauvage y avait élu domicile, c'était de plus en plus douloureux, comme si un troupeau entier se déchaînait dans mes entrailles, il en naissait un toutes les minutes, tels les chevaux qui tournaient autour des palais célestes, les chevaux de l'obscurité, les chevaux de l'ombre de la mort, les chevaux de sang, de fer et de brume qui mangeaient dans des mangeoires ardentes. Impossible de rester au lit plus longtemps, je me levai sans bruit et allai à la salle de bains où je m'aspergeai rapidement le visage à l'eau froide avant de revenir dans la chambre vérifier s'il dormait toujours, sa respiration était calme et régulière, penchée sur lui, je l'observai comme une mère regarde dormir son bébé malade, ensuite, je traînai silencieusement ma valise dans le salon, m'habillai en prélevant des vêtements au petit bonheur dans l'obscurité, et, au moment de sortir, je cherchai une feuille de papier et un stylo pour y griffonner, j'aurais tant voulu partir avec toi en voyage de noces.

CHAPITRE 9

La nuit n'était pas telle que je l'avais imaginée du fond de mon lit, elle était moins noire, moins amère, la fin de l'hiver se faisait déjà sentir, où serai-je au printemps, l'été prochain, toujours à remorquer cette valise bourrée de soutiens-gorge, de jarretières, de collants et de culottes sur cet horrible trajet ? Quelques taxis stoppèrent à ma hauteur mais je préférai marcher, j'étais en nage malgré le froid, je n'avais pas la moindre envie de parler, il m'importait seulement d'avancer, de dépasser les boutiques, les feux et les panneaux de signalisation, dans une sorte de parade triomphale où je saluais gravement l'attroupement venu m'acclamer, je me retournais fréquemment pour vérifier que personne ne me suivait, reviens, ma taupinette, reviens, croyais-je l'entendre chuchoter. Pourquoi chuchotait-il s'il voulait que je l'entende, pourquoi ne criait-il pas, sa voix devenait de moins en moins audible, si bien que je dus m'arrêter et me pencher pour mieux saisir, on aurait dit qu'elle provenait des profondeurs de la terre, comme les murmures des rescapés d'une avalanche qui rendent l'âme avant que les équipes de secours parviennent jusqu'à eux.

Je m'assis sur le trottoir, accablée de douleur, il n'était pas trop tard, je pouvais encore rentrer à la maison, il devait toujours dormir, je me déshabillerais en vitesse et me remettrais au lit comme si de rien n'était, Arieh avait probablement déjà oublié son invitation, je regardais autour de moi en quête d'un signe quand je me souvins de l'étoile en forme d'épée qui avait brillé au-dessus de Jérusalem l'année précédant la destruction du Temple, elle n'avait pas bougé, hiver comme été, visible même en plein jour, je bondis sur mes pieds comme si on me poussait brutalement en avant — impossible de rater l'occasion — et je finis par m'arrêter devant sa porte, l'oreille aux aguets, hors d'haleine. Les cris impérieux, suraigus, du bébé que je m'étais proposée de garder un jour s'échappaient de l'appartement d'en face, mais un profond silence régnait chez les Even, je frappai doucement, caressant presque la porte plus familière que le visage lourd et sévère qui apparut dans l'embrasure, il verrouilla hâtivement derrière moi et me guida vers la chambre à coucher, méconnaissable. L'équipement médical avait disparu, on avait rapproché les lits, recouverts d'une courtepointe fleurie et de gros coussins moelleux et encadrés de part et d'autre par une table de chevet où était posée une lampe ronde, de son côté, je remarquai un cendrier débordant de mégots et un verre encore plein, tandis que l'autre côté était vide, comme s'il attendait mes pots de crème. Comment s'y était-il pris, hier encore, la pièce ressemblait à une chambre d'hôpital et, aujourd'hui, elle était aussi impeccable et anonyme qu'une chambre d'hôtel, exactement comme celle que je me figurais à Istanbul, je réprimai un mouvement de colère, à quelle vitesse il avait effacé ses traces et à quelle vitesse il effacerait les miennes, je me livrai à un bref calcul, s'il l'avait fait disparaître en un jour, elle qui avait vécu trente ans avec lui, combien de temps lui faudrait-il pour me faire disparaître à mon tour si je vivais avec lui, disons, un an ? Comment as-tu fait ? Je n'ai rien fait de spécial, je me suis contenté de remettre les choses en place, je jetai un regard circulaire, mal à l'aise, je crois que je préférais le décor précédent, je posai ma valise par terre et m'assis dessus comme dans un aéroport, il la considéra d'un air moqueur, qu'est-ce que tu m'as apporté de beau ? Plein de surprises, dis-je avec un sourire contraint, je me sentais soudain confuse de l'avoir prise, on m'invitait pour une nuit et voilà que je débarquais avec un énorme bagage, comme Mary Poppins.

Voyons un peu, il me souleva pour ouvrir la valise d'où il retira mes dessous noirs qu'il examina attentivement, l'un après l'autre, pas mal, apprécia-t-il, hilare, c'était terriblement humiliant, je m'effondrai sur le lit, la tête entre les genoux, au bord des larmes, priant pour qu'une quinte de toux lui fasse ravaler son rire, il s'assit à côté de moi et passa un bras autour de mes épaules, ne le prends pas mal, je ne me moque pas de toi, je suis ravi, au contraire, et je te promets que tu ne sortiras pas d'ici avant de les avoir tous portés, sans exception, j'aime que tu me fasses rire, c'est une bonne action de consoler ceux qui sont en deuil, tu sais.

Tu ne m'as pas l'air particulièrement affligé, il se dégagea brusquement, je n'aime pas qu'on me dicte mes sentiments, je porterai le deuil à ma manière, quand je veux et comme je veux, c'est pour ça que j'ai quitté la *yeshiva* à quatorze ans, et ce n'est pas maintenant que je vais changer, tu entends ? Personne ne me dira quand être content et quand être triste, je suis content de voir tes porte-jarretelles et je suis content qu'elle ne souffre plus, lança-t-il d'une traite, je suis désolé du prix qu'elle a dû payer et je suis désolé du prix que tu dois payer toi aussi, qui a dit que l'amour est gratuit, quelle bêtise ! On paie toujours le prix fort par amour. Une fois terminé son discours qui, pour convaincant n'en était pas moins éculé, comme s'il l'avait ressassé en maintes occasions, il se leva, ôta son beau pantalon de deuil, il s'étendit sur son lit en slip et s'esclaffa de son rire désagréable, tu as l'air déçue, Ya'ara, tu es venue pour baiser, pas pour te faire sermonner, je me blottis contre lui, pas du tout, j'adore t'écouter. C'était vraiment très agréable de l'écouter me parler, c'était chaleureux et réconfortant, exactement comme je l'avais imaginé, ça en valait la peine, me dis-je triomphalement, ça en valait la peine, je ne me faisais pas d'illusions, je n'étais pas attirée par ses silences rebutants mais par ce que je devinais en filigrane, ses mots virils, excitants, chacune de ses paroles était excitante, le mouvement de sa langue dans sa bouche, la manière dont ses lèvres sombres se rejoignaient, la façon dont elles étreignaient sa cigarette, attention, recommanda-t-il en me l'offrant, ce n'est pas une cigarette ordinaire, j'y ai mis un peu de consolation.

Ça ne me fait aucun effet, dis-je, j'avais déjà fumé et j'avais toujours été frustrée de constater que je ne ressentais rien, mais cette fois, peut-être parce que ce n'était pas la même substance ou que j'avais changé, j'avais l'impression que mes forces décuplaient, je me sentais capable de lécher sa peau mate et parfumée de la tête aux pieds, et je m'y employai, il me semblait que j'allais rassembler les morceaux épars, comme s'il était une découverte archéologique rare dont j'avais retrouvé les pièces que je devais recoller avec ma salive, j'étais curieuse de découvrir ce qui allait en sortir mais je ne devais pas ouvrir les yeux avant d'avoir fini. Immobile, telle une statue, il fumait en silence, je l'entendais rire de loin en loin, petit à petit, je reconstituai ses jambes fines, son superbe pénis qui s'étira entre ses cuisses comme après un long somme, et je poursuivis plus haut, je n'avais presque plus de salive mais je persévérai, je ne voulais pas m'interrompre au milieu et le laisser sans la tête ni les épaules. Quand j'eus terminé, je contemplai mon œuvre avec orgueil, le résultat était remarquable, un homme entièrement recréé, harmonieusement proportionné, je me demandai si Dieu avait éprouvé les mêmes sentiments à la création d'Adam, c'était enivrant d'avoir quelque chose en commun avec Dieu, en même temps, ça me brûlait en bas, je lui pris la main, regarde comme c'est chaud, un vrai four, il eut un air faussement inquiet en commençant à me déshabiller, c'est dangereux, la température doit baisser, il prit un cube de glace qui flottait dans son verre, le mit dans sa bouche et l'introduisit tout doucement à l'intérieur, liquéfiée de plaisir, je le sentais se dissoudre en moi, j'exultai, j'ai enfin réussi à te faire fondre, mon amour, j'ai enfin réussi à te faire fondre. Il fouilla dans la valise où il préleva un body de dentelle dont il m'affubla comme s'il emmaillotait un bébé, il attacha mes cheveux à l'aide d'un collant de soie noire en guise d'élastique et m'embrassa la nuque et les seins emprisonnés dans la délicate guipure qui paraissait sur le point d'éclater, j'entendais toujours son rire silencieux, ce glapissement de renard, à moins que ce ne fût mon rire à moi au milieu des renards rôdant dans les ruines du Saint des Saints.

La fine dentelle pesait autant que des barres de fer, et le lit oscillait comme un bateau sur les vagues, ça tanguait ferme, un navire bourré de forçats. C'était curieux d'être prisonnier en pleine mer, là où régnait la plus grande liberté, moi, on ne m'emmenait pas au bagne mais à Istanbul pour me vendre au harem du sultan d'où je n'allais plus jamais sortir, il ferait de moi ce qu'il voudrait, pour l'éternité, je le vis allumer une cigarette à l'autre bout du lit, loin, très loin de moi, sa voix était enrouée, tu veux encore un peu de consolation ? Je répondis que oui et il me considéra gentiment avant de me demander avec détachement si j'étais triste, il aurait pu aussi bien me demander si j'avais de la monnaie sur moi, je m'approchai de lui et posai ma tête sur ses genoux, oui, je suis en deuil moi aussi.

Sans plus poser de question, il me tendit un joint à bout rouge, je l'ai chargé le plus possible, il me caressa les cheveux avant d'ajouter sur un ton d'excuse, je ne sais pas si ce lit peut contenir davantage de chagrin, et puis il se leva d'un bond, où vas-tu, demandai-je, paniquée, faire pipi, je constatai que nous parlions à voix basse pour ne pas réveiller quelqu'un, semblait-il, pourquoi est-ce qu'on chuchote ? Mais on ne chuchote pas, certainement pas toi, en tout cas, tu as poussé des cris qui ont dû plutôt surprendre les voisins, dit-il. C'est un peu gênant, non ? fis-je, confuse. En guise de réponse, j'entendis un jet d'urine mousseux et monotone, ne t'en fais pas, lâcha-t-il enfin, ils sont persuadés que je hurle en m'arrachant les cheveux. Il se recoucha à côté de moi, m'attira brutalement vers lui et me fit asseoir à califourchon sur son ventre, me soulevant et me rabaissant comme si j'étais une poupée de chiffons, en haut, en bas, de long en large, près ou loin, droite ou cambrée, c'était aussi douloureux que la première fois, entre les canettes de bière et les morceaux de charbon, mais cette fois, ça m'était égal, j'étais si heureuse d'abdiquer ma volonté, ma maîtrise de soi, je n'avais même pas à décider si je devais remuer mes fesses à gauche ou à droite, en bas ou en haut. Tu peux crier, maintenant, chérie, pour que tout le monde entende à quel point tu es accablée, j'obtempérai, parce qu'il me le demandait, j'aurais fait n'importe quoi, ce n'était pas tant une question de volonté qu'une évidence, il pouvait même m'appeler chérie, peu m'importait, brusquement, un torrent de douceur jaillit derrière mes gémissements, ma totale démission, on aurait dit que je sombrais dans un lit couvert de miel, ses mouvements en moi s'apaisèrent comme s'il me berçait, j'avais entre les jambes un petit bébé que je devais endormir, et je m'assoupis instantanément, telles ces femmes que j'enviais parce qu'elles étaient capables de s'assoupir à côté d'hommes qui ne leur avaient jamais promis de les aimer toujours, ce qui ne les empêchait pas de dormir sur leurs deux oreilles, j'avais vaguement l'impression que je venais de comprendre quelque chose que je devais noter pour ne pas l'oublier, mais je n'avais pas la force d'ouvrir les yeux et, au réveil, je ne me rappelais plus rien.

J'étais seule dans la vaste chambre, j'avais la migraine, je consultai aussitôt ma montre, affolée, il était neuf heures, l'heure d'atterrissage de l'avion qui transportait d'heureux couples à Istanbul, qu'as-tu fait, mais qu'as-tu fait, qu'as-tu fait, me répétai-je, je me précipitai sur le téléphone pour appeler la maison, je voulais seulement entendre sa voix, vérifier qu'il allait bien et raccrocher, mais il n'y eut pas de réponse, il était probablement parti seul en voyage de noces, c'était plutôt amusant de passer notre voyage chacun séparément, puis je me rappelai que ce n'était pas une plaisanterie, c'était pour de vrai, mais il n'y avait plus rien à faire, impossible d'appeler l'avion pour prier le pilote de faire un détour pour me prendre, trop tard, il n'y avait plus rien à faire. En sortant du lit, je remarquai que mon body était déchiré, mon corps portait les marques de ses doigts, j'avais mal partout comme après un cours de gymnastique intensif, je gagnai la salle de bains en clopinant, pris une douche brûlante qui me coupa le souffle, m'enduisis de crème et revêtis le déshabillé couleur chair, je ne voyais pas ce que je pouvais faire de plus. Je n'osai ouvrir les volets de peur de me faire voir, des sons étouffés me parvenaient de quelque part, de temps à autre, il me semblait reconnaître sa voix rauque et contenue au milieu d'autres voix, féminines pour la plupart. Pour mieux entendre, je m'approchai de la porte que je tentai d'entrebâiller discrètement et découvris qu'elle était verrouillée.

Je m'y adossai, écumante de rage et d'humiliation, pour qui se prenait-il, pour un sultan turc ou quoi ? Il m'enfermait dans sa chambre comme si j'étais un meuble, Dieu sait ce qui se passait dans les autres pièces, il avait peut-être bouclé dans chaque chambre une fille avec laquelle il fêtait son veuvage en ruisselant d'une sueur lubrique tandis que, dans le salon, les visiteurs essuyaient des larmes d'affliction. Moi qui ne fermais jamais la porte des toilettes, je me retrouvais séquestrée dans sa chambre, prisonnière de son bon vouloir, c'était le cas de le dire, il était bien capable de m'oublier, j'allais mourir de faim et de soif jusqu'au soir, je ne pouvais même pas ouvrir la bouche, personne ne devait se douter de ma présence qui profanait la mémoire et la couche de la défunte.

Faute de mieux, je retournai à la salle de bains boire au robinet et me rafraîchir le visage pour me calmer, puis je retournai m'étendre sur le lit en essayant de considérer les choses sous un angle différent, avait-il une autre possibilité, il ne pouvait évidemment pas m'enfermer de l'intérieur sans me réveiller, or il avait apparemment voulu me laisser dormir, et il ne pouvait pas non plus laisser la porte ouverte, supposons que la mère ou la fille entrent pour déposer leur manteau sur le lit ou se reposer un instant et tombent nez à nez avec moi, il devait sans doute attendre l'occasion de s'échapper pour me faire passer à boire et à manger en cachette, exactement comme moi autrefois, quand j'apportais en douce à la tante Tirtsa les reliefs de son ex-mari et de sa nouvelle épouse. En tendant l'oreille, j'avais la nette impression que, malheureusement, les va-et-vient s'intensifiaient, la porte d'entrée s'ouvrait et se refermait sans arrêt, il n'y avait aucune chance qu'il se libère dans l'immédiat, horrifiée, j'entendis des pas et vis la poignée de la porte s'abaisser et se soulever à plusieurs reprises avant qu'on abandonne de guerre lasse, j'étais rouge de honte et de peur à l'idée de me faire prendre, heureusement qu'il l'avait verrouillée, les invités trouvant les toilettes du couloir occupées allaient se rabattre sur celles-ci, j'aurais pourtant préféré avoir la clé en ma possession, j'aurais pu sortir et me mêler aux invités, n'étais-je pas la dernière à lui avoir parlé même si personne ne s'en doutait et que ça n'aurait pas dû se produire. J'aurais volontiers joué les hôtesses, j'aurais au moins préparé du café pour tout le monde, d'abord pour moi, j'aurais donné n'importe quoi pour en avoir une tasse maintenant, je tentai d'évaluer mes chances d'évasion, telle une vraie captive, je me trouvais au premier étage, je pourrais sauter par la fenêtre et sonner ensuite à la porte comme si de rien n'était. J'entrouvris donc la fenêtre pour vérifier s'il y avait des barreaux, c'était le cas, plutôt rapprochés d'ailleurs, et en forme de cœur, en plus, le comble du ridicule, je les contemplai, hébétée, tu t'es fait avoir, chérie, au lieu de petit déjeuner au Hilton d'Istanbul face au Bosphore et à la Corne d'Or, entre l'Europe et l'Asie, tu te retrouves derrière des barreaux en forme de cœur avec l'estomac dans les talons. Il me revint qu'il m'avait donné du chérie la nuit dernière, c'était dégoûtant, pour qui me prenait-il, il ne te prend pour rien du tout, me dis-je, il ne voit que ce que tu lui montres, on t'achètera au prix où tu te vendras, mais tu t'acharnes à payer le prix fort pour te vendre pour trois fois rien, gratuitement même, tu serais même prête à payer pour qu'on t'achète, je rappelai Yonni sans obtenir davantage de réponse, j'avais du mal à croire qu'il était parti sans moi, cher Yonni, si triste et pitoyable, mon petit orphelin, nous partageons le même sort à présent, Yonni orphelin de sa mère, moi de mon frère et Arieh de sa femme, nous formons une grande famille malheureuse.

Qui était le plus à plaindre, je songeai d'abord à Yonni, parti seul en lune de miel, le veuf affligé menait joyeuse vie tandis que le jeune marié était abandonné comme un chien, quoiqu'on puisse partir seul et revenir accompagné, notre tardive lune de miel pouvait très bien, pour Yonni, se transformer en lune de miel anticipée avec une nouvelle rencontre, c'était quasi inévitable d'après les règles non écrites de la vie amoureuse, finalement, la laissée-pour-compte, ce serait moi qui lâchais la proie pour l'ombre.

Je regardai autour de moi, paniquée, soumise à ces lois tel un rat dans le laboratoire obscur de mon père, comment m'en sortir, échapper à mon destin, comme si le destin était la balle de ce jeu d'enfants, comment s'appellait-il déjà, chat perché, je crois, si l'on est touché, on est éliminé, je consultai à nouveau ma montre pour deviner ce que fabriquait Yonni au même moment, elle marquait toujours neuf heures, ce qui me semblait improbable, le temps avait beau s'écouler lentement, il s'écoulait malgré tout, même si l'on ne faisait rien, ce qui était réconfortant en fin de compte, je compris qu'elle s'était arrêtée, ma montre était sensible aux sautes d'humeur, elle n'avait sans doute pas supporté les secousses de la nuit. Je me sentais complètement perdue maintenant que je n'avais plus la notion du temps, j'ignorais si je devais rêver du petit déjeuner ou du déjeuner, si l'heure où tout le monde se retirerait approchait ou non, n'était-ce pas l'usage de laisser souffler les endeuillés entre 14 et 16 heures, il se pouvait aussi que, une fois les visiteurs partis, la famille décide de se reposer ici plutôt que de retourner à l'hôtel, par égard pour la vieille mère aux frisettes bleues. Je me demandais si elle allait chez le coiffeur ou si elle se débrouillait toute seule de ses mains délicates, je me souvins alors du corps menu de Joséphine, avec quelle légèreté il avait glissé dans la tombe, on aurait presque dit qu'elle agitait joyeusement la main, comment était-elle quand elle était enfant, sa mère était probablement en train de raconter à qui voulait l'entendre quelle petite fille douée et accomplie elle avait été, elle jouait du piano, récitait avec sentiment Baudelaire, Molière, etc., tout ce qui s'échappait de ses lèvres vermeilles avait une exquise douceur, elle était morte comme une fleur, elle s'était flétrie, fanée, elle avait perdu ses feuilles, et à la poubelle. Les fleurs qui se fanent me démoralisent, avec leurs têtes rabougries qui s'inclinent dans le vase d'où s'échappent des effluves nauséabonds d'eau croupie, ça donne une désagréable impression de laisser-aller, mieux vaut un vase vide qu'un vase contenant un bouquet fané. Je suppliais Yonni de m'épargner ça quand il m'offrait un bouquet de fleurs, leur beauté n'égalait pas leur laideur, elles se faneraient en une semaine au maximum, et une autre semaine passerait avant que je ne me souvienne de les jeter, je ne comprendrais pas d'où venait cette puanteur et pourquoi la maison avait l'air si négligée et déprimante, le temps que je gagne la poubelle, les feuilles mortes joncheraient le sol, elles envahiraient tout et je mettrais un temps fou avant de surmonter le traumatisme de la mort des fleurs.

Je me dis que la meilleure façon de passer le temps était d'écouter leurs conversations, pas forcément à propos d'elle, il faut dire qu'elle m'intéressait beaucoup moins maintenant, j'étais du côté du marié, pas de la mariée, pourquoi le cacher, quelque chose dans son agonie m'avait remuée, mais, une fois morte, elle n'était plus qu'une femme plutôt morne ayant vécu quelques années avant de disparaître en laissant une chambre anonyme munie de barreaux en forme de cœur, il semblait que sa fin avait été plus impressionnante que sa vie, c'était l'occasion de faire preuve de noblesse d'âme, et, sachant que c'était sa dernière chance, elle n'avait pas manqué de la saisir, à juste titre d'ailleurs, mais Dieu sait que je n'avais rien à voir là-dedans, et puis je n'avais pas à être plus royaliste que le roi, je veux parler du mari. Je pris une chaise posée dans un coin et me collai contre la porte, au début je n'entendis que des murmures qui devinrent progressivement de plus en plus nets, quelqu'un, une femme, arriva sur ces entrefaites et fut chaleureusement accueillie, elle parlait fort, d'une voix qui, à mon grand soulagement, n'était plus toute jeune, je l'entendis distinctement déclarer qu'elle revenait de chez le vétérinaire, et je ne vous dis pas ce qui m'est arrivé. Quelqu'un s'inquiéta de savoir si son chien était souffrant, ne m'en parlez pas, dit-elle, je voulais le faire castrer car il devenait impossible et je n'avais pas le courage de m'en occuper, tout le monde me disait de le castrer, que c'était pour son bien, et alors qu'il était couché sur la table d'opération, dûment endormi, voilà le vétérinaire qui me lance, vous êtes aveugle ou quoi, ce n'est pas un chien, c'est une chienne, j'ai été aussi choquée que s'il m'avait dit ça à propos de mon mari, j'étais absolument certaine que c'était un mâle, qu'est-ce qu'on fait, je lui demande, pratiquement parlant, il n'y a aucune différence, répond-il, c'est même plus important de faire stériliser une chienne parce que c'est encore plus embêtant quand elles sont en chaleur, bon, alors, allez-y, que je lui dis, je suis allée patienter dans la salle d'attente, quelques minutes plus tard il revient et me montre son utérus, figurez-vous qu'elle portait quatre minuscules fœtus tout ronds, on aurait dit des noix, je me suis mise à hurler qu'il lui remette tout ça dans le ventre, espèce d'assassin, mais puisqu'on était d'accord pour la stériliser, il ne lui était pas venu à l'idée de vérifier, et, maintenant, ils sont à la poubelle, l'utérus et les chiots, votre chienne va s'en remettre, elle ne saura jamais rien, m'a-t-il affirmé, mais, moi, si, et ça me rend dingue.

Elle se mit à pleurer, il faut dire que j'étais si secouée que j'en égratignais presque la porte, et tous de la consoler, on aurait dit que c'était elle qui était en deuil, plus personne ne pensait à Joséphine. Tâche d'oublier, conseilla quelqu'un, peut-être même était-ce Arieh, fais comme si c'était encore un mâle, pas une femelle, ce qui n'est d'ailleurs pas faux maintenant qu'on lui a l'enlevé l'utérus, est-ce qu'un mâle met bas, ce n'est donc pas si dramatique. C'est génial, c'est comme ça que tu te consoles toi aussi ? Je ne saisis pas sa réponse, veux-tu du café, Tami, proposa une voix juvénile, qui donc pouvait faire le service avec autant de naturel que sa nièce, la fille au fume-cigarette, ou une autre de ses petites amies qui circulait librement dans sa vie, pensai-je, horripilée. Je perçus le tintement des petites cuillères dans les tasses, Tami avait dû se calmer car je ne l'entendais plus, vous ne pouvez pas imaginer le choc que j'ai eu, reprit-elle au bout de quelques minutes, c'était comme si on m'avait dit que mon mari était une femme. Brusquement, tout s'obscurcit, la vaste pièce vide chavira, et en tentant de regagner le lit, je butai sur ma valise et faillis tomber, bouleversée, je m'écroulai sur elle comme si c'était Yonni, un souvenir de ma vie antérieure, quand j'étais une femme indépendante et libre de mes mouvements, j'y fourrageai amoureusement, respirant l'odeur de la maison, le parfum suave de la liberté, et retirai du fatras de mes affriolants dessous un objet dur que j'y avais glissé sans prendre garde, le précieux livre que mon directeur de recherche m'avait prêté de sa bibliothèque personnelle, les légendes de la destruction du Temple.

Je le serrai fiévreusement contre moi puis entrepris de le feuilleter, retrouvant joyeusement tous mes amis, un peu comme si j'avais déniché une vieille photo de classe dans une maison inconnue, la femme soupçonnée d'adultère buvant jusqu'à la lie la coupe que, éploré, son fils, le Grand Prêtre, lui présentait, non parce qu'elle était certaine de son innocence mais parce que, au contraire, elle se savait coupable, je croisai la fille du prêtre dont on égorgeait le père et qui, ne pouvant retenir ses cris, connaissait le même sort, son sang se mêlant au sang paternel, une famille entière périssait ainsi sous mes yeux, je reconnus Martha, la fille de Boëthos, et les autres filles de Sion, jeunes femmes délicates qui n'avaient jamais mis les pieds au marché, fouillant le fumier à la recherche de nourriture avant de se pâmer au pied des colonnes qu'elles étreignaient tandis que leurs bébés rampaient sur elles, chacun essayant vainement de téter sa mère avant de trépasser à son tour dans son giron, j'imaginai la voisine sans vie devant sa porte et son fils crapahutant à ses côtés avec son petit visage émacié et blême. Là-haut, plane l'ombre de Jérémie qui, ayant quitté Anathoth pour Jérusalem, se lamente sur les corps déchiquetés qu'il découvre en chemin, il aperçoit une femme échevelée, tout de noir vêtue, hurlant, qui me consolera, qui nous consolera, hurle-t-il en écho, exactement comme nous, la nuit dernière, quand nous avions crié ces mêmes mots, lui à mon oreille et moi à la sienne. Mais j'étais encore plus ravie de revoir la femme du charpentier, celle qui avait épousé l'apprenti, je lus et relus la légende, tâchant de déchiffrer entre les lignes ce qu'elle avait dû éprouver lorsque les larmes de son premier mari coulaient dans son verre pendant qu'il les servait à table, c'est là que la sentence avait été prononcée. Je posai le livre ouvert contre moi pour sentir son étreinte de papier, nous recouvris tous deux de la couverture et essayai de dormir pour passer le temps, comme à Yom Kippour, je dus m'assoupir car le grincement de la clé dans la serrure me réveilla en sursaut, je me redressai d'un bond de crainte qu'il ne reparte, me croyant toujours endormie, et, un doigt sur ses lèvres pour m'intimer silence, le regard farouche, il s'assit au bord du lit. Je jetai un coup d'œil furtif pour voir s'il m'avait apporté à manger mais il était arrivé les mains vides, je sentis leur contact froid sur mes seins, il me fixait intensément, le visage déformé par la concentration, si proche que je ne distinguai plus ses traits, il me dépouilla hâtivement de ma nuisette, me tripota rudement un peu partout et il plaqua ma main sur la braguette de son pantalon noir en murmurant, combien en veux-tu, chérie, beaucoup, répondis-je, prouve-le-moi, dit-il, sans que je comprenne ce qu'il avait à l'esprit, comment pouvait-on démontrer ce genre de choses, mais désireuse de lui faire plaisir, je m'appliquai à pétrir son pantalon en cadence, il se releva, je ne suis pas convaincu. Mais que faut-il que je fasse, j'étais au bord des larmes, je n'en sais rien, c'est à toi de voir. C'est toi que je veux, dis-je, telle une excellente élève, il se dirigea vers la porte, alors trouve les bons arguments, tu auras encore une chance cette nuit, je me ruai sur lui sans prendre le temps de me rhabiller, tu ne peux pas me laisser comme ça, je veux sortir d'ici, impossible, tout le monde est là, à côté. Apporte-moi au moins quelque chose à manger, si tu me montres d'abord combien tu en veux, exigea-t-il, folle de rage, je m'agenouillai par terre et, me jetant sur lui telle une bête affamée, je me mis à mordre, griffer et avaler tout ce qui me tombait sous la main, au point de ne plus distinguer entre lui et moi, devant et derrière, je l'attirai à moi, viens vite, je n'en peux plus, mais il se contenta de remonter son pantalon avec son rire de renard, ça te va bien d'avoir faim, ça te rend agressive, je lui tournai le dos pour ne plus le voir, et il s'esclaffa de plus belle, tu l'auras ce soir, chérie, là, comme tu es, par terre, tu m'as pleinement convaincu.

Je l'entendis sortir en verrouillant la porte, je n'avais pas la force de me relever, j'étais malade de désir et pleinement convaincue moi aussi, semblait-il, je ressentais son absence aussi intensément que sa présence, et puis je commençai à avoir peur de lui, de ses jeux étranges, à quoi rimaient-ils, et si j'étais tombée sur un malade, j'étais à sa merci, séquestrée dans sa chambre, que savais-je de lui au fond, mais je ne serais pas partie même si j'avais eu la clé, pas encore, pas avant le soir.

Je retournai pesamment au lit, tremblante d'excitation anticipée en prévision de la nuit qui m'attendait, quand il revint avec un plateau rond en équilibre sur une main, tel un serveur professionnel, où étaient disposés une grande tasse de café, un verre de jus de fruit, deux sandwiches, une salade de crudités découpées en dés et une coupe de fruits. Comment s'y était-il pris pour le préparer en deux temps, trois mouvements, il avait dû tout prévoir à l'avance afin de s'amuser un peu à mes dépens, qui croyait-il abuser avec ces jeux idiots, on dirait bien que c'est toi, chérie, admets-le. *Room service*, annonça-t-il en posant le plateau sur le lit, son expression avait complètement changé, il paraissait calme et détendu à présent, on aurait dit une bonne pâte d'oncle. Je me jetai sur le café et le reste, réjouie à la seule vue de ce plateau, une véritable œuvre d'art, il s'empara d'un bout de carotte qu'il se mit à mâcher d'un air morose, sommes-nous seuls ? Pas exactement, ma belle-mère dort dans l'autre pièce. Quelle heure est-il ? Trois heures, je me rappelai que c'était le pire moment à Yom Kippour, l'heure où la faim rendait fou, une fois ce cap franchi, on avait l'impression de pouvoir jeûner éternellement, quand je redemandai du café, il revint aussitôt avec un thermos d'un beau rouge brillant qu'il plaça sur le plateau, au début, j'apportais du café à Joséphine dans ce thermos, plus après, ça lui donnait mal au cœur. Je fixai la bouteille en songeant que cette remarque était vaine, quel manque de tact, qu'est-ce que cette histoire de thermos pouvait bien me faire, il se tut, comme si c'était le bon moment de broyer du noir, je pensais encore qu'elle guérirait, reprit-il, comment as-tu pu le croire ? m'étonnai-je, la bouche pleine. On ne trouvait rien, on pensait que c'était psychosomatique, elle avait mal aux cheveux, tu te rends compte, as-tu déjà entendu parler d'une maladie où l'on souffre des cheveux ? Jamais, dis-je en cessant de mastiquer par déférence, il rit douloureusement, elle avait de superbes cheveux blonds, même en vieillissant, elle n'avait pas un seul cheveu blanc, tout le monde pensait qu'elle se les teignait, et, finalement, c'est là qu'elle souffrait, c'était l'enfer. Elle pleurait quand elle se coiffait, j'étais sûr que c'était dans sa tête et que mon amour pourrait la guérir, tu ne peux pas savoir comme c'est dur de s'apercevoir qu'il y a des souffrances que l'amour est impuissant à vaincre. Elle avait toujours pensé que je ne l'aimais pas assez, et on se berçait de l'illusion que tout s'arrangerait si je lui donnais assez d'amour, et voilà que cet amour ne valait rien, zéro, un simple cachet d'aspirine lui faisait dix fois plus d'effet. Il avait un air de dignité offensée, tel Caïn furieux de se voir éconduit, nous contemplions le thermos comme si c'était la réincarnation de Joséphine, je comprends maintenant que c'était la douleur de la séparation, murmura-t-il, ses cheveux avaient pressenti qu'ils n'étaient plus d'aucune utilité, qu'ils ne pareraient plus jamais son cher visage. Je fourrageai nerveusement les miens, ça pouvait être contagieux, il soupira en me lançant un regard sévère, comme s'il attendait que je tire la morale de l'histoire avant qu'il ne soit trop tard, j'aimerais bien quelque chose de sucré, je lui adressai un sourire d'excuse. Je n'en avais pas réellement envie, c'était pour changer de sujet, oui, tu n'as pas idée des montagnes de chocolat qu'on a trouvées en vidant son vestiaire à l'hôpital. Il sortit sans verrouiller la porte et revint avec deux ou trois boîtes, il faut que j'aille remettre un peu d'ordre, l'offensive ne va pas tarder à reprendre. Puis-je t'aider ? À ta place, je m'abstiendrais, dit-il, et pourquoi pas, je pourrais passer pour une de tes amies, tu as le droit d'en avoir, non, écoute, mieux vaut pas, j'ai comme l'impression que tes parents vont venir aujourd'hui. Je faillis tomber à la renverse, comment n'y avais-je pas pensé plus tôt, ma mère n'allait pas rater l'occasion, c'était d'ailleurs surprenant qu'elle n'ait pas débarqué ce matin à la première heure, elle n'avait sans doute pas voulu montrer trop de zèle, j'étais tellement terrorisée de me faire pincer que je me cachai derechef sous la couverture en repoussant le plateau, tu devrais dormir un peu en prévision de cette nuit, elle risque d'être agitée. Pourquoi elle risque, ce n'est pas sûr ? Il pouffa, ça ne dépend que de toi. Va te faire foutre, je ne te demande pas l'aumône, j'en avais plus qu'assez de son arrogance macho. Il se retourna et m'arracha la couverture, tu n'as pas intérêt à me raconter des craques, tu entends, sa voix était hargneuse, bien sûr que tu n'as pas envie que j'aille me faire foutre et c'est évident que tu me demandes l'aumône, alors ne parle pas pour ne rien dire si tu ne veux pas que je te laisse en plan, qu'est-ce qui te prend, ce que tu peux être susceptible, balbutiai-je en essayant de récupérer la couverture, il lâcha prise, je déteste qu'on parle pour ne rien dire.

Parce que ça ne t'arrive jamais à toi, peut-être ? Mets-moi à l'épreuve, tu verras bien, répondit-il avec la mine dépitée d'un boucher ayant reçu une livraison de bas morceaux, je rabattis la couverture sur ma tête dans l'espoir qu'il allait faire la paix mais je l'entendis sortir et donner un rapide tour de clé dans la serrure, il me faisait peur avec ses sautes d'humeur imprévisibles, sa violence contenue, ses crises d'amour-propre terrifiantes autant que puériles, j'avais l'intuition que je ne sortirais pas indemne de cette chambre, si j'en sortais jamais. J'étais tellement tendue que, incapable de dormir, je restai immobile, les yeux rivés sur les boîtes de chocolat, elle aussi avait dû rester éveillée des heures dans son lit à contempler les mêmes boîtes, j'essayai de distinguer les voix, décidant, si je reconnaissais mes parents, de crier pour qu'ils viennent me délivrer, mais seuls le cliquetis de la vaisselle dans l'évier, le bruit de l'eau et des quintes de toux grasses et séniles troublaient le silence. J'appelai Yonni une nouvelle fois, écoutant la sonnerie du téléphone vagabonder dans le petit appartement jaune, abandonnant le salon pour se glisser dans la minuscule chambre à coucher avec l'armoire de guingois en passant par la cuisine, il devait y faire noir à cette heure, les arbres massifs interceptaient les derniers rayons du soleil, les fidèles radiateurs rayonnaient doucement, avec constance, et peut-être une lettre m'attendait-elle sur la table de l'entrée, la lettre la plus triste qu'on puisse imaginer, quant à moi, il était inutile d'essayer, que faire, que pouvais-je faire de cette vie d'où l'on ne peut sortir indemne, comme d'une maladie, on absorbe un médicament pour se débarrasser d'un problème et l'on s'en crée un autre. On prend un remède contre la migraine et on se retrouve avec un ulcère, on prend un remède contre l'ulcère et on se retrouve avec des brûlures d'estomac, on prend un remède contre les brûlures d'estomac et on se retrouve avec des nausées, on prend quelque chose contre les nausées et on se retrouve avec la migraine, et quand la dernière maladie finit par s'insinuer, elle trouve la porte grande ouverte, comme la Porte Dorée de la lointaine Istanbul, il ne lui reste plus qu'à régler les derniers détails et à terminer l'histoire. Comme tu t'ennuyais avec Yonni, tu es allée avec Arieh, avec Arieh, tu ne t'ennuies vraiment pas mais il ne te laisse pas respirer, alors cherche quelqu'un qui ne t'ennuie pas et qui te laisse respirer, mais, si jamais tu le trouves et qu'il préfère les garçons ou les petites filles, tu auras toutes les peines du monde à t'en dépatouiller.

Je me demandais comment faisaient les autres, pas tous mais la grande majorité, du fond de ce lit, ça me semblait totalement impossible, voire contraire aux lois de la nature, comment se débrouillaient-ils pour rester ensemble et avoir des enfants, en parlant d'enfants, j'entendis soudain des pleurs véhéments, le bébé de la voisine d'en face s'était probablement réveillé, et si Yonni n'était pas à Istanbul mais ici, tout près, de l'autre côté de la cloison, avec cet agnelet et sa maman, nous passerions notre lune de miel pratiquement au même endroit, et si les murs étaient transparents, nous pourrions nous voir, chacun dans sa double vie, et même nous faire un signe amical de la main. Dommage que ce soit impossible, j'aurais adoré vivre plusieurs vies parallèles sans que l'une se passe au détriment de l'autre, voilà la solution, prendre un médicament pour la migraine qui n'entraîne pas d'ulcère et prendre un médicament contre l'ulcère qui n'entraîne pas de migraine, j'étais enthousiasmée par ce nouvel Évangile, cette rédemption totale, et songeai à la manière de le répandre quand je sortirais d'ici, au lieu de se réincarner après la mort, il serait possible de vivre plusieurs vies dans une seule, j'étais si contente d'avoir trouvé cette solution que je m'endormis instantanément.

Des braillements me réveillèrent en sursaut, oh, encore ce maudit bébé, pensai-je, les sanglots paraissaient singulièrement proches, c'est en cherchant vainement Arieh à mes côtés que je compris que c'était moi, j'avais la figure humide, de la salive plein la bouche et le nez qui coulait, bref, tout mon corps était en larmes. La chambre était plongée dans l'obscurité, aucune clarté ne filtrait à travers les volets, seul un mince rai pâle se profilait sous la porte. La sonnette de la porte d'entrée retentit, on avait dû oublier qu'on ne doit pas sonner durant la semaine de deuil, et j'entendis les exclamations de joie ponctuant les retrouvailles, comme j'enviais les gens assis là-bas, ces fils de la lumière qui ne laissaient pas les soucis ou les frustrations leur empoisonner la vie, le problème chez toi c'est que tu confonds la vie tout court et la vie amoureuse, pourtant un monde les sépare. Tu te figures que c'est la même chose mais l'amour n'est qu'une composante de la vie, pas l'essentiel, la pochette qui orne le costume de la vie, en quelque sorte, et ça, ceux qui se trouvent dans le salon le savent bien, eux. Voilà pourquoi ils sont en train de siroter du café en dégustant des gâteaux pendant que tu es bouclée ici dans le noir, comme une recluse entre les murs de sa prison ou une forcenée dans un asile, en plus on t'a isolée comme si tu étais contagieuse, et la seule personne qu'on a autorisée à s'occuper de toi est si atteinte elle-même qu'elle ne risque visiblement rien en ta présence, mais sache que l'inverse n'est pas garanti, chérie. Le timbre de mon père s'éleva soudain au milieu de la cacophonie et, pour dissiper le doute, j'entendis quelqu'un lancer, ah, ce Korman, toujours sur son petit nuage, c'était dit avec affection, sans les sarcasmes habituels de ma mère, laquelle ne bronchait apparemment pas, je bondis sur mes pieds et collai l'oreille contre la porte, buvant avidement cette voix agréable, jeune et pure, il avait une voix pure, je venais enfin de trouver le terme exact après des années de recherches infructueuses. On aurait dit l'eau d'un ruisseau où flottaient de frêles esquifs de bois, un ruisseau de poupée, si pareille chose existait. Je m'étais longuement interrogée pour savoir dans quelle mesure je pouvais lui faire confiance, si quelqu'un paraît vieux mais a une voix jeune, doit-on se fier à l'apparence ou à la voix, s'il a l'air malade en donnant l'impression d'être en bonne santé, s'il a l'air triste en donnant l'impression d'être heureux, s'il a l'air hostile en donnant l'impression d'être tendre, comment savoir ? Pendant des années, je me suis demandée si ce vieil homme mélancolique à la voix fraîche et enjouée était triste ou heureux, vieux ou jeune, s'il me fallait m'apitoyer sur son sort ou l'envier, à force de me poser des questions, je n'étais jamais parvenue à l'aimer, et voilà qu'aujourd'hui, dans cette pénombre où j'étais détenue, je débordais d'amour, j'aurais voulu qu'il vienne s'asseoir au bord de mon lit, comme lorsque j'étais malade, inquiet et gêné, pour me lire une histoire, un conte, même si je le connaissais par cœur, le récit d'un homme qui convoitait la femme de son maître, un charpentier dont il était l'apprenti. Un beau jour, son maître eut besoin d'argent. Il lui dit : je veux bien te prêter cette somme à condition que tu m'envoies ta femme. Le maître y consentit et son épouse demeura trois jours chez l'apprenti. Le maître vint la chercher : où est ma femme ? demanda-t-il. Je l'ai renvoyée sur-le-champ, répondit l'apprenti, mais j'ai appris que des jeunes gens ont abusé d'elle en chemin. Que vais-je faire ? demanda le charpentier. Si tu veux mon avis, tu devrais divorcer, dit l'apprenti. Mais la somme stipulée dans le contrat de mariage en cas de divorce est trop élevée. Je te la prêterai si tu lui accordes le divorce. Le charpentier divorça donc de sa femme et l'apprenti l'épousa. Quand sa dette arriva à l'échéance et qu'il ne put l'acquitter, l'apprenti lui dit : viens travailler chez moi pour payer ta dette. Ils mangeaient et buvaient pendant qu'il les servait Les larmes qu'il versait coulaient au fond de leurs verres — et c'est alors que fut rendue la sentence. Se pouvait-il que sa voix pure renverse le nœud de l'histoire et que le dénouement se mue en paroles de réconfort et de réconciliation ?

Je reconnus aussi la voix stridente de la femme de ce matin, la dame au chien, ou à la chienne, plus exactement, elle devait être une amie intime de la famille pour se déranger deux fois par jour, à moins qu'elle ne s'ennuie chez elle maintenant que sa chienne se remettait après son opération, Istanbul ! s'écria-t-elle enthousiasmée, c'est fantastique ! Je croyais qu'elle emmenait son chien en convalescence à Istanbul avant de comprendre que mon père leur parlait avec fierté de sa fille unique, cette brillante enfant qui était partie à Istanbul avec son mari, j'avais si honte que je faillis me taper la tête contre la porte, seule la peur du bruit me retint, je fis des vœux pour qu'il ne précise pas qu'il s'agissait d'une lune de miel tardive et pour qu'Arieh n'écoute pas, peut-être était-il dans la cuisine, mais non, il était bien là, dissertant sur Istanbul d'une voix sonore comme si son discours m'était adressé. J'ai bourlingué un peu partout dans le monde, et, s'il y a une ville où je retournerais volontiers, c'est bien Istanbul, non, Prague est trop parfaite, dit-il en réponse à mon père qui évoquait Prague, si parfaite qu'elle finit par devenir ennuyeuse, Istanbul a tous les vices, elle est bourrée de contradictions, elle a quelque chose de terriblement attirant et repoussant à la fois, c'est une ville chaude et cruelle, je ne sais pas si c'est le lieu rêvé pour un jeune couple en voyage de noces mais, pour un vieux briscard comme moi qui sait ce qu'il veut, certainement. Cette définition lui allait comme un gant, vicieux et bourré de contradictions, disons qu'il était mon Istanbul tandis que Yonni était Prague, c'était comme si j'avais fait le voyage, en un sens, du coup, je me sentis mieux, ma présence chez lui avait l'air moins absurde, moins terrifiante, c'était un ami de mon père, après tout, il ne pouvait pas me faire du mal, oui, mais sans tes parents, chérie, objectai-je aussitôt, on ne peut pas emmener ses parents partout, leur première visite au camp d'instruction me revint en mémoire, ils s'étaient mêlés à la foule qui se pressait aux portes de la base avec leurs paniers remplis de récipients, comme tout le monde, pourtant ils avaient l'air d'être à part, perdus et ulcérés. Je les attendais avec impatience, tout émue, en compagnie de mes nouvelles camarades, dans mon nouvel uniforme, et quand je les découvris — ils ne m'avaient pas encore vue — tâtonnant comme des aveugles, pâles et déboussolés, tels des poissons palpitant sur la grève, ma première impulsion fut de prendre mes jambes à mon cou. Je n'avais pas la force de supporter la tristesse qui sourdait de leurs paniers, le poison contenu dans les boîtes, voilà sur qui tu comptais pour te sortir de ce sinistre endroit, pensai-je ironiquement, je me mis à marcher à reculons sans les quitter des yeux, comme hypnotisée, redoutant de tourner les talons de peur qu'ils ne me tirent dans le dos, ils avançaient et je reculais jusqu'à ce que, m'ayant aperçue, ils agitent la main. Nous nous étions installés dans un coin avec les paniers, ma mère avait étalé une nappe sur la pelouse nouvellement plantée, c'était le début de l'hiver, la nappe ressemblait à une alèse pour bébé, elle y disposa des assiettes en carton et des gobelets, et se rembrunit en remarquant qu'elle avait oublié les serviettes en papier, pourquoi ne m'y as-tu pas fait penser, Shlomo, reprocha-t-elle à papa qui se défendit, mais je l'ai fait, j'ai vérifié la liste avec toi, il fouilla dans sa poche et en sortit une feuille froissée qu'il lui montra, oui, mais tu ne me l'as pas rappelé avant qu'on parte, et ils commencèrent à se disputer.

Tu ne fais jamais rien comme il faut, vitupéra-t-il, et elle lui cria qu'elle préparait cette visite depuis deux semaines pour que tout soit parfait et que la seule chose qu'elle lui avait demandé était de vérifier la liste, je la lui arrachai des mains — elle était curieusement rédigée sans revenir à la ligne — et en pris tristement connaissance, comme une lettre d'amour parvenue trop tard qu'on lit le cœur brisé ou avec indifférence, sandwiches à l'avocat, fraises à la crème, jus de pomme, biscuits salés, lait chocolaté, salade d'œufs et de thon, gâteau au fromage, serviettes en papier, assiettes, verres et couverts jetables, je la lus et relus pendant qu'ils se chamaillaient, mes camarades enlaçant leurs petits amis passèrent devant nous, ce serait différent si j'en avais un, pensai-je, j'épouserai le premier qui me promettra de m'aimer toujours pour échapper à leurs griffes, je ne m'étais pas aperçue qu'ils me regardaient en silence, pourquoi pleures-tu, demanda ma mère, vous avez apporté un repas froid et je voulais quelque chose de chaud. J'avais lancé n'importe quoi, ce qui me passait par la tête, à côté de nous, justement, une famille se régalait de *tcholent* servi dans des assiettes creuses, dont l'apétissante odeur me rasséréna, je ne fais jamais rien de bon, je ne fais jamais rien de bon, dit ma mère, j'avais hâte que la visite s'achève, que ça te serve de leçon, ça t'apprendra à te languir d'eux, ils ne pourront jamais t'aider dans la vie réelle, mais j'éprouvai une immense pitié en leur disant au revoir à la porte, où iraient-ils maintenant, qu'est-ce qui les attendait à la maison ?

Je crus entendre à nouveau mon père et collai l'oreille à la porte pour m'en assurer, apparemment, il conversait avec Tami mais on aurait dit que c'était à moi qu'il parlait, qu'il répondait à ma question parce qu'il me savait là, tu crois que je suis malheureux, que j'ai raté ma vie, mais sache que je me considère comme un homme heureux, aussi heureux qu'on peut l'être. Tami n'ayant sans doute pas l'air convaincue, il insista, oui, oui, je suis en parfait accord avec moi-même, sur le coup, je me réjouis de ces bonnes nouvelles qui me parvenaient par la porte de derrière, et puis je me ravisai, écumante de rage, je me sentais flouée, comme si j'avais gâché ma vie à m'attendrir sur quelqu'un qui feignait la tristesse, à moins qu'il n'ait rien simulé du tout mais que j'aie été trop bête pour le comprendre, et puis j'entendis Tami lui répondre avec une grande douceur, à croire qu'elle s'adressait à un attardé, mais oui, Korman, tout le monde sait que tu es heureux, d'ailleurs, quand je songe au bonheur, c'est à toi que je pense.

Elle se moquait de lui, je le devinais sans saisir ce que cela signifiait, ses grandes déclarations étaient-elles si ridicules, incarnait-il le malheur, plus encore que je ne l'imaginais ? Il y eut un long silence, le malaise était tangible, puis un rire de renard détendit l'atmosphère, et Arieh déclara quelque chose à propos d'Istanbul, d'un cimetière, un café à côté d'un cimetière ? demanda Tami. Oui, il est situé au sommet d'une colline qui surplombe la Corne d'Or, c'est là qu'ils se rencontraient, le plus bel endroit d'Istanbul. Mon père s'enthousiasma, je me rappelle cette histoire, l'écrivain français et la jeune Turque, elle était mariée, ils se sont fait prendre, lui, on l'a expulsé et reconduit en France, et, elle, on l'a mise à mort, de quelle façon ? c'était la voix craintive de Tami. Elle a probablement été lapidée, intervint mon père, comme il était d'usage pour les femmes adultères chez nous aussi, mon Dieu, c'est incroyable, s'écria Tami, on peut voir leurs photos dans ce café, précisa Arieh, c'était une belle femme.

J'ai conseillé à Yonni d'y aller, dit mon père, c'est le plus beau coin d'Istanbul, qui est-ce, Yonni, demanda Arieh, je pétris la poignée glacée de la porte, papa, papa, connais-tu l'histoire de cet homme qui avait un fils unique dont il organisa le mariage et qui mourut au cours de la cérémonie ? C'est ce qu'a éprouvé Dieu après la destruction du Temple, mais ce n'est pas la seule histoire que je veux te raconter, t'expédier, plus exactement, en échange de celle que tu m'as envoyée tout à l'heure. Une délégation, probablement du côté de la mariée, débarqua sur ces entrefaites, car la maison se mit à bruire en français, je retournai dans le lit obscur en marmonnant, papa, ne t'en va pas, reste avec moi, protège-moi, mais je l'entendis prendre congé peu après, souhaite de ma part un prompt rétablissement à Rachel, tonitrua Tami, je n'en revenais pas, hier encore elle se portait comme un charme, que s'était-il passé, je me sentis perdue comme une petite fille face à une nouvelle institutrice qu'elle connaît à peine, comment avait-elle pu manquer la visite de condoléances, était-elle réellement malade ou y avait-il une autre raison, dans ce cas, elle devait être très bonne car elle ne manquait jamais ce genre d'occasion. Je décidai de l'appeler et de raccrocher aussitôt, juste pour entendre sa voix, m'assurer qu'elle était encore capable de parler, mais, en décrochant le combiné, j'eus la surprise d'entendre un léger murmure de voix, on aurait dit un coquillage reproduisant le mugissement de la mer, j'y collai l'oreille, perplexe, et je finis par comprendre que j'étais tombée au milieu d'une conversation, c'était une voix féminine aux inflexions douces, profondes, envoûtantes et mélodieuses, ne comprenant pas un traître mot — au début, je n'essayai même pas tant j'avais du plaisir à l'écouter —, je n'aurais su dire si elle chantait ou si elle parlait, c'est lorsque s'en mêla le timbre chaud et caressant d'Arieh, aucun doute, c'était bien sa voix, que je tentai de capter quelques bribes du français qu'ils débitaient à toute vitesse, essentiellement pour identifier les seules phrases que je connaissais, *je t'aime, voulez-vous coucher avec moi*, sans succès, ils parlaient trop vite et les mots se ressemblaient tous. J'étais furieuse, maudissant le jour où j'avais choisi d'apprendre l'arabe à l'école et non le français, qu'est-ce que je croyais, qu'il aurait une maîtresse arabe ou quoi, par définition, une maîtresse ne pouvait qu'être française, je compris qu'ils se disputaient, rien de bien sérieux, une petite brouille d'amoureux pour le plaisir de se réconcilier ensuite. Elle parlait d'une voix étranglée, respirant vite, dans un déluge de paroles, il était plus mesuré, essayant de l'apaiser, que pouvait-il bien lui promettre, elle finit par se calmer, telle une petite fille gâtée serrant sa poupée dans ses bras en reniflant tandis que l'orage s'éloigne, *alors*, fit-elle d'une voix câline, sans ajouter mon amour. *Alors*, répéta-t-il, je faillis le dire à mon tour pour être à l'unisson, elle ajouta, *je t'embrasse*, avant de raccrocher, prise de court, je restai avec le téléphone à la main, quelle hâte, elle avait le feu aux trousses, cette fille, Arieh semblait également surpris, j'entendais sa respiration dans l'écouteur, une espèce de communion de stupeur silencieuse s'était établie entre nous, telle une véritable conversation, je me sentis brusquement solidaire, la disparition de cette fille avait été si soudaine, je croyais encore entendre ses halètements de lièvre, rapides, provocants et puérils, il soupira, toussa, et s'il ne raccrochait pas à cause de moi, me dis-je, effrayée, s'il se doutait que j'étais là, j'étais incapable de raccrocher la première, je devais être en harmonie avec lui, et je ne l'imitai qu'en l'entendant reposer le combiné après une violente quinte de toux.

Je me cachai la tête sous la couverture, pétrifiée, retenant mon souffle, pour le cas où il viendrait vérifier, je m'inventai des présages, s'il venait immédiatement, cela voudrait dire qu'il avait mauvaise conscience, s'il tardait, ça signifierait qu'il avait quelques scrupules, etc., mais il ne se montra pas, signe que je lui étais indifférente, la raison pour laquelle j'avais pris le téléphone m'était complètement sortie de l'esprit, je ne pensais qu'à une chose, rien, absolument rien, n'avait changé depuis le jour où je l'avais rencontré dans la boutique avec la fille au fume-cigarette, j'avais eu l'illusion de croire qu'il tenait à moi alors que je n'étais qu'un bouche-trou, une maîtresse de substitution, au dernier degré de l'échelle, comme sa sœur jumelle, l'institutrice suppléante. Loin de le déplorer, j'étais soulagée au contraire, je n'avais pas à entretenir la flamme de son amour, je n'avais rien à préserver puisque je ne possédais rien, inutile de faire le grand écart, le poirier ou le saut périlleux histoire de l'exciter, la nuit, je me rendais compte à quel point l'idée qu'il pourrait me désirer un jour m'avait angoissée, m'emplissant de joie et de crainte mêlées, la crainte dominant la joie, la refoulant même, un peu comme si je devais protéger un sac d'or de la convoitise de voleurs, je ne voyais pas comment y parvenir même si c'était le seul moyen de me l'approprier, l'entreprise paraissait tellement irréalisable qu'il valait mieux y renoncer sur-le-champ, le planter là et détaler, après avoir subtilisé peut-être une ou deux pièces, en souvenir, c'était précisément ce que je faisais en ce moment, je volais une petite pièce pour la garder dans ma poche en souvenir quand je rentrerais à la maison, en admettant que j'aie encore une maison. Une vague de panique me submergea, je revoyais les pièces sombres et carrées, et si elles étaient parties en Turquie elles aussi, de là, elles cingleraient sur le Tigre et l'Euphrate vers Babylone, avec les meubles d'occasion et la vaisselle reçue en cadeau de mariage — sans oublier la poubelle blanche — dont les rois de Babylone s'empareraient pour banqueter sous nos yeux, tout comme ils avaient massacré le Grand Prêtre sous les yeux de sa fille, j'étais certaine que la maison ne tenait plus debout, comment le pourrait-elle alors que nous étions dispersés aux quatre vents, je décidai de le rappeler mais impossible de me souvenir du numéro, rien à faire, à croire que je ne l'avais jamais su, et c'est allongée sur le lit, le téléphone à la main comme si je venais d'intercepter sa conversation avec sa maîtresse, qu'il me surprit.

Il alluma sans prévenir, je cillai stupidement des yeux comme une taupe, éteins, on va savoir qu'il y a quelqu'un, suis-je censé rester dans le noir parce que je suis en deuil, railla-t-il, il fixa des yeux le téléphone, sa voix se fit doucereuse, au fait, est-ce que j'interromps une conversation ? Pas du tout, je n'avais pas encore commencé. C'est urgent ? Non, non. S'emparant du combiné d'un geste conquérant, il le reposa sur sa fourche et se vautra à mes côtés, ce corps hâlé et lisse, que je ne posséderais jamais, avec ses boutons de vieillesse épanouis, sa maturité virile, agressive, j'aurais beau m'y frotter, je ne la comprendrais jamais, un amalgame précis de supériorité et de délicatesse, de dureté et de profondeur, de grossièreté et de sensibilité, d'autorité et de permissivité, comme si un chef cuisi-nier l'avait élaboré à partir d'une recette unique, des mesures inédites, impossibles à reproduire car on les avait détruits, le chef ou les mesures, il se tourna vers moi et me regarda avec tristesse, une tristesse quasi paternelle, Istanbul, hein ?

Je haussai les épaules, confuse et fière à la fois, comme si je venais de recevoir la médaille du courage et de l'esprit de sacrifice que je savais bien méritée sans être vraiment sûre qu'elle vaille la peine, et aussi un peu gênée qu'il ait découvert ce que j'avais sacrifié pour pouvoir m'étendre près de son superbe corps hâlé et lisse que je ne posséderais jamais, avec ses boutons de vieillesse épanouis, sa maturité virile, agressive que je ne comprendrais jamais, ce n'était pourtant pas faute de m'y être frottée, j'étais incapable de discerner s'il se moquait de moi ou s'il compatissait à mes misères, c'est une grande ville, Istanbul, déclara-t-il, une ville magnifique, grisante, il alluma une cigarette en soupirant, en réalité, j'y ai beaucoup pensé récemment parce que c'est là que Joséphine est tombée malade, il y avait des années que nous nous proposions d'y aller et, quand le projet s'est enfin concrétisé, nous avons été contraints d'écourter notre séjour, elle perdait connaissance et sa santé s'était brutalement détériorée, tu sais comment est la médecine là-bas, on ne pouvait pas prendre ce risque, nous sommes donc rentrés, elle se sentait terriblement coupable d'avoir gâché notre voyage. Tu lui en as voulu ? J'ai honte de l'admettre mais oui, un peu, je me disais qu'elle aurait pu attendre une semaine, on retournera à Istanbul quand je serai guérie, à la fin, elle insistait, tu iras à Istanbul quand je mourrai, je l'embrassai, on y va tous les deux, emmène-moi, on se consolera là-bas, peut-être, peut-être, dit-il, amusé, j'étais certaine de ne jamais avoir peur avec lui, pas même en plein bazar, parce que l'effroi qu'il m'inspirait occultait ma peur du monde, je me serrai contre lui et il me caressa machinalement, l'esprit ailleurs, je suis fatigué, tous ces visages, soupira-t-il. Reste avec moi alors, n'y retourne pas, il consulta sa montre, je ne peux pas les laisser seuls, il est presque neuf heures, on va bientôt fermer la boutique, les yeux clos, la bouche mollement entrouverte, il posa la main sur mon ventre, là où croissent les bébés.

Je la saisis en songeant à la grossesse de ma mère qui m'avait parue très longue, interminable, elle avait effectivement duré trois fois plus longtemps que la vie du bébé, mais je ne le savais pas tandis que je contemplais craintivement le ventre proéminent en essayant de me figurer que j'étais à l'intérieur, que j'avais l'occasion de la voir avant ma naissance, c'était plutôt troublant de m'imaginer en elle, je vais bientôt renaître, me disais-je, et ce sera du même coup la fin de ma première vie, quelque chose de différent va commencer, et je dirai à ma mère de l'appeler Ya'ara si c'est une fille. Je m'étais tellement habituée à être fille unique que j'étais absolument certaine que les enfants ne s'ajoutaient pas mais se succédaient les uns aux autres, comme une dynastie royale, on ne dit pas, voilà un nouveau roi qui arrive et nous avons maintenant deux ou trois rois, mais le roi est mort, vive le roi, de fait, j'étais très surprise de continuer à vivre après la naissance du bébé, il avait son propre nom, son propre lit, et il n'était pas moi puisque c'était un garçon, le ventre de ma mère avait fondu tandis que le bébé grossissait, on aurait dit qu'il y avait de la place pour nous deux dans le monde, ce qui se révéla faux par la suite. Je devinais que s'ils avaient eu à choisir entre nous, c'était lui qu'ils auraient préféré, je ne les en blâmais pas, je ne pouvais plus rien pour eux, je représentais une option qui avait fait long feu, le bébé, lui, était tout neuf, les portes s'ouvraient largement devant lui, tous les espoirs reposaient sur ses épaules dodues et parfumées, au fond, je crois que je partageais leur tristesse devant le manque de considération du destin, la colère rentrée qu'ils éprouvaient à mon égard, l'étiolement et le dépérissement de leur amour.

Sa belle main sombre reposait sur mon ventre, le sens-tu bouger, aurais-je dit s'il y avait eu un bébé en la pressant avec force, mais là, qu'aurais-je bien pu déclarer à cet homme qui s'endormait à côté de moi comme si nous étions mariés depuis des années, sa compagne de toujours auprès de qui il se reposait après une conversation téléphonique passionnée, au fond, les rôles de cette pièce étaient très limités, comme les possibilités. Autrefois, c'était Joséphine qui couchait ici, aujourd'hui, c'était moi, demain, ce serait le lièvre, hier, j'étais étendue à côté de Yonni, aujourd'hui, à côté d'Arieh, demain, à côté d'un autre, tant d'efforts pour arriver plus ou moins au même résultat, la surprise que j'éprouvais était au-delà de la tristesse, une surprise indifférente, amère, devant les avatars qui m'attendaient, je les sentais dans mon ventre aussi distinctement que les coups de pied d'un bébé, tant de péripéties pour me retrouver à la fin pratiquement au même point.

CHAPITRE 10

J'entendis un choc, si léger que je crus qu'il venait du fond de moi, et une voix douce chuchoter, Ya'ari, je faillis répondre oui, et tout gâcher, Ari, répéta la voix avec un autre coup à la porte, il se leva d'un bond, on aurait dit qu'il y avait le feu au lit, et, sans mot dire, il éteignit la lumière et sortit en verrouillant la porte derrière lui comme si je n'existais pas, je n'avais jamais été aussi inexistante de ma vie. Je ne lui en voulais pas, vu les circonstances, et j'étais forcée de reconnaître qu'il se comportait avec beaucoup de naturel, moi aussi, d'ailleurs, je n'étais pas particulièrement étonnée de me retrouver cloîtrée dans cette chambre pendant des heures, l'oreille collée au mur pour tenter de récolter quelques bribes d'informations, personne ne savait où j'étais, le seul à le savoir me cachait ici comme si j'étais une enfant attardée ou démente, alors, pensai-je, qui peut bien l'appeler Ari, sa belle-mère aux cheveux bleutés, sa belle-sœur ou sa maîtresse venue faire la paix après une brève dispute d'amoureux, elle voudra certainement rester pour la nuit, comment allait-il lui expliquer que la chambre à coucher était indisponible et qu'il n'était pas libre, quoique l'indisponibilité de la chambre ne représentât pas nécessairement un obstacle, il y avait d'autres pièces dans l'appartement, et, une fois tout le monde parti, rien ne l'empêchait de la baiser là, de l'autre côté du mur, pendant que j'étais bouclée ici, il pouvait aussi bien l'enfermer elle aussi et faire la navette entre nous deux, c'était lui qui détenait les clés, brusquement, j'entrevoyais avec horreur mon nouveau statut de femme invisible, incapable de changer ma situation ni même de la comprendre, s'accrochant à tous les signes, ignorant si ses craintes, ou, au contraire, ses espoirs étaient fondés ou non, elle dépendait d'un homme versatile qui tantôt la désirait tantôt la repoussait, tu n'iras pas loin si tu comptes sur lui, songeai-je, à moins que, à l'inverse, tu n'ailles trop loin, si loin que tu ne pourras plus jamais retourner à ta première vie.

Je m'efforçais de me concentrer sur ma première vie, sur Yonni et les autres, comme si c'étaient des boulets qui m'entravaient les pieds pour m'empêcher de disparaître, de m'effacer complètement, j'en imaginai un à l'image de Yonni, une statue en quelque sorte, lourde et dure, que j'affublai de ses chemises à carreaux avant de l'envoyer déambuler dans les bazars d'Istanbul comme si c'était un être de chair et de sang, et, oubliant que c'était une statue, fascinée, je le regardais évoluer librement avec ses particularités physiques, son petit nez retroussé et ses testicules mous, à quoi pensait-il seul dans son lit d'hôtel douillet ou dans le café surplombant le cimetière, qu'est-ce qui pouvait bien lui passer par la tête, pourquoi vivait-il, qu'avait-il accompli dans son existence, et les autres, qu'avaient-ils fait de leur vie, mystère. Ma mère, par exemple, c'était son penchant pour les catastrophes qui la faisait vivre, voir ce qui arriverait à qui et à quel point ce serait atroce, moi, c'était ma volonté obsessionnelle de conquérir Arieh, de parvenir à m'en faire aimer, quant à savoir ce qui me motivait avant de le rencontrer, je n'en avais aucune idée, ce temps-là me paraissait morne et vide, telles des feuilles vierges rigoureusement identiques, et plus terrifiant encore que maintenant, outre le conquérir, je voulais en fait le percer à jour, et moi aussi par la même occasion, nous tous, je ne savais pas très bien de qui je voulais parler, subitement, je m'étais mise à penser au pluriel, comme si une foule nombreuse se pressait derrière moi, loin d'accomplir une tâche inutile en solitaire, je représentais officiellement un groupe qui risquait sa vie dans le lit du suspect en vue d'obtenir des informations susceptibles de faire la lumière, sur quoi, je ne le savais pas très bien, disons sur le secret de la vie, ce ne serait pas très loin de la vérité.

Il détenait le secret de la vie et j'avais pour mission de le lui arracher, voilà ce que j'expliquerais à Yonni quand il reviendrait avec son petit nez en trompette et ses roubignoles flasques qui l'accompagnaient partout, c'était curieux, voilà ce que je lui expliquerais, il serait forcé de me pardonner et de me reprendre, il me semblait avoir déjà éprouvé le même besoin urgent et impérieux de comprendre, et je me remémorai le gardien qui habitait avec son chien dans une baraque près de chez nous. Je n'avais jamais très bien saisi ce qu'il était censé surveiller, ce qui ne laissait pas de me tracasser, je ne le voyais jamais patrouiller dans le quartier ou accomplir le genre de choses que font habituellement les gardiens, il passait le plus clair de son temps à traîner autour de chez lui avec de la viande crue destinée à son chien dans une main et, dans l'autre, un couteau à découper qu'il aiguisait selon un rituel quotidien. Il plaçait une grosse pierre sur une bûche installée près de la porte de sa maison, posait son grand pied à côté de la pierre et l'affûtait avec un bruit de scie, puis il prenait la viande — on aurait dit qu'il tranchait un morceau de son énorme pied — qu'il se mettait à débiter en tranches, surexcité, le chien bondissait comme un forcené pour happer les bouts de viande qu'il lui lançait les uns après les autres à une cadence infernale, il n'avait pas le temps d'en finir un que le suivant arrivait déjà, et ainsi de suite, il était incapable de se concentrer sur sa nourriture, s'efforçant d'attraper les nouveaux morceaux avec l'énergie du désespoir. Je l'observais à la dérobée et, un jour, je ne pus m'empêcher de lui demander pourquoi il ne lui donnait pas à manger à son rythme à lui, c'est mon chien, répondit-il grossièrement en me jetant un regard déplaisant, et il continua de me fixer avec curiosité tout en ralentissant un peu le mouvement. Il avait un visage jeune, une respiration lourde et sifflante, sa chemise trop courte et son pantalon lâche laissaient entrevoir un morceau de peau rose, épais et palpitant, dont on aurait dit qu'il avait son cœur propre, étonnamment semblable aux tranches de viande qu'il jetait au chien.

Ce n'était pas le premier gardien qui vivait dans cette bicoque qu'on appelait d'ailleurs la cabane du gardien, la plupart étaient des vieillards maladifs qui effectuaient des rondes de nuit, mais c'était le premier pour lequel je me posais la question, que j'aurais aussi bien pu ne jamais me poser mais qui, désormais, n'allait cesser de me tarabuster, de savoir ce qu'il gardait exactement. Il aiguisait son couteau sur le rondin de bois à longueur de journée, son pantalon était si lâche qu'on lui voyait la raie des fesses, avec ses yeux bleus effrontés, sa figure lunaire, mal rasée, ses joues couvertes de poils roux, j'avais pris l'habitude de passer par là en allant à l'école le matin et au retour, l'après-midi, le soir, je faisais le tour du quartier et poussai prudemment jusqu'à la dernière maison, juste avant le verger, là où le chemin s'interrompait, à la lueur du réverbère, je le trouvais occupé à aiguiser sa lame, et, frissonnante d'une délicieuse frayeur, j'imaginais qu'il allait me la planter dans la gorge, apparemment il était si absorbé que l'idée ne l'effleurait pas. J'en étais venue à croire qu'il dissimulait quelque chose, j'ignorais quoi sauf que c'était vital, il cachait quelque chose d'essentiel, et je songeais que, si je le découvrais, je les sauverais tous, mon père, ma mère et moi, voire d'autres encore, je lui tournais autour, son chien, qui me reconnaissait, n'aboyait plus, quant à lui, il gardait le silence, se contentant de me lancer de loin en loin un regard insolent et moqueur.

Un jour que je passais par là, constatant son absence, j'entrai impulsivement dans la cabane dont la porte était ouverte, la pièce était étonnamment vide, ni chaise, ni armoire ni table, seul un immense matelas d'eau frétillait tel un gros poisson sur le sol, au moment où je m'apprêtais à ressortir, je l'aperçus debout derrière moi, respirant bruyamment, l'haleine fétide, que cherchez-vous, demanda-t-il, il avait un accent étranger, vous, répondis-je, pourquoi, qu'est-ce que vous me voulez, je voudrais savoir ce que vous gardez, il sourit, le visage plus rond que jamais, je ne garde rien, j'habite ici, c'est tout. Mais c'est la cabane des gardiens. Et alors, je me fiche de savoir qui habitait ici avant moi, si quelqu'un vit dans une niche, ça ne veut pas dire que c'est un chien, non ? Et s'il vit dans un enclos, est-ce que ça veut dire que c'est une chèvre ? Pourquoi n'avez-vous pas de meubles ? J'ai ce qu'il me faut, je fais tout dans mon lit, répondit-il avec un rire découvrant ses dents jaunes. Mais que faites-vous ? J'expérimente la vie, déclara-t-il, j'ignorais s'il écorchait le mot parce qu'il parlait mal l'hébreu ou si c'était intentionnel, peut-être y avait-il un message, je le vis essuyer le couteau sur son pantalon, au niveau de l'aine où s'étala une tache rosâtre, il était évident qu'il cachait quelque chose, quelque chose de répugnant, d'autant plus salvateur qu'il en était répugnant, je restais clouée sur place quand, du coin de l'œil, j'aperçus une mince silhouette pâle qui accourait aussi vite qu'elle le pouvait, Ya'ara, rentre immédiatement, hurla mon père en me bousculant parce que je marchais trop lentement. En arrivant à la maison, je constatai qu'il était rouge de colère, l'air empestait l'insecticide que, courbée en deux, ma mère vaporisait sur les plinthes à cause des cafards, si je te surprends encore à tournicoter autour du gardien, tu ne remettras plus les pieds dehors, vociféra-t-il, mais ce n'est pas un gardien, ce n'est pas parce qu'il habite dans la maison du gardien qu'il garde quelque chose, c'est comme quelqu'un qui habite dans un enclos, ce n'est pas pour ça que c'est une chèvre, tu entends, cria-t-il à ma mère, elle est exactement comme Tirtsa, maman continua à vaporiser sans rien dire à tel point que l'atmosphère devenait irrespirable, si tu as l'intention de nous tuer, vas-y carrément, je ne savais pas si c'était à ma mère ou à moi qu'il parlait et j'allai m'enfermer dans ma chambre en serrant l'agneau en peluche contre mon cœur, s'il n'est pas gardien, pourquoi ai-je l'impression que c'est sur moi qu'il veille sans arrêt.

Quand il partit quelques jours plus tard, à la suite d'une plainte de mon père, je ne me sentis plus du tout en sécurité, j'avais si peur que je n'en dormais plus la nuit, et je me dis que, lorsque Arieh viendrait s'allonger près de moi cette nuit, je lui en parlerais même s'il n'y avait pas de morale à cette histoire. C'est peut-être ça l'amour, avoir envie de raconter à l'autre tout ce qui vous passe à l'esprit en espérant que le récit prendrait sens dans les méandres menant de votre bouche à l'oreille de l'autre, comme si cet événement ne s'était produit que pour que je puisse le raconter à Arieh, la nuit, et tout ce qui était arrivé, arrivait ou allait arriver n'avait de justification que dans la mesure où je pourrais le confier à Arieh, même si ça ne l'intéressait absolument pas. Il y eut une certaine agitation, on se souhaitait une bonne nuit en différentes langues et la porte se referma et fut dûment verrouillée, je m'assis sur le lit pour l'attendre mais il n'avait pas l'air pressé de venir me délivrer, je l'entendais soliloquer avec véhémence, il me fallut un certain temps pour comprendre qu'il était au téléphone, je pris l'appareil sans décrocher et y posai la tête comme si c'était un coussin, peut-être parviendrai-je à capter quelques bribes, sa voix monta d'un ton, il fulminait, puis il raccrocha brutalement en poussant un juron, ça y ressemblait en tout cas, de la vaisselle s'entrechoqua bruyamment et ce n'est que beaucoup plus tard, je ne saurais dire combien de temps après, vu que ma montre marquait imperturbablement neuf heures, que la porte s'ouvrit, la lumière s'alluma et la vie entra avec lui.

Je m'efforçai de lui faire bonne figure mais mon sourire était contraint, pareil à celui des femmes qui tentent sans grand succès de garder leur dignité quand leur mari rentre tard le soir, allô, il avait l'air soucieux malgré ses efforts et il y avait encore de la violence au fond de ses yeux quand il me regarda, son désarroi, sa mauvaise humeur étaient palpables, je les ressentais physiquement comme si j'étais responsable de l'incident, je ne savais quelle attitude adopter, comment dissiper sa colère. Je me fis toute petite mais l'angoisse me sifflait dans les oreilles, un peu comme une locomotive approchant la barrière qui ne s'ouvre pas, quand l'accident semble inévitable et que l'on se demande quelle sera l'ampleur de la catastrophe.

Sors un peu, tu vas devenir claustrophobe à force, je franchis précautionneusement le seuil, comme si c'était une frontière dangereuse, et avançai craintivement en lorgnant dans tous les coins au cas où l'on aurait oublié un visiteur quelque part, j'étais transie dans ma tenue légère, je m'affalai sur le canapé du salon, comme pour marquer mon territoire. Tu as faim ? Oui, acquiesçai-je avec une gratitude excessive, il sortit différentes victuailles du réfrigérateur, les réchauffa et m'appela à la cuisine. Je m'assis docilement devant une grande assiette qui contenait une côtelette accompagnée de pommes de terre et d'une salade, le genre de repas standard que ma mère me servait à mon retour de l'école, j'essayai de manger poliment, sans bruit, j'étais devenue indésirable, chacun de ses gestes me le prouvait, et, dans ces cas-là, mieux vaut ne pas se faire remarquer puisqu'on n'a pas vraiment le droit d'exister.

Il débarrassa la vaisselle sale du salon et vida les cendriers avec une frénésie bruyante, c'est curieux comme tout m'échappe, pensai-je, pas facile de s'y faire, d'ordinaire il y a une corrélation entre son propre comportement et celui d'autrui, mais cette maison obéissait à d'autres règles, j'étais désirable ou indésirable en fonction de critères qui m'échappaient, telle une lune blafarde dont le rayonnement dépend du bon vouloir du soleil. Qui sait si ce n'était pas une querelle d'amoureux qui m'avait amenée ici et si une réconciliation ne m'en chasserait pas, ou l'inverse, le fonctionnement de ces lois m'était complètement étranger, et j'étais si concentrée sur ma douleur que je n'avais pas remarqué que je pleurais dans mon assiette, il se planta devant moi, ahuri, que se passe-t-il, rien, je sanglotai de plus belle, tu ne veux plus de moi, qu'est-ce qui te fait dire ça, demanda-t-il sans me démentir, c'est une impression, il m'arrive d'oublier que tu es là, admit-il, mais quand je m'en souviens, je suis très content. Il avait de la difficulté à s'exprimer, comme s'il se pressurait jusqu'à la dernière goutte, je compris que c'était le maximum que je pouvais en tirer pour l'instant, ce qui me mit du baume au cœur, au moins, c'était crédible, je ne te retiens pas de force, tu sais, tu peux partir quand tu veux, très bien, mais pour aller où, Istanbul, c'est raté à cause de toi, pensai-je, et je me mis à le haïr de m'accorder si généreusement ma liberté, qu'allais-je en faire à présent ? Il sortit deux canettes de bière du frigo qu'il servit dans de grandes chopes et s'assit près de moi, il avait l'air de meilleure humeur, ses mouvements étaient si souples qu'on aurait cru ses articulations graissées à l'huile d'olive, je tentai de me raisonner, ce n'était pas le moment de se décourager, le dénouement était proche, quant à savoir lequel, je l'ignorais, je bus une gorgée de bière qui me réconforta et pensai à ma valise bourrée de dessous excitants, aux longues nuits, à la brièveté de la vie, une seule nuit me semblait presque aussi longue que la moitié de ma vie et avoir autant de prix. Je posai ma main sur la sienne, alors, ça va ? Bien, répondit-il, un peu surpris, compte tenu des circonstances, évidemment, évidemment, je repris en écho, au fait, qui est venu te voir, ça avait l'air d'une sacrée java, il sourit, oui, les gens étaient heureux de se retrouver, tu sais ce que c'est, mes doigt paraissaient si pâles sur sa main, presque luisants. Regarde, dis-je, oui, Joséphine avait la peau blanche elle aussi, nous étions comme le jour et la nuit, il se leva et se mit à chercher dans les tiroirs, il extirpa une vieille boîte à chaussures nouée par des élastiques où il se mit à fourrager en riant de plaisir, il en retira une photo qu'il me montra, ils étaient enlacés telles des plantes grimpantes, ou plus précisément, il était le tronc autour duquel elle s'enroulait, ils étaient nus, chacun dissimulant la nudité de l'autre, leur différence de complexion était saisissante, on aurait dit les cases d'un damier ou d'un échiquier, ils souriaient, fiers de leur nudité, ils étaient jeunes et beaux, il masquait ses seins sous sa poitrine tandis que, pressés l'un contre l'autre, leurs sexes se faisaient réciproquement écran.

J'étais si excitée que je l'aurais contemplée pendant des heures, cette photo, elle recelait tant de trésors, une véritable aubaine, je pouvais me repaître de son corps à lui, de sa jeunesse, de son corps à elle, de leur amour. Je ne savais par quoi commencer, par ses cheveux sombres recouvrant sa grosse tête, son large sourire, ses dents blanches, ses yeux pétillants de bonheur. Il était jeune, plus jeune que moi, il était beau mais moins séduisant que maintenant, et il avait l'air un peu stupide avec ce sourire figé, si je l'avais connu à cette époque, je ne crois pas que j'en serais tombée amoureuse, quant à elle, elle était si désirable que c'en était presque effrayant, avec son abondante chevelure blonde et ses yeux brillants, son petit nez droit, ses lèvres pleines, et son corps nu, émergeant discrètement derrière celui de son compagnon, semblait douloureusement somptueux, son éclat avait été si bref. Je le sentais qui examinait la photo dans mon dos, était-elle vraiment aussi jolie, demandai-je doucement, espérant m'entendre répondre que non, que la photo était trompeuse, tant de beauté m'écrasait, plus que ça, elle était magnifique, il tendit la main pour récupérer le cliché auquel je me cramponnais fermement, nous ne cédions ni l'un ni l'autre au risque de la déchirer, attends, laisse-moi la regarder encore un peu, j'examinai leurs jambes entrelacées, leur posture droite mais sans raideur, comment as-tu pu la tromper, elle était divine, je n'avais pas fini de parler que j'étais consciente d'avoir gaffé.

Il me reprit sans ménagement la photo et la remit dans la boîte qu'il referma à l'aide des élastiques puis, avec des gestes brusques, il débarrassa mon assiette et mon verre de bière à moitié plein, il explosa d'une voix rauque, je ne l'ai pas trompée, jamais, tu entends, j'étais terrifiée mais incapable de me taire, ne me raconte pas d'histoires, tu l'as trompée avec moi, l'aurais-tu oublié ? Le visage empourpré, il brandit la chope de bière en hurlant, de quoi parles-tu, tu ne sais rien de rien, je ne l'ai jamais trompée, je lui ai été fidèle jusqu'à la fin, et elle le savait ! De quel droit oses-tu m'accuser, pour qui te prends-tu pour me traîner dans la boue ? Il reposa le verre avec une telle violence sur la paillasse de l'évier qu'il se brisa en mille morceaux, comment un verre aussi grand pouvait-il se casser en si petits fragments, une chope aussi énorme, un véritable défi pour les piliers de bistrots, pouvait-elle se pulvériser si facilement ? Il examina ses mains d'un air surpris, les tournant et les retournant comme les pages d'un livre, mais je n'étais plus là, affolée, telle une rescapée, je me ruai dans la chambre à coucher, fermai la porte et, tremblante de peur, de désespoir et de déception, je me mis à fourrager dans la valise sans rien trouver, je ne savais même pas ce que je cherchais, quelque chose à me mettre sans doute, mais je ne trouvais que des dessous dans lesquels je ne pouvais décemment pas descendre dans la rue, anéantie, je me mis à pester, tu croyais que tu n'allais plus jamais sortir du lit ou quoi, des jarretelles et des bottes, c'est tout ce à quoi tu penses, je me rappelai pourtant que je portais quelque chose en arrivant hier, dire que c'était hier, incroyable, on aurait cru un mois au moins, je n'étais pourtant pas venue avec mes jarretelles et mes bottes, où étaient donc mes vêtements, je retournai les couvertures puis cherchai sous le lit en essayant de me rappeler où je m'étais déshabillée. Creuse-toi un peu la tête, me répétait ma mère, mais ma tête était aussi inerte que mes mains, paralysée, désespérée et effrayée, il allait bientôt venir me tuer, je m'efforçai de me rappeler comment cela se passait dans les films, il me semblait avoir vu quelque part qu'on barricadait la porte avec une chaise, et, lorsque j'en pris une pour la traîner vers la porte, j'avisai mes affaires sagement pliées dessus, je m'habillai, refermai rapidement la valise, gagnai la porte d'entrée sans m'attarder devant la cuisine et sortis.

C'était une douce nuit printanière, à croire que le changement de saison avait profité de ma journée de claustration, transpirant dans mes épais vêtements, je me sentais lourde, perdue, je cessai de courir pour adopter une allure plus lente, je faisais presque du surplace, je constatai que personne ne me suivait, rien ne me pressait puisqu'on ne m'attendait nulle part, je posai la valise sur le trottoir et m'assis dessus, telle une touriste errant dans un monde nocturne insolite où se produisaient des événements inquiétants et inattendus. Je sentais que je perdais pied en me répétant qu'il fallait que je tienne le coup, que je ne me laisse pas aller, que je rentre à la maison pour recoller les morceaux de ma vie, un verre s'était cassé, et alors, je pouvais toujours me raccrocher à quelque chose, rentrer chez moi, aller demain à la fac retrouver les livres de la bibliothèque et abandonner ce type à sa folie.

Je m'imaginais dans une pièce remplie de volumes, soulagée et heureuse, dansant parmi les livres comme un papillon butinant de fleur en fleur, quand, avec un frisson d'horreur, je me rappelai le précieux ouvrage de la bibilothèque privée de mon directeur d'étude, les légendes de la destruction du Temple, je me mis à le chercher fébrilement dans ma valise sans le trouver pour la bonne raison que je l'avais oublié, je l'avais abandonné sur le grand lit comme un blessé sur le champ de bataille, qui sait ce qu'il allait devenir, serait-il la prochaine victime de sa fureur, le déchirerait-il en mille morceaux comme il avait brisé le verre, tous les héros qui avaient tellement souffert, le Grand Prêtre et sa fille, les nobles filles de Sion, le charpentier dont on avait ravi la femme, ils allaient tous subir une nouvelle catastrophe, je devais les sauver de ses griffes, c'était un prétexte sans l'être, je décidai d'entrer sans rien dire, d'aller droit à la chambre, de prendre le livre et de ressortir, sans même le regarder, mais, une fois parvenue sur le palier obscur, je sentis que mes yeux brûlaient de le revoir, et, quand il ouvrit la porte, mon corps se liquéfia d'amour, de pitié, de tristesse et de désir, je me précipitai en silence vers la chambre, extirpai le livre des couvertures et le berçai doucement dans mes bras. Il m'avait suivi sans hâte, la mine sombre, pour s'immobiliser à la porte, l'atmosphère était électrique, et, quand je tentai de passer, il tendit la main, presque au ralenti, pour me caresser la joue, et je notai que sa main était bandée, je t'aime, je sais que c'est idiot mais je t'aime, il se mit à me déshabiller tendrement, tout va bien, tout va bien, cette fois, il se dispensa de me demander pourquoi, je ne voulais pas te blesser, je sais, admit-il, une seconde plus tard, il m'enveloppait en dedans et en dehors, il était chaud et plein, le bonheur, c'était le bonheur dans toute l'acception du terme, comme lorsqu'on retrouve quelqu'un qu'on pensait ne jamais revoir parce qu'on le croyait mort, lorsqu'on parvient à effacer le passé, à guérir un malade incurable ou à raccommoder ses parents, c'était trop de bonheur, un bonheur impossible, irréel, une irrésistible douceur à laquelle je m'abandonnais, le monde est mort et je suis heureuse, le monde est mort et je suis heureuse, me répétai-je, parfois les mots s'inversaient dans ma bouche, je suis morte et le monde est heureux, je suis morte et le monde est heureux, mais il me semblait que c'était la même chose, je me renversai à mon tour dans ses bras, quelle chance, j'aurais pu ne jamais éprouver, expérimenter pareille félicité de ma vie, c'était ma véritable lune de miel, je n'en aurais pas d'autre, jamais, et ça en valait la peine même si elle ne durait que quelques heures. Il poussa un gémissement de plaisir qui se mua en sanglot, je l'étreignis de toutes mes forces en chuchotant, ne sois pas triste, je t'aime, il pleurait comme un enfant, je ne l'ai pas trompée, je ne l'ai jamais trompée, elle le savait, elle me l'a dit, elle l'a dit avant de mourir. Qu'a-t-elle dit ? Elle a dit qu'elle savait que je lui étais fidèle, qu'elle n'en avait jamais douté. Oui, je sais, je sentais son corps se refroidir, se tasser, ses épaules, sa taille, ses genoux, on aurait dit un gâteau qui s'affaisse en sortant du four, il se tourna de l'autre côté du lit et ses hoquets se muèrent en ronflements, dire que j'avais attendu cette nuit-là toute la journée, déçue, je me mis à compter ses ronflements sonores et lui caressai le dos, espérant qu'il n'était qu'assoupi et allait se réveiller et m'aimer jusqu'au matin, j'avais passé la moitié de la journée au lit et je n'étais absolument pas fatiguée, comme il n'avait pas l'air de se réveiller, je me levai et gagnai le salon. Je retrouvai ma fidèle valise près de la porte, j'en sortis la nuisette, l'enfilai et allai m'asseoir dans la cuisine devant la boîte, toujours sur la table, où je me mis à fourrager avec une certaine indifférence qui se transforma en excitation, on aurait dit que les émotions que je m'étais préparée à vivre cette nuit en jaillissaient avec une profusion presque insupportable.

Je me sentais un peu comme le chien du gardien, sombrant dans la démence sous l'avalanche de viande que lui lançait son maître — le rêve était devenu un cauchemar —, devant l'enchevêtrement de membres que je découvrais sur les photos, des membres doués de vie, nus ou affublés d'accessoires sophistiqués, plus suggestifs les uns que les autres, à côté desquels ceux de ma valise ressemblaient aux vêtements de travail d'une pionnière du début du siècle. Et ces yeux innombrables, de toutes les nuances et de toutes les formes, verts, bleus, noirs, ronds ou bridés, et tous ces seins, ces mamelons, ces sexes, ces fesses, ces cheveux, une boucherie humaine remplie à ras bord, quel dommage de ne pas en faire partie, il ne m'avait jamais encore photographiée, j'étais apparemment la seule à n'en être pas digne. J'essayai de repérer un visage familier, mais ils m'étaient parfaitement étrangers comme si les clichés avaient été pris dans une autre dimension ou un autre temps, et je retrouvai la fameuse photo où ils figuraient ensemble, probablement la plus innocente du lot, il y en avait d'autres prises à la même époque, voire le même jour, sur l'une, elle était assise sur ses genoux, ils étaient entièrement nus, ses mains brunes dissimulant les seins blancs de Joséphine, dans une autre, elle était étendue jambes écartées, son sexe ressemblait à un délicat bouton de rose, le visage rayonnant d'excitation, avant, il y avait quelques photos plus présentables, dans des cafés à Paris, peut-être au temps de leur rencontre, je finis par comprendre qu'elles étaient classées plus ou moins chronologiquement, et c'est dans cet ordre que je les disposai sur la table de la cuisine, quelques instantanés flous de son enfance, des enfants maigres posant à côté de femmes très brunes coiffées d'un foulard et d'hommes barbus en habit noir, petit à petit le monde devenait plus lumineux, les vêtements plus clairs, les sourires plus ouverts, j'en repérai une qui représentait deux jeunes gens, bras dessus bras dessous, j'étais pratiquement certaine qu'il s'agissait d'Arieh et de mon père et que c'était celle que mon père avait cherchée si désespérément, au point de se renverser un tiroir sur le pied. Je n'eus aucun mal à reconnaître Arieh, avec sa grande taille, sa peau mate, son large sourire et ses dents éclatantes, je n'aimais pas ce sourire, il était trop confiant, trop arrogant, à la limite de la bêtise, le jeune homme blond qui se tenait à ses côtés était petit avec un visage pâle et sensible, pour ne pas dire torturé, c'était indubitablement mon père, au seuil de sa vie, il avait un sourire incertain, méfiant, très différent de celui de son compagnon, ses traits trahissaient pourtant une sorte d'expectative, l'attente du bonheur, une aptitude au bonheur, je n'arrivais pas à en détacher les yeux, lequel m'aurait séduite si j'avais existé alors, si j'avais été à la place de ma mère, le sourire confiant ou l'incertain, comme c'est difficile de choisir son conjoint, et même un sourire, parfois on aime mieux un sourire confiant et, dans d'autres cas, on lui préfère un sourire incertain, comment peut-on se décider une bonne fois ? J'étais incapable de me séparer de cette photo, je la glissai donc dans ma valise et me remis à éplucher les autres. Je m'aperçus que Joséphine sortait progressivement du champ, elle réapparaissait de loin en loin, habillée de pied en cap, elle avait un peu l'air d'une parente pauvre, évincée par une multitude de jeunes femmes effrontées, ses yeux avaient perdu leur éclat, on pouvait même préciser où et quand la lumière s'était éteinte, comme je les haïssais, les autres femmes, elles devaient être vieilles à présent, peut-être malades, voire mortes et enterrées. Il y en avait une qui avait l'air d'une gitane, superbe avec un teint basané, un foulard noir flottait lâchement autour de ses seins et un autre autour de sa taille, dans la photo suivante, ils avaient disparu, elle était dans le plus simple appareil, à peine dissimulée par sa longue chevelure noire, étendue sur un tapis rouge, il était couché sur elle, ça ne pouvait être que lui, je reconnaissais ses fesses étroites et bien galbées, je n'aurais su dire si c'était avant ou après, une autre les montrait en pleine action, elle était juchée sur lui pendant qu'il la pénétrait, comme l'attestait le plaisir intense qui se lisait sur son visage à elle, la quatrième photo éclairait les trois autres, révélant du même coup l'identité du photographe, pâle et menue, vêtue d'une combinaison de couleur claire, sa beauté déjà fanée, Joséphine était assise au bord du lit, la grande main de la bohémienne glissée entre ses cuisses, je ne pouvais que deviner si elle goûtait ou non ce traitement. Sur le cliché suivant, il avait changé de partenaire, celle-ci était grande et élancée avec des cheveux coupés ras et de petits seins, au fil des photos, on le voyait vieillir, ses cheveux grisonnaient, sa peau se ridait, ses dents jaunissaient, ses yeux, étrécis, se voilaient, et son sourire, surtout, son sourire éclatant était devenu réservé, ambigu. Les photos disposées devant moi sur la table mettaient en perspective, tel un court film d'animation de deux ou trois minutes, la vie amoureuse d'un certain Arieh Even, une vie passablement agitée à l'évidence, on se demandait comment il avait eu le temps et l'énergie de penser à autre chose, visiblement ses forces le trahissaient, je pouvais en témoigner, moi qui tentais de me raccrocher au dernier wagon du train. Pas étonnant qu'il manque d'enthousiasme, il avait apparemment épuisé ses réserves depuis longtemps, il semblait d'ailleurs avoir tout essayé, sauf se suicider en faisant l'amour peut-être, et encore, sait-on jamais, je n'avais plus qu'à remballer et m'éclipser, je n'étais pas à la hauteur, subitement, les photos me dégoûtaient, je les remis en hâte dans leur boîte en commençant par la fin, inhumant sa décrépitude avant sa jeunesse, et j'allais remettre le couvercle quand j'en découvris une que je n'avais pas encore remarquée, on y voyait une belle jeune femme, entièrement habillée pour changer, attablée devant une assiette presque vide, une fourchette et un couteau à la main, elle avait les cheveux nattés, un visage délicat, elle portait un mince anneau au doigt et contemplait son assiette en souriant pudiquement. Je la regardais, fascinée, je la connaissais pourtant très bien puisque je l'avais vue des dizaines de fois, mais jamais encore je n'avais accordé une telle attention à ma jeune et jolie maman avec sa mine grave, elle avait l'air absorbée dans des pensées importantes et curieuses mais non cruciales qui tournaient peut-être autour de l'assiette vide, je m'empressai de la jeter dans ma valise où elle atterrit comme une feuille morte au milieu de mes dessous noirs, j'avais la même dans mon album, c'était celle que je préférais, mais il n'était pas question que je l'abandonne dans cette horrible boîte en compagnie de toutes ces putes, qu'avait-elle en commun avec elles, le saurais-je jamais, le passé était si opaque, comme isolé par un épais rideau, et, si elle l'ignorait elle-même, comment pourrais-je le savoir ? Je songeai à ma fille, à celle que j'aurais plus tard, que saurait-elle à mon sujet, j'étais certaine qu'elle rechercherait un jour des photos de moi dans cette boîte, car il nous hanterait éternellement, ce maudit séducteur, attirant les cœurs insatisfaits comme un aimant, j'avais envie de lui laisser un petit mot dans la boîte, ma fille chérie, je souhaitais t'écrire, même après que je t'aurai portée, l'air sera immobile, acéré comme une lance, au lieu de quoi, je me bornai à rattacher soigneusement les élastiques et à éteindre la lumière. Je déambulai de pièce en pièce dans la maison plongée dans l'obscurité sans rien trouver de bien intéressant, entre les lettres de sa banque, les télégrammes de condoléances et les diplômes français, c'était plutôt insipide comparé à ce que je venais de voir, je me rassis sur ma valise, plus confortable que n'importe quel fauteuil, en me disant qu'il était temps de partir, cet homme était trop pourri pour moi, dormir dans son lit était aussi ragoûtant que dormir dans une poubelle, je retournai dans la chambre et inspectai le grand lit, il était aussi vide que l'assiette de ma mère sur la photo.

Je croyais avoir mal vu, il avait presque la même couleur que l'obscurité, mais quand je m'approchai pour palper les couvertures moelleuses, je ne sentis rien sous mes doigts, il s'était peut-être évaporé, entièrement rétracté, comme après une érection, en laissant derrière lui une boîte de photos en guise de descendance, et toutes ses partenaires, celles du moins qui étaient encore en vie, réciteraient le *quaddich* sur sa tombe, je me sentais soulagée et pleine d'espoir, c'était apparemment le moyen le plus simple de m'en délivrer, sans tension ni regret, j'avais fait ce qu'il fallait, le reste n'était plus de mon ressort, aussi quelle ne fut ma déception en entendant un pet étouffé ainsi que le robinet s'ouvrir et se refermer, voilà qu'il se lavait les mains au beau milieu de la nuit, pour quoi faire, il était tellement corrompu de l'intérieur, des pas lourds résonnèrent, il se laissa tomber sur le lit et, à la lueur du briquet, je le vis tirer sur sa cigarette d'un air très concentré, tu es encore là, dit-il avec une ironie mêlée de surprise, il avait dû espérer lui aussi que j'avais pris la poudre d'escampette, que j'avais disparu de sa vie sans esclandre, sans adieu ni reproche. Le seul sentiment partagé était la déception que chacun de nous éprouvait de ce que l'autre ne soit pas encore sorti de sa vie sans tambour ni trompette.

Veux-tu que je m'en aille, il soupira, je n'ai pas la force de discuter de ça, ce que je veux n'a aucune importance, c'est ce que tu veux qui compte, fais ce que tu as envie, mais je ne suis pas seule en cause, nous sommes deux, tu n'as pas encore compris qu'être deux signifie deux solitudes côte à côte, je vais te confier un secret, être trois signifie trois solitudes côte à côte et ainsi de suite, il faisait noir mais je pouvais deviner qu'il avait l'air très satisfait de sa repartie sans parvenir à décider si c'était intelligent ou stupide, original ou banal, en parlant de trois, on dirait que tu es un spécialiste, grognai-je, il se raidit, que veux-tu dire ? demanda-t-il agressif. Je me mis à bredouiller, rien, rien du tout, il ricana, tu as été fouiner un peu partout à ce que je vois, je ne répondis pas, prête à une nouvelle explosion de colère, justifiée cette fois, mais il continua à ricaner sans rien dire comme s'il voulait à tout prix me déconcerter, j'espère que ça t'a plu, dit-il finalement. Sûrement moins qu'à toi, il se mit à rire, oui, je me suis bien amusé dans l'ensemble, je ne dirais pas le contraire, surtout maintenant que les plaisirs de la vie sont pratiquement derrière moi, tu ne me donnes vraiment aucune chance. Ne te vexe pas, je veux parler d'un grand panier bourré de plaisirs, de surprises et de cadeaux, j'ai presque tout déballé, le panier est quasiment vide, mais le tien est encore plein, Ya'ara, tu n'as pas à t'inquiéter. Je suis née avec un panier vide, ce n'est pas une question d'âge, je ne l'ai jamais vu de la façon dont tu le décris.

On n'en a pas conscience sur le moment, c'est seulement après coup, quand on a dépassé la moitié de sa vie, que les idées s'éclaircissent, et il alluma la veilleuse, afin d'éclairer notre lanterne sans doute, puis il se mit à fourrager dans sa réserve pour se préparer une petite consolation supplémentaire, je le regardais, fascinée par ses gestes, sa nudité ténébreuse, les photos m'avaient tellement bouleversée que j'avais l'impression que son corps gardait encore des empreintes de doigts, on aurait dit un léopard, avec son corps souple et moucheté de taches rondes laissées par les doigts et les lèvres de ses amantes, sans qu'il ait l'air usé pour autant, il s'étira voluptueusement et tira une bouffée de son joint avant de me l'offrir, oui, reprit-il sans transition, je me suis bien amusé mais je n'en ai jamais été tributaire, il y avait comme une menace dans sa voix, un sévère avertissement, et je compris qu'il valait mieux ne pas discuter, mais comment as-tu trouvé le temps de faire autre chose, il s'esclaffa, tu oublies l'âge que j'ai, ça m'a pris des années. Mais tu as toujours le même corps, c'est le seul que tu possèdes et il est couvert de taches, il inspecta sa peau lisse et brune d'un œil inquiet, examinant son bras sous toutes les coutures, tu es jalouse, petite, il soupira de soulagement comme s'il y avait réellement cru, je ne tentai pas de nier, tu as la vie devant toi, Ya'ara, pourquoi es-tu si pressée de te fermer les portes, quand tu en ouvres une, tu te dépêches de la refermer à la première frustration, c'était peut-être la première fois qu'il s'intéressait à moi, à mon existence, j'étais troublée, en vertu de quoi s'immisçait-il dans ma vie privée, que veux-tu dire, demandai-je non sans animosité. Je ne sais pas, il ne s'agit pas de détails, c'est une question de principe, au lieu de partir gagnante, tu te caches pour parer les coups, et tu ne sors de ta tanière que pour y rentrer immédiatement. Note bien que c'est ton droit, chacun est libre de choisir sa voie, mais tu es frustrée, ça se voit, ce n'est pas jouissif de rester dans son trou, tu veux davantage, mais, pour ça, il faut prendre des risques, et tu n'oses pas.

Mais je prends des risques, la preuve, je suis là, il repoussa l'argument non sans dédain, tu te perds encore une fois dans les détails, il ne s'agit pas d'une nuit ou deux mais de la manière dont tu mènes ta vie en général, si tu la domines ou si tu courbes la tête, je me recroquevillai de honte, j'aurais tant voulu être la femme forte qu'il décrivait, elle n'avait pas besoin d'homme, elle, elle ne faisait pas le compte des pertes et profits, elle ne payait pas sa sécurité au prix fort, elle se contentait de suivre sa voie, j'entrevoyai un avenir solide et stable, sans Yonni qui me fragilisait à force de veiller sur moi et sans Arieh non plus, dans un petit nid aménagé sous les combles, chez nous, c'était effectivement le trou sombre et lugubre dont il parlait, j'irais vivre ailleurs, dans un appartement avec une vue plongeante, une vue panoramique qui négligeait les détails où j'avais coutume de me noyer, et je coucherais avec qui bon me semblerait et non pas avec qui me promettrait de ne jamais me quitter, et de temps en temps avec Arieh aussi, mon corps, dont je n'avais pas encore décidé ce que je voulais en faire ni ce qu'il représentait pour moi, vivrait sa vie, une vie sauvage et secrète, il serait la monture que je chevaucherais sans crainte. La vision était si claire que j'en eus le souffle coupé, mais je me décourageai très vite, comme à l'époque où je m'étais mise au dessin, le tableau que j'avais en tête était pourtant sublime mais, de la conception à l'exécution, il s'était évaporé, et le résultat sur le papier fut proprement lamentable, il y aurait de même un abîme entre mes rêves chimériques et leur réalisation. Je me voyais toute seule dans une mansarde glaciale où je m'entraînerais à sauter du toit dans le meilleur des cas, le téléphone resterait éternellement muet, en dehors des appels de ma mère, bien entendu, et de temps à autre Yonni et sa nouvelle épouse feraient un saut pour m'apporter un reste de *tcholent* que je mangerais sans même prendre la peine de le réchauffer en pleurant à chaudes larmes dans mon assiette, je m'attendrissais sur mon triste sort quand je sentis la colère me gagner, je n'avais de leçons à recevoir de personne, pour qui se prenait-il, mais tu as été marié pendant des années toi aussi, avançai-je prudemment, tu n'étais donc pas libre de tes mouvements non plus, il prit un ton pontifiant, je crois que tu as mal compris, ça n'a rien à voir avec le mariage, ça dépend de l'opinion que tu as de toi-même, le mariage est secondaire, on peut être seul et renfermé ou être marié et ouvert, la question est de savoir pourquoi on se marie, ce qui motive les choix, la manière dont on mène sa vie, veux-tu être éternellement une petite écolière terrorisée par son professeur, qui fait de temps en temps l'école buissonnière avec un air angélique pour qu'on ne le dise pas à ses parents, ou décideras-tu d'être le seul maître à bord, pour le meilleur et pour le pire, avec tout ce que ça implique. J'ai l'impression que tu essaies constamment d'adopter une ligne de conduite imaginaire pour ne pas trop te singulariser ni le payer trop cher, peut-être cela marche-t-il à l'école mais ce serait dommage de vivre toute ta vie de cette manière. Je te parle objectivement, crois-moi, je ne cherche pas à t'inciter à sécher tel ou tel cours, je me contente de t'observer, même si tu crois que je ne pense qu'à moi, je trouve que c'est dommage.

Déconfite, le dos douloureux, j'avais l'impression qu'un étau glacé me comprimait les muscles, m'interdisant tout mouvement, je savais qu'il avait raison, absolument, et, alors, je me trouvais devant une belle pagaille sans savoir par quoi commencer pour y mettre un peu d'ordre, si mon existence y suffirait ou s'il valait mieux ne rien entreprendre du tout, je le haïssais pour s'être si brutalement immiscé dans ma vie, comme s'il m'avait photographiée à mon insu dans les toilettes en train de me curer le nez, c'est bien toi, clamerait-il en me fourrant la photo sous le nez, maintenant dis-moi si je peux t'aimer après ça. Qu'est-ce qu'il se croyait celui-là, comment osait-il, quel but visait-il, tu sais, j'ai attentivement observé ton père aujourd'hui pendant qu'il nous racontait que tu passais ta lune de miel à Istanbul, annonça-t-il, j'ai failli l'amener ici, écoute Shlomo, lui aurais-je dit en ouvrant la porte, elle est là et ce ne sont pas tes oignons, puis je l'aurais reconduit au salon où nous aurions continué la conversation comme si de rien n'était, je suis sûr qu'il aurait avalé la pilule, crois-moi, ce n'est pas la première fois, c'est fou ce que les gens sont capables d'encaisser.

Mais alors il n'aurait pas déclaré qu'il est heureux, objectai-je, eh bien, si, justement, il eut un geste de dénégation, il l'aurait soutenu même si tu étais morte, tu ne comprends pas ? Il est heureux parce qu'il a décidé de l'être, et pas parce qu'il a été particulièrement gâté par la vie, ce qui est loin d'être le cas comme tu le sais. Son bonheur n'a rien à voir avec toi, ni avec ton mariage ou ton voyage à Istanbul, il ne dépend absolument pas de toi, et tu n'as pas à lui dissimuler la vérité pour l'épargner, ni à ta mère non plus, pas même à ton mari. Les gens arrivent plus ou moins à digérer la vérité, inutile de la cacher, mais je ne me sens pas uniquement responsable de leur bonheur, j'ai peur des conséquences aussi, dis-je. Oui, c'est l'éternel dilemme, mais ce n'est qu'en apparence, celui qui ne t'accepte pas telle que tu es finira par aller voir ailleurs, on ne peut pas faire éternellement semblant.

Mais je ne vois pas vraiment clair en moi-même, un beau matin, je me sens pleine d'audace et, le soir venu, je suis terriblement angoissée, un autre matin, je me sens prête à conquérir le monde et, le soir, j'ai besoin d'un homme qui s'occupe de moi, alors trouve-toi quelqu'un qui accepte de s'occuper de toi le soir et de te rendre ta liberté le matin, sache que tout est possible, le monde est beaucoup plus ouvert que tu ne crois, c'est une grande porte béante, il commençait à me taper sur les nerfs avec sa façon de parler, on aurait dit un entrepreneur, narquois et crâneur, il faut abattre cette cloison, déplacer la salle de bains pour la mettre ici, comme s'il s'agissait de maçonnerie et non de mes misérables états d'âme. Comment pouvait-il se méprendre à ce point, à moins que je n'aie pas compris qu'il fallait vivre comme des pierres, restaurer notre vie en fonction de nos sautes d'humeur sans tenir compte de l'âme, je me souvins que toute la classe avait hurlé de rire, j'étais en CP ou en CM1, quand, à la maîtresse qui nous demandait d'énumérer les organes du corps humain, j'avais répondu l'âme.

J'observai sa large figure à la lueur de la veilleuse, les yeux mi-clos, il tétait avidement son joint, l'existence me paraissait impossible, insupportable, et je fus submergée de tristesse, je buvais la coupe jusqu'à la lie, il n'avait pas la moindre intention de partager ma vie, c'était aussi évident que dans le cas de l'entrepreneur qui ne considère pas la maison qu'il est en train de restaurer comme la sienne et n'envisage pas de l'habiter non plus, sans parler de Yonni dans sa lointaine Istanbul, mon existence était vide, et à juste titre, d'ailleurs, je m'en serais volontiers séparée moi aussi si j'avais pu, mais pour aller où, c'était ma vie après tout et elle n'appartenait qu'à moi, on a une vie avant même de posséder un toit. Plus il tentait de la déployer devant moi plus elle m'enfermait dans l'étau de ce que j'avais perdu, j'avais l'impression d'étouffer, il faut dormir,

Ya'ara, il fait presque jour, de fait, une pâle et fraîche clarté bleu-violet filtrait fièrement à travers les volets fermés, je m'étendis à ses côtés, l'épaule blottie au creux de son aisselle collante de sueur, et, à ma grande surprise, il me serra étroitement contre son corps doux et tiède comme un bol de bouillie chaude par un matin d'hiver.

C'est bientôt l'été. Oui. Je déteste l'été. Oui, moi aussi. Je déteste l'hiver aussi, repris-je, l'avenir est démoralisant quand on y pense en termes de saisons, il soupira, oui, et autrement aussi, la lumière qui perçait par les interstices des persiennes était de plus en plus claire, je songeai que nous allions éternellement rester là, allongés sur le lit en face de la fenêtre barricadée, misérables rescapés du changement de temps, je n'arrivais pas à m'endormir, sa respiration m'horripilait, il ronflait même éveillé, et je lui en voulais de détester également l'été et l'hiver, cette communion entre nous m'accablait, comme si je redoublais de malchance, nous étions tous deux assiégés, dehors la canicule et une pluie immonde, dont seuls nous protégeaient de minces barreaux en forme de cœur, faisaient rage.

Notant qu'il se redressait pour se pencher vers moi, en direction du téléphone, je feignis de dormir dans l'espoir de surprendre une conversation intime, mais il se borna à prendre l'une des boîtes de chocolats et je perçus un froissement de papier tandis qu'il l'ouvrait puis d'horribles bruits de succion terriblement agaçants, ça jouait les mentors et, pour finir, ça passait ses frustrations sur des chocolats éventés que sa femme n'avait pas eu le temps de déguster avant de mourir, il souffrait d'insomnies, il était plutôt à plaindre, le pauvre, peut-être était-il réellement affligé après tout, c'était sans doute plus pénible la nuit que le jour, et j'eus à nouveau l'impression de boire le calice jusqu'à la lie dans la chope de bière qui s'était brisée, j'entendis ensuite comme une sourde détonation, puis un juron, et il se rua au lavabo pour cracher, je le suivis aussi vite que je pus et le regardai malaxer nerveusement une sorte de mélasse brunâtre — tout en crachant et en jurant, putains de salauds, c'était trop fatigant d'ôter les noyaux des cerises, je vais les poursuivre en justice aujourd'hui, moi, ils vont voir un peu — d'où il finit par extraire un petit morceau de dent jaunâtre tachée de nicotine, puis ouvrant la bouche devant le miroir dans l'aube bleutée, il fit une grimace qui, avec la dent de devant brisée, avait l'air du contre-pied tragique du sourire vaniteux des photos de sa jeunesse.

Il se débarbouilla frénétiquement le visage et la bouche en éclaboussant partout sans cesser de jurer, titillant le trou qui venait subitement de se creuser dans sa bouche de sa langue épaisse et sombre comme pour l'obturer, de sorte que ses imprécations avaient l'air ridicules, comme si elles étaient proférées par un enfant de sept ans dont les dents de lait étaient tombées, il allait réclamer des dommages-intérêts, tu vas voir, je vais appeler mon avocat à huit heures, ils vont trouver à qui parler, crois-moi, répéta-t-il comme si j'en doutais, il se hâta de retourner dans la chambre et alluma la lumière pour vérifier s'il était stipulé sur la boîte que les chocolats étaient fourrés avec des cerises non dénoyautées avant de l'envoyer valdinguer avec une mine dégoûtée, les petites bouchées rondes se dispersèrent sur le lit et le sol, l'une d'entre elles roula même sous mon bras, comme si elle cherchait à s'abriter sous mon aile. Je m'en emparai, tel un chiot nouveau-né, la réchauffai dans mes mains, et quand elle commença à fondre, je la posai sur mon ventre où j'entrepris de l'étaler comme de la pâte à tartiner sur du pain, je me sentis mieux, je ne savais comment affronter sa colère, c'était encore ma faute, c'était à cause de moi si les boîtes de chocolats avaient échoué dans la chambre, les revirements de situation sont imprévisibles, nous étions censés vivre un amour passionné, pas grignoter comme des souris en pleine nuit, et si nous avions fait l'amour, il ne se serait pas cassé les dents, je songeai à ma mère qui répétait désespérément qu'elle ne faisait jamais rien de bon, ce qui me hérissa davantage, je m'abstins de tout commentaire et continuai à me tartiner de chocolat jusqu'à ce que je tombe sur une queue de cerise que je me fichai dans le nombril, regarde comme il est sucré, mon ventre, il cessa de dévider son chapelet d'imprécations, il en était à l'espèce d'imbécile qui lui avait apporté ça à l'hôpital, il voulait qu'elle se brise les dents ou quoi ? Je vais interroger tout le monde jusqu'à ce que je trouve le coupable, crois-moi, il agita sa main et je m'en emparai pour la poser sur mon ventre gluant, il eut un mouvement de recul mais, succombant à la curiosité, il avança le nez et se mit à lécher, puis il récolta une poignée de bouchées qu'il étala entre mes cuisses. Ébahie de le voir aussi coopératif, je répondis avec enthousiasme, il était prêt à tout, visiblement, même s'il venait de perdre sa femme et de se casser une dent, je tâchai de me tortiller comme il convenait, consciente du décalage existant entre les sensations que je me figurais devoir éprouver et la réalité, en définitive je ressentais ce qu'on doit ressentir lorsqu'on vous lèche le ventre, quelle qu'en soit la raison, rien à voir avec une expérience érotique ahurissante, j'ignorais qui de lui ou de moi était responsable de ce fiasco. Apparemment inconscient de mes états d'âme, il me léchait toujours avec application, ça commençait à me démanger partout, on aurait dit qu'il n'avait rien de mieux à faire dans la vie, à son âge, tu aimes ça, hein, tu veux te faire lécher comme une chatte, je grognai, oh oui, je ne voulais pas lui gâcher son plaisir, tu meurs d'envie qu'on te baise comme une chatte, oui, fis-je sur le même ton, à dire vrai, je n'y avais jamais vraiment songé mais, après tout, nous n'étions pas là pour rien, et, sans transition, je me retrouvai à quatre pattes pendant qu'il me tringlait sans que je sache si c'était un pensum ou le paroxysme du plaisir. Je sentis qu'il me tirait violemment les cheveux comme s'il rappelait mon crâne à l'ordre et je commençais à peine à vibrer à l'unisson que c'était déjà fini, il poussa un cri obscène, qui n'aurait pas détonné dans son répertoire d'injures, avant de se retirer, tout fripé et dégoulinant, un peu comme les chaussettes que ma mère prélevait dans la machine puis déposait dans une bassine pour que j'aille les suspendre dans la cour sur des fils métalliques tendus entre deux poteaux, face aux montagnes, j'étais terrifiée parce que je croyais que les cordes étaient électrifiées et que j'allais mourir d'électrocution en les touchant avec des mains humides, que j'allais tomber dans un piège habilement ourdi et qu'elle me disait adieu de la fenêtre, advienne que pourra, me disais-je finalement avant de me mettre à étendre les chaussettes en contemplant les montagnes, sans être très hautes ni majestueuses, elles étaient quand même magnifiques, surtout le matin au lever du soleil qui se profilait derrière elles, et le soir, quand elles se fondaient dans le ciel pourpre du crépuscule, des vergers, des champs de carottes ou des fraiseraies, c'était une surprise à chaque fois renouvelée, subitement, il bondit du lit en hurlant, où est-il, de quoi parles-tu, le bout de ma dent cassée, je ne sais pas où je l'ai mis, je dois l'apporter chez le dentiste pour qu'il me reconstitue la dent, après avoir rallumé la lumière, nous avions cherché frénétiquement sous les coussins et les couvertures et je me levai pour aller voir dans le lavabo quand il me cria de ne pas bouger, il s'approcha à pas feutrés, tel un tigre s'apprêtant à fondre sur un lièvre, et avança la main vers la raie de mes fesses d'où il retira le fragment manquant. Je me tenais devant lui, innocente de tout crime, tel Benjamin dans le sac duquel on avait retrouvé la précieuse coupe, qu'aurais-je pu dire, il pointait un index accusateur vers moi, je lui tournai le dos et, étant déjà presque arrivée à la salle de bains, j'y entrai pour prendre une douche et me débarrasser de ce chocolat stupide, j'étais furieuse contre moi, pourquoi fallait-il que je gâche toujours tout, songeai-je sous le jet brûlant, c'est quand il commençait à se dégeler que, moi, je restais de glace, j'étais tout émoustillée en repensant à l'application avec laquelle il m'avait léchée, l'évoquer était bien plus excitant que le vivre en temps réel, peut-être en allait-il toujours ainsi, il était plus palpitant d'imaginer ou de revivre les choses que d'en faire réellement l'expérience, c'était une façon de les dominer, je me complus dans mes fantasmes jusqu'à ce que j'aie épuisé l'eau chaude, je sortis de la douche et me séchai avec sa serviette, en revenant dans la chambre, je le trouvai profondément endormi, la bouche ouverte, sa langue masquant les dents de devant, il tenait le morceau de dent dans sa main ouverte.

Cédant à une subite impulsion, radieuse comme il arrive après une amère désillusion, je saisis en tremblant le débris rare, précieux et irremplaçable, et m'empressai de le jeter dans la cuvette des toilettes, observant les rides légères, presque invisibles, qui se formèrent immédiatement autour de lui avant qu'il disparaisse définitivement quand j'eus tiré la chasse, il ne le reverrait plus jamais, disons que c'était un autre détail insignifiant et secret que nous partagions.

CHAPITRE 11

Quand ai-je su que c'était sans espoir ? Au moment où j'ai senti la pluie tomber comme si je n'avais plus de toit au-dessus de ma tête, j'ai compris que je n'étais pas à ma place, que je n'avais nulle part où aller. Je tentai de prendre la fuite, de sortir du lit devenu un piège rempli d'eau, avec ses coussins imbibés et ses couvertures détrempées comme de la boue, j'étais incapable de remuer les mains, les jambes ou le cou, on aurait dit un sac d'os où se déversait la pluie, je perçus des voix autour de moi, était-ce une averse d'automne ou une giboulée de printemps ? se demandait-on. Va voir si la scille est en fleur, si l'on aperçoit la bergeronnette et si les lupins bleus poussent dans les champs, ordonne une mère à son enfant. L'enfant revint au bout de quelques années, maman, dit-il, c'était vraisemblablement une giboulée car les champs étaient bleus comme la mer, le vent y formait même des vagues, je suis heureuse que tu sois revenu, dit la mère, entre-temps, j'ai fondé une nouvelle famille, l'enfant se mit à pleurer, je veux en faire partie moi aussi, supplia-t-il, mais tu as les yeux bruns et nous avons tous les yeux bleus, comment pourras-tu prouver que tu nous es apparenté, objecte-t-elle, l'enfant sanglote de plus belle, je m'arracherai les yeux et planterai des lupins bleus. Je voulus crier, Oudi, n'arrache pas tes beaux yeux bruns, je les aime, mais j'étais incapable d'ouvrir la bouche, je suis ta vraie mère, Oudi, tu ne te souviens pas de moi, j'étais étendue sur le balcon à longueur de journée, il me regarda avec les yeux brillants d'Oudi Sheinfeld, le frère d'Orit, ma camarade de classe, tu n'es pas ma mère, dit-il, tu lui ressembles, c'est tout, et je revis Mazal Sheinfeld, sa mère et celle d'Orit, agonisant sur la véranda de leur maison.

Elle avait un nom incroyable, un curieux amalgame séfarade-ashkénaze qui, me semblait-il, avait scellé son destin, eût-elle épousé un homme portant un autre patronyme elle ne se serait pas éteinte sur le balcon, en plein jour, dans une chaise longue convertie en lit pour la circonstance. De loin, on aurait dit une estivante désœuvrée et il fallait s'approcher pour juger de la gravité de son état à l'immobilité des draps blancs. Son corps semblait pétrifié sur sa couche, de même que les traits de son visage mat de Yéménite qui avait viré au gris clair, seul un léger raclement de gorge, montant de ses lèvres caves, témoignait d'un semblant de vie. Orit Sheinfeld et moi passions devant elle avec nos lourds cartables poisseux de limonade et de chewing-gum, et nos crayons de couleur qui s'entrechoquaient en cadence, puis nous poussions la moustiquaire pour nous diriger directement vers la cuisine.

Orit prenait du pain frais — le matin, c'était toujours le petit Oudi, âgé de six ans, qui se chargeait de le ramener de l'épicerie, il filait à fond de train devant sa mère, qui couchait aussi sur la véranda et qu'il n'avait jamais vue debout, elle était tombée malade à sa naissance, et revenait en courant avec ses grands yeux brillants — et elle préparait des sandwiches pour tout le monde, y compris pour moi quand je dormais chez eux, elle était affectée d'une légère claudication, un boitillement gracieux dont j'avais oublié la cause et dont une large cicatrice attestait l'existence. Après le déjeuner, qui se composait également de sandwiches, nous jouions avec le petit Oudi jusqu'au retour de Guidon Sheinfeld, leur père, il s'asseyait avec nous, le dos contre le mur, son large short kaki découvrant ses longs et minces testicules, spectacle qui nous faisait hurler de rire, Orit et moi.

Durant la semaine de deuil où je n'avais pas quitté Orit et Oudi, j'avais essayé de faire le rapprochement entre les photos de leur mère, quand elle était jeune et si belle, et les pâles bourses qui bringuebalaient entre les jambes de leur père tandis qu'il servait des rafraîchissements aux visiteurs, j'imaginais cette superbe beauté les empoignant dans ses mains brunes, on aurait dit qu'elle les soupesait, son geste n'exprimait pas le moindre désir. Qu'avait-elle bien pu lui trouver ? Il avait une bouche mince, presque cruelle, et le cheveu rare, il flottait autour de lui une aura d'adversité, je songeai que lorsque je serais grande, à quinze ou seize ans, par exemple, il tomberait amoureux de moi et j'irais habiter chez eux, mais je dormirais dans sa chambre, pas dans celle d'Orit, au bout de quelques années, mon corps s'engourdirait, je ne pourrais plus saisir ses testicules et je me retrouverais sur la véranda à vingt ans à peine. Il n'en avait rien été finalement parce que j'avais rompu avec Orit

Sheinfeld à la fin de la semaine de deuil, ça ne m'amusait plus d'aller chez eux maintenant que le lit avait disparu de la véranda et Orit commençait à m'ennuyer avec ses sandwiches, je cessai donc de les voir mais je me sentais terriblement embarrassée, aujourd'hui encore, je détourne honteusement la tête chaque fois que je croise une jeune femme qui clopine gracieusement dans la rue, même si je sais qu'Orit a subi une opération et qu'elle ne boite plus, et je m'attendais à expier ma conduite pour avoir ignoré ses regards insistants, sans parler d'Oudi, viens chez nous, suppliait-il en se frottant contre moi comme un petit chat, à la récréation, on jouera au papa et à la maman, tu seras la maman et Orit sera le papa, il nous arrivait souvent de tuer ses parents pour jouer, je prétextais que j'étais très occupée sans oser lui caresser les cheveux de crainte d'être contaminée. Je n'avais jamais eu peur tant que la malade était là et ce n'est qu'après sa disparition que j'avais commencé à m'inquiéter, Mazal Sheinfeld avait beau être morte, la maladie était toujours vivante, prête à se jeter sur le premier venu pour le paralyser, et il semblait bien qu'elle y était parvenue, la preuve, je n'y pensais plus depuis des années et voilà que ce matin, justement, j'avais vu le petit Oudi aux yeux bruns dans cette maison endeuillée où j'étais cloîtrée, c'était pour ça que je ne pouvais plus bouger les bras ni les jambes et que je pleurais à chaudes larmes sans que personne m'entende, Orit et Oudi, mes très chers amis, ma véritable famille, je les regrettais tant, je savais que mon châtiment était arrivé et que je ne remarcherais plus jamais. On me ramènerait chez mes parents sur une civière, ils devraient deviner mes désirs, et déjà que, même lorsque je pouvais parler, ils n'y réussissaient guère, qu'est-ce que ce serait quand je serais muette, assis au chevet de mon lit, ils me raconteraient des histoires, comme celle que j'entendais en ce moment, la terrible semonce narrée par la voix posée de ma mère, *tu couvres aujourd'hui de honte le visage de tous tes serviteurs, qui ont sauvé aujourd'hui ta vie, celle de tes fils et de tes filles, celle de tes femmes et de tes concubines, parce que tu aimes ceux qui te haïssent et que tu hais ceux qui t'aiment. En effet, tu as manifesté aujourd'hui que chefs et serviteurs n'étaient rien pour toi, car je sais maintenant que, si Absalom vivait et si nous étions tous morts aujourd'hui, tu trouverais cela très bien. Allons, je t'en prie, sors et parle au cœur de tes serviteurs car, je le jure par l'Éternel, si tu ne sors pas, il n'y aura personne qui passe cette nuit avec toi, et ce sera pour toi un malheur plus grand que tous les malheurs qui te sont advenus depuis ta jeunesse jusqu'à présent*, je savais que ces paroles m'étaient destinées pour avoir abandonné Orit, Oudi et Yonni, la chair de ma chair, mais le roi irait bientôt s'asseoir à la Porte et un esprit de conciliation illuminerait le pays déchiré, Arieh intervint alors d'une voix profondément émue, tu étais mon radio, disait-il, puis à l'adresse de quelqu'un d'autre, elle était mon radio pendant la guerre, elle m'a veillé pendant dix jours après que j'ai été blessé, elle me lisait la Bible, le seul livre qu'il y avait à l'hôpital.

Il ne parlait pas du tout, dit ma mère, je me demandais même, au début, s'il entendait, le médecin m'avait demandé de changer son garrot toutes les demi-heures et de rester à son chevet. Comment me suis-je aperçue qu'il comprenait ? Parce qu'il faisait la grimace quand il m'arrivait de sauter un ou deux mots, Arieh pouffa, eh bien, j'arrivais tout droit de ma *yeshiva*, j'avais troqué le feu de la Torah contre celui des Syriens pour me retrouver, un jour plus tard, entre la vie et la mort, en train d'écouter des versets de la Bible, la Torah te poursuit, tu ne peux pas t'enfuir.

Dix jours plus tard, j'omettais les derniers mots de chaque verset et il les complétait, dit ma mère, c'était la première fois que je l'entendais parler, et, quelques années plus tard, j'avais cru le reconnaître à la fac, à Terra Santa, je l'avais abordé et avais déclamé, *et ce sera pour toi un malheur plus grand que tous les malheurs qui te sont advenus...*, comme si c'était un mot de passe, et il avait répondu, *depuis ta jeunesse jusqu'à présent*, pas de doute, c'était bien lui. Nous avions tellement changé, c'était encore un enfant pendant la guerre, moi, j'avais juste seize ans, mes camarades de classe tombaient comme des mouches, une semaine plus tard, c'était terminé, vous avez votre vie à bâtir, nous avait-on dit, étudiez, mariez-vous, fondez une famille, mais comment, la vie était triste, irrespirable, on se retrouvait brusquement accablé par un lourd passé qui vous tirait en arrière.

J'ai quitté Emeq Yizre'el dès que j'ai été rétabli, expliqua Arieh, ça a été une visite brève et mortelle, je ne l'avais pas connue en temps de paix, à peine arrivé, j'avais été blessé et, deux mois plus tard, je me retrouvais à Jérusalem, à moitié invalide, je me demandais quelquefois si je n'avais pas rêvé. Je me redressai et me frottai les yeux, et si je rêvais, moi aussi, je les entendais de très près, très clairement, pas comme le jour où j'avais collé l'oreille à la cloison et à la porte, et quand des voix étouffées s'élevèrent du salon, je ne compris ce qui se passait qu'en entendant ma mère s'exclamer, ah, comme il est agréable, ce balcon, oui, renchérit Arieh, Joséphine aimait s'y étendre avant son hospitalisation, quelle belle journée, ajouta une autre voix, c'est le premier jour du printemps, les voix parvenaient d'un balcon qui reliait la chambre à coucher au salon et dont je n'avais encore jamais soupçonné l'existence. Par les interstices des volets, je pouvais même distinguer leurs silhouettes, confortablement installées autour d'une table en osier, ils avaient apparemment décidé de s'isoler un peu, loin du vacarme des Français, pour créer leur propre enclave qui se piquait de récits héroïques. J'avais l'impression d'être au théâtre, mais au lieu d'un one man show, ici, plusieurs acteurs se produisaient devant une unique spectatrice, il me semblait bien reconnaître la troisième voix, je me demandais s'ils avaient choisi de venir ici pour me faciliter la tâche ou s'il n'en était rien, au début je n'étais guère impressionnée par ce que j'entendais, en effet, les voix étaient si claires qu'elles en occultaient le sensationnel. Je n'avais plus à tendre l'oreille pour essayer de saisir des bribes à travers un mur, on me les apportait sur un plateau, comme un beau rêve qui, en fait, me parlait de choses connues, évidentes, et il me fallut un certain temps avant de comprendre que c'était le mystère de ma vie qui se dévoilait, mais je ne voulais, je ne pouvais pas entendre, j'étais pétrifiée, même mes oreilles étaient paralysées, et Shlomo, demanda Tirtsa, il est venu hier, n'est-ce pas, Ari, répondit ma mère qui l'appelait visiblement par son diminutif.

Non, je faisais allusion à l'époque où vous vous étiez

revus, rectifia Tirtsa, ce jour-là, j'étais avec Shlomo à Terra Santa, raconta Arieh, quand une jolie fille avec une natte dans le dos nous aborde et me débite tout à trac, *et ce sera pour toi un malheur plus grand que tous les malheurs qui te sont advenus...*, et moi de lui répondre sans comprendre, mécaniquement, *depuis ta jeunesse jusqu'à présent*, qui est-ce, me demanda Shlomo, je t'assure que je ne sais pas, je lui réponds, et sur le coup, c'était vrai, je n'avais pas encore reconnu la voix de l'Emeq, Shlomo avait eu le coup de foudre, ça se voyait dans ses yeux, Tirtsa ricana, tu te rappelles l'enterrement d'Elik, dit-elle à ma mère, le *moshav* était désert, au retour, un homme avait surpris sa femme avec un autre homme. Tout le monde l'avait traitée de pute, on l'avait carrément mise en quarantaine, deux semaines plus tard, elle se suicidait par noyade, oui, acquiesça maman, c'était une superbe femme, on ne lui en a pas voulu d'avoir trompé son mari, un imbécile fini, mais de l'avoir fait le jour de l'enterrement d'Elik, quand tout le village était en deuil, d'avoir profité de l'occasion, et elle ne se l'était d'ailleurs pas pardonné. Je rabattis la couverture sur mes oreilles douloureuses, tel un mari qui n'a pas la moindre envie de prendre sa femme en flagrant délit de peur de la perdre, je refusai d'écouter la suite pour ne pas perdre ma mère que je m'étais mise à chérir à la limite de l'insoutenable, et je me souvins qu'elle me lisait la Bible le soir, avant de dormir, explique-lui au moins les mots difficiles, maugréait papa, elle ne comprend rien, pas besoin de comprendre, il suffit d'entendre, j'écoutais sa voix douce me faire la lecture avec beaucoup de sentiment et nous sanglotions à qui mieux mieux aux passages tristes. Dès que je l'entendais pleurer, je faisais chorus pour la soutenir, persuadée qu'elle avait une bonne raison même si je ne voyais pas ce qu'il y avait de si triste, c'était surtout au récit de David et d'Absalom que nous ne pouvions retenir nos larmes parce qu'il ne pouvait que mal finir, un heureux dénouement n'aurait été possible que si l'action ne s'était jamais nouée, mais, puisque c'était inéluctable, l'issue ne pouvait être que tragique car le vainqueur avait tout à perdre.

La douleur de David nous arrachait toutes les larmes du corps et, à la naissance du bébé, je ne doutais pas qu'on l'appellerait Absalom, mais papa s'insurgea, je me souviens qu'ils s'étaient disputés à ce sujet au cours de la semaine précédant la circoncision, et lorsque le circonciseur avait demandé son nom, papa avait gardé le silence tandis que maman répondait Absalom sur un ton interrogatif, comme si elle attendait la confirmation de l'officiant, mais nous n'avions pas eu le temps d'user de ce nom interminable durant sa courte vie, et je savais, en écoutant papa psalmodier la terrible lamentation devant la tombe, que c'était sa façon à lui de se venger de ma mère, de lui résister, par la suite, elle n'avait plus jamais rouvert une Bible. Et lorsque je la suppliais de me lire une histoire au lit, surtout quand j'étais malade, elle me répondait abruptement, je ne suis pas une radio, le tabac et les cris avaient éraillé sa voix qui semblait avoir recouvré sa douceur d'antan quand elle déclara pensivement, c'est incroyable comme un acte insignifiant peut bouleverser une existence. L'histoire que j'ai lue à Arieh à seize ans m'a hantée toute ma vie avec mes deux enfants, quoique, dans mon cas, il y eût une double incidence, je me suis battue avec Ya'ara et j'ai perdu Absalom, qu'est-ce que tu racontes, coupa Tirtsa, c'est elle qui s'est battue avec toi, peu importe qui a commencé, rétorqua ma mère, du moment qu'il y a la guerre, David n'avait pas commencé lui non plus mais il n'avait rien tenté pour éviter le conflit, il aurait pu renoncer au pouvoir en faveur d'Absalom sans recourir à la force, mais il ne l'a pas fait. Elle soupira, c'est comme ça, on ne peut pas gagner quand on lutte contre ses enfants, et, même si on gagne, on est perdant finalement.

J'étais sidérée, de quoi parlait-elle, on aurait dit une oraison funèbre, sur moi, sur elle ou sur nos rapports, ce n'était pas vraiment leurs propos qui me stupéfiaient, leur intonation plutôt, ils avaient l'air d'être très intimes, ces trois-là, surtout après la façon dont elles avaient dit pis que pendre à son sujet l'avant-veille au cimetière, je ne comprenais pas ce qui se passait, comment c'était possible, elle qui parlait toujours de lui avec une telle haine, presque de la répulsion, loin de s'éclaircir, le mystère s'épaississait, on croit toucher le but quand on s'aperçoit qu'on s'est joué de vous. Néanmoins, je devais avouer que leur ton me plaisait assez, j'appréciais leur franche camaraderie, je ne l'avais jamais entendue parler à mon père avec une telle sincérité, elle qui veillait constamment à ne jamais émettre une quelconque information, un regret ou un doute qui auraient risqué de se retourner contre elle, toujours cette stupide rivalité entre eux, alors, Shlomo et Arieh se sont disputé ta main ? demanda la tante Tirtsa. Pas vraiment, non, dit maman en soupirant, c'était convenu à l'avance, je crois, et puis il y a si longtemps, ajouta Arieh, on ne peut pas revenir en arrière.

Ma mère éclata de rire, c'est bon de vieillir, ceux qui souffrent devraient se dire que, dans trente ans, ils prendront les choses à la rigolade, on devrait toujours avoir au moins trente ans de recul, c'est la seule façon de vivre, j'avais l'impression qu'elle hurlait, et si tout n'était qu'une vaste fumisterie, si elle savait que j'étais là et jouait la comédie, mais dans quel but, pour me donner une version améliorée des événements, une bonne leçon, me transmettre un message codé ? Je me redressai et disposai confortablement les coussins dans mon dos, l'engourdissement avait disparu, la paralysie ne me frapperait peut-être pas tout de suite, finalement j'étais comme au théâtre, un théâtre au lit, un spectacle avant-gardiste où le public, ne pouvant apercevoir les acteurs qu'à travers un store, était contraint de suppléer aux détails qu'il ne faisait que deviner. Je reconnus la robe marron de ma mère, qui l'avantageait, et son beau profil, elle passait bien à l'écran, la tante Tirtsa, en revanche, paraissait massive et guindée sur son siège, quant à lui, on aurait dit un énorme chat, le roi des chats, un animal familier qui se métamorphosait sans transition en animal sauvage et dont le magnétisme était palpable même à travers les volets, avec sa longue queue dressée, simulée par le dossier de la chaise. Je me plaisais à les entendre parler dans un climat détendu, sans acrimonie, telle une fillette qui, voyant ses parents réconciliés, s'endort sereinement, certaine de les retrouver au matin de joyeuse humeur, et puis je m'endormis à mon insu alors que j'aurais tout donné pour continuer à assister au spectacle qui se jouait en mon honneur, comment avais-je pu m'assoupir, quand je me réveillai, furieuse d'avoir manqué la fin — je ne saurais jamais ce que j'avais raté et il n'y avait personne à questionner puisque j'étais la seule spectatrice —, le balcon était désert, le soleil et la table en osier avaient dis paru, j'avais une impression d'irréalité, seuls les coussins calés dans mon dos attestaient la véracité des faits, j'étais inexcusable de m'être endormie au moment précis où la vérité allait éclater devant mes yeux clos.

Je remarquai le plateau rond posé sur la table de chevet avec le thermos rouge, un verre de jus de fruit et un petit pain frais, j'aurais bien voulu me servir du café mais ne trouvai pas de récipient adéquat, il avait oublié la tasse, ce qui manque devient toujours l'essentiel. J'essayai de boire au thermos mais le goulot avait un goût de parfum froid, ou de rouge à lèvres, et je me rappelai que, au dernier jour de sa vie, elle avait mis du brillant rose sur sa bouche qui illuminait son visage torturé, comme si elle ne lui appartenait pas et tentait d'échapper au sort de ce visage déformé, peut-être y était-elle finalement parvenue et s'était-elle réfugiée là, dans cette petite bouteille laquée, des lèvres délicates, si délicates qu'elles étaient totalement dénuées de sensualité, des lèvres cyclamen flottant à présent dans une mer de café, telles des boulettes dans la soupe, qui, à l'instant où j'inclinerais le thermos, rencontreraient les miennes pour s'introduire dans ma bouche et ne plus jamais ressortir. J'inspectai anxieusement l'intérieur de la bouteille tandis qu'une buée bouillante me brûlait le visage en masquant le goulot, puis je courus à la salle de bains et versai lentement le café dans le lavabo pour vérifier s'il y avait réellement quelque chose à l'intérieur de la bouteille, l'odorant liquide brun s'écoula à regret dans la cuvette blanche où il fut avidement aspiré puis il se transforma en un maigre filet avant de s'interrompre définitivement. Je me penchai pour essayer de distinguer quelque chose dans la pénombre chatoyante qui régnait à l'intérieur du flacon mais je ne vis rien, ensuite je le remplis d'eau et le vidai derechef, observant son contenu s'éclaircir à mesure que le marc s'éliminait, puis je retournai au lit et, en désespoir de cause, j'avalai le verre de jus de fruit en songeant que j'avais été à deux doigts de boire mon café dont j'étais à cent lieues à présent, tout comme j'avais été à deux doigts de la vérité avant qu'elle m'échappe, à deux doigts de leur jeunesse, de leur passé, ce passé qui, de chat domestique, se muait en un félin sauvage effrayant, exactement comme lui, la nuit, il hurlait, me demandant réparation, à moi qui étais bien incapable de modifier quoi que ce soit dans le présent, sans parler de l'avenir, comment pourrais-je redresser le passé, moi qui étais aussi amochée que lui, l'amender reviendrait à m'amender aussi, mon sort étant lié au sien. Les sereines paroles qui m'étaient parvenues du balcon prouvaient qu'il aurait pu en être autrement, je n'avais jamais entendu pareil ton à la maison, et c'est là, par les interstices des volets, que m'était parvenue la bonne nouvelle, on avait recollé les morceaux, tels les deux fragments du verset, *et ce sera pour toi un malheur plus grand que tous les malheurs qui te sont advenus depuis ta jeunesse jusqu'à présent.* Mais comment réparer un passé qu'on ne connaît pas, c'est déjà suffisamment difficile de se résigner à ignorer l'avenir alors comment se réconcilier avec un passé inconnu, je pris le peigne, me campai devant la glace comme si elle détenait la solution et entrepris de me coiffer, c'était la première fois depuis que j'étais là, je me peignai longuement jusqu'à ce que mes cheveux deviennent brillants, puis je les tressai en une longue natte épaisse, comme celle que ma mère cachait dans sa penderie, enveloppée dans du vulgaire papier journal comme un poisson acheté au marché, une tresse qui avait soudainement déserté sa place légitime, sur son crâne, pour atterrir au fond d'un tiroir.

C'était le soir où les ombres avaient dansé sur les murs et les bougies clignoté aux fenêtres, quand mes parents étaient rentrés de l'hôpital sans mon petit frère, que j'avais vu la natte onduler sur sa nuque pour la dernière fois, le lendemain matin, elle ne l'avait plus, elle paraissait nue, vulnérable, masculine et presque laide sans elle, qu'est-ce qui t'a pris, maman, je l'ai coupée en signe de deuil, la beauté ne m'intéresse plus, où est-elle, à la poubelle, et plusieurs mois plus tard, en cherchant quelque chose dans l'armoire, je tombai sur un morceau de papier journal d'où s'était échappée la natte, brillante, lisse et épaisse, plus épaisse que la mienne, plus longue aussi, il y avait pourtant une certaine similitude, j'avais eu beau essayer de l'attacher dans mes cheveux avec un foulard ou un élastique, elle me retombait constamment dans le cou comme si elle était douée d'une vie propre, mais aujourd'hui elle se tenait tranquille, m'engageant à marcher la tête haute, à brandir mon amour comme si c'était celui de ma mère, je songeai à la jeune fille marchant dans les étroits couloirs de l'université, j'imaginais la scène en noir et blanc, un visage blanc et une natte noire, où elle rencontrait les deux jeunes gens dont l'un était noir et l'autre blanc, alors, tels les deux fragments du verset qui finissaient par se rassembler, ses souvenirs à elle rejoignaient les siens à lui pour ne plus former qu'un événement unique n'ayant duré que quelques jours, pendant cette guerre qui avait brisé leur jeunesse. Je connaissais l'histoire du très jeune soldat gravement blessé qu'elle avait veillé dix jours durant, mais si c'était vraiment lui, comment se faisait-il qu'il n'ait pas de cicatrice, passe encore qu'on ne voie pas les baisers dont on l'avait couvert, mais des blessures graves, et si cela avait quelque chose à voir avec sa stérilité, peut-être était-ce là le handicap dont elle parlait. C'est avec une appréhension mêlée de pitié que je me représentai son corps splendide et imposant, stérile et désolé à jamais, je fus envahie de craintes, comme un prophète à qui l'on vient de révéler sa mission, il m'incombait de combler le vide de son corps, de m'insinuer à l'intérieur de cette peau lisse et sombre comme dans une vieille cave pour ne plus jamais revoir la lumière du jour.

Je cherchai frénétiquement dans ma valise la photo de ma mère que j'y avais cachée et la regardai en même temps que mon reflet dans la glace, il y avait un air de ressemblance, la même natte, la même expression sérieuse, pourquoi ne l'as-tu pas fait, maman, lui dis-je, tu aurais dû le consoler puisque tu l'aimais, et elle l'avait aimé, c'était aussi évident que si ma tresse me l'avait soufflé, je ne lui en voulais pas d'avoir préféré un autre homme à mon père, au contraire, c'était toujours mieux que de n'avoir jamais aimé personne, d'ignorer ce que signifiait l'amour, comment pouvait-on vivre en aimant toute sa vie un autre homme d'un amour désespéré, elle n'avait strictement rien fait, contrairement à moi qui l'avais poursuivi et assiégé, comment vivre jour après jour sans îlots d'espoir où se réfugier, j'entrevis le vide terrifiant de sa vie, il arrive un moment où l'on sait que rien ne changera jamais plus, j'en sentais l'imminence dans ma propre vie, un moment où l'on ne peut plus se dire que l'on connaîtra l'amour tôt ou tard et que l'on finira par mener une existence plus agréable, où l'on sait pertinemment qu'ici-bas les choses ne s'amélioreront pas et que la vie est ainsi, point final, le monde perd alors ses couleurs et son éclat, et l'existence devient un humiliant désert, au début on a envie de mourir, ensuite de pleurer, et enfin que la situation n'empire pas. J'avais l'impression que l'épaisse natte me transmettait le désenchantement maternel, assise sur le lit, j'étais en train de la caresser tel un petit chat quand j'entendis la porte s'ouvrir, il entra, auréolé de l'amour de ma mère, une grande tasse à la main, bleue comme sa chemisette dont les boutons ouverts dévoilaient une large poitrine dont quelques poils blancs soulignaient le hâle, comme la première fois où je l'avais vu, à la fin de l'été dont c'était aujourd'hui le retour, souriant la bouche fermée à cause de sa dent cassée, j'avais oublié, déclara-t-il en désignant la tasse qu'il posa à côté du thermos, l'inclinant pour la remplir, tu as déjà tout bu ? s'enquit-il avec un petit rire en constatant qu'il était vide. On aurait dit que je lui avais joué un tour particulièrement divertissant, oui, euh, non, rectifiai-je aussitôt, vu que j'en avais toujours envie, il m'examina d'un air dur, mais qu'est-ce que tu as fait, ne pouvant plus s'abriter derrière le rideau de mes cheveux, mon visage était nu, avec ses ridules et ses taches de soleil, l'air mauvais, il m'agrippa par la tresse dont il ôta violemment l'élastique, m'arrachant quelques cheveux au passage, et défit sauvagement ma superbe natte, le tout ne dura qu'une fraction de seconde mais me parut aussi interminable et terrifiant qu'un rite d'exorcisme, je fus secouée de tremblements avant de comprendre que c'était lui qui tremblait, ou bien la terre, je ne savais plus très bien où j'en étais, il hurla en s'asseyant sur une chaise en face de moi, va-t'en, j'en ai marre de tes provocations, j'étouffais, j'étais incapable de bouger, paralysée comme la pauvre Mazal Sheinfeld, il se releva et repoussa ma valise d'un coup de pied, ça suffit maintenant, cette fois tu as dépassé les bornes !

Je me relevai péniblement, m'habillai et ramassai mes affaires, sans oublier le livre cette fois, que je jetai pêle-mêle dans ma valise avant de la refermer, j'avais l'impression de me mouvoir au ralenti, je tentai vainement d'accélérer le rythme, comme si je luttais contre la force de gravité, je m'apprêtais à franchir la porte quand il s'assit sur le lit et se cacha le visage dans ses mains, pourquoi me provoques-tu, que cherches-tu, sa voix s'était adoucie, rien, je ne sais rien et je ne comprends absolument rien, répondis-je, je la déteste, cette tresse, mais pourquoi ? Tu détesterais le serpent qui essaie de te mordre, non, j'insistai, pourquoi, je ne comprends pas, il me toisa des pieds à la tête, il avait subitement l'air d'un petit garçon, tu l'ignores vraiment ? Mais oui, je te le jure sur la Bible, elle se prenait pour la princesse de l'Emeq, ta mère, elle jouait avec sa splendide tresse comme avec nos sentiments, elle avait un orgueil démesuré. Je n'en revenais pas, comment ça, elle t'aimait tellement, il ricana, elle m'aimait ? Elle n'aimait qu'elle, oui, je n'étais pour elle qu'un souvenir de guerre nostalgique, un verset partagé, elle ne m'avait jamais pris au sérieux. J'étais un petit moricaud de la zone au passé douteux et à l'avenir incertain, pas comme ton père avec sa bonne éducation et dont les parents, des médecins originaires d'Europe, habitaient à Talbiyeh, tu sais ce qu'elle me dit, il donnait l'impression que c'était arrivé hier, elle me dit qu'elle m'aime mais qu'elle veut avoir des enfants, des enfants, voilà ce qu'elle veut, c'est primordial, elle était au courant pour ma blessure, elle en savait plus que moi, les médecins l'avaient renseignée pendant qu'elle me veillait à l'hôpital. Je n'avais pas ma place dans l'avenir qu'elle imaginait sous sa natte, tu comprends, elle voulait épouser un homme riche et en bonne santé et avoir beaucoup d'enfants, elle voulait une famille normale, et moi de lui dire, de la supplier, Rachel, si tu tournes le dos à l'amour, tu le paieras toute ta vie, mais elle savait tout mieux que tout le monde, et elle a épousé mon meilleur ami sans même me le dire, j'ai interrompu mes études et quitté la fac en les maudissant pour qu'ils n'aient pas d'enfants. J'avais des nouvelles de loin en loin, on m'avait dit que ton père avait été malade et avait tout abandonné, le plus drôle, c'est que je l'ai plaint en me disant, bien fait pour elle, elle croyait que c'était dans la poche, qu'on peut prévoir dans la vie. Je n'oubliais jamais de questionner des amis de passage pour savoir s'ils avaient finalement eu des enfants, la malédiction avait apparemment marché, mais le jour de ta naissance consacra sa victoire et ma défaite, la fin justifiait donc les moyens, ton père me téléphona à Paris pour m'annoncer la nouvelle, c'était la première chose à laquelle elle avait songé, et lui, le pauvre naïf, qui n'avait rien compris, tellement il était sûr que je partagerais leur joie.

C'est le jour où tu as rencontré Joséphine, dis-je, oui, comment le sais-tu ? Il n'attendit pas ma réponse, Joséphine ne m'imposait aucune condition, elle était généreuse, elle savait aimer sans contrepartie, elle était prête à tout pour vivre avec moi, même à avorter, elle était enceinte, tu te rends compte ? C'est pour ça que je ne l'ai jamais quittée. Ne crois pas que ta mère n'a pas essayé de me reprendre, bien sûr que si, ton père lui avait fait un enfant, elle n'avait donc plus besoin de lui, elle découvrit subitement qu'elle ne pouvait pas se passer de moi, que j'étais son véritable amour, tu étais encore au berceau quand elle est venue me trouver pour me proposer de venir vivre avec vous deux et de t'élever comme si j'étais ton vrai père, mais je ne pouvais pas lui pardonner de m'avoir repoussé, j'étais très content qu'elle ait gâché sa vie, et par la suite, à la mort d'Absalom, je me suis dit que c'était le châtiment qu'elle méritait, et elle le savait aussi car elle a refusé de me voir pendant des années, je sais que je n'aurais jamais dû te raconter ça mais je n'ai pas pu résister quand je t'ai vue avec cette tresse, c'était comme une irrésistible envie de vomir. J'étais stupéfaite, son histoire était totalement différente de celle que j'imaginais, je n'y comprenais rien, je n'avais enregistré aucun détail tant j'étais obnubilée par sa dureté, sa rancune, son aigreur, il ne pardonnait rien, n'oubliait rien, ne compatissait à rien, il y a quelque chose qui ne va pas, me disais-je, les choses n'ont pas pu se passer de cette façon, Joséphine m'en avait d'ailleurs donné une version différente, elle m'avait dit qu'il s'était réjoui à ma naissance, il était soudain essentiel que je sache s'il avait été heureux ou triste ce jour-là, je ne pouvais pas croire qu'il l'avait déplorée, et ce n'est qu'après coup que j'avais pensé à elle.

Allongé sur le lit, les yeux clos, il fumait, le visage torturé, c'est alors que je me rappelai ma mère et sa haine implacable, quand deux êtres faits l'un pour l'autre contrarient leur penchant, ils se vouent à une vie pleine d'amertume et de regrets, tout le monde était responsable, elle pour avoir résisté à son amour, mon père pour lui avoir laissé croire qu'elle serait heureuse avec lui, moi pour qui elle avait renoncé à l'amour de sa vie et qui ne lui avais rien donné en échange, lui pour l'avoir repoussée quand elle était revenue le chercher et Joséphine pour lui avoir prouvé que l'amour véritable existait, une chaîne de culpabilités englobant pratiquement l'univers entier que j'avais autant de chances de briser qu'un bébé de lutter contre la bombe atomique. J'allais m'étendre à côté de lui, le dos tourné, je n'avais pas envie de le voir, brusquement il m'écœurait avec ses bribes d'informations croustillantes que j'avais attendues si longtemps et qui me paraissaient à présent empoisonnées et impropres à la consommation, excuse-moi, dit-il en se levant, je n'aurais pas dû te raconter ça, je perds invariablement mon sang-froid avec toi, nous n'avons rien à faire ensemble, nos rapports sont faussés à la base, je te ramènerai chez toi dès que les gens seront partis ce soir.

Il se déshabilla lentement avec des gestes sombres et entra dans la douche, le bruit de l'eau me fit penser à l'histoire du bonhomme de neige que me lisait ma mère, l'adorable bonhomme s'était sali dans la boue et avait complètement fondu dans l'eau lorsqu'on avait voulu le nettoyer. La logique inexorable de cette histoire me révoltait, mais pourquoi avaient-ils besoin de le laver, parce qu'il était couvert de boue, répondait ma mère, mais il valait mieux qu'il soit sale que ne pas exister du tout, ils voulaient qu'il soit propre, concluait-elle. Je fulminais, mais ce n'est pas possible, ce qu'ils voulaient était irréalisable, on perd tout quand on demande l'impossible.

J'examinais les dangereuses boîtes de chocolats en pensant à sa vie qui avait à peine eu le temps de s'ouvrir avant de se refermer, je la vis frapper à la porte, suppliant qu'on lui ouvre, mais il était trop tard, une faute en entraînant une autre, l'existence n'est plus qu'une vaste méprise. Elle avait renoncé à lui pour moi et Absalom, et elle nous avait tellement détestés pour cette raison qu'Absalom en était mort et que, moi, je n'avais aucune prise sur mon existence, et si elle l'avait choisi, lui, je ne serais pas née, agréable et séduisante perspective, j'aurais ressemblé à une boîte hermétique prometteuse et inexplorée, et quand je la réveillais la nuit, que je la décevais, que je ne faisais pas mes devoirs ou que je lui répondais, elle songeait probablement au prix qu'elle avait dû payer, tout ça à cause d'un verset estropié, raison pour laquelle Joséphine était tombée malade à son tour, la reconnaissance qu'il lui vouait était insuffisante, elle voulait de l'amour, exclusivement, mais l'amour chez lui était pourri, telle de l'eau stagnante privée d'air et de lumière, que pouvait-il nous donner, à elle comme à moi, les vestiges d'une vieille rancœur, un amer sentiment de triomphe, le triomphe des faibles qui ressemble à s'y méprendre à une défaite, je n'avais plus rien à faire ici, cette nuit, je partirais là où me conduirait ma valise, comme un chien d'aveugle, car plus j'ouvrais les yeux et moins j'y voyais.

Il chantait sous la douche avec beaucoup d'émotion, *au bord des fleuves de Babylone, nous étions assis et nous pleurions, en nous souvenant de Sion*, d'une voix triste, juvénile et sans complexe, il était resté jeune tandis qu'elle vieillissait, uniquement pour l'embêter, lui rappeler sans cesse le passé, de sorte que son rêve ne s'était jamais évanoui mais était devenu de plus en plus inaccessible, la voix m'appela, Ya'ara, passe-moi une serviette, enchaîna-t-elle sans attendre la réponse, il était sûr que je n'étais pas partie, j'ouvris l'armoire où régnait un ordre parfait, les serviettes étaient impeccablement pliées, on aurait dit des planches, je pris la première de la pile, qui était noire, et fis involontairement tomber la seconde que je ne parvins pas à replier, en désespoir de cause, je lui apportai les deux, pour qui est-elle, l'autre ? fit-il en souriant ironiquement. Tu attends quelqu'un ? Il faisait certainement allusion à l'épisode de Jaffa, oui, répondis-je en songeant à mon cher Yonni qui se morfondait encore dans la minuscule salle d'eau, c'était l'hiver quand je l'avais quitté, attendant, transi, que je vienne le sécher avec une serviette. Je m'enveloppai tout habillée dans le drap de bain et retournai au lit, il me courut après pour se planter, nu, devant l'armoire, et je tentai de distinguer une cicatrice dissimulée dans sa chair mais je ne vis rien, tu as couché avec elle ? Il ne répondit pas bien qu'il eût parfaitement entendu car il avait chancelé comme sous l'assaut du vent, il se retourna brusquement, tu es obsédée par le passé, Ya'ara, pourquoi ne me demandes-tu pas si j'ai l'intention de coucher avec toi, par exemple, il se rapprochait dangereusement à moins que ce ne fût son pénis turgescent qui s'approchait quand lui-même ne bougeait pas, on ne peut pas tout avoir, reprit-il, à trop s'occuper du passé on néglige le présent, qu'est-ce qui est plus important pour toi, de savoir si j'ai couché avec elle il y a trente ans ou si je vais le faire avec toi maintenant. J'eus un petit rire gêné, je ne sais pas quoi dire, dis-moi la vérité, fit-il, si tu as couché avec elle, il me tourna le dos et entreprit de se rhabiller avec ostentation, je protestai, mais tu avais promis de me dire la vérité, oui, mais il y a un prix à payer, tu ne le savais pas ? J'étais malade de désir, je le sentais jusque sur mon front, dans un brouillard, comme si j'étais restée des heures au soleil et avais attrapé une insolation, je me fourvoyais complètement, je ne pouvais plus rien pour elle en ce qui concernait sa vie mais j'étais en train de gâcher la mienne, viens, j'ai envie de toi, il me regarda de haut, oui, mais moi je n'en ai plus envie, et, même si je voulais, je ne peux pas, il désigna son aine, tu vois, il n'y a plus rien ici pour toi, c'est mort, si j'avais une fente, je croirais être une femme, un étrange silence régnait là-bas, le vide d'un objet inanimé. Les choses meurent donc si vite, m'écriai-je, vexée, oui, c'est comme ça, j'étais furieuse, mais il n'y a pas une minute tu débordais d'ardeur, alors que s'est-il passé, tu es vexé par ce que je t'ai dit, pourquoi poses-tu des questions dont tu es incapable d'affronter les réponses ? J'en suis incapable, moi ! s'écria-t-il, exaspéré, c'est toi qui es incapable d'accepter que je n'ai pas envie de te baiser, je hurlai, espèce de menteur, elle a eu bien raison, ma mère, de ne pas vouloir t'épouser, il éclata d'un grand rire odieux, j'avais la gorge en feu à force de crier, dans quelques heures cela aussi appartiendra au passé, pensai-je en contemplant la clarté orange qui filtrait à travers les persiennes, je ne sais pas où je serai mais ce qui est sûr c'est que je ne serai plus là, ce lieu est malsain, et je n'en crus pas mes oreilles en entendant mes pensées proférées par sa voix. C'est malsain ici à cause de toi, tu empoisonnes ce que tu touches, Joséphine respirait la santé en comparaison, et tu me forces à faire des choses que je déteste, je ne peux plus le supporter, je regrettais presque la présence d'une tierce personne, mon père ou ma mère, par exemple, quelqu'un qui aurait joué les arbitres, peu importait qui avait raison au fond, il était évident que l'un de nous deux était de trop ici et que je devais partir avant l'arrivée d'autres visiteurs qui me bloqueraient ici jusqu'au milieu de la nuit, je ne pouvais pourtant pas le laisser avoir le dernier mot, un sale menteur, voilà ce que tu es, braillai-je, il s'esclaffa, je me demande bien ce que tu fais ici et à quoi je te sers si je suis aussi affreux que tu le dis. Tu ne me sers à rien et je regrette de t'avoir connu, eh bien, personne ne te force à me connaître davantage, tu n'as rien à faire ici. Alors pourquoi m'as-tu téléphoné de venir, tu as brisé ma vie avec ce coup de fil, je t'ai téléphoné ? C'est toi qui m'as appelé au contraire, crois-tu vraiment que j'aurais fait une chose pareille le jour de l'enterrement de ma femme ? Aveuglée de colère, je me jetai sur ces lèvres qui venaient d'énoncer de telles énormités en essayant de les lui arracher mais il me cloua sur le lit d'une bourrade, je t'ai téléphoné ?

Jamais de la vie, je ne connais même pas ton numéro, jamais de la vie, c'était insupportable, au même instant, la sonnette retentit, et la deuxième moitié du troisième jour de la semaine de deuil de Joséphine Even commença.

CHAPITRE 12

M'eût-on demandé s'il était plus facile d'en venir aux mains ou de faire l'amour, j'aurais penché naturellement pour la seconde hypothèse, mais aujourd'hui, allongée sur son lit, suffocante de haine, je me rendais compte que ma rancune était plus physique que mon amour, moins nébuleuse et moins défaitiste aussi. Elle mobilisait toute mon énergie tandis que je me blotissais sous la couette et passais ma colère sur les coussins moelleux, comme si c'étaient ses lèvres vomissant ces affreuses paroles, et je fermais obstinément les yeux pour ne pas voir ce révoltant spectacle, les meubles, les recoins de la chambre, les murs blancs et le tableau qui y était suspendu, une gigantesque grue noire et sinistre au-dessus des murailles, l'armoire entrebâillée et même les stores qu'on n'avait pas relevés depuis deux jours avaient été contaminés par ses paroles, ceux qui les avaient entendus, qui avaient vu le sourire dément qui les encadrait, la bouche fendue jusqu'aux oreilles au point qu'une goutte de sang perlait aux commissures, tous ceux qui étaient là, humains ou objets, étaient souillés à jamais. Je voulus me lever, qu'on n'ait nulle part où aller n'est pas une raison suffisante pour ne pas bouger et ce n'est pas parce qu'on a commis une erreur qu'il faut la reproduire, quand une pensée terrifiante me paralysa, la conscience absolue, évidente que moi, Ya'ara Korman, née à telle date et en tel lieu, avec telle couleur d'yeux et les autres caractéristiques immuables avec lesquelles il faut vivre, j'allais ajouter une caractéristique de plus à laquelle les autres allaient devoir faire de la place et avec quoi elles devraient fraterniser, le fait qu'en tel mois de telle année j'avais commis une erreur, une faute grave qui avait bouleversé le cours de ma vie, changé le passé en regrets éternels, le présent en cauchemar et le futur en bête sauvage, et maintenant il me fallait apprendre à vivre avec, tel un handicap, un handicap dont je serais la seule responsable, comme quelqu'un qui se tirerait une balle dans la jambe et serait contraint de vivre toute sa vie avec cette blessure, ou quelqu'un qui monterait en voiture pour se faire écraser, à la fois chauffard et victime, plaignant et accusé, et je songeai à mon Yonni chéri que j'avais à jamais perdu et dont on m'avait arraché l'amour, comme on ôte la nappe d'une table qui apparaît brusquement nue, misérable, abîmée et salie. J'imaginais son doux visage dont les traits s'étaient soudain durcis, ce qui lui allait singulièrement bien, comme si cette rudesse latente attendait la première occasion pour se révéler, d'une voix ferme qui avait perdu ses inflexions caressantes, il m'expliquerait poliment que quelque chose en lui s'était brisé et que nous ne pourrions jamais plus revivre comme avant car cette lune de miel à Istanbul signifiait la fin de notre mariage, sais-tu que les Turcs étaient autrefois pratiquement les maîtres du monde ?

On pourrait quand même réessayer, Yonni, c'est très facile de rompre. Il ne reste que des vestiges de la gloire passée, poursuivrait-il, un orgueil putride, je me rattraperais, Yonni, je le suppliais presque, je réparerais mes torts, ils régnaient par la cruauté, reprendrait-il, et c'est ce que l'on retrouve aujourd'hui à Istanbul, la cruauté sans le pouvoir, ce qui mettrait un terme à notre discussion, je remballerais mon orgueil putride, mes vêtements et mes livres, et lui les siens, ni l'un ni l'autre ne désirant garder l'appartement, mon nom figurerait sur la moitié des cartons et le sien sur l'autre moitié, à la porte, il me donnerait une poignée de main énergique et pondérée, comme si l'on venait de conclure un marché, les yeux brillants du bonheur modeste et réfléchi, dénués de provocation, d'un détenu libéré plus tôt que prévu, et je ne le reverrais jamais plus. Il ne subsisterait rien de nos années communes, pas même un petit enfant écartelé entre nous ou des biens à nous disputer, absolument rien, chacun partirait les mains vides, comme il était venu, et un jour, lors d'une rencontre fortuite dans la rue, nous irions nous asseoir dans un petit café où il se déciderait à me raconter à quel point ça avait été horrible de se lever, dans l'excitation du départ, repassant mentalement la liste des préparatifs de dernière minute, pour s'apercevoir que le lit était vide, la douche était vide, la cuisine aussi, ce qui ne l'avait pas empêché de prendre sa valise et de partir, Yonni n'est pas du genre à modifier ses plans, ni à pleurer au lit, il pleurerait plutôt dans l'avion, à l'hôtel, bref, en mouvement, pas comme moi qui aurais tendance à pleurer sans bouger, quand on pleure en marche, on est déjà à moitié sauvé, mais si l'on reste immobile, on est perdu, comme moi, l'avenir m'offrait des perspectives terrifiantes, j'en étais aussi certaine que si c'était du passé, je savais que je serais incapable de le supporter et que je devais l'enrayer, trouver le moyen de stopper l'énorme rocher qui me dégringolait dessus. D'abord, sortir du lit, mieux valait encore m'asseoir sur la lunette des W.-C., ou mieux, aller à la fenêtre, je parvins même à l'ouvrir, une bouffée d'air printanier, piquant et parfumé, me caressa le visage, les orangers du jardin en fleurs me rappelèrent les vergers autour de la maison de mon enfance, on aurait dit des nouveaux mariés qui me faisaient fantasmer sur l'amour, ce qui est toujours plus excitant que l'amour lui-même, je déambulai au milieu des arbres, perdue dans mes pensées de bonheur, et gravis une petite colline d'où le monde, un immense verger, s'étendait à l'infini à mes pieds, j'y entraînerais mon amoureux pour lui montrer cette splendeur, et j'aurais la réponse à la grande question qui n'avait jamais été posée et ne le serait jamais. Et si j'y emmenais Yonni à son retour, j'irais l'attendre à l'aéroport et le conduirais directement ici, il passerait sans transition des mosquées d'Istanbul aux vergers du Sharon, et je parviendrais à regagner son cœur, là, sur cette petite colline, je retournai fouiller dans ma valise pour vérifier que tout y était et, regardant autour de moi, j'élaborai un plan de fuite, au demeurant très simple car, dans sa précipitation, il avait omis de verrouiller la porte en sortant, peut-être délibérément, je pouvais me faufiler dans le couloir en passant devant le salon, et pourquoi pas y entrer pour lui serrer gravement la main, comme si je venais d'arriver après avoir fait un crochet aux toilettes, mais que faire de mon énorme valise, de toute façon, ce ne serait pas un obstacle. J'entrouvris lentement le store du balcon, dont j'avais découvert l'existence aujourd'hui, et remarquai la clé qui se balançait joyeusement sur la poignée où elle devait m'attendre depuis plusieurs jours, j'ouvris alors la porte du balcon, y traînai ma valise, refermai le volet et sortis dans le couloir avant de changer d'avis.

Des murmures scandés provenaient du salon, une sorte de mélopée paisible et contenue chantée par plusieurs voix à l'unisson, Dieu très-Haut qui dispense ses bienfaits, Créateur de toutes choses qui enverra un sauveur aux hommes en souvenir du mérite de leurs pères, je gagnai prudemment les toilettes, entrai à la hâte et m'assis sur le couvercle des W.-C., le temps de me calmer. Le réduit ressemblait à un minuscule îlot perdu au sein d'un dangereux océan où l'absence d'une main de femme se faisait indéniablement sentir, à quoi pensait le maître de céans pour ne pas voir qu'il n'y avait pas de papier, sans parler de la puanteur, on se serait cru dans des toilettes publiques. Entendant des pas, j'allongeai hâtivement la jambe pour bloquer la porte — il n'y avait pas de verrou — j'avais beau avoir de longues jambes, je ne parvins pas à l'atteindre mais n'en poursuivis pas moins mes efforts tandis que les pas s'éloignaient, j'étais perplexe, que faisaient les gens dérangés en pleine action, le pantalon baissé, ils avaient deux possibilités, sauter sur leurs pieds, tout dégoulinants, pour se ruer sur la porte ou rester assis au risque de se laisser surprendre dans une posture embarrassante, quelle légèreté de la part des maîtres de maison qui enfermaient leurs invités dans pareil dilemme, c'était incroyable, surtout venant de Joséphine, je me serais attendue à plus de considération de sa part, et si c'était pour cette raison qu'elle était tombée malade au point d'en mourir, après tout, le Temple avait été détruit pour moins que ça. Je tirai la chasse en pensant à mon précieux livre, esseulé au fond de ma valise abandonnée sur le balcon à la merci des passants, émergeai des toilettes en affichant une grande tristesse et me précipitai vers l'entrée en faisant une halte à la porte du salon le temps de l'apercevoir au milieu d'un cercle d'hommes qui priaient en se balançant, une femme qui sortait de la cuisine où quelques visiteuses, dont la belle-mère à la chevelure bleutée, étaient assises autour de la table, me fit signe, la prière va bientôt s'achever, m'annonça-t-elle, vous pouvez attendre avec nous, je la suivis et pris place sur l'unique chaise libre. Puis-je vous offrir quelque chose à boire ? Du café, s'il vous plaît, répondis-je joyeusement, comme tout devenait simple hors de cette chambre, elle s'empressa de m'en servir une grande tasse, me tendit du sucre et du lait et me sourit, je m'apelle Ayala, la sœur d'Arieh.

La biche et le lion, vos parents devaient aimer les animaux, remarquai-je en me mordant aussitôt la langue de peur de l'avoir blessée, mais elle rit de bon cœur, oui, c'est vrai, je ne cessais de leur répéter que c'était bien triste qu'ils s'occupent moins de leurs enfants que du premier chat de gouttière venu. Je lui souris avec gratitude, un peu de gâteau ? Sans attendre la réponse, elle me servit une part de cake au fromage crémeux et parfumé dans une jolie assiette et, dans un français parfait, en proposa une autre à la mère endeuillée, elle se mouvait avec grâce dans la cuisine bondée. Petite et potelée, elle avait une forte poitrine soulignée par un tricot moulant, le teint mat et des yeux bleus lumineux. Elle ne lui ressemblait guère, excepté la bouche charnue et vermeille qui était grise chez son frère, et quand elle souriait, ce qui était pratiquement toujours le cas, les rides qui se creusaient des yeux à la bouche avaient le charme de deux fossettes. Elle était si extraordinaire que, bouche bée, je la regardais évoluer dans la cuisine, attentionnée, rayonnante, plaisantant à tout propos, d'où sortait-elle, cette femme merveilleuse dont je n'avais jamais soupçonné l'existence, l'eussé-je connue j'aurais peut-être eu un autre comportement et ma conception du monde eût été changée. J'étais si absorbée que je ne m'étais pas aperçue qu'elle me parlait, vous êtes la fille de Korman ? Hypnotisée, je ne répondis pas, ce qu'elle interpréta probablement comme un assentiment, c'est fou ce que vous ressemblez à votre mère, je me la rappelle quand elle avait à peu près votre âge, vous êtes son portrait craché, il ne vous manque que la natte, oui, dis-je avec un sourire mi-figue mi-raisin, reste à savoir si c'est vraiment bien avisé de ressembler à ma mère, j'aurais préféré être comme vous, il n'en tient qu'à vous, fit-elle d'un air compatissant, ce n'est qu'après bien des vicissitudes que j'ai réussi à être moi-même, vous savez, si l'on me dit une fois encore qu'il n'en tient qu'à moi, je hurle, pensai-je, mais, venant d'elle, je voulais bien l'accepter car elle me témoignait beaucoup de douceur et de sympathie, j'aurais voulu lui demander où elle était passée ces derniers jours, pourquoi elle n'était pas venue me voir dans ma prison, de l'autre côté du mur, quand une ombre se projeta dans la cuisine qui fourmilla instantanément d'hommes. Je reconnus le beau-frère français et Saül, qui fit mine de ne pas me voir comme si ma simple présence pouvait trahir son secret et s'empressa de quitter la cuisine, les autres m'étaient inconnus, Arieh arriva en dernier, je notai le regard inquiet que lui lançait sa sœur quand elle annonça, Ari, la fille de Korman est là, il me lança un rapide coup d'œil et je crus qu'il allait exploser parce que j'avais dépassé les bornes mais il se contenta de sourire d'un air amusé, la fille de Korman, dit-il avec une ironie appuyée, quelle surprise, j'adore les surprises, et je remarquai à quel point il ressemblait à sa sœur quand elle lui passa un bras autour de la taille, lui étant la face obscure à qui elle communiquait un peu de son éclat et de sa sérénité, n'étiez-vous pas à Istanbul ? Effectivement, mais nous sommes rentrés, répondis-je, les joues en feu, en usant délibérément du pluriel comme si de rien n'était. Comment était-ce ? Décevant, Istanbul m'a déçue, je m'attendais à beaucoup mieux, il ne faut jamais trop espérer, dit-il, autrement, on est frustré, c'est vrai, renchérit Ayala, ce qu'on imagine est toujours plus parfait que la réalité, c'est valable pour n'importe quoi, alors mieux vaut voyager dans sa tête, ne rien visiter ni rencontrer personne, dis-je. Il objecta solennellement, oui mais, dans ce cas, on ne devient jamais adulte, la maturité, c'est justement le fossé qui sépare ce qu'on voit avec les yeux de l'esprit de ce qu'on voit avec ses propres yeux.

Pourquoi faut-il devenir adulte à tout prix, demandai-je en notant le regard curieux d'Ayala, ses narines sensibles frémissaient comme celles d'un animal qui sent le danger, il eut un air las, parce que c'est la vie, petite Korman, refuser de grandir veut dire refuser de vivre, je ne sais pas pourquoi mais j'ai subitement l'impression d'être au théâtre, pouffa sa sœur en applaudissant, c'est le moment que choisit Saül pour rentrer dans la cuisine en traînant quelque chose derrière lui, horreur, c'était ma valise, regardez ce qu'on a trouvé sur le balcon, s'exclama-t-il, tu t'amuses à laisser tes bagages sur le balcon, maintenant, ce n'est pas à moi, répliqua Arieh avec indifférence, et j'ignore ce qu'elle fait là, Saül recula précipitamment et tout le monde l'imita, y compris moi, en fixant la valise comme si elle allait nous exploser à la figure d'une minute à l'autre. Il faut appeler la police, dit Saül, quelqu'un expliqua en français la situation à la vieille mère qui poussa un petit cri, une main posée sur sa bouche flétrie, nous entourions ma valise exactement comme nous avions entouré la tombe de Joséphine, à peine trois jours plus tôt, je me sentais défaillir, j'avais l'impression d'étouffer, je ne voyais aucun moyen de m'en sortir et je sentais son regard malicieux posé sur moi comme pour dire, à malin, malin et demi, et je notai qu'Ayala nous dévisageait avec insistance, mais c'est ma valise, s'écria-t-elle avec un enthousiasme feint en posant une main sur le bras de Saül qui se dirigeait déjà vers le téléphone, je l'avais complètement oubliée, elle se fraya un chemin à travers les spectateurs et s'empara de mon bagage qu'elle posa contre le mur, c'est curieux mais j'ai l'impression d'être au théâtre moi aussi, dit Arieh, il frappa dans ses mains avec la nonchalance arrogante dont il était coutumier, le cercle se rompit lentement, tout le monde reflua vers le salon et je restai seule dans la cuisine en compagnie d'Ayala et de la dame bleue qui avait l'air affligée et coquette à la fois, ce qui, chez elle, n'avait rien d'incompatible. Dommage que je ne sache pas le français, autrement je lui aurais bien posé deux ou trois questions, par exemple, s'il était plus facile de subir pareille épreuve à la fin de sa vie plutôt que, disons, au milieu, quand on sait qu'il reste si longtemps à souffrir, moi, je suis accablée par la simple pensée de toutes les années qui m'attendent, tapies dans l'ombre, monstres plus hideux les uns que les autres que je dois monter à tour de rôle pour parcourir leurs trajets respectifs, lancée dans un grand galop enthousiaste en simulant la joie de vivre, les bras noués autour de leur cou velu, épais et répugnant, et les yeux clos pour ne pas voir le reste de leur anatomie. Je fermai les yeux, le visage encore brûlant de honte, quand je sentis une main fraîche se poser sur mon bras, rentrez chez vous, petite Korman, et ne revenez plus ici, même s'il vous le demande, ne revenez plus, vous m'entendez, il ne me le demandera pas, dis-je tristement en ouvrant les yeux, car en le voyant au milieu des autres, j'avais ressenti l'effrayante attirance qu'il exerçait encore sur moi, elle souleva ma valise et sortit, je la suivis en traînant les pieds, Ayala, la vie me dégoûte, lui confiai-je sur le pas de la porte, ne dites pas ça, autrement c'est vous qui allez dégoûter la vie, elle me serra maternellement contre elle. Avez-vous des enfants, lui demandai-je, oui mais eux n'ont pas de mère, c'était étrange car elle avait l'air d'une femme à qui tout réussit, je ne saisis évidemment pas l'allusion mais elle ne semblait pas prête à entrer dans les détails, elle tourna gracieusement les talons et, avec son port de reine, s'en retourna dans la maison en deuil.

C'était l'heure la plus terrifiante de la journée, l'heure

où la lumière est plus dangereuse que l'obscurité car elle se fait rare, l'heure où j'avais toujours appréhendé de me retrouver dehors. Quand j'étais petite, je m'agrippais à la main de ma mère et refusais de croire que nous réussirions à rentrer saines et sauves à la maison, et même, une fois arrivées, je n'étais pas convaincue que c'était bien chez nous et non un piège sophistiqué, une fidèle réplique de la maison. J'explorais ma chambre, inspectant sous le lit et dans l'armoire, et, quand elle essayait de me rassurer, je l'examinais à son tour au cas où elle eût été un piège sophistiqué elle aussi, une fidèle réplique de ma mère, et à présent, en regardant par la fenêtre du palier obscur, je songeai que ma vie s'était transformée en piège sophistiqué, la fidèle réplique de ma vie dont je devais me dégager car je sentais des élastiques autour de mon cou, telles des mains artificielles, on aurait dit des prothèses qui tentaient de m'étrangler, alors, incapable de respirer ou d'avancer, je m'assis sur une marche pour me frotter le cou mais les élastiques semblaient noués à l'intérieur, j'essayai vainement d'introduire une main dans ma gorge pour m'en débarrasser mais c'était trop profond, ma main sentait le tabac et avait le goût âcre de sa bouche.

Les fenêtres des immeubles d'en face s'illuminèrent de douces lueurs jaunes mais, chez moi, l'obscurité régnait depuis trois jours, comment pourrais-je y retourner et rallumer la lumière avec la douleur de mon Yonni chéri étalée sur le carrelage comme un gigantesque cadavre sans sépulture, les voisins, qui avaient dû sentir la puanteur, se concertaient pour savoir s'il fallait forcer la porte, ce n'est pas lui, alléguerais-je, c'est sa grande douleur et c'est tout ce qui me reste parce qu'il ne reviendra plus. J'entendais monter les bruits du soir, la routine d'une colossale entreprise à laquelle j'aurais tout donné pour appartenir, des enfants à qui l'on ordonnait de rentrer, des omelettes grésillant dans la poêle, des baignoires qui se remplissaient, brusquement, des cris, si proches que j'aurais pu croire qu'ils m'étaient adressés, étouffèrent tout le reste, allez ouste, va-t'en, je ne te supporte plus, je me relevai, éberluée, les yeux fixés sur sa porte, quand jallit de celle d'en face un gros paquet doté de bras et même de jambes dont il ne voulait ou ne pouvait faire usage, et elle s'affaissa dans l'escalier, la respiration haletante, je m'approchai d'elle et lui posai la main sur l'épaule, elle releva la tête et, me reconnaissant, la laissa retomber sur ses genoux dans une sorte d'acquiescement désespéré, que se passe-t-il ? Elle sanglotait, je n'en peux plus, je n'en peux plus, puis elle se redressa en hurlant, mon bébé est à l'intérieur, il veut me prendre mon bébé, elle se précipita vers la porte où elle se mit à cogner, rends-moi Nouri, rends-moi Nouri, glapit-elle, mais la porte resta close, elle tremblait de tous ses membres, le visage convulsé de douleur. Je me levai à mon tour et la pris dans mes bras, ne vous inquiétez pas, je vais vous rendre votre bébé, j'ignorais pourquoi j'avais dit ça mais, du moment que je l'avais dit, ça devenait un fait accompli, elle me lança un regard éperdu de reconnaissance en sanglotant de plus belle, je veux mon tout-petit, je ne peux pas vivre sans lui et il ne peut pas vivre sans moi non plus, racontez-moi ce qui s'est passé, je vous aiderai, dis-je, j'ai emmené le bébé chez l'orthopédiste, il a un problème à la jambe, quand je suis rentrée, mon mari m'a fait une crise, il a décidé que j'étais amoureuse de l'orthopédiste, et il a affirmé que le bébé n'avait rien au pied, que c'était un prétexte pour retrouver mon amant et que je baisais avec lui devant mon enfant. Imaginez-vous qu'à six mois à peine, il essaie déjà de lui apprendre à parler pour m'espionner, une fenêtre s'ouvrit et quelqu'un vociféra, emporte tes frusques, espèce de traînée, et des vêtements roulés en boule atterrirent dans le jardinet, des chemisiers, des soutiens-gorge et des culottes se prirent aux branches des orangers en fleur, c'est vrai que vous l'aimez, l'orthopédiste, demandai-je en espérant qu'elle dirait oui. Moi, certainement pas, je n'ai rien à voir avec lui. Je la croyais et ne comprenais pas pourquoi son mari ne s'était pas laissé convaincre jusqu'à ce qu'elle me révèle que, quelques années auparavant, elle l'avait quitté pour un autre homme, depuis, il piquait des crises de jalousie folle et doutait même que le bébé fût de lui, son visage se tordit quand elle évoqua son bébé, elle me regarda d'un air suppliant, les bras tendus, j'ai les mains vides sans lui, ramenez-le-moi. Mais ne m'aviez-vous pas dit qu'il ressemble à son père, oui, mais il prétend qu'il suffit que j'aie pensé à un autre homme pendant que je couchais avec lui, comment puis-je lui prouver que ce n'est pas vrai, et elle se remit à pleurer tandis que les gémissements du bébé nous parvenaient comme en écho de l'autre côté de la cloison, ne vous inquiétez pas, nous allons le sortir de là et puis vous viendrez à la maison tous les deux, il n'y a personne chez moi, vous pourrez rester quelques jours jusqu'à ce que les choses s'arrangent, mais je n'avais pas la moindre idée de la manière dont j'allais procéder, bon, maintenant, taisez-vous et cachez-vous là, dans ce coin, pour qu'il croie que vous êtes partie, je vais voir ce que je peux faire.

Quand elle se fut dissimulée, si parfaitement qu'on aurait dit qu'elle avait bel et bien disparu, je sonnai et, remarquant que l'on regardait par le judas, recommençai avec plus d'insistance, il entrebâilla la porte et me demanda ce que je voulais. Je lui souris chaleureusement, on m'avait toujours dit que mon sourire inspirait confiance, je viens de chez vos voisins, déclarai-je, vous savez qu'ils sont en deuil, oui, j'ai aperçu l'avis de décès, répondit-il en ouvrant largement le battant, c'était un petit homme dont le visage tendu me semblait familier, et il me montra l'annonce apposée sur la porte que je contemplais avec stupéfaction car elle ne s'y trouvait pas l'avant-veille, à mon arrivée, et elle me sauta aux yeux comme la preuve tangible de ce qui s'était passé. Il manque une dixième personne pour la prière du soir, dis-je le plus sérieusement du monde, la famille vous prie de vous joindre à elle, mais le bébé vient de s'endormir, il désigna la pièce du fond à présent silencieuse, je vais rester avec lui jusqu'à ce que vous reveniez, proposai-je, il me lança un regard dubitatif, je ne sais pas où j'ai mis ma *kippa*, je faillis lui rétorquer qu'elle était peut-être accrochée à l'arbre dehors mais me ravisai et lui souris, ne vous inquiétez pas, on vous en prêtera une, il y en a pour tout le monde, il jeta un regard hésitant autour de lui et soupira, bon, je ne voudrais certainement pas les priver de leur prière, et il sortit sans refermer la porte, je me ruai dans la chambre du bébé que je pris dans mes bras au moment où la porte des Even se refermait avant de m'élancer dehors en laissant la porte ouverte, elle bondit de sa cachette, m'arracha son fils et nous nous précipitâmes vers le boulevard, elle avec son bébé et moi avec ma valise.

Je l'entraînai dans un petit café bondé qui me parut être un abri sûr, je n'étais guère pressée de rentrer à la maison, et si, une fois installée chez moi, elle décidait de prendre racine, hors d'haleine, nous prîmes place au milieu de joyeux fêtards qui semblaient heureux et détendus, nous étions les seules dont la vie allait à vau-l'eau, bien qu'elle-même eût l'air particulièrement sereine quelques jours auparavant, on aurait dit la reine du quartier quand elle m'était apparue avec sa clé dans une main et son bébé dans l'autre, et voilà qu'en un clin d'œil son existence était sens dessus dessous. J'observais intensément le bébé qu'elle avait débarrassé de sa couverture, il était très changé, on aurait dit un autre, avec des yeux plus clairs, presque bleus, et ses cheveux blonds, pas châtains comme ceux de Yonni, non, il ne ressemblait vraiment pas à Yonni, ni à son père d'ailleurs dont je comprenais à présent le regard torturé quand il m'avait ouvert la porte, comment pourrait-il jamais être sûr, et lorsqu'on commence à douter, on ne peut plus s'arrêter, la preuve, j'étais la première étonnée. On dit que les bébés changent, mais à ce point, et en si peu de temps, et si elle faisait du trafic de bébés et m'avait attirée dans un piège, on allait me jeter en prison pour complicité de rapt de bébé, et qui sait ce qu'était devenu l'autre, celui qui avait une gentille face d'agneau, oh, si seulement je pouvais en avoir un pareil en souvenir de Yonni.

Vous ne pouvez pas savoir comme je vous suis reconnaissante, je lui adressai un sourire contraint pour toute réponse au moment où une jeune serveuse en minijupe ultracourte qui découvrait ses longues jambes surgit devant nous, je songeai tristement que je n'avais jamais été vraiment jeune, qu'il y avait toujours eu des filles plus jeunes que moi et que ça devenait de plus en plus flagrant, comme si le monde grouillait de filles de plus en plus jeunes et que les plus vieilles se raréfiaient, surtout dans ce café, j'eus un haut-le-cœur et commandai un thé au citron, elle fit de même, ce qui m'exaspéra, on aurait dit qu'elle n'avait plus de volonté propre, elle était tombée bien bas depuis qu'elle avait perdu son foyer et son mari, et le bébé semblait perdu lui aussi hors de son lit, un peu comme un tableau se dépouille de sa splendeur quand on le retire de son cadre, comme moi, avec ma pitoyable valise — elle paraissait avoir pris un coup de vieux —, qui allais devoir rentrer à la maison et réintégrer le cadre de ma vie. Quand le bébé se mit à pleurer, je lui pris la main et tentai de le faire rire, et je me rappelai l'histoire que ma mère racontait à mon petit frère, il n'y comprenait goutte mais il se calmait instantanément, je commençai donc à lui conter la légende, que je croyais avoir depuis longtemps oubliée, du petit Absalom et de son gros chat noir qui se nommait Arieh, pourquoi appelles-tu ton chat Lion, s'étonnait-on, c'est comme si on baptisait un serpent Lièvre ou un chien Renard, mais Absalom refusait de leur répondre. Il savait qu'Arieh était le roi des chats et que, par conséquent, un nom de roi s'imposait, mais il se doutait qu'on se moquerait de lui s'il le révélait. Prouve-nous que c'est vrai, n'eût-on pas manqué de lui dire, or ce n'était qu'une impression qu'il n'aurait su démontrer. Il se sentait plus l'enfant d'Arieh que le maître de son chat et Absalom aimait beaucoup l'idée d'être l'enfant d'un chat. Le bébé me sourit, incroyable, ça avait marché, il agita ses petites jambes dont l'une était plus courte que l'autre, n'a-t-il pas un problème à la jambe, demandai-je à sa mère, oui, répondit-elle, c'est bien pour ça que je suis allée voir l'orthopédiste. Et qu'a-t-il dit, il a dit que ça s'arrangerait, j'avais du mal à la croire tant cela me semblait improbable, j'ai l'impression que c'est un charlatan, votre orthopédiste, dis-je, vous parlez comme mon mari, et j'eus pitié du petit homme qui accomplissait une bonne action pendant qu'on lui ravissait son enfant. Qu'allez-vous devenir ? Ne vous tracassez pas pour moi, répondit-elle, elle avait dû sentir mon hostilité, je rentrerai à la maison quand je me serai calmée, il se calmera aussi et tout ira bien jusqu'à la prochaine fois, je respirais, puis-je vous aider ? je me sentais animée d'un nouvel élan de sympathie. Non, je n'aurais jamais dû le quitter à l'époque, ça l'a complètement anéanti. Peut-être n'auriez-vous pas dû revenir du tout, pourquoi l'avez-vous fait, finalement ? Je ne sais plus, dit-elle en enfouissant son visage dans la minuscule épaule du bébé, exactement comme le faisait ma mère avec Absalom, je regardai dehors, je trouvais révoltant, cruel même qu'une si petite épaule pût effacer nos erreurs.

Apercevant par la fenêtre son mari qui accourait, tel un scarabée, je me rappelai enfin à qui il me faisait penser, à mon oncle Alex qui avait connu la félicité sur le tard, je n'avais pas la moindre envie d'assister à l'inévitable face à face, il arrive, dis-je en remarquant qu'il portait une *kippa* — il avait dû prendre part à la prière avant de se rendre compte de ce qui se passait —, c'était une *kippa* blanche scintillante comme un petit soleil, elle serra de toutes ses forces le bébé contre son cœur, les yeux brillants d'orgueil, contrairement à moi, elle avait quelqu'un qui s'inquiétait d'elle, je me levai et gagnai l'autre issue à l'instant où il entrait en regardant autour de lui d'un air furieux avec sa *kippa* chatoyante sur la tête.

Redoutant d'affronter des visages connus, les monstrueuses questions rituelles, je m'éloignai rapidement de l'avenue pour m'engager dans une petite rue, le trajet abominé avait l'air complètement différent, plus long et plus sombre, par ces tranquilles rues adjacentes qui montaient et descendaient comme la houle, je me répétais, pour mc consoler, que c'était la dernière fois, que je ne reverrais plus jamais cette rue calme à l'irritante opulence, je n'aurais plus aucune raison d'y remettre les pieds, elle ne me conduirait plus chez lui ni ne m'en ramènerait, elle n'existerait tout simplement plus, et peu m'importait si elle était rayée de la carte à tout jamais. Ce quartier de la ville était brusquement devenu inutile, odieux même, avec ses maisons élégantes et heureuses, leurs jardinets bien entretenus et leurs larges baies vitrées qui donnaient sur la rue comme si elles n'avaient rien à cacher à personne, je me plantai devant l'une d'elles et aperçus d'interminables rayonnages chargés de livres qui exhalaient à travers la fenêtre un parfum de poussière, de temps passé, de vieux papier. C'était apparemment la saison où les livres refleurissaient, comme les agrumes, quoique leur floraison fût peut-être moins ostensible et plus lénifiante, j'aspirais l'odeur familière qui me rappelait celle du précieux volume emprunté à mon directeur de thèse, et je compris brusquement que je me trouvais devant sa maison, c'était là qu'il coulait des jours paisibles, naviguant de livre en livre, je brûlais d'escalader la croisée pour m'asseoir au milieu des livres, je les empilerais sur la table pour y poser ma tête fiévreuse et lasse, et puis la fenêtre s'obscurcit, on baissait le rideau, c'était la fin de la représentation, je devais me secouer et rentrer chez moi, je marchais lentement pour prolonger le charme, comme à la fin des films qu'on passait une fois par semaine dans le cinéma de mon quartier, quand j'étais petite, je rentrais à la maison comme une somnambule en trébuchant sur les cailloux du chemin sans même m'en apercevoir et, encore tout auréolée de cette douceur qui m'escortait telle une traîne royale, je colorais le paysage dans des nuances douces, chaque film était une sorte de promesse d'avenir, et je n'avais qu'à choisir d'entrer par la grande porte, laquelle était en train de se refermer, ne laissant qu'un minuscule interstice d'où ne filtrait plus aucune lumière et d'où ne s'échappait plus qu'une faible odeur, si je ne me dépêchais pas, elle se refermerait inexorablement, comme ces rues de plus en plus étroites et grouillantes, les fenêtres rapetissaient, et voici la fameuse pente obscure, j'avais l'impression de revenir d'un pays étranger où mon regard s'était accoutumé à d'autres dimensions, le monde avait l'air plus petit, étriqué, les jambes flageolantes, je dégringolai la pente jusqu'à notre rez-de-chaussée, qu'allais-je faire s'il était là, et s'il n'était pas là ?

La maison est close et sombre, et la porte s'ouvre docilement. Tâtonnant à la recherche de l'interrupteur, j'écoute les bruits dans le noir, j'effleure à l'aveuglette les murs malencontreusement peints en jaune qui luisent doucement, si seulement leurs aspérités pouvaient me révéler ce qu'ils ont vu, je pourrais savoir ce que Yonni a fait ce matin-là, s'il m'a appelée, s'il m'a cherchée d'abord à la cuisine puis à la salle de bains, sur quel carreau il se trouvait quand il a aperçu mon mot et ce qu'il a fait après l'avoir lu. Quand je finis par trouver le commutateur, j'aperçus une feuille de papier dont je m'emparai fébrilement, je le déchiffrai, frissonnante, j'aurais tant voulu partir avec toi en voyage de noces, le message m'est à présent destiné, ce n'est pas par hasard s'il l'a abandonné, s'il ne l'a pas pris avec lui ou jeté à la poubelle, il l'a délibérément laissé là pour lui attribuer une nouvelle fonction, je froisse rageusement les mots cruels que l'on m'a renvoyés avec une férocité redoublée et entre dans la chambre à la recherche de signes de détresse, de frustration ou d'humiliation. Les couvertures s'entassent sur le lit comme si elles recouvraient nos corps sans vie, d'ailleurs, je les soulève pour en avoir le cœur net, mais non, nous ne sommes pas là, l'air est chaud et charnu, chargé de vagues odeurs corporelles, l'armoire est restée ouverte, ses étagères sont à moitié vides et son sac a disparu, pas de doute, il est bel et bien parti en voyage de noces à Istanbul sans moi, c'est ridicule mais je me sens un peu blessée, il aurait dû rester là à ressasser son chagrin, comment a-t-il osé partir seul sans même tenter de me retrouver, comme le mari de la voisine, il n'a pas levé le petit doigt, je n'étais pourtant pas loin, à un quart d'heure de marche au maximum. Je remarque dans l'évier la tasse de café qu'il a bue avant de partir, elle est entièrement vide, il n'en a pas laissé une goutte en souvenir pour les générations futures, et le réfrigérateur est pratiquement vide lui aussi, il n'y a naturellement plus de pain, et pas le moindre signe de tristesse ou de trouble, c'est un appartement inoccupé depuis quelques jours où la vie s'est figée et ne reprendra plus jamais son cours.

Puisque tout me semble provisoire, je ne prends pas la peine de ranger mes affaires dans la penderie et me contente de vider ma valise sur le lit du côté de Yonni pour faire illusion, ramenant l'épaisse couverture sur mes affriolants dessous, craignant même de m'asseoir de peur d'être prise en faute, je ne suis plus chez moi, je suis juste venue jeter un rapide coup d'œil à ma vie d'avant, pour l'asticoter un peu, mais on va bientôt me mettre à la porte sans autre forme de procès. C'est comme si je devais demander la permission pour tout et n'importe quoi, sauf que je ne sais pas à qui, la permission d'aller aux toilettes, de téléphoner, je décroche en souriant obséquieusement aux murs jaunes, mais je ne connais pas son numéro, je le cherche donc dans l'annuaire, curieux que je n'aie pas oublié l'alphabet, j'ai l'impression que, là d'où je viens, il n'y en avait pas, j'ai cependant une brève hésitation, par quoi son nom commence-t-il, R ou S, il s'appelle Rose, professeur Rose, j'entends sa voix à l'accent anglo-saxon prononcé, autoritaire mais non dépourvue d'humanité, je m'excuse de le déranger et de lui avoir fait faux bond, ma mère est morte, dis-je à brûle-pourpoint en éclatant en sanglots, j'en suis la première surprise, et je devais aller à l'enterrement, il me présente aussitôt ses condoléances, ne sachant plus comment m'en sortir, j'ajoute que non, ce n'est pas ma vraie mère, c'est ma belle-mère, l'épouse de mon père. Il ne répond pas tout de suite, puis il finit par dire qu'il comprend, je sais que ce n'est pas le moment de vous harceler, ajoute-t-il, nous prendrons évidemment la situation en considération, mais je vous rappelle que vous devez me soumettre votre sujet dans les plus brefs délais sinon vous ne serez pas titularisée, puis-je vous voir ? Mon Dieu, ça n'est pas urgent à ce point, s'écrie-t-il, mais j'insiste, non, non, elle n'était que ma belle-mère, un demi-deuil suffit, je lui propose le lendemain à dix heures et demie à son bureau, et, maintenant que j'ai un programme pour le lendemain, je peux enfin penser à Arieh.

J'aborde le sujet lentement, avec circonspection, comme lorsque l'on passe devant le théâtre d'un accident et que l'on redoute de constater l'ampleur des dégâts, on ouvre la porte de la voiture carbonisée ou pulvérisée, qui sait ce que l'on découvrira à l'intérieur, un cadavre calciné va peut-être en choir, je songe à lui avec tristesse, sans animosité aucune, tel à un malade, j'erre d'une pièce à l'autre en balbutiant, je l'ai perdu, je l'ai perdu, je l'ai perdu, comment puis-je savoir que je l'ai perdu, que l'avenir sera pire que le passé, tout est perdu, tout est perdu, comment puis-je savoir que tout est perdu, que l'ignorance vaut mieux que la connaissance, ce qui me fait penser à ma mère et à son double chagrin, dire que j'avais réussi à deux reprises à l'éloigner de son amour, la première fois avant ma naissance et la seconde après, il ne voulait pas d'elle avec un bébé au berceau, il n'avait pas osé me le dire mais c'était évident, elle ne me le pardonnerait jamais et je ne pourrais même pas lui en vouloir parce qu'elle avait raison, parfaitement raison, je décidai de lui téléphoner pour lui demander pardon, comme je venais de le faire pour mon directeur de thèse, je compose le numéro et lui parle d'une voix à peine audible, Shlomo, c'est Ya'ara, crie-t-elle à mon père, comment allez-vous, et ce voyage de noces, merveilleux, fantastique, dis-je dans un souffle. Comment est Istanbul, superbe, et l'hôtel, donne-t-il vraiment sur la Porte Dorée ? J'espère que vous prenez beaucoup de photos parce que je brûle de voir ça, y compris la vue que vous avez de votre fenêtre, d'accord, et vous, ça va, qu'est-ce que vous faites de beau ? Rien de spécial, tout va bien, et j'ajoute, comment va tante Tirtsa ? Elle s'accroche, dit ma mère. Maman, te rappelles-tu ce que Joab déclare à David à la mort d'Absalom, oui, répond-elle immédiatement, pourquoi ? J'en ai rêvé cette nuit, j'ai rêvé que j'étais couchée dans un grand lit pendant que tu me lisais ce passage, *en aimant ceux qui te haïssent et en haïssant ceux qui t'aiment.* Je l'entendais respirer profondément, que disent-ils, demanda alors mon père qui avait probablement remarqué quelque chose, dis-lui que je ne suis pas ils mais elle, fis-je, pourquoi as-tu arrêté de me lire la Bible, elle protesta, ça suffit, Ya'ara, tu sais bien pourquoi, et puis ce n'est pas le moment de remettre la discussion sur le tapis alors que tu appelles de l'étranger, tu ne le diras pas à papa mais je ne t'appelle pas de l'étranger, mais qu'est-ce que tu racontes, s'écria-t-elle, angoissée, je me sens très proche de toi en ce moment et je voulais te demander pardon d'avoir gâché ta vie. Tu gaspilles ton argent, articula-t-elle très vite. C'est la vie qu'on gaspille, répliquai-je, bon, amusez-vous bien et merci d'avoir appelé, le téléphone sonna aussitôt après que j'eus raccroché mais je ne répondis pas, j'étais certaine que c'était elle, elle venait probablement de digérer ce que je venais de lui dire et, affolée, elle voulait vérifier. Je comptai dix sonneries avant de débrancher l'appareil et, dans le silence retombé, je m'allongeai sur le canapé du salon pour réfléchir à qui je devais encore des excuses, peut-être à Shira dont le chat s'était fait écraser à cause de moi, je l'avais conduit à la mort, faisant du même coup le vide dans sa pauvre vie, qui l'était déjà de toute façon. Qu'avais-je fait, j'avais fait le vide dans une vie vide, humilié un homme mortifié, brûlé un sanctuaire incendié.

J'allai chercher une couverture, car je commençais à avoir froid — on avait arrêté le chauffage en l'honneur du printemps —, dans laquelle je m'emmitouflai jusqu'aux oreilles sans même ôter mes chaussures, je me sentais comme en transit, et inspectai les lieux familiers telle une malade consciente que sa fin est proche et que la terre continuera de tourner sans elle. Une autre famille viendrait bientôt habiter ici, un jeune couple débutant dans la vie, exactement comme nous à l'époque, à la différence que la femme ne bondirait pas d'une fenêtre à l'autre, comme moi, pour s'assurer qu'il n'y avait pas d'odeur de pain, l'agent immobilier n'affirmerait pas qu'il n'y avait pas de boulangerie alentour, une épicerie uniquement, et elle ne battrait pas des paupières à l'intention de son mari en alléguant qu'elle était allergique à l'odeur du pain qui la déprimait, j'entendis frapper à la porte, rien à voir avec le coup sonore et tourmenté de ma mère, mais je ne fis pas un geste de peur de me faire prendre, je rabattis la couverture sur ma tête et me bouchai les oreilles mais, malgré toutes les barrières, je perçus une voix éraillée qui m'appelait, je bondis sur mes pieds et entrebâillai la porte, il se tenait un peu en retrait, fumant une cigarette sur le palier obscur et s'apprêtant déjà à tourner les talons, il portait un débardeur à fines rayures bleu et blanc, et une barbe naissante lui éclaircissait le teint, en me voyant, il jeta sa cigarette qu'il écrasa avant d'envoyer valdinguer d'un coup de pied le mégot dans le jardin en friche de l'immeuble, je m'appuyai à la porte dont l'ouverture étroite ne lui aurait pas permis d'entrer sans frotter le renflement enfoui au fond de son pantalon contre mes hanches.

Combien de fois avais-je imaginé la scène, quelle joie, quelle bénédiction, quelle consolation ce serait de le voir surgir sur le seuil, frapper à la porte qu'il emplirait de sa forte présence en prononçant mon nom, avec ses dents jaunies, ses doigts fuselés, ses habits et ses sous-vêtements, ses yeux étroits qui s'écartaient quand il souriait et se rapprochaient quand il redevenait sérieux, ce qui était le cas à présent que s'évanouissait son sourire de commande, je voulais m'assurer que tu allais bien, que tu étais bien arrivée, je ne réponds pas, je m'accroche à la coupe que j'ai chèrement gagnée, elle est belle mais si lourde que j'ai du mal à la soulever, je suis bien arrivée, tu vois, dis-je comme s'il était aveugle en battant lentement en retraite sans lui tourner le dos, il me suit, c'est la première fois qu'il vient chez moi, c'est drôle de le voir ici où il n'est pas du tout à sa place. Comment jouer les hôtesses quand je suis moi-même une invitée, cet appartement appartient à une ancienne vie, mais je n'en ai pas encore de nouvelle, je n'ai nulle part où le recevoir, je n'ai pas de vie en ce moment, sur le coup je trouve cette intrusion intolérable, et puis, ô quel bonheur, il me veut, il me veut, mais, tout à l'heure, il niera être jamais venu, je me rappelle les recommandations de sa sœur, ne revenez pas ici même s'il vous appelle, ces paroles transpercent le sac de douce félicité dont le contenu, poisseux et figé, un régal pour les fourmis, se déverse par les trous minuscules, c'est ma sœur qui m'a dit de venir, explique-t-il, il parle comme un enfant. C'est curieux mais tous ceux qui franchissent le seuil de cet appartement ont tendance à s'exprimer comme des enfants, un peu plus et il va m'appeler ma taupinette et je lui donnerai du raton, mais pourquoi ? Elle pense que quelque chose ne tourne pas rond chez toi, que tu ne te sens peut-être pas bien, c'est incompréhensible, comment pourrait-elle lui avoir dit de venir quand elle m'avait signifié le contraire, et si c'était un piège et qu'elle m'écoutait, cachée derrière la porte, pour me mettre à l'épreuve, il me faut lui répondre froidement, le renvoyer poliment, mais sa présence ici est si incroyable que j'ai du mal à y renoncer, tel un jouet que l'on viendrait de déballer et qui s'offrirait à moi, vertical, parfumé, tout neuf, avec son drôle de tricot rayé, sa dent brisée et sa barbe de plusieurs jours que je viens bizarrement de remarquer, je meurs d'envie de l'étrenner, de voir comment ça marche, j'ai attendu si longtemps, nous sommes plantés à l'entrée, je n'ai pas très envie de l'introduire au salon, et il n'en manifeste pas le désir lui non plus, il reste là, figé et souriant, on dirait presque le sourire un peu niais de ses photos de jeunesse, nous nous évaluons l'un l'autre comme dans un test en aveugle, chacun gardant ses appréciations pour soi, tu as sûrement envie d'aller manger quelque chose après ces trois jours de jeûne, suggère-t-il, mais tu ne peux pas, tu es en deuil, m'exclamai-je. Parce que tu crois qu'on vérifie ce genre de chose dans les restaurants, ricane-t-il, mais je n'en démords pas, et si des gens viennent te rendre visite, que vont-ils penser, ils penseront que je suis allé chez le dentiste, dit-il en titillant sa dent brisée de la langue, de toute façon, Ayala, ma belle-mère et les autres sont là. À propos, et le dentiste ? Ne t'inquiète pas, j'y suis allé, il va me la reconstituer, il me parle comme si j'étais sa femme, il ne soupçonne même pas que j'ai jeté le précieux fragment dans les toilettes, bon, tu viens, dit-il en me considérant d'un œil critique.

Je compris l'allusion, une minute, je vais me changer, je me précipitai allègrement dans ma chambre et sortis de l'armoire la robe en velours bordeaux qui convenait enfin à la saison, je me maquillai et me parfumai, un peu écœurée par tous ces efforts, un seul de ses sourires suffit à ton bonheur, pensai-je, je troquai la robe contre une vieille salopette en jean et me dépêchai de sortir avant de me raviser. Posté à la fenêtre, il fredonnait à mi-voix l'air qu'il chantonnait sous la douche, *en nous souvenant, en nous souvenant, en nous souvenant de Sion,* sur le coup, je crus que c'était Yonni qui aimait se mettre à la fenêtre lui aussi et ressentis un pincement au cœur de le voir là, hier encore, il faisait partie des murs et voilà que mon cœur se serrait en le voyant à la fenêtre, celle qui donne sur les poubelles, c'était un point d'observation commode pour surveiller le va-et-vient des locataires qui allaient jeter leurs ordures, nous avions inventé une sorte de jeu qui consistait à rapporter les allées et venues de l'immeuble, qui était chargé des poubelles dans chaque appartement, et si le mouvement s'intensifiait, on tâchait de deviner pourquoi, c'était devenu une sorte de rituel entre nous, une habitude qui semblait idiote vue de l'extérieur, un peu comme les surnoms affectueux dont se gratifient les couples dans l'intimité, c'est incompréhensible pour tout le monde, en particulier pour la personne qui contemplait les poubelles du poste à présent déserté, personne ne comprendrait à quel point c'était doux, rassurant d'entendre Yonni déclarer, incroyable, tu sais, aujourd'hui c'est le mari qui descend, il n'en peut plus parce qu'elle s'est laissé faire cette nuit, exultais-je, Yonni jouait alors les vierges effarouchées en minaudant, et c'était ce genre de conversation bébête qui, paradoxalement, nous rapprochait.

Bon, alors qu'est-ce qui te ferait plaisir, demanda-t-il en se retournant courtoisement, cet air que tu chantes, je le trouve triste, dis-je, et lui, ébahi, de quel air veux-tu parler ? Celui que tu fredonnes à longueur de journée, *en nous souvenant de Sion,* il haussa les épaules, je ne le connais même pas, j'ai dû l'entendre quelque part, bon, que préfères-tu, un restaurant français, italien, thaï, chinois ou oriental ? Moi, j'avais envie de la salade de Yonni mais je répondis thaï parce que c'était le mot le plus court et que je n'avais pas la force de prononcer plusieurs syllabes. Il y en a un excellent qui vient d'ouvrir, j'y ai emmené Joséphine la semaine dernière, j'eus un haut-le-cœur, elle pouvait encore manger ? Difficilement, elle ne sentait presque plus le goût des aliments mais elle a bu du thé, elle adorait le thé. Ce n'est pas à moi qu'il faut le dire, pensai-je fièrement, sa dernière tasse de thé, c'est pratiquement moi qui la lui ai préparée, personne n'est au courant et ça n'aurait sans doute même pas dû arriver, mais le fait est là, je frissonnai, ce n'est peut-être pas une bonne idée d'aller là-bas, pourquoi pas, ne t'en fais pas pour moi, ça ne me dérange pas, protesta-t-il galamment. Je n'avais pas la moindre envie de me retrouver assise à la même place qu'elle ni de boire le thé qu'elle avait bu alors que dormir dans son lit ne m'avait pas gênée outre mesure, il m'ouvrait déjà résolument la porte puis la portière de la voiture et, sifflotant aggressivement, il rejoignit le flot des phares qui ponctuaient la nuit de petits disques jaunes.

En gravissant les marches étroites et tarabiscotées qui menaient au restaurant, situé dans un vieil immeuble du centre-ville, je m'étonnai, comment a-t-elle pu monter cet escalier ? Elle a eu du mal mais je l'ai aidée, il m'entraîna par la taille en guise de démonstration, je fus prise de pitié, pauvre femme qui avait vaillamment monté cet épouvantable escalier pour faire plaisir à son mari. Elle avait une volonté de fer, elle ne renonçait jamais quand elle voulait quelque chose, mais pourquoi l'as-tu laissée s'épuiser, il existe d'autres restaurants plus faciles d'accès que je sache, dis-je en guettant anxieusement sa réaction qui ne manqua pas de me surprendre, c'est vrai, je n'y ai pas pensé, je voulais l'emmener dans le meilleur restaurant, c'est tout.

Quelle importance puisqu'elle avait perdu le goût ? Il éclata d'un rire terrifiant, hideux, à l'instant où nous pénétrions dans le restaurant, on aurait dit que nous émergions de l'enfer, un minuscule serveur au sourire obséquieux se matérialisa et nous installa à une petite table près de la fenêtre en bredouillant en anglais, vous êtes déjà venu il y a quelques jours, n'est-ce pas, monsieur ? Oui, répondit

Arieh, le sourire aux lèvres, vous rappelez-vous la femme qui m'accompagnait ? L'homme hocha énergiquement la tête, elle avait dû lui faire une forte impression, eh bien, elle est morte, le serveur me regarda comme si j'étais la meurtrière et battit en retraite à reculons avec force courbettes, il fut aussitôt remplacé par une serveuse qui nous présenta d'immenses menus, je m'abritai derrière le mien en songeant que cet endroit avait dû lui porter le coup de grâce, tous ces efforts pour monter l'escalier, paraître en bonne santé, lui complaire, elle ne les avait faits que pour lui, j'étais sûre qu'elle avait dû souffrir le martyre, quel cauchemar pour cette pauvre femme à l'article de la mort de sortir de son lit d'hôpital pour se traîner dans un restaurant chic, c'était au-dessus de mes forces à moi aussi, cela pourrait bien me tuer de rester assise en face de lui à manger et à discuter civilement comme si de rien n'était, comme si je n'avais pas gâché sa vie avant même de naître et qu'il n'avait pas gâché la mienne en retour. Il disparaissait lui aussi derrière son menu sur lequel il tapotait nerveusement de ses belles mains qui seules étaient visibles, incapable de supporter la tension, je m'enfuis dans les toilettes et m'assis sur la lunette des W.-C. le temps de me calmer en me répétant qu'il m'attendait, qu'il me désirait, je dus pourtant me faire violence pour aller le retrouver car sa cour subite m'effrayait autant que ses brusques accès de colère.

J'ai commandé pour toi, m'annonça-t-il à mon retour, j'ai choisi la spécialité du chef, fais-moi confiance, c'est parfait, merci, j'étais soulagée de ne pas avoir à décider moi-même, indignée à la fois, pour qui se prenait-il pour disposer de moi à sa guise, quand ton mari revient-il, demanda-t-il abruptement, c'était la première fois qu'il lui manifestait quelque intérêt, qu'il reconnaissait son existence, après-demain, je crois, il annonça sans marquer d'interrogation, vous allez vous séparer, j'étais horrifiée de l'entendre formuler la chose si explicitement, c'était horripilant cette manie qu'il avait de prendre des résolutions à ma place, probablement, dis-je finalement pour lui signifier que j'étais libre. Il ne sert à rien de faire traîner ce genre de situation, je lui demandais ce qu'il entendait par là, de mauvaises relations, commenta-t-il avec un haussement d'épaules. Mais nous avons de bonnes relations, c'est encore pire alors, assena-t-il en caressant de ses longs doigts sa courte barbe de deuil, il avait raison, au fond, les bonnes relations étaient pires que les mauvaises parce qu'on ne pouvait plus s'en passer, Ayala, ma sœur cadette, a entretenu pendant plus de dix ans de bonnes relations avec un homme qui n'était pas fait pour elle, ils avaient déjà quatre enfants quand elle l'a quitté, et son mari, un type formidable, n'a accepté le divorce qu'à la condition de garder les enfants, aujourd'hui, il vit aux États-Unis où il s'est remarié et c'est une autre femme qui élève les enfants de ma sœur pendant qu'elle est ici, toute seule.

Je frémis, j'avais l'impression qu'on parlait de moi, est-ce qu'elle regrette, demandai-je d'une toute petite voix, la question n'est pas là, ce n'est pas le résultat qui compte, dans l'absolu, elle a fait le bon choix malgré toutes les difficultés qu'elle éprouve maintenant. Donc elle a troqué un problème qui ne l'empêchait pas de vivre contre un autre qui l'empêche de vivre, dis-je, je ne sais pas, fit-il avec circonspection, je crois qu'on peut affronter n'importe quoi pourvu qu'on garde l'espoir, l'espoir de quoi ? À mon âge, on regarde moins les choses à la loupe, on sait que les circonstances changent, ses enfants finiront par grandir et elle les reverra un jour ou l'autre, tout est possible, et si mon mari et moi étions faits l'un pour l'autre, avançai-je pour échapper à ce redoutable destin qui, tel un cyclone, fondait sur moi à toute vitesse.

Si c'était le cas, tu ne serais pas là en ce moment, c'est vrai, me dis-je, c'est comme la femme de la légende, seuls les actes constituent une preuve, le reste est si confus, évanescent, je fis une nouvelle tentative, et si on s'entendait sans que je le sache, peut-être, dit-il en dévoilant sa dent cassée. J'aimerais tellement que ce soit vrai, oui, il me coupa froidement pour me faire comprendre que je n'aurais pas dû faire étalage de mes sentiments, j'aurais voulu ravaler mes paroles et posai ma main sur la sienne, pourquoi ne pouvais-je jamais lui parler de nous, lui demander ce que nous allions devenir, il évoquait toujours ma vie comme si elle était totalement dissociée de la sienne, il me prit la main, n'aie pas peur, et, de fait, je n'avais plus peur, je m'abandonnai à ce contact, et je bus du vin en essayant de ne plus penser à l'avenir et de savourer ce qu'il m'avait commandé, du riz aux fruits secs et des vermicelles croustillants et sucrés, quelle chance de ne pas avoir perdu le goût, me dis-je, c'est vraiment l'essentiel de la vie. Il touchait à peine à son assiette, se contentant de boire et de fumer, il s'était embarqué dans une histoire confuse où il était question de partouzes dans la bohème parisienne auxquelles il avait participé plusieurs années auparavant, là-bas aussi j'étais à part, mais, ici, c'est une malédiction alors que, là-bas, c'est le contraire, j'avais vite fait d'être dans le coup, j'avais l'impression que c'était à elle que s'adressait ce discours, à ma mère bouffie d'orgueil qui n'avait pas voulu de lui, il avait de plus en plus de mal à articuler, il avait dû commencer à boire chez lui, il commanda une autre bouteille que nous apporta l'aguichante serveuse, elle avait de superbes yeux verts, cette fille, et je me demandai s'il faisait la moindre différence entre nous, il ne s'engageait jamais et rien ne paraissait jamais l'atteindre. Tout à l'heure, j'avais cru comprendre qu'il me suggérait de quitter Yonni pour lui, par la suite il s'était montré distant et, maintenant, il me caressait les cheveux, sous le nez de la serveuse à qui je lançai un regard triomphant, c'est moi qu'il veut, moi, et puis je m'aperçus alors qu'il la regardait elle aussi d'un air qui n'était pas triomphant mais provocant, j'avalai de travers et me mis à tousser, comme Joséphine le jour de sa mort, quand elle avait renversé sur son lit le thé que je venais de lui préparer. La serveuse alla me chercher un verre d'eau que je ne lui avais pas demandé et que je vidai, au désespoir, il ne me désirait pas, puis je me dis qu'à force de m'acharner à savoir s'il avait ou non envie de moi, j'oubliais de me renvoyer la question, c'était comme un axiome, une proposition tellement évidente qu'elle n'avait pas besoin d'être démontrée, il était peut-être temps d'essayer, mais comment m'y prendre, c'était quand même plus facile de sonder quelqu'un d'autre. À première vue, l'autre est un livre scellé quand on est soi-même un livre ouvert, et, en fait, c'est exactement le contraire, parce que tantôt je débordais d'amour pour lui, telle l'assiette posée devant lui, songeant que nous irions bientôt au lit et que nous nous réveillerions ensemble au matin, la vie me paraissait si palpitante, à la fin de la semaine de deuil, nous partirions à Istanbul et je commencerais une nouvelle vie, mon père et ma mère ne m'adresseraient plus jamais la parole, il serait ma seule famille, sa sœur m'adopterait et je laisserais le passé derrière moi, Yonni et notre petit appartement, je ne prendrais même pas la peine de récupérer mes affaires, je rachèterais tout, pour ne pas brouiller les cartes, nous irions peut-être vivre à Istanbul pour ne plus rencontrer de visages connus dans la rue, je me rendais compte de la difficulté de l'intégrer à ma vie, mieux valait donc en commencer une nouvelle exclusivement pour lui. Tantôt je m'apitoyais sur mes parents, surtout sur ma mère qui allait nous perdre l'un et l'autre, et sur Yonni qui resterait seul avec une armoire branlante bourrée de vêtements, qu'allait-il en faire, et puis je commençais à émettre quelques réserves à son sujet, je ne voyais plus que ses défauts, ses cheveux rares, ses rides, ses dents jaunies, tous les signes de l'âge, il était au déclin de la vie, sans parler de sa personnalité instable, son agressivité, qu'ai-je en commun avec lui, pensai-je, je veux rentrer chez moi, réintégrer ma petite vie, telle était sans doute la raison pour laquelle il m'était plus facile de considérer ce qu'il voulait, lui, car, si je ne pouvais pas me faire confiance, comment pouvais-je croire un homme qui me souriait et souriait en même temps à la serveuse, laquelle serveuse, je venais de le remarquer, avait une coupe au carré à la dernière mode, et si c'était le fameux fume-cigarette, son grand amour, celle qui l'accompagnait dans la boutique ? Il m'avait peut-être délibérément emmenée ici pour la narguer, ou la voir, et s'ils étaient en train de me jouer un mauvais tour, je suffoquais d'émotion, impossible d'avaler quoi que ce soit, pourquoi sommes-nous ici, lui demandai-je d'une voix tremblante, mais parce que tu voulais manger thaï, je respirai, soulagée, c'était moi qui avais effectivement décidé de venir ici, mais il m'avait peut-être influencée, impossible de m'en souvenir. Il se replongea dans le menu et me suggéra une banane flambée à la crème glacée, mais il n'était pas question que je reste ici une minute de plus, les soupçons m'étouffaient, je ne me sens pas très bien, on s'en va, dis-je en me levant précipitamment, dans ma hâte, je faillis dégringoler dans l'escalier, pourquoi l'avais-je accompagné dans ce maudit restaurant, j'aurais dû l'emmener chez moi, dans ma première maison pour lui montrer les vergers infinis avec ma chère vieille maison en ruine, là, nous aurions été sauvés, pourquoi tardait-il tant à venir et pourquoi avait-il la mine si sombre quand il me rejoignit enfin, je voulais te faire plaisir, me dit-il avec hargne, mais, apparemment, c'est quelque chose que tu es incapable d'accepter.

Je me mis à pleurnicher, j'étais sûre que tu avais des vues sur la serveuse, c'est bien ce que je disais, tu ne peux pas supporter qu'on te fasse plaisir, tu ne peux pas être heureuse, tu t'ingénies à te punir, les punitions, ce n'est pas ce qui manque, mais tu n'as pas à rejeter la faute sur les autres. Alors jure-moi qu'il n'y a rien entre la serveuse et toi, je m'obstinais, telle une enfant qui fait un caprice, les faits ne sont pas significatifs, objecta-t-il, de toute façon, quoi que je dise, tu ne seras pas convaincue, tu le sais bien. Ce n'est pas vrai, au contraire, je sanglotai de plus belle, impossible de m'arrêter, il ne tenta même pas de me consoler et se mit à siffloter pendant tout le trajet sans me prêter la moindre attention, c'était horripilant, je voulais te déposer chez toi mais je crois que tu n'es pas en état de rester seule, annonça-t-il avec condescendance en arrivant en bas de son immeuble, on aurait dit qu'il m'accordait une faveur insigne, tu n'es pas obligé, objectai-je, seulement si tu en as envie, j'étais retombée sous sa coupe. Dire que j'étais partie d'ici il y avait quelques heures à peine pour me retrouver prise au piège, à sa merci, éperdue de reconnaissance et d'amour, comment était-ce possible, c'était pourtant lui qui était venu me chercher.

En pénétrant dans le couloir à sa suite, je sus que je n'en ressortirais plus jamais, que je ne le conquerrais ni ne m'en affranchirais jamais, tout à l'heure, j'avais réussi à m'évader par miracle, il ne fallait pas s'attendre que le miracle se reproduise, résignée, je gagnai directement la chambre, tel un cheval son écurie, me déshabillai et me couchai aussitôt. Il prenait son temps, j'entendis le téléphone sonner, la porte du réfrigérateur s'ouvrir et se refermer, les bruits familiers de ma prison, et il entra une canette de bière à la main, tranquille comme un tigre sûr de sa proie, il ôta son maillot rayé et son pantalon bleu avec un soupir de soulagement et s'étendit à mes côtés avec beaucoup de naturel, il me semblait que c'était à mon tour de lui faire plaisir puisque j'avais tout gâché, j'entrepris de lui caresser le dos et il se mit à ronronner comme un gros chat, je sentis une petite protubérance qui, de près, ressemblait à une grosse verrue sur une pomme, oui, gratte-moi là, pria-t-il, j'étais un peu dégoûtée mais je me dis que rien n'est répugnant lorsque l'on aime vraiment, je continuai de titiller l'excroissance quand je sentis quelque chose d'humide au bout de mes doigts qui étaient devenus tout rouges, ça saigne, m'écriai-je, ah bon, tu devrais consulter un médecin, il faut t'en occuper. Mon dentiste est le seul docteur que je suis disposé à voir, les autres n'ont qu'à se débrouiller sans moi.

Il ne faut pas laisser traîner, c'est dangereux, il s'esclaffa, c'est peut-être encore plus dangereux de sortir de chez soi. Aller voir un médecin est une entreprise plus périlleuse que tu ne crois. Et puis à quoi ça sert ? Il n'y en a pas un en qui j'ai confiance, les maladies ont toutes la même cause qu'aucun médecin n'est capable de traiter, c'est dans la tête que ça se passe. Bon, alors tu n'as qu'à aller te faire soigner la tête, j'irais confier ma tête à un étranger, jamais de la vie ! Je ne fais confiance à personne et je ne veux dépendre de personne, il y avait une telle animosité dans sa voix, on aurait dit que la terre entière se liguait contre lui, dans ce cas, ça va être difficile de t'aider, je n'ai pas besoin qu'on m'aide, il ne me manquerait plus que ça, la verrue se balançait dans son dos comme un scarabée, caresse-la, ça peut aider, suggéra-t-il. J'obtempérai à contrecœur, peu à peu, le monde se réduisit aux dimensions de la verrue, un monde d'une extrême simplicité, sans tension ni contradiction aucune, où je n'avais à accomplir qu'une tâche unique à laquelle j'aurais pu consacrer ma vie, caresser son kyste, à la réflexion, ce n'était pas plus humiliant que lui faire une pipe ou flatter sa vanité, moins même car ça pouvait s'avérer efficace. Le saignement cessa et sa respiration se fit de plus en plus lourde, croyant qu'il s'était assoupi, je m'interrompis un instant quand j'entendis son rire moqueur, c'est reposant de s'occuper de la verrue de quelqu'un d'autre, non ? Toujours ce ton protecteur, comme s'il me faisait l'honneur de le toucher, je me redressai, furieuse, pourquoi étais-je retombée dans le piège, comment s'y était-il pris pour me faire croire que j'avais besoin de lui, je sais ce qu'il te faut maintenant, et il me souleva sans ménagement et m'installa sur son ventre, je lui tournai le dos, face à ses jambes lisses et brunes, immobiles comme si elles étaient détachées de son corps, des jambes innocentes d'adolescent, les doigts de pied impeccablement alignés dans une parfaite diagonale du plus petit au plus grand, rien ne dépassait, et, quand il commença à remuer, je me dis que je songerais à lui chaque fois que je verrais une pomme, à cause de la verrue, ce qui signifiait que je n'arrêterais pas d'y penser parce que, des pommes, il y en a partout, comme l'odeur du pain, on la sent partout, le cercle se refermait et j'allais devoir vivre en me bouchant le nez et en fermant les yeux, je tentai de me rappeler le goût des pommes, avaient-elles la même douceur que celle qu'il me prodiguait en ce moment, à croire qu'au bout de son sexe il y avait un entonnoir déversant du miel dont la douceur contrastait avec son amertume, c'était frappant et terriblement excitant aussi, il me couvrait de miel comme Hérode en avait enduit la jeune Hasmonéenne qui refusait de l'épouser, il avait voulu la prendre pour femme après avoir massacré toute sa famille, mais elle se jeta d'un toit et mourut, il l'ensevelit dans du miel sept années durant afin qu'on dise qu'il avait épousé une princesse.

Je rame d'avant en arrière en cadence, je m'efforce de

me dégager et me cogne contre lui, je le sens bouger sous moi, de haut en bas, et nous nous heurtons de plus en plus violemment, tels deux wagons abandonnés sur une vieille voie ferrée, le choc est si violent que je culbute la tête la première et manque tomber du lit, je ne vois plus ses jambes, j'ai l'impression d'être seule et que la douceur irradie de moi, c'est celle que je préfère, celle dont je suis la source, comme lorsque je me collais autrefois contre les rayonnages de la bibliothèque dont les fenêtres disparaissaient derrière le chèvrefeuille et le lantanier en une flamme colorée et odorante, des murmures apaisants s'élevaient de la salle de lecture, et j'étais seule au milieu d'épais romans que j'avais tous lus au moins une fois mais que je revenais voir parce qu'ils étaient les garants de mon avenir, mes chiens de garde, je caressais les rayonnages poussiéreux, prenais un gros volume et trouvais immédiatement ce que je cherchais tandis que les pages usées exhalaient cette incroyable douceur. Je me retournais vers la fenêtre, glissais le livre entre mes cuisses brûlantes, fixant les vergers où s'égaillaient quelques couples, un jour, j'avais même vu Absalom surgir de la terre, un beau jeune homme élancé, il avait apparemment bien grandi dans sa tombe depuis toutes ces années, et voilà qu'il ressuscitait, il venait au monde au temps et à l'âge qui lui convenaient, la terre l'avait nourri comme un arbre. J'étais tellement contente de le voir, comme mes parents allaient être heureux, j'allais le ramener à la maison en cadeau, je le laisserais devant la porte et m'en irais pour ne plus jamais revenir, il se rapprocha de moi depuis l'autre bout du lit et me fit basculer vers lui, j'étais sidérée de le voir, j'avais oublié que tu étais là, je croyais que j'étais seule, je sais, dit-il, c'est sans importance, je le crus, finalement ça valait la peine, si j'étais capable de l'oublier, cela signifiait qu'il me connaissait intimement. Je l'embrassai sur sa bouche sèche et charnue et me pressai contre lui, je ne veux plus jamais te quitter, tu es sûre, oui, pourquoi, parce que je t'aime, il me posa la même question déprimante, qu'aimes-tu en moi, on ne t'entend pas marcher entre les rayonnages, et quoi encore, le reste, je le déteste, mais c'est apparemment ce qui compte.

CHAPITRE 13

À ma montre, il était neuf heures mais celle qui me fixait d'un air sombre et menaçant au poignet d'Arieh en affichait presque dix, je me levai d'un bond et m'habillai en toute hâte. Il était étalé au beau milieu du lit, les yeux clos, le bras gauche, avec la montre, posé sur le front, le corps aux trois quarts dissimulé sous un drap fleuri qui lui donnait l'air d'une vieille Indienne inoffensive en sari. Où vas-tu ? demanda-t-il au moment où, ouvrant la porte, j'inspectais prudemment le long couloir.

Il n'avait pas encore ouvert les yeux mais sa bouche béante laissait voir la dent brisée. J'ai un rendez-vous à la fac, répondis-je sur un ton d'excuse, comme si j'avais quelque chose à cacher. C'est important au point que tu profites de mon sommeil pour filer en douce ? s'enquit-il, agressif, en ouvrant les yeux. En douce, mais qu'est-ce que tu racontes, je ne voulais pas te réveiller, c'est tout, objectai-je d'une toute petite voix. Tu aurais pu attendre que je me lève, et il repoussa le drap d'un coup de pied.

J'ai un rendez-vous à dix heures et demie et je ne veux pas être en retard. Et alors, personne n'est jamais à l'heure à la fac, c'est connu. Ne dis pas de bêtises. C'est à moi que tu parles ? grinça-t-il calmement en se redressant. Mais qu'est-ce que tu veux à la fin. Il s'agit de ce que tu veux, toi, hier encore, tu me jurais que tu voulais vivre ici. C'est vrai, mais ça ne signifie pas que je suis prisonnière, je comptais bien revenir. Revenir ? Si tu t'en vas maintenant, inutile de revenir, tu entends ? Je consultai désespérément ma montre qui marquait toujours neuf heures sans oser m'approcher pour voir ce qu'indiquait la sienne, mais je savais qu'il était tard, j'étais au bord des larmes. Mais enfin qu'est-ce que tu cherches, je ne comprends pas. Que tu sois cohérente. Si tu dis que tu veux vivre avec moi, que tu m'aimes, alors un simple rendez-vous ne devrait pas compter à ce point-là. Tu déformes tout, je ne vois pas le rapport, ni pourquoi je devrais choisir, il y a suffisamment de choses importantes pour qu'on ne perde pas son temps à des sottises, non ? Et j'aimerais bien que tu m'expliques aussi pour quelle raison aller à un rendez-vous implique que je ne t'aime plus. Parce que c'est ce que je ressens et que tu devrais en tenir compte, non que tu sois indispensable, ajouta-t-il d'un air condescendant, c'était pour te mettre à l'épreuve, toi et tes grandes déclarations, je constate qu'on ne peut pas te faire confiance, mais ça, je le savais déjà, tu parles dans le vide, tu ignores ce qu'aimer veut dire ni comment se comporte une femme amoureuse. Je n'en crois pas mes oreilles. Et, moi, je ne peux pas croire que je t'aie permis de dormir dans le lit de Joséphine, c'était une vraie femme, elle, elle savait aimer, pas comme toi. Mais elle est morte, espèce de malade — de ma vie, je n'avais hurlé de la sorte. C'est à cause de ça qu'elle est morte, tu l'as tuée avec tes mises à l'épreuve idiotes. C'est de la calomnie pure et simple, tu devrais avoir honte, fiche-moi le camp d'ici tout de suite.

C'est exactement ce que j'avais l'intention de faire, figure-toi. Ah, tu vois, tu l'avoues, ton rendez-vous, c'est du pipeau, hein ! Il émit un reniflement de triomphe. Je quittai la pièce en claquant la porte à la volée tandis que sa voix rauque résonnait dans mon dos : Ya'ara, si tu t'en vas, sache que tu ne remettras plus jamais les pieds ici, je te préviens. Ça, c'est sûr, dis-je en oubliant de hausser le ton, si bien que je fus la seule à l'entendre. Je sortis en courant et, en arrivant au bas de l'escalier, j'aperçus la famille en grand deuil — la mère, la sœur et son mari — qui descendait cérémonieusement d'un taxi stationné devant l'immeuble. La mère devait se rappeler m'avoir vue la veille car elle me salua d'un signe de tête auquel je répondis *bonjour* avec mon plus bel accent, d'une voix chevrotante, la gorge nouée de sanglots qui éclatèrent dès que je me fus éloignée. Je pris la direction de la station d'autobus en nous traitant, lui et moi, de tous les noms : comment avais-je été aveugle au point de ne pas voir sa vraie personnalité ni comprendre que la seule chose qui l'attirait en moi était ma dépendance envers lui.

Je m'assis près de la fenêtre dans le bus vide pour contempler, les yeux pleins de larmes, les rues animées et les cheminées de l'hôpital d'où sortait une fumée blanche, en songeant à Tirtsa, alitée dans sa chambre, déchiffrant son petit miroir face au désert, une nouvelle patiente occupait probablement le lit voisin, avec ou sans mari, avec ou sans enfant, quelle importance à ce stade, tout comme pour moi, d'ailleurs. Je m'engouffrai dans les couloirs de l'université — caves modernes et étouffantes, percées de loin en loin d'une large fenêtre par laquelle le monde semblait bien plus attrayant qu'en réalité, un monde en vitrine, un monde à vendre — et il me prit brusquement l'envie d'arrêter le flot qui se pressait autour de moi : pourquoi courez-vous comme ça, aurais-je voulu dire, croyez-moi, il n'y a pas de quoi se hâter, je reviens de ce monde réel, brillant, précieux, tout n'y est qu'apparence, les choses sont pourries là-bas, les plus belles rues de ce monde-là grouillent de vers, plus encore que les cimetières, mais je décidai de tenir ma langue et allai me rafraîchir un peu dans les toilettes où je sanglotai de plus belle en contemplant mon reflet dans le miroir : comme j'avais l'air triste avec mes yeux rouges, mes paupières gonflées et ce pli amer autour de la bouche, dans quel pétrin me suis-je fourrée, mais dans quel pétrin me suis-je fourrée !

Au même moment, l'une des portes s'ouvrit et une jeune fille vint se laver les mains à côté de moi : elle avait l'air bien dans sa peau, et si elle n'était pas très jolie, au moins elle n'était pas défigurée par cette plaie béante au milieu de la figure, elle ressemblait à ce que j'étais avant cette histoire, oh, si seulement je pouvais tout recommencer ! marmonnai-je devant la glace. Je sortis d'un pas chancelant et montai l'escalier pour me rendre chez le directeur. J'eus beau détourner la tête en passant devant le bureau des assistants, je ne pus m'empêcher d'entendre les joyeux bavardages qui s'en échappaient ; j'avais l'impression d'être une réfugiée venue d'ailleurs, rescapée d'une guerre lointaine qui, se retrouvant nez à nez avec son existence antérieure, paniquée, prend ses jambes à son cou pour échapper à son pire ennemi.

La porte étant ouverte, je frappai, entrai sans attendre la réponse et, remarquant le livre ouvert devant le fauteuil vide, je m'assis sur la chaise en vis-à-vis et posai la tête sur le bois frais de la table en tentant désespérément de ravaler les larmes rebelles qui coulaient à flots, à croire qu'elles étaient douées d'une vie propre — j'avais les genoux trempés, comme lorsque je faisais la vaisselle et que l'eau giclait sur mon tablier en m'aspergeant les jambes pendant que Yonni virevoltait autour de moi en me racontant je ne sais quoi. Pour passer le temps, j'inventais des devinettes : je n'écoutais que tous les trois mots, par exemple, et s'il me demandait mon avis, je bredouillais que je n'avais pas bien entendu et le priais de répéter et, quand il obtempérait, je sautais un mot sur deux, ce qui débouchait immanquablement sur une migraine carabinée à force de concentration ; la troisième fois, sa voix, étouffée et atone, avait le don de me mettre hors de moi : « Parle plus fort, je n'entends rien, pourquoi tu chuchotes comme ça ! » Je m'éclaboussai de rage jusqu'aux chaussettes, j'en ressentais encore des picotements, comme si un insecte me rampait sur le corps, et une soudaine sensation de chaleur sur l'épaule, puis une voix qui disait avec un fort accent anglo-saxon : « Mes sincères condoléances. »

Je levai vers lui un visage rouge et bouffi. Est-ce arrivé brutalement ? demanda-t-il en me regardant gentiment. Pardon ? fis-je, abasourdie. Ce qui s'était produit ce matin-là avait beau être surprenant et terrifiant, j'avais peine à croire qu'il pût y faire allusion. La mort de maman. Il avait dit maman, avait-il dit, comme si c'était également la sienne, impossible de mentir, comment m'en sortir ? C'était ma belle-mère, bégayai-je. J'en conclus que votre mère biologique n'est plus, dit-il en hochant poliment la tête. J'aurais voulu qu'il se taise. Non, elle est morte en couches, je baissai la tête, comme dans la Bible. À votre naissance ? Non, à celle de mon frère. Quel âge a-t-il ? Il est mort lui aussi, quelques mois après ma mère. Il tressaillit, s'assit, horrifié par cette famille morbide, et poussa un soupir pareil à un grognement de surprise, on aurait dit un petit cochon, rose et tendre. J'éclatai d'un rire désespéré : ce rendez-vous dont j'attendais tant, comme si mon salut en dépendait, me paraissait à présent aussi navrant que ce qui l'avait précédé, ni plus ni moins.

Je courbai la tête pour cacher mon fou rire et simuler une crise de larmes bien compréhensible, et il dut le penser car il me passa un kleenex à l'aide duquel je me tamponnai les yeux avant de relever la tête — j'avais un début de migraine — pour croiser le regard clair du directeur du département. Vous ne croirez pas, Monsieur Rose, dis-je sur un ton presque implorant, à quel point le sort de ce charpentier me tracasse depuis quelques jours : non seulement on lui vole son épouse mais, en plus, il devient son valet ainsi que celui de son nouveau mari, et remplit leurs verres de larmes de chagrin. Jusqu'à ce matin, je... comment dire, je compatissais à sa douleur en maudissant son apprenti, qui lui a pris sa femme, laquelle était probablement consentante, et puis, en venant, j'ai enfin saisi quelque chose.

Ah, et quoi donc ? Il me lança un regard sceptique. Mais, pour prévenir le grognement de surprise qui semblait sur le point de fuser encore une fois de ses lèvres pleines, je me hâtai de poser une autre question : Pourquoi pleure-t-il, à votre avis, tandis qu'il joue les domestiques ?

Que voulez-vous dire ? C'est évident, fit-il en se redressant, il s'apitoie sur lui-même, sur sa femme qui appartient maintenant à un autre, sur la terrible injustice dont il est victime. Oui, j'avais les yeux rivés sur cette bouche qui s'ouvrait et se refermait avec une si grande assurance, je le croyais aussi mais je viens de comprendre qu'il ne pleure pas tant à cause de cette injustice que de celle qu'il a fait subir à sa femme, le méchant de l'histoire, ce n'est pas son apprenti, ni sa femme d'ailleurs, c'est lui.

Sur quoi vous fondez-vous pour étayer votre argumentation ? demanda-t-il avec une telle froideur, un tel mépris, que je craignis de perdre sa confiance et de compter un adversaire de plus, mais ne pouvant plus reculer, je tirai le livre de mon sac et l'ouvris. Sur ce qui est écrit là-dedans, pourquoi a-t-il accepté d'envoyer sa femme chez l'apprenti, pour obtenir un prêt ? Il lui fait courir un danger uniquement pour de l'argent. Et comment se fait-il qu'il n'ait pas pris de ses nouvelles pendant trois jours ? Il a dormi trois nuits consécutives sans elle, s'est levé trois matins de suite sans elle, et ce n'est que le troisième jour qu'il s'est décidé à aller voir l'apprenti, et quand il apprend que des jeunes gens l'ont molestée en route, au lieu de la ramener avec lui, de la soigner et de la réconforter, il accepte immédiatement le divorce du moment que l'apprenti lui offre l'argent du contrat de mariage. Pour quelle raison n'a-t-il pas poussé plus loin ses investigations, pourquoi n'a-t-il pas questionné sa femme, c'était pourtant lui qui l'avait exposée à cette périlleuse aventure ? Vous voyez ? Nous avons là une succession de crimes et d'omissions, une longue série de forfaits qui ont scellé le destin du Temple !

Il me lança un regard embarrassé et cilla si rapidement que je crus qu'il me faisait un clin d'œil avant d'énoncer gravement, je n'ai pas travaillé cette légende, Ya'ara, mais, à mon avis, la femme n'est pas une petite sainte non plus, j'ai l'impression qu'elle a marché dans la combine.

Comment savoir ? On ne peut pas la juger d'après ses sentiments, ses paroles ou ses actes vu que le texte n'en parle pas, elle est totalement passive. Son mari l'expédie chez son apprenti et il est impossible de savoir si elle y est restée de son plein gré ou s'il l'a retenue de force, peut-être est-ce lui qui a abusé d'elle avant d'accuser les jeunes gens, ensuite son mari la répudie et l'apprenti l'épouse. C'est tout de même incroyable qu'elle ait accepté après avoir été honteusement abandonnée, avez-vous noté que la légende ne la condamne pas ?

Il s'empara du livre et se mit à lire, le front soucieux. Oui, reconnut-il, ses actes ne sont pas significatifs, on ne peut donc la condamner, même si elle est coupable.

C'est ça, approuvai-je chaleureusement, mais savez-vous qui la légende condamne outre le charpentier et l'apprenti ?

Qui donc ? demanda-t-il avec curiosité. Vous, moi, les auditeurs, les lecteurs qui, de génération en génération, ont gobé le message simpliste et attendrissant sans aller chercher plus loin. C'est très facile de s'apitoyer sur le charpentier cocu, humilié et éploré, en négligeant l'importance des détails. Le texte trompe délibérément les lecteurs, il les met à l'épreuve et nous sommes tombés dans le panneau, comme tout le monde.

Vous avez raison, il soupira en écartant les bras d'un air contrit, mon précieux livre confortablement installé sur ses genoux comme s'il n'allait plus jamais s'en séparer. Mais pourquoi nous induirait-il en erreur, à votre avis ?

Pourquoi la vie nous induit-elle en erreur, d'après vous ? Quand il leva les yeux vers moi, je constatai qu'ils se livraient une lutte intérieure — l'un était dans mon camp, l'autre pas. Vous rappelez-vous ce que Dieu a dit à Moïse qui se plaignait d'un verset favorable aux hérétiques pendant qu'il écrivait les rouleaux de la Loi ? insinuai-je à l'intention de l'œil bienveillant. « Fils d'Amram, écris. Que celui qui veut se fourvoyer se fourvoie ! » Croyez-vous qu'on puisse empêcher l'erreur ? Celui qui veut se tromper y parviendra de toute façon, et nous avons apparemment commis une confusion grossière dans l'interprétation de cette légende, chacun avec ses raisons propres, mais ce n'est pas dramatique car tous les trois sont morts et la sentence a été rendue, mais si on se trompe dans l'interprétation de la vie, alors on en paie le prix fort. Voilà ce que je me propose d'étudier dans ma thèse, je vais tâcher de trouver d'autres légendes de destruction qui trompent intentionnellement le lecteur, qui le poussent même à l'échec, car l'erreur étant avant tout d'ordre spirituel, sa correction doit l'être aussi, vous voyez ? Le ciel est rempli de jugements en souffrance qui n'ont pas encore été rendus !

Il jeta un regard étonné à l'étroit ruban de ciel qui colorait la fenêtre et sourit. Je me demande si vous trouverez la documentation nécessaire, dit-il. À ma connaissance, il n'y a pas d'autre légende de ce type, mais vous pouvez toujours essayer, ça risque d'être passionnant si ça marche, sinon, vous aurez perdu votre temps.

On court toujours un risque dans la vie. C'est une perte de temps de naître ou de se marier si ça ne marche pas. Oui, mais c'est plus facile à déterminer. Dans le cas qui nous occupe, les critères sont plus clairs. Ailleurs aussi, vous savez, objectai-je, sauf que c'est plus difficile à admettre.

C'est possible mais ce n'est pas le moment d'en discuter. Bon, si je n'ai pas le plan de votre thèse dans une semaine, inutile de continuer l'année prochaine. Dans une semaine ! j'étais paniquée. Je dois sauver ma vie du naufrage avant, je n'y arriverai jamais. Mais il demeura inflexible. C'est votre dernière chance, Ya'ara, je ne devrais même pas vous l'accorder, je le fais à cause du malheur qui vous frappe. Si vous ne nous donnez pas la preuve de vos progrès, vous ne devrez plus compter sur l'université pour vous aider.

Et si je n'y arrive pas ? Désolé mais votre titularisation sera accordée à quelqu'un d'autre. Bon, je vais essayer, je me levai pesamment. Il ne suffit pas d'essayer, il faut réussir, corrigea-t-il en souriant. Si vous saviez ce que j'ai sacrifié pour venir vous voir ! Pardon ? Je n'ai pas bien entendu.

Rien d'important. Je crois qu'à partir de maintenant les choses ne seront plus jamais comme avant. Oui, c'est comme à la naissance, fit-il sentencieusement. Apparemment, il vous a fallu du temps pour le comprendre. Peut-être parce que je viens de naître, on dirait que j'ai mis du temps pour venir au monde. Tête basse, je me dirigeai vers la porte quand un détail me revint : Vous savez, on m'a dit un jour que l'on devine toujours que l'on va se tromper mais qu'on ne peut pas s'en empêcher, ce qui est curieux, c'est l'importance de l'erreur, pas son existence. Quand on veut, il y a toujours moyen de ne pas se tromper, commenta-t-il avec un petit rire. Apercevant ses grands pieds en chaussettes dans des sandales usées, étalés devant lui avec le contentement irritant d'un homme bien assis dans la vie, je ne pus résister à la tentation et les écrasai de tout mon poids, comme par inadvertance. Il les ramena sous lui, les dissimulant sous le bureau. Excusez-moi, je ne l'ai pas fait exprès. J'avais tellement honte que je m'approchai de lui et le serrai dans mes bras. Vous avez mal ? Non, ça va, répondit-il tandis que ses lunettes en tressautaient de stupeur.

Le bureau des assistants était ouvert mais la pièce vide. J'entrai résolument et refermai la porte derrière moi. Une longue table étroite occupait un pan de mur, percé à une extrémité d'une minuscule fenêtre qui donnait sur le mont du Temple et son dôme doré, cerné d'arbres sombres, avec la cité de David en contrebas, un réseau de routes étroites où les voitures glissaient lentement, comme un convoi funèbre, et la ville nouvelle qui dévorait l'or de ses longues dents de loup — des tours et des immeubles parsemés de toits d'un rouge fané, tel un champ de coquelicots au dernier jour du printemps. Ouvrant la fenêtre, je tendis le cou pour me rapprocher du sublime paysage, humer l'air léger du printemps éphémère, un air parfumé qui exhalait de subtils effluves de fumée, j'aperçus les flammes ondoyantes qui léchaient obstinément l'esplanade, encerclant le

Temple pareil à un lion — croupe étroite et large avant-train — et vis la splendeur noircir comme du charbon, les larmes du charpentier couler au fond des verres quand commença la grande famine, puis au creux de ses mains, décharnées par le chagrin ; lui avait-il demandé pardon et lui avait-elle répondu : « Je t'ai pardonné mais le Ciel non », quand ils s'étaient retrouvés face à face, squelettes sans vie dont le brasier teintait les os de rose, ployant la tête tels deux cyclamens ?

Je me retournai quand la porte s'ouvrit derrière moi : Netta entra de sa démarche sautillante, ses boucles noires ondulant sur sa tête comme des insectes, un café dans une main et une liasse de papiers dans l'autre. Quelle bonne surprise ! s'exclama-t-elle avec une ironie sans joie. Il y a pratiquement deux mois que je fais ton boulot. Tu ne le fais pas pour moi, nuance, tu veux juste prouver que tu es capable de te débrouiller toute seule. Elle eut un sourire triomphant, c'est juste, et c'est plus facile que je le croyais. Sa franchise me plut et j'éclatai de rire : je ne vais pas te mettre les bâtons dans les roues, n'aie pas peur, tu y arriveras très bien. Tu n'es pas du genre à te fourrer dans des situations impossibles par amour.

Par amour ? fit-elle, sidérée. Jamais de la vie. Pour moi, l'amour, c'est ça, elle désigna les papiers dont elle fit deux piles. Je veux bien partager mon amour avec toi, on s'y met, comme avant ? Je me rappelai les heures que nous avions passées dans cette pièce, sous le regard de la petite fenêtre, à corriger au crayon les copies des étudiants de première année. Yonni venait me chercher le soir, il s'asseyait sur la table, écornant quelques feuilles au passage. Je ramassais mes affaires et le suivais, baignant dans cette aura de sécurité domestique qui me protégeait et avait à présent disparu. Netta me lança un regard inquisiteur, tu as changé. En quoi ? Je ne sais pas. Elle poussa la pile vers moi. J'eus un mouvement de recul, pas maintenant, j'ai une foule de choses à faire, je reviendrai bientôt.

Elle haussa les épaules et se jeta avidement sur ses copies. Je battis en retraite, flottant comme un fantôme dans les couloirs de mon ancienne vie, glissant sur l'escalier roulant qui menait à l'autobus dans lequel je m'engouffrai au moment où il démarrait. Pourquoi étais-je si pressée ? Personne ne m'attendait à la maison excepté un message, rédigé dans l'élégante écriture de ma mère et hâtivement plié en deux, que je trouvai épinglé sur la porte : « Yonni arrive à trois heures trente cet après-midi, va le chercher ! », ponctué d'un point d'exclamation énergique. J'entrai dans l'appartement obscur et le relus en songeant à quel point ces quelques mots et le minuscule signe de ponctuation trahissaient la peur et l'anxiété. Pauvre maman, pauvre maman, puis pauvre papa, pauvre papa et pauvre, pauvre, pauvre Yonni, répétai-je une centaine de fois au moins. Je consultai la grande horloge murale qui indiquait presque midi. J'appelai l'aéroport pour vérifier qu'il y avait bien une arrivée en provenance d'Istanbul à quinze heures trente. Comment savait-elle qu'il était dans cet avion, comment s'était-elle débrouillée pour l'apprendre, pour me sauver la vie, les efforts que trahissaient ces quelques mots me brisaient le cœur. Je réservai un taxi puis jetai un coup d'œil autour de moi. Par où commencer ? Je courus à l'épicerie acheter du pain, du vin, du fromage, des légumes et des fruits — les pommes vertes qu'il affectionnait — et, chez le fleuriste du coin, un bouquet de fleurs blanches comme il se doit pour un jeune couple de retour de sa lune de miel. Au comble de l'excitation, je rentrai à la maison, rangeai les provisions dans le réfrigérateur sans oublier de jeter les restes, et ouvris les volets pour faire entrer le printemps qui hésita timidement avant de pénétrer de chambre en chambre de son pas dansant.

Je me sentais terriblement efficace, pleine d'énergie, dans un état de pure euphorie, plus parfait que le bonheur car moins effrayant. Je décidai de confectionner son gâteau au chocolat favori que je réussis sans consulter la recette — ce qui relevait de l'exploit vu qu'il y avait des années que je ne l'avais fait — et, une fois enfourné, je passai au ménage, m'employant activement à effacer toute trace de tristesse et d'abandon, sûre qu'il me pardonnerait en voyant le mal que je m'étais donné, au pire des cas, le gâteau achèverait de le faire craquer, je changeai les draps et préparai le lit pour notre amour tardif sans songer à Arieh ou presque car je n'avais pas une minute à perdre, mes mains s'activaient, mes pieds s'agitaient, mon cœur battait à se rompre, comme lors des préparatifs d'un mariage, ce serait un grand jour pour mon cher Yonni, contraint de me pardonner, et pour moi aussi. Il faut parfois descendre pour remonter, lui dirais-je, ou se séparer pour mieux se retrouver, c'était notre première vraie rencontre, aujourd'hui, je ne le laisserais pas me repousser et je le comblerais d'amour, comme un récipient vide, et il se remplirait, il se remplirait jusqu'à ce que le poids de mon amour l'empêche de bouger, le soir, nous irions voir mes parents, main dans la main, enlacés peut-être, et ma mère verrait que tout allait bien, qu'elle n'avait pas à s'inquiéter, quelqu'un s'occupait de moi.

Je me douchai rapidement, me maquillai discrètement, comme il aimait, puis je revêtis une robe blanche, un peu ridicule car trop habillée, mais c'était mon mariage, mon vrai mariage qu'on célébrerait dans le hall de l'aéroport, les passagers et leurs familles seraient nos invités et nos témoins, assis sur leurs valises, ils assisteraient aux émouvantes retrouvailles des mariés dont ils béniraient l'union, ils nous porteraient à bout de bras et entonneraient d'une voix forte : « *Qu'une fois encore, dans les villes de Juda et les rues de Jérusalem, retentissent des cris de joie et d'allégresse, les appels du fiancé et de la fiancée* », et tels des pèlerins, tous ensemble, nous monterions en grande procession vers la ville sainte.

Transportée d'enthousiasme, j'étendis le tapis sur le sol propre, sortis le gâteau sombre du four et le plaçai à côté des fleurs — le contraste de blanc et de marron me fit penser à lui, à ma main posée sur la sienne —, je disposai dans une coupe les pommes vertes qui étaient presque toutes tavelées. Ce n'est pas comme ça que je parviendrais à l'oublier, songeai-je, furieuse, en retournant les fruits pour dissimuler les taches brunes. Brusquement, je compris pourquoi cela n'avait pas marché entre nous : au lieu de masquer ses défauts, je m'étais ingéniée à les mettre en relief ; tant pis, je ne regretterais rien car c'était le jour de mes noces, je concevrais sur ce lit, cette nuit, et toutes mes peines et mes joies, mes craintes et mes souvenirs, mes désillusions et mes surprises, mes frayeurs et mes désirs se métamorphoseraient en une créature vivante, tendre et sublime, turbulente et délicate, un bébé qui, dans vingt ans, fourragerait dans les vieilles photos de ses doigts diaphanes, désormais, je ne vivrais que pour lui car ma vie amoureuse prenait fin aujourd'hui, dans ce taxi où mon seul souci était de ne pas salir ma robe blanche.

Le front collé à la vitre, j'aperçus une flamme derrière un immeuble, un arbre rouge en fleur, une torche en feu, et je compris que je n'avais pas rêvé, ce jour-là, sur le chemin de Jaffa, que c'était bel et bien arrivé, cet arbre était extrêmement dangereux, il ne fallait pas le regarder de trop près, comme le soleil, je détournai les yeux vers la passagère la plus proche, une jeune femme, la tête couverte d'un fichu fleuri, qui racontait à une dame plus âgée assise à ses côtés, peut-être sa mère, qu'un bébé de deux jours était mort dans son immeuble et que, comme on ne pouvait l'enterrer parce qu'il était incirconcis, on avait dû pratiquer la circoncision sur le petit cadavre, qu'avait-on fait du prépuce, pensai-je, atterrée, l'avait-on enseveli avec le bébé, ou bien sa pauvre mère l'avait-elle caché dans une armoire, enveloppé dans du papier journal, comme ma mère l'avait fait pour sa somptueuse tresse qui, même au fond d'un tiroir, paraissait plus vivante qu'elle.

Le taxi stoppa devant l'entrée et je pénétrai solennellement dans la salle de mon mariage en examinant la foule, surprise de ne connaître personne, c'étaient pourtant mes invités, nul ne venant me féliciter, j'en conclus qu'il devait être difficile d'identifier la future mariée sans son fiancé, mais bientôt, tout s'éclaircirait quand Yonni arriverait, foulant gravement le tapis roulant, quand il m'apercevrait, son visage, illuminé de bonheur, irradierait comme la cime de l'arbre de tout à l'heure, je me précipiterais vers lui et nous avancerions lentement ensemble sous les acclamations des assistants qui auraient enfin compris de quoi il retournait. Pour plus de sécurité, je me cachai derrière un jeune homme corpulent — une idée terrifiante venait de me traverser l'esprit : et s'il n'était pas seul, si une femme s'accrochait à son bras hâlé, telle une prothèse plaquée sur son corps nu, et si ce n'était pas vers notre appartement immaculé qu'il se hâtait mais vers le sien à elle, une passagère solitaire, s'émerveillant de sa chance ? Persuadée de voir ce scénario se réaliser, je décidai pourtant de ne pas me décourager, le mariage aurait lieu malgré les réticences du futur marié et de sa nouvelle compagne. Les passagers se bousculaient dans le couloir — bruyant troupeau sans berger lançant des regards pleins d'espoir autour d'eux, agitant les mains en tous sens, des mains aimantes, avides d'étreintes — et c'est alors que je le vis : il avançait lentement, seul, si lentement qu'on aurait dit qu'il marchait à reculons, si seul qu'il semblait que tout le monde s'écartait de lui, comme s'il était pestiféré, absorbé en lui-même, indifférent à la joyeuse agitation, avec son éternel sac en bandoulière, ses traits pâles et tirés.

Je surpris son regard qui me cherchait furtivement, honteusement, je m'apprêtais à me jeter à son cou mais quelque chose me retint, j'étais paralysée, un peu comme la merveilleuse Mazal Sheinfeld, et à mesure qu'il se rapprochait de moi avec ses yeux enfantins et désarmés, baissés comme ceux d'un chien, l'air perplexe mais plein d'espoir, son corps lourd et sa démarche nonchalante, je le vis tel qu'en lui-même, libre de voler de ses propres ailes, laisse-le, qu'il s'en aille, décidai-je, ne le retiens pas, et je remarquai une silhouette vaporeuse qui marchait à ses côtés, s'appuyant à peine sur lui, un Yonni heureux, aux yeux brillants, à la foulée rapide, un abîme les séparait, l'heureux Yonni me considérait d'un air détaché tandis que son double malheureux me cherchait désespérément des yeux, je savais que même si je m'élançais tendrement vers lui, je ressemblerais à une bête qui fond sur sa proie, et j'aperçus une jeune et jolie femme vêtue d'un ensemble pantalon mauve se hâtant de rejoindre un homme aux boucles blondes qui fendit la foule à sa rencontre, ils s'étreignirent passionnément sous les regards envieux de Yonni et les miens, du fond de ma cachette, et je compris que la seule chose qui nous unissait en cet instant était notre jalousie envers ce couple d'amoureux.

Il m'avait dépassé avec son petit nez de bébé, je ne voyais plus que son dos vulnérable, sa nuque incroyablement fragile pivotant opiniâtrement à ma recherche, spectacle pathétique qui me mit hors de moi, je ne te pardonnerai jamais de m'avoir cherchée comme ça après avoir si facilement renoncé à moi, me jurai-je en disparaissant dans la foule, les yeux fixés sur sa chemise verte à carreaux et ses épaules légèrement voûtées, le temps qu'il sorte et prenne place dans la file d'attente à la station de taxis, sa chemise avait viré au gris, le ciel, qui s'était brusquement assombri, se déchira, un éclair aveuglant zébra la mince membrane enveloppant le monde, et le tonnerre, me dis-je, comment peut-il y avoir un éclair sans tonnerre, c'est un peu comme une fiancée sans son fiancé, la membrane se lézarda une nouvelle fois, on aurait dit que les éclairs divisaient le monde en deux, une moitié pour moi, l'autre pour lui. Il avait pratiquement disparu dans la sienne, pendant qu'il faisait sagement la queue, et moi dans la mienne où je ne le perdais pas de vue, cachée derrière une voiture en stationnement, dans ma robe éclaboussée d'eau et de sable, dire qu'elle avait été blanche, il semblait incroyable que j'aie tant attendu, tant espéré de notre rencontre, je nous voyais déjà rentrant à la maison main dans la main, prenant place à table, devant le gâteau et les fleurs, mais j'avais omis la suite, le moment où nous nous retrouverions réellement face à nous-mêmes, à la vie fragile, brisée, vindicative et rancunière qu'aucune ruse ne saurait amadouer.

Assise sur le trottoir mouillé, je suivais sa rapide progression : à peine une minute plus tôt, il était le dernier et voilà qu'il se retrouvait parmi les premiers, pour avancer, semble-t-il, il faut persévérer, demeurer à la même place, moi, je m'arrangeais pour rester à la traîne afin de m'esquiver le moment venu, le voyant regarder autour de lui une ultime fois, je me demandai s'il allait quitter la queue pour retourner me chercher, mais non, il se glissa dans le taxi vide, qui arrivait, avec son dos grisâtre, son visage pâle et grêlé, sa tignasse frisée comme un mouton, son nez retroussé, et quand il s'assit avec un soupir sur le siège de sa nouvelle vie, je sus que ce douloureux spectacle resterait éternellement imprimé sur ma rétine, comme une cataracte, qu'il ne s'effacerait jamais et que, désormais, ce qui m'arriverait de joyeux ou de triste ne pourrait se comparer à cette vision à l'aune de laquelle tout le reste serait mesuré.

Dès que le taxi eut disparu, je pris la file, marchant sur ses pas, trempée par l'averse tiède et sale qui avait un goût de sable, puis je montai à mon tour dans un taxi qui se remplissait à toute vitesse et n'allait pas tarder à rattraper le sien, nous allions gagner la ville en un étrange convoi, se protégeant l'un l'autre, se soutenant l'un l'autre pour la dernière fois, je frissonnais de froid et de peur tandis que des voitures nous dépassaient en me sifflant dans les oreilles comme des flèches lancées avec un arc trop tendu. Aurais-je été dans son taxi, blottie dans ses bras, je n'y aurais guère prêté attention, mais, ici, les sons prenaient des proportions excessives parce que j'étais seule, que personne n'était là pour en amortir le bruit, je sentais chaque nid-de-poule, chaque secousse, comment vais-je tenir le coup jusqu'à ce soir, me demandai-je, où aller ?

Je me collai à la vitre, les yeux fermés, mais cette fois, il n'y avait rien à voir dehors, ni dedans non plus, j'imaginais Arieh tournant en rond chez lui comme un lion en cage au milieu des visiteurs venus lui présenter leurs condoléances, quand allait-il trouver un prétexte pour s'éclipser et venir me retrouver, j'étais absolument certaine que c'était ce qu'il ferait, il n'allait pas renoncer si facilement à ma dépendance envers lui, à nos jeux morbides, mais je lui réservais une petite surprise, ce soir, c'est Yonni qui lui ouvrirait la porte, déçu de ne pas me voir, ils se feraient face, les deux hommes de ma vie qui étaient parvenus à se neutraliser avant de m'abandonner aux sifflements des voitures.

Le taxi commença à se vider en arrivant en ville : l'un après l'autre, les passagers descendirent avec leurs bagages, sauf moi, et lorsque le chauffeur se retourna pour me demander où je désirais qu'il me dépose, je restai bouche bée comme un poisson, je n'avais pas pensé à ça, l'homme se mit à rire : vous pouvez toujours venir chez moi si vous ne savez pas où aller, ma belle, je renonçai à me rendre chez mes parents, je me sentais incapable de répondre à leurs questions, à l'université, dis-je finalement, à cette heure-ci ? fit le chauffeur, médusé. Vous êtes une acharnée, vous, alors. Le soir commençait à tomber, je ne répondis pas, je n'avais plus la force de parler, je vis la fumée qui s'échappait de la cheminée de l'hôpital, la fumée destructrice, travestie en fumée du repentir, enveloppant le corps massif de Tirtsa qui m'attendait, plantée à la fenêtre obscure.

Le taxi s'arrêta devant l'université, je descendis lourdement. Et vos bagages ? demanda le chauffeur, je n'en ai pas, vous êtes partie sans rien ? Je ne suis pas partie du tout, je suis venue voir quelqu'un qui arrivait. Pourquoi êtes-vous seule, alors, où est-il ? Bonne question, appréciai-je. On pourrait écrire un livre là-dessus. Je pris l'escalier mécanique à contre-courant de la foule qui refluait, telle une mer démontée, en grimpant les marches quatre à quatre de peur d'arriver trop tard, comme si c'était une question de vie ou de mort. Arrivée à la bibliothèque où flottait une subtile odeur de papier, je réclamai le livre à la bibliothécaire qui objecta que c'était un usuel que je ne pouvais pas emprunter, à quoi je répondis que telle n'était pas mon intention et que je le consulterais sur place. On ferme dans un quart d'heure, me prévint-elle, d'accord, c'est amplement suffisant, dis-je. Je m'installai à une table d'angle avec le livre que je feuilletai d'une main tremblante, sans savoir ce que je cherchais, mais persuadée que ça me sauterait aux yeux dès que je l'aurais trouvé.

Les étudiants autour de moi se préparaient à partir. J'aperçus de loin Netta qui secouait sa chevelure fourmillant d'insectes en rangeant un monceau de papiers dans un grand sac. Je restai seule, plongée dans mon livre comme une mère examinant les membres parfaits de son bébé, tournant une page après l'autre, décidée à ne pas nous laisser séparer par un règlement cruel, et quand le haut-parleur annonça la fermeture, j'allai me cacher dans un coin reculé, entre deux rayonnages, sur la moquette d'où j'entendis décroître des pas étouffés et la bibliothécaire en chef bousculer ses employés parce qu'elle était invitée à un mariage et devait se dépêcher, quelques minutes plus tard, les lumières s'éteignirent, excepté la veilleuse de secours, j'étais prisonnière jusqu'au lendemain, sans rien à boire ni à manger, seule avec mon livre.

Respirant librement pour la première fois depuis une éternité, je rampai jusqu'à la veilleuse sous laquelle je m'assis. Seul le bruissement des pages trouait le silence. Je cherchai longuement et finis par tomber sur celle qu'il me fallait : la légende de la fille du prêtre qui renia sa foi la veille de la destruction du Temple, son père prit le deuil comme si elle était morte, le troisième jour, elle vint le trouver et lui dit : « Mon père, je l'ai fait uniquement pour vous sauver la vie », mais il refusa de quitter le deuil et pleura à chaudes larmes jusqu'à ce qu'elle meure, alors il se leva, changea de vêtements et demanda du pain. J'étais certaine d'avoir déjà entendu cette légende : ma mère me l'avait racontée plusieurs années auparavant, à la lueur d'une bougie lors d'une coupure de courant, pourquoi lui lis-tu ça, lui avait reproché papa, tu ne vois pas que c'est triste ?

Cet ouvrage a été composé
par Graphic Hainaut
et achevé d'imprimer par la
Société Nouvelle Firmin-Didot
à Mesnil-sur-l'Estrée, le 3 avril 2000.
Dépôt légal : avril 2000.
Numéro d'imprimeur : 50693.

ISBN 2-07-075107-4/Imprimé en France.

83864